Cristina Caboni

Der Zauber der Lagune

AF196724

Cristina Caboni

DER ZAUBER
DER
LAGUNE

Roman

Aus dem Italienischen
von Ingrid Ickler

blanvalet

Die Originalausgabe erschien 2023 unter dem Titel
»La collana di cristallo« bei Garzanti Libri, Mailand.

Penguin Random House Verlagsgruppe FSC® N001967

4. Auflage
Copyright der Originalausgabe © 2023 by Cristina Caboni
Copyright der deutschsprachigen Ausgabe
© 2024 by Blanvalet
in der Penguin Random House Verlagsgruppe GmbH,
Neumarkter Str. 28, 81673 München
Redaktion: Daniela Bühl
Umschlaggestaltung und -motiv: www.buerosued.de
KW · Herstellung: sam
Satz: Uhl + Massopust, Aalen
Druck und Bindung: GGP Media GmbH, Pößneck
Printed in Germany
ISBN 978-3-7341-1357-4

www.blanvalet.de

Für die Rebellen.
Für die Sonderlinge.
Für die Freigeister, die mutig zum Rhythmus
der eigenen Musik tanzen.
Dieses Buch ist für euch.

»Adieu, Worte aus Glas.
Die Poeten sind Gefäße aus Murano,
wunderschön anzusehen, aber hauchzart.
Jemand hat dir den Atem geraubt,
jemand hat dein Herz berührt.«

Alda Merini

Prolog

Der Sonnenuntergang färbt den Himmel über Murano rot wie Rubin, violett wie Amethyst und blau wie Saphir. Und nach Edelsteinen benennen die Glasbläser auch die Farben, um ihnen noch mehr Kostbarkeit zu verleihen.

Marietta Barovier bewundert noch kurz das Farbenspiel, während sie darauf wartet, dass auch die letzten Arbeiter die Werkstatt verlassen. Die Frau, Sproß einer Familie berühmter Glaskünstler, verabschiedet sie und verschließt das Tor.

Dann eilt sie zu den Öfen zurück, der lange Seidenrock schleift über den Boden, und zündet die Kerzen an. Bald würde es Nacht, sie muss sich beeilen.

Nachdem sie den Ofen bestückt hat, starrt sie in die Flammen.

»Noch einen Moment.«

Ihre Finger umklammern den Blasebalg. Sie weiß, dass sie nicht mehr allein ist, eine Erkenntnis, die ihr Herz schneller schlagen lässt. Aber sie dreht sich nicht um. Sie weiß, wer ihre Einsamkeit stört. Sie spürt alles von ihm, seine Präsenz, seinen Geruch, sogar seinen Atem.

»Du bist zu spät.«

»Dein Vater wollte mich nicht gehen lassen, ich musste warten, bis er eingeschlafen war.«

Sie nickt, löst den Blick aber nicht von den Flammen. »Gehen wir an die Arbeit, es wird Zeit.«

»Wie Sie wünschen, Signora.«

Sie genießt seine Stimme, seine Freundlichkeit, das warme fremdländische Timbre. Doch das, was sie am meisten an ihm anzieht, würde auch sein Todesurteil bedeuten, wenn jemand herausfinden würde, dass er Glas bearbeitet.

Venedig kennt kein Erbarmen. Nur wer in der Lagunenstadt geboren ist, hat das Recht, den Blasebalg zu bedienen.

Das Verlangen hat spitze Zähne, die sie packen, ihren Willen schwächen. Aber sie darf nicht nachgeben, und sie wird es auch nicht.

Während Zorzi Ballarin, der Gehilfe ihres Vaters, der einzige Mann, dem sie jemals vertraut hat, seinen Platz vor dem Feuer einnimmt, geht sie zum Tisch zurück. Sie schaut ihm beim Arbeiten zu, ist begeistert von seiner Intuition, seiner Handwerkskunst. Er erzählt ihr von seinen Träumen, sie hört ihm zu … und träumt dabei selbst.

Hin und wieder beugt sie sich über ihr Notizbuch und hält schriftlich einen Arbeitsschritt fest.

Endlich liegt die Glasperlenkette, an der sie in den vergangenen Wochen gemeinsam viele Stunden gearbeitet haben, in einem Aschebett.

»Wunderschön.«

»Ja, das ist sie.« Erst jetzt bemerkt sie seinen Blick, der auf ihr ruht. Das Schmuckstück ist rasch vergessen, jetzt sind andere Dinge wichtig. Marietta reicht ihm die Hand, und er führt sie an seine Lippen. Sie lächelt ihn an und gibt sich dem Luxus der Hoffnung hin, denkt daran, dass ihre Küsse alle Spuren des Schmerzes, die Verbrennungen und Narben verschwinden lassen können.

Das Licht der aufgehenden Sonne überrascht sie, und die Realität fegt die Träume hinweg.

Sie entfernt sich von ihm, er möchte ihr folgen, hält sich dann aber zurück.

»Es ist Zeit, du musst gehen.«

Der Abschied klingt wie ein Urteil. Er nickt, auf seinem Gesicht macht sich Enttäuschung breit. Sie wissen beide, dass die letzte gemeinsame Nacht sich dem Ende zuneigt. Die Kette ist fertig, es gibt keinen Grund mehr, sich zu treffen. Er steht bereits an der Tür, als er plötzlich innehält und noch einmal zurückkommt. Der Ausdruck seiner strahlenden Augen sagt ihr, dass er bereit ist, für die verbotene Liebe alles zu geben, sogar sein Leben. Aber er berührt sie nicht, und dafür ist Marietta ihm dankbar. Ihr Wille hätte sonst nicht länger standgehalten.

»Meine Signora, hör mir zu …«

Sie unterbricht ihn, bevor er etwas Falsches sagen, die selbst gezogene Grenze überschreiten kann, die ihn bis zu diesem Moment am Leben gehalten hat.

»Ich habe dir gesagt, dass du gehen musst.«

Die Stille wiegt schwer, tausend Worte füllen ihr Herz und sie nicht auszusprechen, ist eine Qual. Marietta geht einen Schritt zurück, greift nach dem Notizbuch, reißt einige Seiten heraus und reicht sie ihm.

»Für deine Mühe«, sagt sie und übergibt ihm einen Teil ihrer Geheimnisse. Sie verletzt ihn, ihn und das zarte Gefühl, das sie beide verbindet. Sie weiß es, doch sie kann nicht anders. Er wird bleich und weicht zurück, dann verabschiedet er sich mit einer angedeuteten Verbeugung.

»Wie Sie wünschen …«

Während ihre einzige Liebe sich immer weiter entfernt, wird ihr Wunsch, ihm hinterherzulaufen, zu weinen und zu schreien, schier übermächtig. Doch sie zwingt sich zu

bleiben und streicht mit den Fingerspitzen über die Perlen.

»In einem anderen Leben wird das Schicksal uns vielleicht gnädiger gestimmt sein, geliebter Zorzi«, sinniert sie,
als ein Gedanke in ihr aufblitzt und alle Grübeleien ver-
treibt. Sie greift nach einem Säckchen, in dem die Perlen
aufbewahrt werden, die sie berühmt gemacht haben, und
steckt die Kette hinein.

Vielleicht kommt sie noch rechtzeitig, denkt sie, als sie
die Werkstatt verlässt.

1

Glas ist eine amorphe Masse, die selbst in flüssigem Zustand von hoher Dichte ist. Das empfindliche, transparente und faszinierende Material entsteht aus der Verbindung von Quarzsand und Kalk, der man Sodapulver oder Pottasche hinzufügt, um die Schmelztemperatur auf 800°C zu verringern, damit die Glasbläser es bearbeiten können.

An dem Tag, an dem Juliet Meriwether zum ersten Mal in das hohle Eisenrohr blies, geschah etwas Wunderbares: Die glühende Glasmasse am anderen Ende dehnte sich aus und wurde zu einer Kugel.

Eine kleine Kugel, eher für ein Kind geeignet, die Kristalle auf der Oberfläche waren geschmolzen und zu einem spiralförmigen Motiv geworden, das sie sehr mochte. Sie hatte ihre Vorstellung in die Tat umgesetzt, langsam hatte sie Form und Dimension angenommen, und sie hatte dabei zugesehen. Trotz der offensichtlichen Fehler liebte Juliet die Kugel und war immer vorsichtig, wenn sie sie in die Schublade zurücklegte.

Fast immer.

Denn dieses Mal war ihr die Kugel aus der Hand geglitten, zu Boden gefallen und in unzählige kleine Scherben zerbrochen. Sie hatte sie alle aufgesammelt und in eine kleine Schachtel gelegt. Ob sie die Scherben so wieder zusammensetzen könnte? Eine rhetorische Frage, sie wusste genau, dass das unmöglich war.

»Du kannst eine noch schönere Kugel machen«, murmelte sie und wischte sich mit dem Handrücken die Tränen aus dem Gesicht. »Es ist nur ein Gegenstand«, führte sie den Monolog mit sich selbst weiter. Eine schlechte Angewohnheit, die sie schon seit Kindertagen begleitete.

Normalerweise war sie nicht so emotional, aber hinter ihr lagen anstrengende Tage, genauer gesagt, zehn, seitdem ihr der Postbote den Brief ausgehändigt hatte.

Sie stand auf, stellte die Schachtel auf die Arbeitsplatte und zog sich weiter an. Doch der Gedanke an den Moment, als sie in den Ärmel geschlüpft und mit dem Arm gegen die Kugel gestoßen war, ließ sie nicht los. Wenn sie sie nur am Vorabend nicht auf der Kommode hätte liegen lassen …

»Hör auf zu grübeln, denk an etwas Positives.« Wer weiß, vielleicht war das ein gutes Omen und ab jetzt würde alles gut. Denn eines war klar: Nichts wäre mehr wie vorher.

Sie schloss die Schnallen der Stiefel, warf einen Blick in den Spiegel, seufzte und flocht die lila Strähnen zu Zöpfen, um sie unter den kupferfarbenen Haaren zu verstecken. »Was ich nicht weiß, macht mich nicht heiß«, sagte sie auf Italienisch, zog die Jacke über, griff nach ihrer Tasche, nahm den Brief und schob ihn vorsichtig hinein. Dann verließ sie das Gebäude und sah sich um. Auf der gegenüberliegenden Straßenseite wartete ein Taxi auf sie. Während sie Platz nahm, begrüßte sie den Fahrer und legte einen Tulpenstrauß und den Kuchen, den sie am frühen Morgen gebacken hatte, neben sich auf den Rücksitz. Danach ließ sie sich mit einem Seufzer ins Polster zurücksinken.

Einmal im Monat versammelte sich ihre Familie zu einem gemeinsamen Abendessen in der Villa, die Luigi, das Familienoberhaupt, vor mehr als einem halben Jahrhundert im schönsten Viertel Seattles erworben hatte. Juliet mochte diese Abendessen nicht sonderlich und ließ sich öfter entschuldigen, aber dieses Mal ... Ah! Das war ihr Abend, der Augenblick, auf den sie schon immer gewartet hatte.

Durch das Fenster sah sie die Stadt an sich vorbeiziehen, die Dämmerung brach herein und die ersten Lichter flammten auf. Die dichte Bebauung ging in großzügige Wohnviertel mit riesigen viktorianischen Villen, pittoresken, bunt gestrichenen Häuschen, schmale Straßen und Gärten über. Jedes Haus ließ Erinnerungen und Gefühle aufsteigen. Sie überließ sich ihren Gedanken, bis sie wahrnahm, dass sie angekommen war. »Sie können mich hier rauslassen, behalten Sie den Rest.«

Das Trinkgeld konnte sie sich eigentlich nicht leisten, aber heute war ein besonderer Tag. Ein Fest. Sie erwiderte das Lächeln des Taxifahrers, und während sie den Hügel hinaufging, dachte sie wieder an den Brief in ihrer Tasche.

Unter ihr, zu ihrer Rechten, spiegelten sich die Lichter der Schiffe im Wasser der Elliott Bay. An Sonnentagen leuchtete das Meer tiefblau. Aus dem Zimmer im zweiten Stock, das vor langer Zeit einmal ihr Schlafzimmer gewesen war, hatte man den besten Blick. Jedenfalls so lange, bis ihr Vater es hatte vergittern lassen.

Die Hand glitt über ihren Arm, und ihr Lächeln erlosch. Dieses eine Mal hatte sie es übertrieben. Als kleines Mädchen hatte sie gedacht, sie könne alles erreichen, sogar fliegen.

Sie ging durch den Garten, stieg die Marmortreppe nach

oben und hatte ihre Hand schon gehoben, um zu klingeln. Aber dann überlegte sie es sich anders.

»Nur eine Minute«, murmelte sie. Ihr Herz klopfte, sie legte die Stirn an die Glasscheibe der Eingangstür. »Ich brauche nur noch eine Minute.«

Sie setzte sich auf die oberste Stufe, ganz vorsichtig, um die Tulpen nicht zu zerdrücken, und strich sich das Kleid glatt. »Tief atmen, das ist nur das Gefühl. Es geht vorbei.« Am Himmel begannen die Sterne zu funkeln, der Abend war schön. Es konnte nur besser werden. Es würde alles gut gehen, sie musste nur daran glauben. »Mit der richtigen Überzeugung geht alles.« Sie sah sich um in der Hoffnung, irgendwo etwas zu finden, das ihr Kraft gab, den Plan, den sie im Kopf hatte, bis zur letzten Konsequenz umzusetzen.

Plötzlich hörte sie ein Rascheln.

Wie aus dem Nichts tauchte eine Katze vor ihr auf. Der Schwanz war hoch aufgerichtet, wie ein Stock, sie hatte lange Beine und gespitzte Ohren, alles an ihr strahlte Würde aus. Juliet blieb unbeweglich sitzen und wagte kaum zu atmen. Ihre Hand ruhte auf ihrem Knie. In diesen smaragdgrünen Augen lag keinerlei Zögern, das war offensichtlich. Es kam ihr vor, als würde die Zeit stillstehen, als würden verdrängte Gefühle wieder aufleben. Die wohlbekannte brennende Unsicherheit, das Bewusstsein, dass ein falscher Schritt alles verändern konnte, die Vorsicht, zu der ihr die Narben aus der Vergangenheit rieten. Aber da war noch etwas anderes: das Bedürfnis, die drängende Notwendigkeit, sich auf unbekanntes, gefährliches und doch lang ersehntes Terrain vorzuwagen.

Sie streckte eine Hand nach der Katze aus. »Ciao, meine Kleine, hast du dich verlaufen?«

Den Körper unter dem seidenweichen nachtschwarzen Fell durchlief ein Zittern, eine vibrierende Energie. Die Katze haarte ein wenig, normal für diese Jahreszeit, sie miaute und kam näher. Als sie sich berühren ließ, seufzte Juliet auf.

»Du bist mutig«, sagte sie und streichelte ihr sanft über das Fell, »sehr mutig.« Und sie? Das Schnurren des Tieres wirkte beruhigend auf sie. Ihre Hand glitt zu ihrer Tasche und dem Geheimnis, das sich darin verbarg. Auch der Brief schien unter ihren Fingerspitzen zu zittern, als sie ihn berührte.

Plötzlich schwang die Tür hinter ihr auf und ein schmaler Lichtkegel fiel auf die Treppe. Juliet zuckte zusammen und drehte sich um. Dann lächelte sie. »Ciao, Tata.«

»Meine Güte, Giulietta, was machst du denn hier draußen?«

»Du hast die Katze verjagt.«

Die alte Dame schaute sich um. Dann wandte sie den Blick wieder ihr zu. Juliet war inzwischen aufgestanden.

»Immer gut für einen Scherz! Lass dich anschauen, mein Mädchen, ich habe dich so sehr vermisst.«

Diese Bezeichnung mochte Juliet eigentlich nicht, aber bei Gina gab sie sich der wohltuenden Zuneigung hin.

»Du hast dich verändert«, sagte die alte Dame und griff nach dem Kuchen und den Blumen.

»Findest du?«, Juliet wandte den Blick ab.

»Ja, du siehst ihr sehr ähnlich.«

Die arme Gina, sie wurde alt. Tatsächlich sah sie ganz anders aus als ihre Mutter. Ellen war zierlich und brünett, sie war hochgewachsen und eher rotblond, ein Erbe der Familie ihres Vaters. Wie alt war ihr ehemaliges Kindermädchen eigentlich? Sie wusste es nicht. Sie war als junges Mädchen mit der Familie ihres Großvaters in die USA gekommen, die Meriwethers waren eng mit ihr verbunden, sie hatte sie von Anfang an geliebt. Gina war ihr Halt gewesen, sie hatte sie immer ermuntert, auf die Stimme des Herzens zu hören. Als Juliet größer geworden war, war sie als Gouvernante im Haus geblieben und nicht in Pension gegangen.

»Bin ich die Letzte?«, fragte sie mit einem Blick in den Salon.

»Nein, keine Sorge. Dein Bruder hat angerufen, ihm kam etwas dazwischen.«

»Daniel kommt nicht?« Aus ihrer Stimme sprach leise Enttäuschung.

»Er war wie immer pünktlich und plaudert jetzt mit deinen Eltern.«

Dann ging es also um Paul. Juliet zog die Jacke aus und hängte sie an die Garderobe neben der Eingangstür. Sie betrachtete das Muster, das der Schatten der Lampe auf die Wand warf. Wunderschön und geheimnisvoll sah das aus. Die zerbrochene Glaskugel kam ihr in den Sinn, was sie traurig stimmte. Sie war ihr erstes Werk gewesen und hatte ihr viel bedeutet.

Eine sonore Stimme summte eine Jazzmelodie. Juliet versank in Erinnerungen. In ihrer Kindheit und bei wichtigen Anlässen hatte ihr Vater Lucas oft für sie gesungen. Der Gedanke daran erfüllte sie mit Freude. Mit einem Lächeln auf den Lippen, aber noch immer zögernd blieb sie vor der Tür stehen.

»Gibt es etwas zu feiern?«

Von ihrer Position aus konnte sie ihre Eltern sehen, elegant wie immer. Sie steckten die Köpfe zusammen und sprachen leise miteinander, jeder in einer Hand ein Glas. Ihr Anblick erfüllte sie mit Freude. Mit einer schüchternen Geste hob sie grüßend die Hand, dann tastete sie wieder nach dem Brief.

»Sie können es kaum erwarten, dich in die Arme zu schließen«, flüsterte Gina hinter ihr, »nur Mut, mein Schatz.«

Der warme Händedruck ihres alten Kindermädchens tat ihr gut, sie atmete tief durch. »Los geht's«, sagte sie zu sich und lächelte. »Guten Abend, Mama! Wie geht es dir, Papa?«

»Da bist du ja endlich, ich habe schon befürchtet, du hättest deine Pläne geändert.«

War er deshalb so angespannt?, fragte sich Juliet. »Nein, ich bin nur zu spät losgefahren.«

Ellen umarmte sie. »Immer mit den Gedanken woanders, *Honey.*«

Sie nannte sie so, weil sie die Kleinste war, eine überraschende Nachzüglerin, als ihre Brüder schon groß waren. Sie zwang sich zu einem Lächeln. »Ich hatte noch etwas zu tun.«

Wenn sie nicht die Glasscherben vom Boden aufgesammelt hätte, wäre sie sogar zu früh gewesen.

»Lass dich anschauen, du hast mir gefehlt.«

»Du mir auch, Papa.« Sie stellte sich auf die Fußspitzen, um ihn zu küssen. Lucas Meriwether war ein groß gewachsener, kräftiger Mann, sein volles Haar bekam langsam ein paar graue Stellen. Er musterte sie aufmerksam.

»Du bist ein wenig blass …«

Normalerweise hätte sie gelächelt, das sagte er jedes Mal, wenn sie sich sahen, aber sie war zu angespannt.

»Ich finde, du siehst großartig aus, Juls!«

»Daniel!« Sie ging auf ihn zu und warf sich in seine Arme.

»Wie geht's, meine Kleine?«

Von ihm konnte sie das annehmen, er durfte sie nennen, wie er wollte, er war ihr Held.

»Gut. Wie war deine Konferenz?«

Er war der jüngste und brillanteste Neurochirurg des Landes, mit 38 bereits Chefarzt. Die Konferenz, die er in der Vorwoche in London organisiert hatte, war ein voller Erfolg gewesen, das wusste sie bereits aus den sozialen Medien. Die Medizin war seine Mission. Wie bei allen Meriwethers.

Außer bei ihr. Und das lag nicht allein daran, dass sie kein Blut sehen konnte …

Daniel richtete sich auf. »Alles wie immer.« Er lächelte sie an und strich ihr übers Haar. »Du warst am Telefon ziemlich vage. Was gibt es denn Großartiges zu verkünden?«

Es kam ihr vor, als würde sie in den Spiegel sehen. Ihr Bruder hatte die gleichen großen grünen Augen, auch ihre Haarfarbe war identisch. Aber sonst war Daniel ganz anders wie Paul, wie ihre Mutter und ihr Vater. Erfolgreiche Menschen. Sie schmiegte die Wange an sein Hemd und sog seinen Duft ein. Bei ihm fühlte sie sich sicher. »Das erzähle ich euch beim Abendessen.« Sie lachte und spürte, wie die Spannung, die den ganzen Tag auf ihr gelastet hatte, von ihr abfiel und sie ruhiger wurde.

»Spann uns nicht auf die Folter, *Honey*.«

Ihre Mutter reichte ein Tablett mit Vorspeisen herum. Sie wirkte alarmiert. Juliet hatte schon immer gut die Gefühle von den Gesichtern ihrer Mitmenschen ablesen können, besonders wenn sie zur Familie gehörten. Sie betrachtete die Antipasti, die wie ein Baum arrangiert waren, dessen Stamm man angeknabbert hatte. »Es geht um eine große Chance.«

»Kannst du nicht etwas präziser sein?«

Sie spürte, dass sie sich Sorgen machte, wie die anderen auch. Das war gar nicht nötig, dachte Juliet enttäuscht. Und spürte den üblichen Drang, sich zu rechtfertigen. Deshalb änderte sie ihren Plan, griff in die Tasche und holte den Brief heraus. »Im Sommer habe ich an einer Ausschreibung teilgenommen, und ich habe gewonnen.«

So hatte sie sich den Moment nicht vorgestellt, das waren nicht die Worte, die sie vor dem Spiegel einstudiert hatte. Darin lag nichts von der Poesie, von dem intensiven Gefühl, den überwältigenden Emotionen, die sie überkommen hatten, als sie den Brief zum ersten Mal gelesen hatte. Und bei den vielen Malen danach. Sie reichte Daniel den Brief, der ihn rasch überflog. Dann lächelte er ihr zu.

»Das ist wunderbar, Juls. Glückwunsch.«

Freude überkam sie, sie hatte gewusst, dass er auf ihrer Seite wäre. Daniel hatte sie immer unterstützt, hatte immer einen Platz für sie in seinem Zimmer gehabt, eine Ecke, in die sie sich zurückziehen konnte, während er lernte oder las und dabei zu einem wunderbaren Menschen heranwuchs.

Bei den anderen war sie nicht so sicher.

Sie wusste, dass sie ihre Eltern enttäuscht hatte, als sie das Medizinstudium aufgegeben, ihre Hilfe abgelehnt und sich ihre Ausbildung durch Bedienen selbst finanziert hatte. Zumindest teilweise, den größten Teil hatte sie vom Erbe ihrer Großmutter mütterlicherseits bestritten, was wahrscheinlich für noch mehr Unmut gesorgt hatte. Aber sie hatte es aus eigener Kraft geschafft, und sie war stolz auf ihren Doktor in Bildender Kunst, aus Sicht ihrer Eltern reine Zeit- und Geldverschwendung. Ihr Kindermädchen hatte sie immer unterstützt. Jeder Mensch kommt mit einer besonderen Gabe auf die Welt, hatte sie immer gesagt. Und dieses Talent zu pflegen, sei eine Pflicht und eine Freude. Und der Weg zum Glück.

Sie kehrte in die Gegenwart zurück, zu ihrer Familie. Es war nicht ihre Schuld, dass ihre Eltern sie nicht verstanden. Aber alles konnte sich ändern. Sie durfte die Hoffnung nicht aufgeben. Eines Tages würde sie von ihrer Kunst leben und ihre Familie glücklich machen können.

Das war ihr Wunschtraum.

»Zeig mal, Daniel. Um was geht es, Juliet?«

»Ich gehöre zu zehn ausgewählten Künstlern, die an der Akademie für Glaskunst in Murano angenommen wurden. Ich werde nach Venedig gehen, Mama.«

Sie hatte es ausgesprochen. Bewegt hielt sie den Atem an, ihr Herz pochte, sie lächelte ihrer Mutter zu. Ellens Augen wanderten über den Brief, den sie danach an ihren Mann weiterreichte.

Sie schien nicht gerade begeistert, dachte Juliet besorgt.

»Wie bitte? Wann hat sie das denn gemacht? Warum weiß ich davon nichts?«, ihr Vater stellte sein Glas auf das Tablett zurück.

»Schau mich nicht so an, ich bin genauso überrascht wie du. Warum hast du uns nichts davon erzählt, *Honey*?«

Juliet war wie vor den Kopf geschlagen. »Das tue ich doch gerade.« Warum freuten sie sich nicht mit ihr? Das fragte sie sich mit wachsender Verwirrung. Sie hatte sich diese Szene so oft ausgemalt, und jedes Mal war ihre Familie begeistert gewesen. Aber die Realität sah anders aus. Stille, hochgezogene Augenbrauen, Zweifel. Wo war das Lächeln? Die Freude? Warum sahen sie alle an, als hätte sie einen Fehler gemacht?

»Du hättest uns sagen müssen, dass du an dieser ... Ausschreibung teilnehmen willst. Du warst immer schon impulsiv, und dieser Charakterzug hat dich in eine ... *fragwürdige* Richtung gehen lassen. Das Ganze hätte sich durchaus als Fehler herausstellen können.«

»Ich ...«, ihr Mund war wie ausgetrocknet. Sie versuchte, noch etwas zu sagen, aber der Gesichtsausdruck ihrer Eltern sprach Bände.

»Wir alle machen Fehler und daraus lernen wir. Das nennt man Leben.«

»Spare dir deine Psychologie, Daniel. Deine Schwester ist ... das weißt du doch. Ich werde nicht zulassen, dass sie ausgenutzt wird.«

Juliet zitterte. »Niemand nutzt mich aus.« Am liebsten hätte sie geschrien, hielt sich aber zurück. Die Situation entwickelte sich anders, als sie es gehofft hatte. »Ich dachte, ihr würdet euch freuen, wärt wenigstens einmal stolz auf mich.«

»Aber das sind wir doch auch. Wir lieben dich, *Honey*.«

Sie saßen sich auf den beiden Sofas gegenüber und musterten sich, als ob ihre Sitzposition ihre gegensätzlichen Haltungen widerspiegeln würde, auf der einen Seite Daniel und sie, auf der anderen ihre Eltern. Zwischen ihnen stand ein niedriger Holztisch mit Schnitzereien, auf denen akkurat aufgereiht einige Zeitschriften und eine Amethyst-Geode lagen. Juliet starrte einige Minuten auf den Stein.

Keiner sagte ein Wort, eine merkwürdige Spannung lag im Raum, die ihre Verlegenheit noch größer werden ließ und sie traurig stimmte. Sie hatte zwar befürchtet, dass es einige Einwände geben würde, aber nicht so etwas. »Es tut mir leid«, sagte sie leise. Sie wusste nicht mal, warum sie sich entschuldigte, sie wollte nur noch weinen. Ihre Mutter kam auf sie zu und tätschelte ihr die Hand.

»Mach nicht so ein Gesicht, Juliet. Was du tust, ist das eine, und das, was du bist, das andere. Bitte verwechsele das nicht. Du bist unsere Tochter und wir lieben dich über alles, nicht wahr, Lucas?«

»Aber natürlich. Mit dieser Glasgeschichte hast du allerdings den Bogen überspannt. Natürlich ist das ein interessantes Hobby, das möchte ich nicht bestreiten, aber deshalb auf die andere Seite der Weltkugel zu reisen … weißt du überhaupt, wo Venedig liegt, *Honey*?«

Wieder spürte Juliet die Abneigung ihres Vaters gegenüber Italien. Das war schon immer so gewesen. »Oh ja, das weiß ich sehr wohl. Und ich weiß auch, dass mich das glücklich machen wird.«

»Das kann ich zwar verstehen, aber das passt doch gar nicht zu dir.«

»Dein Vater hat recht, es ist zu anstrengend, du bist so zart und sensibel.« Ihre Mutter hielt inne und suchte nach den richtigen Worten. »Du hast dich durchgesetzt, und das ist wunderbar. Genieße den Erfolg, aber übertreibe es nicht. Beschränke dich auf das, was du erreichen kannst.«

Was du erreichen kannst. Juliet fragte sich, was das nach Meinung ihrer Mutter sein sollte. Aber sie brachte den Gedanken nicht zu Ende. Was ihre Mutter gesagt hatte, war ja nicht falsch, aber sie war auch … anders. Oder sie konnte es zumindest werden. In dem Schreiben stand, dass sie wegen ihrer Qualifikation und ihren Kompetenzen ausgewählt worden war und durchaus an der Weiterbildung teilnehmen konnte.

Ihre Augen suchten den Brief, als wolle sie sich an ihm festhalten.

»Habt ihr das überhaupt richtig verstanden? Nur zehn Bewerber weltweit werden an dieser Schule aufgenommen. Es ist eine besondere Auszeichnung, dabei sein zu dürfen.« Sie konnte längst nicht so laut sein wie Paul, aber vielleicht sollte sie jetzt damit anfangen. Vielleicht würden sie ihr dann zuhören.

»Wir wollen doch nur dein Bestes.«

Sie zuckte zusammen. Was hatte sie zu ihrem Besten nicht schon alles erdulden müssen? Sie wollte die Vergangenheit nicht wieder hochholen, sie fühlte sich nicht als Opfer. Deshalb dachte sie an ihre Freunde, an die schönen Dinge, die sie schon erreicht hatte, an das, was sie noch vorhatte. Sie dachte an das Lachen, an das Glücksgefühl, als sie ihren Namen auf dem Brief gelesen hatte. Und sie dachte an die Zukunft. »Venedig ist meine große Chance, Papa, eine einzigartige Möglichkeit.« Sie sah ihm dabei tief in die Augen und lächelte. Sie wollte, dass er sie dieses Mal verstand und unterstützte.

Daniel umfasste ihre Taille. Juliet legte den Kopf an seine Schulter, dankbar für seine Unterstützung. »Ich wollte meine Freude mit euch teilen.« Sie wusste, dass sie anders war als sie, immer schon, aber sie hatte ihr Bestes gegeben und ein wichtiges Ziel erreicht.

»Sicher, mein Schatz, wir freuen uns mit dir.«

Leere Worte, es war nicht das erste Mal, dass sie sie besänftigen wollten. *Wie bei einem widerspenstigen Kind*, dachte sie. In der Vergangenheit hatte sie das immer akzeptiert, aber jetzt wurde ihr klar, dass es so nicht weitergehen konnte. Sie warf einen Blick in die Runde. Die Haltung der Anwesenden hatte sich verändert. Jetzt wägten sie die Situation ab, fragten sich, ob Juliet ihr gewachsen war.

Diese Frage hatte sie sich in den vergangenen zehn Tagen auch oft gestellt. Der Kurs war sehr anspruchsvoll. Doch die Vorstellung, am anderen Ende der Welt neu anzufangen, faszinierte sie, auch wenn sie gleichzeitig Angst davor hatte. Obwohl ihre Freunde und Kollegen sie von Anfang an unterstützt hatten, brauchte sie die Anerkennung ihrer Familie. Sie hatte davon geträumt, gehofft, dass sie sie unterstützen und ermutigen würden. Deshalb war sie hier. Sie hob den Kopf und beobachtete die Gespräche, dabei hatte sie das Gefühl, ihre Gedanken lesen zu können.

Sie war genügsam und brauchte nicht viel, hatte ihren Halbtagsjob als Sekretärin und eine eigene, kleine Wohnung, in der sie sich wohlfühlte. Doch es gab immer wieder Momente, wo sie glaubte, den Verstand zu verlieren, wo sie es in ihrer Haut kaum aushielt. Alles schien unendlich weit weg und nichts konnte sie aus ihrer Teilnahmslosigkeit befreien, gefangen in einer Welt, die sie teilweise nicht verstand, die sie abzulehnen schien. Aber es gab auch die Tage, an denen das Helle in ihr an die Oberfläche kam. Dann ging sie im Park barfuß über die Wiese, weil sie das Gras unter ihren Füßen spüren wollte, flocht Blumenkränze, aß Pizza mit Eiscreme, kleidete sich in Orange und Türkis, weil das ihre Lieblingsfarben waren und es ihr nichts ausmachte, dass sie nicht zusammenpassten. An diesen Tagen blieb sie bis zum Morgengrauen wach, um gemeinsam mit ihren Freunden in der Werkstatt die Wärme des Ofenfeuers auf ihrem Gesicht zu spüren, den beißenden Geruch des Papiers, wenn es das Glas berührt, den feuchten Rauch, der sich aus den vollen Kesseln erhob, wahrzunehmen und das Zischen des Wassers zu hören, wenn das Zuviel an Glasmasse, das sie mit der Zange abgetrennt hatte, wieder in den Behälter fiel. Sie liebte nicht nur den Glasofen, sondern den gesamten Prozess. Er war der Auftakt für den Schaffensprozess. In dieser Welt der lodernden Flammen fühlte sie sich lebendig.

»Es geht nur um drei Monate.«

Lähmende Stille, Furcht. Sie spürte, wie sie Blicke tauschten, sich neu organisierten und es noch einmal versuchten.

»Und was wird aus deiner Arbeit? Du machst das doch gerne, das hast du selbst gesagt.«

»Nein, Mama, ich habe gesagt, sie ist bequem.« Banal, monoton. Es gab viele Menschen, die sich nach einem sicheren Arbeitsplatz sehnten, dachte sie, und ihre Wangen brannten vor Scham. Aber sie wollte mehr. »Ich werde um unbezahlten Urlaub bitten.«

»Und die Wohnung?«

Sie würde sie für die Dauer ihrer Abwesenheit untervermieten. »Das ist kein Problem.«

»Warum hört ihr nicht einfach auf und lasst sie gehen?«, fragte Daniel.

Juliet lächelte ihren Bruder dankbar an.

»Ich habe an alles gedacht.« Das stimmte, sie hatte nichts anderes getan. Aber jetzt wurde es ernst, sie musste kämpfen, um sich Gehör zu verschaffen. *Zum ersten Mal*, dachte sie. In der Vergangenheit hatte sie Diskussionen vermieden und sich Konfrontationen entzogen. Sicher, sie war immer ihrem Herzen gefolgt, aber in den Grenzen des Möglichen geblieben, hatte sich gebeugt, wenn man ihre Ideen abgelehnt hatte, und war sich stets bewusst gewesen, nicht die Tochter zu sein, die sich ihre Eltern gewünscht hatten.

Als Daniel weitersprechen wollte, unterbrach sie ihn. Sie wollte die Situation auf ihre Weise lösen, wollte verstanden werden, das war ihr wichtig. »Das ist meine Chance.«

Schweigen, Seufzen, Gedanken, die im Raum standen.

»Du scheinst fest entschlossen zu sein.«

»Das bin ich, Papa.«

»Also gut ... gut. Beschäftige dich eben mit dieser ... Kunst und komme danach wieder nach Hause.«

Juliet schaute zu ihrer Mutter, die offensichtlich verärgert war. Sie warf ihr einen bittenden Blick zu, und schließlich gab Ellen nach.

»Ich ... nun gut, mach, was du willst. Du bist schließlich erwachsen.«

War sie das wirklich?, fragte sie sich. Wenn es so wäre, würde sie die Unterstützung ihrer Eltern gar nicht erst brauchen. Eine erwachsene Frau wäre ihren eigenen Weg gegangen und sich ihres Wertes bewusst gewesen. Für eine Erwachsene wäre nur die eigene Meinung wichtig gewesen.

2.

In einem Grabmal in Dänemark ist eine blaue Glasperle aus dem ägyptischen Amarna gefunden worden, die in den gleichen Brennöfen hergestellt wurde wie einige berühmte Grabbeigaben des Tutenchamun. Sie erzählt von der uralten Verbindung zwischen Mensch und Glas. Seitdem sind mehr als 3000 Jahre vergangen, aber die Faszination für das Glas ist geblieben.

Schon als kleines Mädchen hatten ihre Eltern sie von einem Spezialisten für infantile Störungen behandeln lassen. Juliet wusste nicht mehr, wie alt sie damals genau gewesen war, aber an ihren Gesichtsausdruck erinnerte sie sich genau, erst ungläubig, dann erschöpft. Denn mit ihr war alles in Ordnung, auch wenn sie die üblichen Tests nicht bestanden hatte.

Sie war anders.

Sie hatten sie getröstet und ihr ihre ganze Aufmerksamkeit geschenkt. Sie würden nicht aufgeben, hatten sie ihr versichert.

Doch sie war allen möglichen weiteren Tests unterzogen worden, wie hätte sie ihren Eltern in dieser schwierigen Phase glauben sollen? Eines Tages hatte sie deshalb beschlossen, von zu Hause abzuhauen. Mit selbst gebastelten Flügeln hatte sie sich in die Tiefe gestürzt. Als sie auf dem Blätterteppich unter dem Balkon ihres Zimmers aufgeprallt war, hatten sich ihre Schmetterlingsflügel gelöst. Zum Glück war Daniel zu Hause gewesen und hatte sie sofort ins Krankenhaus gebracht. Er war bei ihr geblieben, bis man ihr den Arm eingegipst hatte.

Auch wenn sie nicht mehr dieses kleine Mädchen war, fühlte sich Juliet auch heute noch wie damals: hilflos, anders. Seltsam.

Der Druck von Daniels Hand brachte sie in die Wirklichkeit zurück. Genau wie die Kälte, die sie in sich spürte.

Ihre Eltern hatten sich nicht gegen ihren Plan gestellt. Aber sie verstanden nicht. Sie verstanden sie einfach nicht ... und waren nicht glücklich über ihre Entscheidung. Aber es würde bestimmt alles gut gehen. Mit der Zeit hatte sie gelernt, dass es sinnlos war, Wertschätzung oder Liebe zu erwarten ... so funktionierten die Dinge eben nicht. Geliebt zu werden, war kein Recht, auf dem man bestehen konnte.

»Du wirst Geld brauchen, einen sicheren Ort zum Wohnen. Wen kennen wir in Venedig, Lucas?«

»Die Schule verfügt über ein Wohnheim und eine Mensa, und um ehrlich zu sein, würde ich gerne allein zurechtkommen, Mama.« Allein die Vorstellung, ihre Eltern könnten sie irgendwo unterbringen, war demütigend.

»Wann reist du ab?«

Sie wollte ihrem Vater gerade antworten, als Geräusche aus dem Flur zu hören waren.

»Endlich, da sind sie ja.«

Auf den Gesichtern ihrer Eltern war große Freude zu lesen, als sie Paul entgegengingen.

»Entschuldigt die Verspätung, aber Rebecca wurde bei

Gericht aufgehalten und musste den nächsten Flug nehmen.«

»Das tut mir leid.«

»Nichts Ernstes, Mama, nur eine Auseinandersetzung mit ihrem Assistenten.«

Paul hatte einen Arm um die Schultern seiner langjährigen Verlobten gelegt, eine intelligente, attraktive Frau aus guter Familie, eine brillante Anwältin. Perfekt für ihn. Perfekt für die Familie Meriwether.

»Sehr gut! Ich freue mich, dass sich das Problem gelöst hat.«

»Danke, Ellen, ich bin nur ein wenig müde.«

Sie umarmte ihre zukünftige Schwiegermutter, dann Lucas und Daniel, und schließlich Juliet.

»Ich hatte gehofft, dich zu sehen, wie geht es dir, Juliet?«

»Gut, danke.« Sie mochte Rebecca. Vor allem bewunderte sie ihre Selbstsicherheit, trotz der Verspätung strahlte sie Wohlbefinden und Souveränität aus.

»Wie geht es dir?«

»Angesichts der Umstände ganz gut.«

Wieder lächelte sie und Juliet fragte sich, ob ihr etwas entgangen war. Bevor sie der Sache auf den Grund gehen konnte, rief Paul nach ihr.

Die beiden waren ein wirklich schönes Paar. Einen Moment lang betrachtete sie ihren Bruder. Paul war kleiner als Daniel, sah ihm aber sehr ähnlich. Seinem Blick fehlte allerdings die Freundlichkeit, und wenn er wütend war, konnte er hart und grausam sein. Juliet hatte sich mehr als einmal gefragt, warum er immer nach Fehlern und Schwachstellen der Dinge und der Menschen suchen musste. Aber dieser Charakterzug war auch vielen anderen Menschen eigen.

»Endlich alle zusammen, perfekt!« Paul wirkte nervös, was sie wunderte, sonst war ihr Bruder immer die personifizierte Selbstbeherrschung. Auch Daniel musterte seinen Bruder überrascht. »Was meinst du, was los ist?«

»Ich denke, das werden wir bald wissen. Komm, folgen wir ihm. Ich werde langsam neugierig.«

Als sie näher kamen, bemerkte Juliet die Anspannung auf dem Gesicht ihrer Mutter, ihr Vater hingegen strahlte. »Eine Hochzeit! Wie wunderbar!« Er entkorkte eine Champagnerflasche und goss die schäumende Flüssigkeit in die Gläser. »Stoßen wir an.«

»Das ist in der Tat ein Tag der Neuigkeiten!« Ellen umarmte Rebecca erneut. »Glückwunsch, meine Liebe.«

»Danke. Ich weiß, das kommt alles etwas plötzlich, aber …«

»Es ist der richtige Zeitpunkt«, beendete Paul den Satz. Er führte Rebeccas Hand an seine Lippen. »Es soll eine schlichte Feier werden, nichts Aufwendiges.«

Sie würden heiraten? Juliet warf Daniel einen Blick zu, der nur mit den Schultern zuckte. Auch er schien nichts davon gewusst zu haben.

»Es sollte genügend Zeit sein, für den Sommer alles zu organisieren. Mitte August wäre ideal, was meint ihr?«

»Ich weiß nicht, Paul, so eine Hochzeit braucht einiges an Vorbereitung.«

Er schüttelte den Kopf. »Aber nein! Es bedarf nur einer klaren Vorstellung und einer guten Agentur. Wo ein Wille ist, ist auch ein Weg.«

Juliet erholte sich von ihrer Überraschung. »Ich bin allerdings erst im September aus Italien zurück.«

»Dann müssen wir das Datum ein wenig nach hinten

verschieben.« Rebecca legte Paul eine Hand auf den Arm, der sie drückte und sie anlächelte. Dann warf er Juliet einen vorwurfsvollen Blick zu. Sie war überrascht. Sie hatten noch kein Wort miteinander gewechselt, warum war er beleidigt? Um die Hochzeit ging es sicher nicht, sie hatten ja noch kein genaues Datum festgelegt.

»Ich gehe davon aus, dass du deine Pläne noch ändern kannst, Juls. Hier geht es immerhin um meine Hochzeit.«

Nein, das konnte sie nicht, und das wollte sie ihm auch gerade sagen, als Gina das Wohnzimmer betrat und zum Abendessen bat.

»Danke, Tata«, Ellen deutete in Richtung Esszimmer, »wir sprechen bei Tisch weiter.«

Juliet fragte sich, wie sie aus der Sache herauskommen sollte. In Gedanken versunken wollte sie ihren üblichen Platz zwischen den Eltern einnehmen, aber Paul hielt sie zurück. »Das ist ein wichtiger Moment. Rebecca und Mama haben sich viel zu sagen. Dieses Mal könntest du ihr den Gefallen tun, oder?«

»Wie bitte?« Sie warf Rebecca, die mit ihren Eltern plauderte, einen Blick zu. »Ich wollte nicht unhöflich sein, tut mir leid, ich habe nicht nachgedacht.«

Paul musterte sie kühl, dann wandte er sich von ihr ab. Beschämt und verwirrt umrundete sie den Tisch und setzte sich neben Daniel, der sie anlächelte. »Ignoriere ihn einfach.«

»Er hat mich nie gemocht.«

Daniel schüttelte den Kopf. »Er hat nur gerne alles unter Kontrolle, und du bringst ihn aus dem Konzept. Er weiß nie, was du denkst oder tun wirst, das ist ihm unangenehm.«

War das wirklich so? Sie schaute zu Paul, der sich im Zentrum der Aufmerksamkeit sichtlich wohlfühlte. Er lachte und scherzte und war bester Laune.

»Ich war noch nie in Italien, Juls, weißt du. Wir könnten uns eine Wohnung teilen«, flüsterte ihr Daniel ins Ohr und sie zuckte zusammen.

»Du willst mitkommen? Und das Krankenhaus?«

»Na ja, es sind ja nur drei Monate. Ich pendele zwischen Seattle und Venedig und organisiere mich mit den OPs. Das wird toll, du wirst sehen.«

Eine verrückte Idee ... trotzdem dachte Juliet darüber nach. Mit Daniel an ihrer Seite wären auch ihre Eltern beruhigt und würden sich ihr nicht mehr in den Weg stellen. Das war die einfachste Lösung. Sie hätte sich freuen sollen, aber stattdessen war sie ... verlegen, der Gedanke war ihr unangenehm, als würde ihr plötzlich etwas weggenommen. Verwirrt wandte sie den Blick ab und konzentrierte sich auf das Gespräch bei Tisch. Ihre Eltern wirkten hochzufrieden.

»Und Kinder? Ich hoffe doch, ihr werdet mindestens drei haben.«

»Lucas, ich bitte dich«, Ellen warf ihrem Mann einen vorwurfsvollen Blick zu.

»Was habe ich denn Schlimmes gesagt, deshalb heiraten Menschen doch, oder? Ich hätte gerne Geschwister gehabt, aber leider war ich ein Einzelkind, das hat mir nicht gefallen. Schau dir unsere Kinder an, sie werden immer füreinander da sein.«

Rebecca gab Paul ein Zeichen und er goss ihr noch etwas Wasser ein. Das erste Mal an diesem Abend wandte er sich an Juliet. »Nun, Schwesterchen, was machst du in Italien?«

Das plötzliche Interesse an ihren Plänen war sicher ein

Ablenkungsmanöver, aber sie spielte das Spiel mit, denn sie wusste, wie unangenehm die Fragen ihres Vaters sein konnten. Sie legte die Gabel auf den Teller zurück. »Ich werde drei Monate weg sein und in Venedig leben.«

»Lange Ferien.«

»Juls wird auf eine Kunstschule gehen, und zwar auf eine ganz besondere, nicht wahr, meine Kleine?« Daniel hob sein Glas und prostete ihr zu.

»Und das muss in Italien sein? Kannst du dich nicht in Seattle einschreiben?«

Das war eine berechtigte Frage. Die ersten Kurse hatte sie in der Stadt gemacht, doch dann hatte sie verstanden, dass sie etwas anderes suchte, den Blick weiten, ihre Fantasie beflügeln wollte. »Murano ist die Metropole der Glasbläserkunst.« Auf dieser kleinen Insel hatte man die Kunst der Glasbearbeitung zur Meisterschaft erhoben und über Jahrtausende gepflegt. Diesen Ort wollte sie unbedingt sehen und dazu die weltweit beste Schule für Glasgestaltung besuchen. Gina, der sie ihren Wunsch anvertraut hatte, hatte sie von Anfang an unterstützt.

»Wirklich außergewöhnlich. Und danach?«, fragte Rebecca.

Danach? Sie hatte sich bis jetzt nur Gedanken über die Bewerbung und die Organisation ihrer Reise gemacht. An das Danach hatte sie nicht gedacht. »Ich weiß es nicht.«

»Das Gegenteil hätte mich auch überrascht, Juls«, spottete Paul kopfschüttelnd. »Du bist wirklich unglaublich.«

Das sollte ein Scherz sein, aber sie spürte den missbilligenden Unterton. Warum traute er ihr nichts zu? Warum kritisierte er sie immer? Sie wollte ihn genau das gerade fragen, als Daniel ihr zuvorkam.

»Sei nicht so herablassend, Paul. Juliet hat noch genug Zeit, über ihre Zukunft zu entscheiden. Der Punkt ist doch: Sie hat sich bei der strengen Aufnahmeprüfung durchgesetzt und einen Platz an dieser Schule bekommen.«

Das hätte sie gerne selbst gesagt, dachte sie und drückte Daniels Hand.

»Es gibt nur zehn Plätze«, präzisierte ihre Mutter und hielt Paul den Brief hin. Auch dieser Satz hatte ihr auf den Lippen gelegen, aber sie wäre sich lächerlich vorgekommen, wenn sie ihn jetzt noch einmal wiederholt hätte. Ihr Bruder hatte ohnehin keine große Hochachtung für sie. Sie ließ es lieber bleiben.

Paul zog die Augenbrauen hoch, überflog den Brief und reichte ihn an Rebecca weiter, die ihn ebenfalls las. »Kannst du dich darum kümmern?«

»Ich werde mich erkundigen.«

»Danke, Schatz.«

Hatte sie das gerade richtig verstanden? Rebecca sollte die Referenzen der Schule prüfen? Juliet war schockiert. Bemerkte Paul denn gar nicht, wie sehr er sie damit demütigte?

»Nein!«, sagte sie entschieden.

»Bitte?«, fragte Rebecca überrascht.

»Du wirst sicher genug mit den Hochzeitsvorbereitungen zu tun haben.« Das war nicht das, was sie eigentlich hatte sagen wollen, aber was hatte ihre Schwägerin mit ihren innerfamiliären Problemen zu tun? Nichts.

Paul warf ihr einen giftigen Blick zu. »Du hast es auf den Punkt getroffen, Juls. Wir sind tatsächlich sehr beschäftigt. Unsere Hochzeit soll in einem würdevollen Rahmen stattfinden, und die Zeit drängt, wie du weißt. Da brauchen wir niemanden, der uns noch mehr Probleme macht.«

Probleme macht? Juliet lief feuerrot an. »Ich erinnere mich nicht, dich um etwas gebeten zu haben.« Sie betonte jedes Wort. »Was ich tue oder lasse, ist weder dein noch Rebeccas Problem. Mein Leben geht nur mich etwas an.«

»Du bist undankbar, dein Benehmen ist unmöglich, Juls. Dein Wohlergehen liegt uns am Herzen, das ist alles.«

»Paul, das reicht jetzt. Und du, Juliet, entschuldigst dich bei deinem Bruder. Er wollte dir nur helfen, wir machen uns alle Sorgen um dich.«

Helfen … mit schwerem Herzen schaute sie von einem zum anderen. Warum verstanden sie sie nicht? Die Gedanken wirbelten ihr durch den Kopf, sie fragte sich, wann ihre Familie sie endlich nicht mehr wie ein naives Kind behandeln würde. Das war sie nicht. Ihre Familie wusste doch gar nicht, wer sie wirklich war. Und dafür war sie selbst verantwortlich, hatte sie sich doch immer wieder verstellt. Sie dachte daran, wie ihr Kindermädchen sie einmal mit ins Chihuly Garden and Glas Museum genommen hatte, in die Unterwasserwelt unter dem Kuppeldach, wo riesige Muscheln auf Algenbetten lagen, in den zauberhaften Park, der das Museum umgab. Zwischen Bäumen und Büschen waren Glaskunstwerke integriert, Blütenknospen und Rispen, riesige bunte Werke, die durch ihre kreative und fantasievolle Umsetzung die Aufmerksamkeit der Betrachter weckten. Als Juliet dem Glasbläsermeister, der diese Wunderwerke geschaffen hatte, gegenübergestanden hatte, während er das Material bearbeitet und geformt hatte und zwischen seinen Händen wie von Zauberhand ein geflügeltes Pferd entstanden war, hatte sie begriffen. Seine Arbeit hatte sie tief berührt. Danach wusste sie: Das war ihre Welt. Hier würde sie sich wohlfühlen. Endlich akzeptiert als die, die sie war.

Aber das wussten sie nicht.

Sollte sie sich weiter verstecken oder endlich die Wahrheit über sich preisgeben? Würden sie sie jemals verstehen können? Sie kämpfte gegen den Instinkt, der sie beschwor, weiter zu schweigen. Nein, sie musste endlich aufrichtig sein! Die Angst vor dem Urteil der anderen überwinden, sich nicht weiter von ihrer Unsicherheit bestimmen lassen. Das war ihre Familie, sie würden ihr nicht wehtun.

»Ich bin anders als ihr, das stimmt. Aber es gibt etwas, in dem ich wirklich gut bin. Ich kenne das Feuer, ich weiß, wie viel Soda und Pottasche man dem Sand hinzufügen muss, bevor man das Gemisch in den Ofen gibt, wie lange es dauert, bis es schmilzt. Wie man über das geformte Glas streicht, wie man es liebkost. Ich kann die Struktur, die Umrisse, die perfekte Form erahnen. Ich nehme die Bewegung der glühenden Masse wahr, erkenne die Eigenschaften des Materials. Vor dem Schmelzofen bin ich glücklich.« Ihr Herz raste. So offen hatte sie noch nie mit ihrer Familie gesprochen. In diesem Moment fühlte sie sich zwar ausgeliefert, aber hoffentlich würden sie nun endlich erkennen, wer sie wirklich war. Eine Glasbläserin, eine Künstlerin. Ein Mensch mit Träumen und Visionen, der seine Ziele erreichen will, selbst wenn die eigene Familie diesen Weg nicht teilte.

Paul lachte: »Oh Gott, Juls, hörst du dir selber zu? Das Leben besteht aus Verantwortung und harter Arbeit. Du bist eine Meriwether, verdammt, du hast Verpflichtungen. Hör endlich mit diesem Gefasel über das Glück auf.« Er schüttelte den Kopf, dann fuhr er fort: »Wir waren zu nachsichtig mit dir, wir sind selbst schuld. Du bist fast 23 Jahre alt, schau dir Rebecca an, nimm dir ein Beispiel an ihr. Ich frage mich, wann du endlich erwachsen wirst.«

Sie hatte das Gefühl, als würde man ihr einen Eimer eiskaltes Wasser über den Kopf gießen. Juliet zitterte.

»Du bist ein Idiot, Paul«, schimpfte Daniel.

»Du kommst ihr immer zu Hilfe, was? Rechtfertigst all ihre verrückten Ideen. Du trägst die Hauptschuld an der ganzen Sache.«

»Ich habe gesagt, du sollst aufhören.«

»Schluss jetzt! Ich will nicht, dass ihr streitet«, sagte Juliet.

Die Brüder beachteten sie gar nicht, deshalb wandte sie den Blick zu ihren Eltern, die sich mit bleichen Gesichtern ansahen. Jetzt fühlte sie sich noch schlechter, das war alles ihre Schuld.

»Weiß sie eigentlich, dass du ihren Lohn zahlst? Dass du sie in einem deiner Häuser wohnen lässt? Dass du ihr die Unabhängigkeit möglich machst, auf die sie so stolz ist?«

Was meinte er nur damit? Juliet wollte gerade nachfragen, als Daniel aufsprang und die Hände gegen die Tischplatte stemmte. Er war außer sich vor Wut.

»Halt endlich den Mund, du Idiot!«

Sie packte Daniel am Arm, bevor er sich auf seinen Bruder stürzen konnte.

»Schluss jetzt, gebt endlich Ruhe!«, herrschte Lucas die beiden an und schlug auf den Tisch. Die Gläser klirrten. Rebecca griff nach Pauls Hand, er schaute sich um und erblasste, als ob ihm gerade klar geworden wäre, dass er es übertrieben hatte. Dann lockerte er den Knoten seiner Krawatte. »Siehst du, Juls? Diese Familie liebt dich über alles, wir alle lieben dich, und das solltest du wertschätzen.«

»Paul, bitte lass uns das Thema wechseln.«

»Misch du dich nicht auch noch ein, Mama«, zischte

er, »sie muss der Realität endlich ins Auge sehen. Du hast es doch gehört. Venedig, Glas. Hast du eine Vorstellung, welche Gefahren dort lauern? Juliet allein im Ausland? Sieh sie dir doch an, sie sieht kaum älter aus als 16 und benimmt sich auch so. Ihr hübsches Gesicht hilft da sicher nicht weiter. Sie lebt in ihrer Fantasiewelt, ohne konkrete Vorstellungen, wie es weitergehen soll. Das wisst ihr genauso gut wie ich. Und wenn er«, er deutete auf Daniel, »vorhat, sie auf diesem Irrweg zu unterstützen, dann werde ich alles tun, um unsere Familie zu schützen. Ich sehe bei meiner Arbeit in der Notaufnahme genug junge Frauen, die den Boden unter den Füßen verloren haben. Ich werde nicht zulassen, dass mit meiner Schwester das Gleiche passiert.«

Bleierne Stille machte sich breit.

Juliet zitterte am ganzen Körper, dann presste sie heraus: »Stimmt das, was er gesagt hat?« Sie hatte nicht den Mut, Daniel ins Gesicht zu sehen. Sie fürchtete sich vor seiner Antwort. Paul war arrogant und konnte grausam sein, aber er hatte sie noch nie belogen. Dann hob sie den Kopf, während Daniel weiter auf seinen Teller starrte.

»Bitte.«

Sie hatte sich noch nie so allein, so isoliert gefühlt.

Die Tränen brannten ihr in den Augen, sie hätte ihren älteren Bruder am liebsten geschüttelt und angefleht. Dann blickte er schließlich auf und lächelte sie an.

»Das Leben ist schwer, Juls, für alle, und für dich noch mehr. Du bist so zart, so sensibel … ich habe getan, was ich tun musste.«

»Nein!«, ihre Stimme überschlug sich. »Nein, bitte nicht.« Sie schüttelte den Kopf, seine Worte schrillten unerträglich in ihren Ohren.

Nachdem Paul sie ausgelacht hatte, wäre sie am liebsten gestorben. Aber nichts hatte sie auf diesen Schmerz, diese Enttäuschung vorbereitet, die sie nun fühlte.

»Sensibel« war die freundliche Umschreibung ihrer Schwäche, ihrer Unfähigkeit gegenüber dem Leben.

Ein Charakter voller Einschränkungen.

Sie hatte das Gefühl, ins Bodenlose zu stürzen.

Dass es nichts mehr gab, an dem sie sich festhalten konnte. Daniel war der Einzige, dem sie immer vertraut hatte, dem sie alles erzählt hatte. Sie dachte an den Tag, an dem sie gemeinsam die Wohnung angeschaut hatten, die ihr neues Heim werden sollte, nur sie beide, an das Glücksgefühl, endlich einen Ort für sich allein zu haben. Und sie dachte an ihr Vorstellungsgespräch. Daniel hatte gesagt, dass man dort eine Assistentin suchte. Alles passte zusammen. Das, was sie für ihre eigene Leistung gehalten hatte, war Daniels Geschenk gewesen.

Sie spürte, wie etwas in ihr zerbrach. »Du hast mir etwas vorgemacht.«

»Ich wollte, dass du glücklich bist.«

»Warum bist du es dann nicht?«

Daniel wurde blass und warf ihr einen warnenden Blick zu. »Lass es.«

Juliet nahm den bedrohlichen Unterton wahr, aber sie konnte sich nicht zurückhalten. Sie war so wütend wie noch nie in ihrem Leben, hatte sich nicht mehr unter Kontrolle. Sie spürte, wie sie rot anlief, und gleichzeitig war es in ihr eiskalt. Sie wollte weglaufen, blieb aber wo sie war, starrte ihn an und sagte Worte, von denen sie niemals gedacht hätte, sie jemals auszusprechen: »Du entscheidest immer alles. Für dich, für mich, sogar für George. Das ist keine Liebe, und das weißt du auch. Das nennt man Kontrolle.«

Sie bemerkte, wie Daniel zu zittern begann, und wünschte sich, das Gesagte rückgängig machen zu können. Sie hatte seinen Freund George von Anfang an gemocht. Er war Kinderarzt, ein freundlicher, zugewandter, immer gut gelaunter Mann. Erst später hatte sie begriffen, dass die beiden eine Beziehung hatten. Daniel tat alles, um sie geheim zu halten, er wollte sich der Situation nicht stellen. Sie hatte sein Vertrauen missbraucht.

Er warf ihr einen schmerzerfüllten Blick zu, dann legte er die Serviette auf den Tisch und sagte: »Ich scheine nur Fehler gemacht zu haben. Es tut mir leid, Juliet.«

Seine Hände zitterten. Juliet fühlte sich elend.

»Ich muss jetzt gehen«, fuhr er fort. »Ich rufe dich nächste Woche an, Mama. Danke für das Essen und … Glückwunsch zur Hochzeit.« Er verließ das Esszimmer, durchquerte den Flur, das Zuschlagen der Tür hallte durch das Haus.

Die nachfolgende Stille war unerträglich. Irgendwann legte Ellen die Serviette auf den Teller und musterte ihre beiden Kinder. Erst Paul, dann Juliet.

»Ich bin von eurem Verhalten tief enttäuscht«, sagte sie angespannt, ihr Missfallen war deutlich zu spüren. Dann wandte sie sich an Rebecca und sagte mit gezwungenem Lächeln: »Bitte entschuldige uns, normalerweise wissen wir uns zu benehmen.« Sie tastete nach der Hand ihres Mannes und drückte sie. »Juliet, dein Bruder hat etwas Schreckliches gesagt, aber er hat recht. Du musst erwachsen werden. Schluss mit den Kindereien, du musst überlegter handeln und uns informieren, *bevor* du deine Ideen umsetzt.«

Aber Juliet hörte gar nicht mehr zu.

Wie hatte es zu diesem Desaster kommen können? Wie hatte sie nur so mit Daniel sprechen können? Sie war zu diesem Abendessen gekommen, um ihrer Familie eine gute Nachricht zu überbringen, sie um Unterstützung zu bitten. Und was hatte sie bekommen? .... Nichts. Oder besser, doch: Verlust und Einsamkeit.

»Juliet?«

Sie antwortete nicht, dazu hatte sie nicht die Kraft. Sie betrachtete den Brief. Jemand hatte ihn zerknüllt und achtlos auf den Tisch geworfen. Sie griff danach und strich ihn glatt. Das dicke Papier war elegant von Hand beschrieben, oben prangte ein Logo, das an einen Hahn erinnerte, daneben stand ihr Name: *Juliet Meriwether*. Den Rand zierten goldfarbene Ornamente, man merkte deutlich, dass es sich um die berühmteste Glasbläserschule der Welt handelte. Alles andere spielte jetzt keine Rolle mehr. Mehr war ihr nicht geblieben.

Sie schaute zu ihrer Mutter, in ihr trauriges Gesicht. Wie oft hatte sie das schon erlebt? Dann senkte sie den Blick und umklammerte die Serviette.

Sie hatte sich von ihrer Familie Unterstützung erhofft, konkreten Rat. Aber sie hatte sich geirrt. Anstatt bestärkt zu werden, hatte sie entdecken müssen, dass ihr kleines bisschen Unabhängigkeit, die sie sich aufgebaut zu haben glaubte, nur eine Illusion war.

»Es tut mir leid«, flüsterte sie kaum hörbar. Erneut fühlte sie sich klein und ungeschützt. Und wenn sie ihren Plan aufgeben und ihrem Rat folgen würde? Würde sie dann geliebt werden? Verstanden? Die Versuchung war groß, genauso groß wie ihr Bedürfnis nach Aufmerksamkeit und

Liebe. Aber sie wusste, dass es nichts ändern würde. Statt Anerkennung würde sie Mitleid ernten, Sorge und Kontrolle. Plötzlich packte sie die Unruhe. Sie war nicht das Problem. Sie war eine verantwortungsbewusste, erwachsene Frau. Und sie beherrschte ihr Metier.

Sie nahm all ihren Mut zusammen.

»Ich muss gehen«, presste sie heraus. Ihr Hals war wie zugeschnürt, die Wände schienen immer näher zu kommen.

»Wir können dich mitnehmen, oder, Paul?«, schlug Rebecca vor.

»Sehr gern, mein Schatz. Hast du alles, Juls?«

Paul lächelte, als ob nichts geschehen sei. Ein ganz normales Abendessen im Kreise der Familie. Sie fühlte sich wie vor den Kopf geschlagen, ihr Herz raste. Sie musste hier raus. »Danke, ich möchte ein wenig alleine sein.«

Sie wurde umarmt und geküsst. »Vergiss nicht, dich bei Daniel zu entschuldigen.«

»Ja, Mama.«

»Ich habe dich lieb, *Honey*.«

»Ich dich auch«, antwortete sie mit gebrochenem Herzen.

»Es wird alles gut, das geht vorbei.«

Sie zwang sich zu nicken, im Grunde war schon alles vorbei, sie wusste, wie die Dinge liefen. Sie griff nach ihrer Tasche. Gina wartete an der Tür auf sie. »Ich habe alles kaputtgemacht«, flüsterte sie, während die alte Dame sie in die Arme nahm.

»Nein, meine Kleine. Du bist nur du selbst geblieben. Das warst du immer, trotz ihrer Versuche, dich zu ändern.« Sie fuhr ihr zärtlich übers Haar. »Du bist wie sie.«

Wie sie? Wen meinte sie damit? »Ich kann dir nicht folgen.«

»Unwichtig. Das, was wirklich zählt, ist, dass du nach Venedig gehst.«

»Ich ... ich weiß nicht, Tata. Ich weiß gar nichts mehr.« Würde sie den Schritt wagen?

»Du musst es tun, mein Liebling.« Gina griff nach ihrer Hand und gab ihr ein Etui. »Jetzt liegt alles in deiner Hand.«

Sie verstand kein Wort und klappte den Deckel auf. Überrascht riss sie die Augen auf. Auf einem verblichenen roten Samtpolster ruhten glänzende Perlen. »Perlen aus Venedig.« Sie warf ihrem Kindermädchen einen überraschten Blick zu. Die Perlen waren in Gold eingefasst. Fadenglas mit Rosettenschliff, strahlend und perfekt rund. Eine antike Kostbarkeit, die ein kleines Vermögen wert war. Unter ihren Fingern wurde die Kette plötzlich warm. »Das kann ich nicht annehmen.«

»Doch, du kannst und du musst. Sie würde sich darüber freuen. Bring sie nach Hause, Juliet. An den Ort, an den sie gehören.«

3.

Ende des 13. Jahrhunderts befahl der Doge, dass alle
Brennöfen nach Murano gebracht werden sollten. Die
Insel wurde damit zur Glasmetropole, eine Periode
außergewöhnlichen Wirtschaftswachstums nahm so ihren
Anfang. Unter den Privilegien war auch das Münzrecht,
als Zahlungsmittel entstand die Osella di Murano.

Venedig war eine reiche Stadt, majestätisch und voller
Leben. Voller Stolz zeigte sie ihre Vergangenheit, in diesem Bewusstsein präsentierte sie ihre Palazzi, ihre Kirchen
und die üppig grünen Gärten. Die Glockentürme reckten
sich selbstbewusst in den Himmel, der sich azurblau und
schier endlos über die Kanäle spannte.

Juliet hatte schon vorher von der Faszination der Lagunenstadt gewusst. Aber alles andere ... nichts hatte sie
auf das Gefühl vorbereitet, das sie empfand, als sie auf
dem Vorplatz des Bahnhofs Santa Lucia am Canal Grande
stand.

Auf der Wasserstraße waren Motorboote und Gondeln
unterwegs. Sie teilte sich und floss zwischen den immer
schmaler werdenden Calli hindurch, an deren Seiten die
Wellen schlugen. Die winzigen Anlegestellen, kaum größer
als eine steinerne Stufe, die zu salzverkrusteten Holztüren
führten, waren mit Moos und Algen bedeckt.

»So hatte ich mir das nicht vorgestellt«, sagte sie zu sich. Sie ließ ihren Blick in alle Richtungen schweifen. Überall entdeckte sie etwas, das sie sich unbedingt näher anschauen wollte. Die symmetrischen zweibogigen Fenster hinter den Balkonen, die Bordüren der rosa und weißen Marmorfassaden, die Kuppel in intensivem Himmelblau, die sich auf mächtige Säulen gestützt direkt vor ihr erhob. Sie war erfüllt von Bewunderung und Staunen. Alles war so ... ihr wurde schwindlig. Sie spürte den Jetlag und zwinkerte.

»Darf ich?«

»Entschuldigung«, antwortete sie instinktiv auf Italienisch. Gina hatte stets in ihrer Muttersprache mit ihr gesprochen, es waren Glücksmomente ihrer Kindheit, ihr gemeinsames Geheimnis. Sie hatte immer gesagt, dass sie ein besonderes Kind war, ein Glückskind, weil sie zu einer bedeutenden italienischstämmigen Familie gehörte. Im Gegensatz zu ihrem Vater, der nicht gerne darüber sprach, war ihr Kindermädchen bemüht, sie mit dem *Bel Paese* vertraut zu machen und ihr naturgegebenes Talent für Kunst und Kreativität zu fördern. Sie fasste sich an den Hals, fuhr mit den Fingern über die Kette. Die kleinen Perlen waren asymmetrisch, jede einzelne hatte eine andere Form. Vor diesem Hintergrund bekamen die Geschichten aus ihrer Kindheit eine ganz neue Bedeutung. Wurden zu etwas Geheimnisvollem.

Sie gehört dir, seit deiner Geburt.

Die Glasperlenkette war seit jeher in Familienbesitz, hatte Gina ihr gesagt. Aber warum hatte sie sie nicht von ihrem Vater bekommen? Juliet hatte nicht nachgefragt, in diesem prekären Moment war sie zu sehr mit sich selbst beschäftigt gewesen, hatte sich zusammenreißen müssen, bis sie endlich wieder in ihrer Wohnung war … nein. In Daniels Wohnung. Am nächsten Morgen hatte sie das Reisebüro angerufen und gefragt, ob sie ihre Abreise nach Italien vorverlegen könnte. Nachdem sie gepackt hatte, hatte sie ihre Eltern von ihrer Entscheidung informiert. An ihre Reaktion wollte sie lieber nicht mehr denken.

Eine Touristengruppe drängte sich vorbei, sie wurde gerempelt und geschubst und suchte sich eine ruhige Ecke. Sie war aufgeregt, aber auch voller Tatendrang. Es war das erste Mal, dass sie in Italien war. Und auch das erste Mal, dass sie alleine reiste. Ihr Handy klingelte. Sie schaute ungläubig auf das Display: »Rebecca?« In Seattle war es mitten in der Nacht … war etwas passiert? Sie dachte an Daniel und begann zu zittern. Sie hatte schon drei Tage nichts mehr von ihm gehört, seit diesem schrecklichen Abend, der alles verändert hatte. Aber in diesem Fall würde ihre Mutter anrufen. Wahrscheinlich sollte ihre Schwägerin ihr eine Nachricht überbringen, was sie nur noch trauriger machte. Denn nachdem ihre Wut über den Abend verflogen war, war in ihr nur eine tiefe Trauer geblieben. Sie nahm den Anruf an. »Kannst du nicht schlafen?«

»Ciao, Juls, bitte leg nicht auf.«

Paul? Überrascht riss sie die Augen auf. Sie hatte seine Anrufe ignoriert, deshalb hatte er sich das Handy seiner Verlobten geliehen. »Ich lebe noch, das kannst du Mama sagen. Und es ist sehr schön hier.« Das klang harscher, als sie gewollt hatte. Sie schaute zum Himmel, der immer blauer und strahlender wirkte. Die Tränen brannten ihr in den Augen.

Stille, ein Seufzer, dann war im Hintergrund Rebeccas Stimme zu hören. »Es tut mir sehr leid, was passiert ist.«

Von diesem Geständnis überrascht, schmolz Juliets Widerstand. »Mir auch, sehr sogar.« Sie fühlte sich traurig und leer. Aber sie wollte nicht an das Geschehene zurückdenken. Sie hatte sich schon so oft den Kopf zermartert und trotzdem immer noch nicht verstanden, wo sie einen Fehler gemacht hatte.

Außer was Daniel anging.

Ihm gegenüber hatte sie ein schlechtes Gewissen. Sein Betrug war keine Rechtfertigung für ihr Verhalten.

»Es fällt mir schwer, etwas Nettes zu sagen, das weißt du.«

Wenn sie nicht so traurig gewesen wäre, hätte sie laut gelacht. Das stimmte so nicht. Zu *ihr* konnte Paul nichts Nettes sagen, gegenüber Rebecca und ihrer Mutter konnte er sehr charmant sein. Warum war er ihr gegenüber so feindselig? Aber jetzt war nicht der richtige Moment, um das zu klären. »Ich brauche Zeit für mich.« Ob das stimmte oder nicht, wusste sie selbst nicht genau, aber sie musste Grenzen setzen, sich Raum nehmen und ihren Weg gehen. »Ich möchte es auf meine Weise machen.«

»Hast du einen Platz zum Wohnen?«

Sie schaute zum Himmel. »Glaub mir, ich habe nicht vor, unter einer Brücke zu schlafen, auch wenn du das vielleicht denkst.« Warum gelang es ihm immer, ihr das Gefühl zu geben, etwas falsch zu machen?

»Beruhig dich, ich wollte nur wissen, in welchem Hotel du wohnst.«

Sie atmete tief durch. »Da gehe ich später hin, zuerst möchte ich mir die Stadt anschauen. Und bevor du fragst, ja, ich habe den Koffer schon im Schließfach deponiert und die Quittung sicher im Portemonnaie verwahrt. Es ist alles unter Kontrolle.« *Unter meiner Kontrolle und nicht unter eurer.* Sie hasste es, ihre Entscheidungen erklären zu müssen, aber sie beließ es dabei. »Es geht mir wirklich gut, Grüße an alle. Ich rufe euch in einigen Tagen an.« Sie beendete das Gespräch und schaltete das Handy aus.

Sie ging weiter, hier stehen bleiben konnte sie nicht, der Touristenstrom hätte sie mitgerissen. Eingehüllt vom Stimmengewirr und dem Plätschern des Wassers, durch das die Boote pflügten, schaute sie nach links. Sie musste die andere Seite des Kanals erreichen. Sie überquerte eine Brücke mit dem Namen Ponte degli Scalzi, wie sie auf dem Stadtplan las, den sie am Flughafen gekauft hatte. Es war, als würde sie alles hinter sich lassen. Die Gedanken, die Sorgen, nichts war mehr wichtig, als sie, umhüllt vom salzigen Duft des Wassers, am Kanal entlang ging. Sie hatte das Gefühl, die Pracht der Umgebung mit dem Blick gar nicht richtig einfangen zu können.

Die Schönheit hatte in ihrem Leben immer eine wichtige Rolle gespielt. Sie konnte Details wahrnehmen, die andere nicht sahen. Aber oft waren es gerade jene kleinen Dinge, auf die sie ihre Zukunft aufbauen konnte. Sie glaubte auf die Schönheit Venedigs vorbereitet zu sein, aber das, was sich ihr auf dem Weg durch die engen Gassen mit ihren Geschäften, Werkstätten und Restaurants bot, war überwältigend. Je tiefer sie ins Herz der Stadt vordrang, umso intensiver wurden ihre Gefühle. Zuerst kratzte sie an der Oberfläche, um dann Schicht für Schicht weiter vorzudringen.

Wie viele Menschen mochten wohl schon über das ausgetretene Pflaster der Calli gegangen sein? Sie hatte das Gefühl, als würden die abgetretenen Kanten die Steine weicher machen, als hätten all die Menschen hier ihre Geschichten hinterlassen. Die Gasse wurde immer schmaler, und Juliet breitete instinktiv die Arme aus. Mit den Fingerspitzen berührte sie die Wände der Häuser, die sich auf beiden Seiten in den Himmel reckten. Calle Varisco, die engste Gasse Venedigs. Juliet wähnte sich in einer anderen Dimension, einer Zeitkapsel. Wie viele andere Frauen vor ihr, die über Jahrhunderte hinweg das Gleiche getan hatten. Sie wollte unbedingt noch mehr sehen und ging weiter, überquerte eine schmale Brücke über einen Kanal, der kaum breiter war als ein Bach voll grünem Wasser, so lange weiter, bis sie auf eine Piazza mit einem Brunnen in der Mitte stieß. Köstlicher Kaffeeduft erfüllte die Luft. Sie suchte nach einem Platz und betrachtete interessiert die anderen Gäste, die es sich offensichtlich schmecken ließen. Als der Kellner ihr die Karte brachte, winkte sie ab und deutete auf einen Teller Pasta Pomodoro mit intensiv duftenden grünen Blättchen. Basilikum, wenn sie sich nicht irrte. »Das hätte ich gerne.«

»Sofort, Signorina.«

Sie war es gewohnt, beobachtet zu werden. Sie fiel auf, zu blass, zu groß, zu viel von allem. Deshalb beachtete sie den Blick des Kellners gar nicht, den er ihr bei der Bestellung zugeworfen hatte. Als sie die Spaghetti aß, verschwand alles andere, sie waren ebenso köstlich wie die von Gina, die sie bei wichtigen Anlässen servierte. Plötzlich überkam sie Heimweh. Sie war von zu Hause weggegangen, weil sie keine andere Wahl hatte, und das schmerzte sie. Ein bitteres Gefühl, mit dem sie zurechtkommen musste.

Nach dem Essen beschloss sie, ins Hotel zu gehen, sie war müde. Sie hatte durch ihre überstürzte Abreise nur wenig geschlafen. Sie bezahlte und fragte den Kellner nach dem Weg. »Diese Richtung, ich markiere die Strecke auf Ihrer Karte.«

»Danke.«

Bis zum Hotel war es nicht weit. Juliet betrachtete den Palazzo. Ob er eine Terrasse oder einen Garten hatte? Sie versuchte, sich an die Details der Buchung zu erinnern. Helle Möbel, im venezianischen Stil, Blick auf den Kanal. Deshalb hatte sie es ausgesucht. Die Aussicht war wichtig. Auch in Seattle sah sie gerne aus dem Fenster, dort gab es immer etwas Neues zu entdecken, was so ganz anders war als die Monotonie des Lebens. Die Kübel vor dem Hotel waren mit orange blühenden Blumen bepflanzt. Sie wusste nicht, wie sie hießen, aber ihr Duft war betörend. Sie gähnte und beschloss hineinzugehen. Der Vorraum war klein, aber sehr elegant. Hinter einem Tresen saß eine Frau mit Brille, die gerade telefonierte. Als sie sie sah, legte sie auf und fragte mit höflichem Lächeln: »Guten Tag, wie kann ich Ihnen helfen?«

»Guten Tag. Sie müssten eine Reservierung auf meinen Namen haben, Juliet Meriwether.«

Die Rezeptionistin runzelte die Stirn, schaute auf den Bildschirm und tippte mit einem Stift auf ein Buch, das auf dem Tisch vor ihr lag. Nach einer Weile hob sie den Blick. »Ich finde hier keine Reservierung auf diesen Namen.«

»Aber ich habe die Bestätigung über die App. Bitte überprüfen Sie es doch noch mal.«

»Kein Problem. Wer hat gebucht?«

»Ich, auf meinen Namen«, antwortete Juliet nervös.

Die Frau schüttelte den Kopf. »Ich brauche den Code, den Sie per Mail bekommen haben, dann lösen wir das Problem.«

»Sicher, ich schaue sofort nach!« Sie griff nach dem Handy und drückte auf den Knopf, um es wieder einzuschalten. Der Bildschirm blieb schwarz. Sie trat einen Schritt zur Seite, um einem Herrn Platz zu machen, der gerade das Hotel betreten hatte. »Ich habe ein Problem mit dem Telefon, gehen Sie ruhig vor, ich warte.« Die Rezeptionistin warf ihr einen ungeduldigen Blick zu.

Mit hochrotem Gesicht zog sie die Jacke aus und versuchte es noch einmal, aber das Handy reagierte nicht. Was zum Teufel war da los? Bei Pauls Anruf hatte es einwandfrei funktioniert. Vielleicht war der Akku leer? Sie suchte in ihrer Tasche nach der Powerbank und erstarrte. Die hatte sie im Trolley gelassen. Ihre Unruhe wuchs.

»Was für ein Missgeschick, wie dumm von mir«, entschuldigte sie sich. »Reg dich nicht auf«, versuchte sie sich Mut zu machen. Es gab für alles eine Lösung. Sie wartete, bis die Rezeptionistin dem anderen Gast den Schlüssel ausgehändigt hatte, dann ging sie wieder zum Tresen.

»Könnten Sie mir ein Ladekabel leihen?«

Vielleicht hatte die Frau sie nicht gehört, die gerade ein Telefongespräch annahm. Sie zog ihre Kreditkarte aus dem Portemonnaie und legte sie auf den Tresen. Die Rezeptionistin beendete das Gespräch und sah sie an.

»Haben Sie die Bestätigung gefunden?«

»Leider nein. Haben Sie noch ein Einzelzimmer?«

Die Frau schüttelte den Kopf. »Tut mir leid, wir sind ausgebucht.«

Wie bitte? »Wie kann das sein? Ich habe ein Zimmer reserviert, das muss doch noch frei sein.«

»Ich fürchte nein, Signorina.«

»Und ... was mache ich jetzt?« Das war mehr eine Feststellung als eine Frage. Juliet steckte die Kreditkarte in ihre Geldbörse zurück.

»Es tut mir leid, aber wir sind ausgebucht. Sie könnten es gerne woanders versuchen, vielleicht nicht gerade im Zentrum. Etwas außerhalb werden Sie bestimmt etwas Passendes finden. Mehr kann ich nicht für Sie tun.«

»Ich … danke.« Wie vor den Kopf geschlagen verabschiedete sie sich und verließ das Hotel. Von diesem Missgeschick würde sie sich nicht verunsichern lassen. Venedig war eine große, gut organisierte Stadt, das war überall zu lesen. Sie würde ein anderes Zimmer finden, vielleicht in einer weniger touristischen Gegend. Sie kaufte eine Fahrkarte für ein Vaporetto und schaute auf den Stadtplan. Mit dem Handy wäre es einfacher gewesen, aber zum Bahnhof zu fahren und den Trolley mit dem Ladegerät zu holen, ohne zu wissen, wo sie unterkommen würde, schien keinen Sinn zu ergeben. Besser erst ein Hotel suchen. Gesagt, getan. Aber bei allen Hotels, bei denen sie nachfragte, bekam sie die gleiche Antwort. Wir sind ausgebucht. Die Festa della Sensa mit der traditionellen Wasserparade stand vor der Tür. Zu Christi Himmelfahrt platzte Venedig aus allen Nähten. Wenn sie das nur früher gewusst hätte.

Unvermittelt brach der Abend herein und sie musste den Tatsachen ins Auge sehen. Sie steckte in Schwierigkeiten. Außer einer Suite im Hilton Molino, die sie sich ohne die Unterstützung ihrer Eltern unmöglich leisten konnte, fand sie keine Unterkunft. Absurd. Entmutigt betrat sie ein Lokal, setzte sich an einen Tisch und bestellte eine Kleinigkeit zu essen. Während sie ihren Orangensaft trank, versuchte sie erneut, ihr Telefon in Gang zu bringen.

»Hier ist kein Netz, wegen der dicken Mauern, wissen Sie? In massiven Steingebäuden ist das häufig so.«

»Ah, danke.« Sie lächelte dem Kellner zu und steckte das Handy wieder in die Tasche. Während sie ihr gefülltes Tramezzino aß, dachte sie fieberhaft nach. Hätte sie bei der Rezeptionistin hartnäckiger sein müssen? Sie war sicher, das Zimmer gebucht zu haben, auch wenn sie die Bestätigung nicht dabeihatte. Warum hatte sie sie nicht ausgedruckt? Sie gab es auf, es hatte wenig Sinn, sich jetzt darüber Gedanken zu machen. Sie könnte zum Bahnhof gehen, den Koffer holen und nach Mestre fahren. Oder weiter nach einem Zimmer suchen.

Sie zahlte und verließ das Lokal. Es war kühl geworden. Leider war auch ihr Schal im Koffer, deshalb hüllte sie sich fester in die Jacke. Sie wartete auf das Vaporetto und sah sich um. Überall Pärchen, Menschen, die sich anlächelten, die etwas teilten. Ganz anders als bei ihren kurzen Beziehungen. Sie hatte nur die Leere füllen wollen, aber es war ihr nie gelungen.

Die einzige richtige Beziehung ihres Lebens hatte sie verbittert zurückgelassen. *Besser allein als in schlechter Gesellschaft*, eine italienische Redewendung, kam ihr in den Sinn.

Niemand in der Familie Meriwether außer ihr benutzte aktiv seine Italienischkenntnisse. Ihren Brüdern war es nicht wichtig, ihr Vater hatte eine regelrechte Aversion gegen die Sprache. Aber warum? Sie wusste es nicht, wie so vieles in ihrer Familie, selbst die Lebensgeschichte ihres Großvaters kannte sie nicht. Sie strich mit den Fingerspitzen über die Perlen der Kette. Sie war mit Venedig verbunden, hatte Gina gesagt. *Mit ihr* ... aber wer konnte das sein? Eine italienische Vorfahrin, das war klar. Aber welche?

Sie gähnte. Das Ankunftssignal des Vaporettos ließ sie zusammenzucken, sie reihte sich in die Passagiere ein und bestieg den Wasserbus. Trotz der Kühle setzte sie sich nach draußen und streckte die Hand nach den gischtenden Wellen aus, als wolle sie danach greifen. So war das mit Illusionen: Man konnte sie sehen und spüren, aber wenn man auf sie vertraute, lösten sie sich auf.

Eine wunderbare Nacht, das Wasser war wie ein schwarzer Spiegel, auf dem die Lichter zurückgeworfen wurden. Alles war neu für sie und duftete nach Freiheit. Sie durfte nicht aufgeben. Im nächsten Hotel würde sie bestimmt ein Zimmer finden, da war sie sicher. Sie schob die negativen Gedanken, Pauls Worte und die Ratschläge ihrer Eltern beiseite. Sie weigerte sich, der quälenden inneren Stimme zuzuhören, die sie seit Jahren lähmte. »Jeder kann einmal Schwierigkeiten mit einer Reservierung haben, und auf Handys kann man sich auch nicht immer verlassen«, machte sie sich Mut.

Das Vaporetto legte an und Juliet stand auf. Sie ging an Land. Wie aus dem Nichts überkam sie das Gefühl, dass etwas nicht stimmte. Sie schüttelte den Kopf und griff sich an die Hüfte. Ein eiskalter Schauer lief ihr über den Rücken. »Oh Gott! Wo ist die Handtasche?« Sie drehte sich um und rannte dem gerade wieder ablegenden Vaporetto hinterher. Sie erinnerte sich nicht, die Tasche irgendwo hingestellt zu haben, aber es gab keine andere Möglichkeit, sie musste sie an Bord vergessen haben. Sie rannte weiter, die Augen auf die Lichter des sich immer weiter entfernenden Bootes gerichtet. Die Passanten machten ihr Platz und schauten ihr verblüfft hinterher. Sie war mit ihren Kräften am Ende, völlig erschöpft beugte sie sich nach vorne und stützte die Hände auf die Oberschenkel ab. Das Vaporetto verschwand hinter einem Palazzo. Sie stand am Rand der Mole, dahinter begann das Meer. Panik überkam sie. Und jetzt? Sie sah sich suchend um. Sie war allein in Venedig, ohne Pass, ohne Geld und ohne Handy. Hoffnungslosigkeit und panische Angst krochen in ihr hoch. Bei jedem Schritt glaubte sie die Mahnungen ihrer Eltern und von Paul zu hören. Sie ging schneller, aber sie ließen sich nicht vertreiben und bohrten sich wie Pfeile immer tiefer und schmerzhafter in ihre Haut. Sie senkte den Blick, damit niemand ihre Tränen sehen konnte. Dann wischte sie sich das Gesicht ab und hob den Kopf. Niemand kümmerte sich um sie. Sie war ganz allein.

Allmählich beruhigte sich ihr Herzschlag, die panischen Gedanken verschwanden. Eine seltsame Ruhe überkam sie. Sie fasste in ihre Jackentasche. Zwei Banknoten, insgesamt vierzig Euro, ein paar Münzen. Die Fahrkarte für das Vaporetto. Und der Brief. Murano, die Schule.

Sie ging wieder zur Haltestelle und studierte den Fahrplan. Sie suchte den einzigen Ort, an dem man ihr helfen könnte. Eine halbe Stunde später, während die Lichter der Insel Murano am Horizont auftauchten, fühlte sie sich ruhiger. Die Vaporetto-Anlegestelle war nicht weit von der Schule entfernt. Die Passanten, die ihr auf dem Weg begegneten, musterten sie unverhohlen. Ihre Haare hatten sich gelöst und fielen ihr ins Gesicht und auf die Schultern, ihre Augen waren geschwollen, kein Wunder, dass sie so reagierten. Aber das war ihr egal, sie wollte nur ihr Ziel erreichen. Sie sah das Leuchtschild, der stilisierte Hahn, das Logo auf dem Brief. Sie ging darauf zu, sie hatte es tatsächlich geschafft.

Vor dem Eingang blieb sie stehen, ihr Herz pochte. Sie drückte die Klinke herunter, doch die Tür war verschlossen.

»Verdammt!«

Sie ging ein paar Schritte zurück und schaute nach oben, um ein erleuchtetes Zimmer zu finden. Dann ging sie zu einem Seitentor und versuchte dort ihr Glück. Der kleine Weg endete hinter einer Hecke. Es war stockdunkel. Wie spät es wohl sein mochte? Sehr spät, zu spät. Sie war mit ihren Kräften am Ende.

»Suchen Sie jemanden?«

Sie zuckte zusammen. »Wie bitte?« Zu ihrer Linken war eine junge Frau aufgetaucht, die etwa in ihrem Alter war und aus dem Gebäude gekommen sein musste. Vielleicht konnte sie ihr ja helfen? »Ich … die Schule.« Sie fuhr sich mit der Zunge über die Lippen. »Ich muss mit einem Verantwortlichen der Schule sprechen.«

»Jetzt ist geschlossen, kommen Sie morgen wieder.«

»Morgen?« Ihr Mund war wie ausgetrocknet, sie brachte kein Wort heraus, aber sie musste der Frau doch erklären, was passiert war, das Hotel, die Tasche. Stattdessen schwieg sie, die Scham war zu groß. »Gut, ich komme morgen wieder.« Sie ging mit schweren Schritten und gesenktem Kopf davon. Sie würde die Nacht schon irgendwie überstehen. Sie ging den Weg zurück. »Hab keine Angst«, machte sie sich Mut, »hier sind viele Leute unterwegs, die Nacht wird schnell vorbei sein, du hast nichts zu befürchten.« Mit dem Handrücken wischte sie sich die Tränen aus dem Gesicht. Neben der Gartenpforte stand eine steinerne Bank. Sie setzte sich und lehnte den Rücken gegen die Mauer, die Kälte drang durch die dünne Jacke. Ohne Gepäck und ohne Papiere, auch ihre letzte Hoffnung hatte sich in Luft aufgelöst.

Ihre Gedanken wanderten zu ihrer zerbrochenen Glaskugel. Sie war noch nie abergläubisch gewesen, daran konnte es nicht liegen. »Es ist alles kaputt, eine Katastrophe, eine einzige schreckliche Katastrophe, Schicksal«, murmelte sie. Sie wusste nicht, was sie denken, was sie tun sollte. Ihr blieb nichts, als auf den nächsten Morgen zu warten. Ihre Finger wanderten wieder zu ihrer Kette, die Berührung tat ihr gut.

Es wurde ruhiger, die Touristen fuhren in die Stadt zurück, lachend, voller Lebensfreude. Sie waren in Venedig, um zu feiern. Sie konzentrierte sich auf ihre Gesichter, auf ihre Worte, um sich von ihrer Einsamkeit abzulenken.

»Ciao, alles klar bei dir?«

Ein hochgewachsener Mann war neben ihr stehen geblieben und musterte sie. Juliet sah schemenhaft, wie er seine langen Haare mit einer raschen Geste im Nacken zusammenfasste. Die Laterne neben der Bank blendete sie, sodass sie ihn nicht richtig erkennen konnte.

»Ich ... ich hatte schon bessere Tage.«

Er kam näher und stand jetzt direkt vor ihr. Als er seine Hand nach ihr ausstreckte, zuckte Juliet instinktiv zurück. Er ging einen Schritt zurück und sagte: »Ich wollte dir keine Angst machen, tut mir leid.«

Sie schämte sich für ihre übertriebene Reaktion, er war bestimmt ein hilfsbereiter Mensch. Sie war erschöpft, nervös und würde sicher bald in Tränen ausbrechen.

»Entschuldige, aber ...«, ihre Stimme brach.

»Was ist passiert, mein Mädchen?«

Mädchen? Wütend sprang sie auf.

»Ich bin kein Mädchen!«

Er trat aus dem Schatten und lächelte sie an. »Schlechten Tag gehabt?«

Endlich konnte Juliet sein Gesicht erkennen. Weiche Züge, Dreitagebart, Grübchen, jünger als vermutet. Er sah ehrlich besorgt aus. Sie entspannte sich und schüttelte den Kopf. »Du kannst dir nicht vorstellen wie schlecht.« Sie setzte sich wieder, ihre Beine zitterten.

»Rückst du ein bisschen?«

Sie machte ihm Platz. Warum auch nicht? Es sprach nichts dagegen, sich mit ihm zu unterhalten. Was sollte ihr schon passieren? Sie betrachtete ihn jetzt aufmerksamer. Er wirkte vertrauenerweckend, aber man wusste nie. Gerade eben hatte sie sich selbst den besten Beweis geliefert, dass die Befürchtungen ihrer Familie gerechtfertigt waren. Sie war eine einzige Katastrophe, völlig unfähig. Sie war erst einen Tag in Venedig und hatte schon alles vermasselt.

Sie hing ihren Gedanken nach, während er aufs Meer blickte. »Dort herrscht Frieden. Die Nacht scheint alles zu verschlucken, zurück bleibt nur eine tiefe, alles beherrschende Stille. Das ist mein Lieblingsplatz.«

In Seattle hatte auch sie ihre Lieblingsplätze. Am Waldrand, im Herbst, wenn die Blätter sich färbten und zu Boden fielen, oder im Frühling, wenn der Blütenduft so intensiv war, dass er bis in die Häuser zu dringen schien.

»Wohnst du hier?«

Er nickte. »Und du?«

Sie schüttelte den Kopf. »In Seattle.«

»Ziemlich weit weg. Aber du sprichst gut Italienisch.«

»Ich wurde von einem italienischen Kindermädchen aufgezogen«, antwortete sie automatisch. Sie senkte den Kopf.

»Na, komm schon. So schlimm kann es doch nicht sein.«

Sie antwortete nicht gleich, sondern wartete, bis sie sich wieder beruhigt hatte. »Ich habe meine Handtasche verloren, da war alles drin, mein Handy und die Quittung für die Gepäckaufbewahrung. Ich hatte ein Zimmer reserviert, ich habe darauf vertraut und weißt du was? Du solltest immer eine Powerbank dabeihaben. Denn wenn der Akku leer ist und die Rezeptionistin im Hotel dir sagt, dass keine Reservierung auf den Namen Juliet Meriwether vorliegt, hast du schlechte Karten, denn du kannst es nicht beweisen. Sie hatten recht.« Sie atmete schwer und kam sich ... lächerlich vor. Sie schwieg, wahrscheinlich würde er jetzt aufstehen und gehen. Aber das tat er nicht, und nach seinen zuckenden Schultern zu urteilen ... lachte er.

»Wie schön, dass wenigstens du dich darüber amüsieren kannst.«

Er hob beschwichtigend die Hände. »Entschuldige, du sahst so erschüttert aus, dass ich dachte, du hättest einen Unfall gehabt, wärst überfallen worden oder es wäre sonst etwas Schlimmes passiert. Aber diese Kleinigkeit lässt sich sicher lösen.«

Er wischte sich mit der Hand die Lachtränen aus dem Gesicht. Juliet wusste nicht, was sie sagen sollte. Angegriffen? Das war ihr noch gar nicht in den Sinn gekommen. Seit ihrer Ankunft in Venedig hatte sie nie das Gefühl gehabt, in Gefahr zu sein, ganz im Gegenteil. Aber er hatte recht. Von außen betrachtet, musste ihr Verhalten übertrieben wirken, aber diese Erfahrung war ihr völlig neu und sie hatte wirklich nicht gewusst, was sie tun sollte. Plötzlich merkte sie, dass auch sie lächelte.

»Es gibt Schlimmeres, als eine Handtasche und ein Handy zu verlieren, glaub mir.«

»Und was? Sterben etwa?« Bevor er reagieren konnte, stand sie auf. »Ich reise zum allerersten Mal allein, man hat mich vor den Risiken gewarnt, aber ich wollte mir nichts sagen lassen.« Kopfschüttelnd fügte sie hinzu: »Und jetzt ist alles schiefgegangen, und ich sitze hier und rede mit dir. Siehst du nicht, dass die anderen recht hatten? Ich kenne dich nicht einmal, du könntest gefährlich sein und ich schütte dir hier mein Herz aus.«

Seine Lippen verzogen sich zu einem milden Lächeln, das sein Gesicht aufleuchten ließ. »Gefährlich ... so hat mich noch nie jemand genannt. Interessant.«

Juliet hatte sofort ein schlechtes Gewissen, aber er schien nicht im mindesten beleidigt zu sein, im Gegenteil, er schien kurz davor zu sein, wieder loszuprusten. »Ich verstehe nicht.«

»Ich weiß.« Sein Lächeln vertiefte sich. »Ich heiße Marcus Quintavalle und wohne hier.« Er deutete auf das Gebäude hinter sich.

»In der Schule?«, fragte sie überrascht.

»Ja, und du bist eine der neuen Studenten. Die einzige Frau übrigens. Es tut mir leid, dass deine Ankunft in Murano derart ... abenteuerlich war.«

»Aber ... woher weißt du das?«

»Du hast es selbst erwähnt, dein Name kam mir bekannt vor.« Er hielt inne. »Die Frau, die du vorhin getroffen hast, ist meine Cousine Silvia, sie ist die Projektleiterin. Sie hat mich informiert. Das Fundbüro in der Stadt quillt fast über vor verlorenen Gegenständen. Entspanne dich, Juliet Meriwether, du bist nicht die erste Venedig-Besucherin, der so etwas passiert ist, und du wirst nicht die letzte sein.« Wieder lächelte er. »Höre nicht auf die, die schlecht von dir denken. Dann glaubst du noch selbst daran. Das tut dir nicht gut.«

4.

Die Republik Venedig hütete die Geheimnisse der Glaskunst.
Die Glasbläsermeister wurden strikt überwacht und durften
Murano nur mit ausdrücklicher Erlaubnis verlassen. Wer es
doch versuchte und von den Häschern der Serenissima
aufgegriffen wurde, wurde hart bestraft: Er durfte nicht in
seine Familie zurückkehren, schlimmstenfalls drohte sogar
die Todesstrafe.

Juliet erfuhr, dass mit Marcus Quintavalle der Direktor der
Schule vor ihr stand, ein zuvorkommender, fürsorglicher
Mann, der einen Freund hatte, der auf einem Vaporetto
arbeitete. Während er ihn anrief und fragte, ob man in
einem der Wasserbusse eine Handtasche gefunden hätte,
kam Juliet endlich zur Ruhe, seine Gelassenheit übertrug
sich auch auf sie.

Ihr gefielen seine Art zu sprechen, seine sanften Bewegungen und wie er unaufgeregt auf der Mole, zwischen dem
Kanalrand und der Hausmauer, hin- und herging. Zwischendurch grüßte er einen Vorbeigehenden oder schüttelte
einem Bekannten die Hand.

»Er wird noch ein wenig herumtelefonieren, um ganz
sicherzugehen, aber sie haben keine Tasche gefunden, tut
mir leid.«

Wieder eine Enttäuschung. »Schade, aber das hätte ich

mir denken können.« Es wäre zu schön gewesen, um wahr zu sein. Sie biss sich auf die Lippe. Und jetzt?

»Hey, mach nicht so ein Gesicht. So schnell geben wir nicht auf. Du hast doch gesagt, dass du in einem Lokal gewesen bist, weißt du den Namen noch?«

Juliet fragte sich, ob es wohl irgendetwas gab, das den Tatendrang und den Optimismus dieses Mannes stoppen konnte. Sie überlegte, welchen Weg sie genommen hatte, und erinnerte sich an eine Brücke, die auf einen Platz mit einem majestätischen Gebäude geführt hatte. Dort hatten junge Leute auf den Treppenstufen gesessen, einige Tische hatten draußen gestanden, und die Möwen waren zwischen den Touristen herumgeflogen und hatten nach Nahrung gesucht. »Da stand eine beeindruckende Kirche mit gewaltigen Säulen, auf denen der Giebel ruhte, das Lokal war an der Ecke. Am Bootsanleger davor war eine Art niedrige weiße Balustrade. Auf der Speisekarte standen gefüllte Brötchen, glaube ich.«

Marcus lachte. »Verstanden! Das ist Leles Lokal!« Er griff nach dem Handy. »Die Brötchen nennt man *cicchetti*, und seine sind berühmt.« Er wählte eine Nummer. »Schauen wir mal, ob wir Glück haben.« Nach dem Telefonat lächelte er und Juliets Herz pochte. »Wie es scheint, hat dort heute Abend eine junge Frau gegessen«, er zwinkerte ihr zu, »die ein großzügiges Trinkgeld gegeben und ihre Tasche vergessen hat. Sie haben sie, Juliet. Du musst nachhaltigen Eindruck hinterlassen haben, wenn sie sich noch an dich erinnern.«

Voller Erleichterung warf sie sich ihm in die Arme, und als er ihr mit einer fast vertraut wirkenden Geste über die Haare strich, erstarrte sie. »Entschuldige«, sie wich zurück. Dann hob sie den Blick. »Jetzt brauche ich nur noch ein

Hotel, in dem ich ein Zimmer finde, eine Abstellkammer reicht. Ich werde dir auf ewig dankbar sein.«

Marcus streckte ihr die Hand entgegen. »Gratulation.«

»Wie bitte?«, fragte sie verwirrt.

Er deutete auf das Schulgebäude. »Das ist nicht gerade ein Hotel und du bist zehn Tage zu früh, aber in diesem Fall machen wir eine Ausnahme.«

Sie riss überrascht die Augen auf. »Ich darf hierbleiben?«

»Die Zimmer sind noch nicht ganz fertig, aber ich denke, das ist besser als … Wie hast du es genannt? Eine Abstellkammer?« Er lachte, und sie spürte einen Stich im Herzen.

»Ich war etwas überschwänglich, entschuldige.« Als er ihre Hand umfing, schauderte sie. Es war nicht unangenehm, ganz und gar nicht, aber sie war so viel Nähe nicht gewohnt. Für Marcus hingegen schien das das Normalste auf der Welt zu sein.

»Warum entschuldigst du dich ständig? Das schadet dir.« Er ließ ihr keine Zeit zu antworten. »Wenn du magst, können wir sofort los, um deine Handtasche und das Gepäck zu holen. Aber ich sage dir gleich, dass das bis zum Morgengrauen dauern kann. Oder willst du lieber hier warten?«

»Nein, ich will das gleich erledigen.« Juliet wünschte, dass sich ab jetzt alles zum Guten wenden würde. Sie würde ihre Sachen, die Kontrolle über ihr Leben zurückbekommen, alles andere war ihr nicht so wichtig. Ihre Müdigkeit war wie weggeblasen. Alles ging seinen Weg: Sie wusste, wo ihre Tasche war, und Marcus würde mit ihr den Koffer holen.

Sie blickte sich um und fragte: »Wie ist das mit den Vaporetti? Fahren die auch nachts?«

»Ich habe mein eigenes Verkehrsmittel, was glaubst du denn?«, dabei deutete er auf ein in der Nähe festgemachtes Boot.

Ein Boot? Aber natürlich! Alle Bewohner Venedigs bewegten sich so fort. Statt eines Autos hatten sie ein Boot.

Sie fühlte sich wie in einem Traum.

Während das Motorboot durch die Wellen pflügte, überkam sie ein lange nicht mehr erlebtes Glücksgefühl. Das Salzwasser spritzte ihr ins Gesicht, im nachtschwarzen Wasser spiegelten sich die Sterne, und sie tauchte die Hand in den Kanal. Noch bevor sie die Chiesa di San Nicola am Campo dei Tolentini erreichten, hatte sie das Gefühl, diesen Mann schon ewig zu kennen. Das Geschehene war in den Hintergrund getreten, ihre Verzweiflung, ihr Scheitern, das so schwer auf ihr gelastet hatte, war kaum mehr als ein dunkler Schatten, der sie daran gehindert hatte, der Wirklichkeit ins Gesicht zu sehen. Das war nicht das Ende der Welt, sondern eine vorübergehende Episode gewesen. Es galt, die Ruhe zu bewahren und sich auf das Leben einzulassen.

Marcus steuerte das Boot den Kanal entlang und deutete auf das Lokal, Juliets Gesicht strahlte. Sie hatte es sofort erkannt. Obwohl es schon so spät war, leuchtete Licht in den Fenstern, und Pietro, der Kellner, der ihre Handtasche gefunden hatte, erzählte, er sei ihr noch nachgelaufen, hatte sie aber bei den vielen Menschen nicht finden können. Danach gingen Marcus und sie Seite an Seite durch die Gassen und über die Brücken. Sie sprachen kaum, die Stille wurde nur hin und wieder durch die Schritte eines Passanten unterbrochen, der zu später Stunde nach Hause ging. Die Nacht duftete nach Glyzinien und Magnolien. Das Plätschern der Wellen umhüllte ihre Gedanken. Der Bahnhof Santa Lucia, wo sie ihren Koffer untergestellt hatte, war nicht weit, sie brauchten nur wenige Minuten dorthin. Sie holten ihn ab, dann gingen sie zu Marcus' Boot zurück.

Als sie wieder in Murano waren, blieb Juliet eine Weile vor dem Palazzo Zenobio stehen, in dem die Akademie für Glaskunst untergebracht war. »Wunderschön.«

Er nickte stolz. »Ja, das stimmt. Ein ganz besonderer Ort.«

Sie gingen durch ein massives Holzportal mit einem eingravierten Hahn ins Haus, dann durchquerten sie einen Korridor, von dem mehrere geräumige Zimmer abzweigten. »Herrlich!«, murmelte sie und schaute bewundernd an die Holzdecke und die hohen freskenverzierten Wände.

»Mein Zimmer liegt hier«, erklärte Marcus. Sie gingen weiter und erreichten einen Innenhof mit Zugang zum Garten, wo sich das Gästehaus befand.

Juliet griff nach dem Koffer, aber er war schneller. »Komm, ich bringe dich zu deinem Zimmer.« Sie stiegen eine Treppe mit einer Balustrade nach oben, Marcus blieb vor einer Tür stehen, öffnete sie, ging zum Fenster und machte es weit auf. »Die Bettwäsche ist im Schrank, die Handtücher auf dem Bord im Bad.«

»Danke.«

Er lächelte erneut. Ein richtig netter Mann, dachte sie.

»Schreib dir meine Nummer auf, wenn du irgendetwas brauchst, ruf mich an.«

Er sah ihr in die Augen, zögerte, dann wich er zurück und ging zur Tür. »Schlaf gut, Juliet. Wir sehen uns morgen.«

Sie schloss die Tür und sank ins Bett. Sie starrte an die

Decke, auf ihren Lippen lag ein Lächeln. Sie war todmüde, aber glücklich und dachte an den letzten gemeinsamen Moment, die zärtliche Geste, mit der Marcus ihr über die Wange gestrichen hatte. Sie war sich fast sicher gewesen, er würde sie küssen. Ihr Lächeln vertiefte sich. Nein, einen Kuss hatte es nicht gegeben.

Bis jetzt zumindest nicht.

Und mit diesem Gedanken sank sie in den Schlaf.

Dass bestimmte Orte wichtiger waren als andere, hatte Marcus schon als Kind erfahren, als er sich in den Gängen der Glasbläserei seiner Eltern herumtrieb, die direkt zum Kanal führten. Mit nackten Füßen berührte er die Wasseroberfläche. Er wusste, dass er an dieser Stelle besser nicht schwimmen gehen sollte, aber das Meer hatte ihn schon immer magisch angezogen und bei jeder sich bietenden Gelegenheit war er hineingesprungen, hatte aber immer aufgepasst, dass ihn niemand erwischte. Jeder Ort, davon war er überzeugt, nahm Emotionen auf und hütete sie, bis er sie im richtigen Moment wieder abgab und sie zu Erinnerungen wurden.

Aber jetzt stand er zwischen hohen Backsteinwänden, starrte hoch konzentriert in einen der Öfen und kalkulierte, was es kosten würde, noch einen zweiten Ofen zu aktivieren. Egal wie viel, er würde es schaffen, unabhängig davon, wie die Zukunft der Schule aussehen würde. Das Geheimnis war, an sich zu glauben und niemals aufzugeben. Und wenn er sich zu etwas entschlossen hatte, dann brachte er seine Aufgabe auch zu Ende, im Notfall auch gegen alle Widerstände. Alles eine Frage der Strategie und der Entschlossenheit.

»Was zum Teufel machst du da?«

Er hob den Blick und erkannte den Mann, der auf ihn zukam. »Ciao, Papa, würdest du bitte zur Seite gehen? Du nimmst mir das Licht, und ich muss die Werkstatt für den Kurs vorbereiten.«

»Wie bitte? Ach ja, sicher«, murmelte Jacopo. »Und?«, fuhr er fort, »Silvia hat mir erzählt, was gestern Abend passiert ist. Du hättest dieser Frau kein Zimmer geben dürfen, das ist gegen die Vorschriften.«

»Was redest du denn da?« Marcus rechnete weiter und notierte das Ergebnis auf seiner Zeichnung. »Sollte sie die Nacht etwa im Freien verbringen? Zieh nicht so ein Gesicht, du hättest an meiner Stelle bestimmt das Gleiche getan.«

Jacopo wollte etwas sagen, ließ es dann aber sein und ging zu einem Ofen, kontrollierte die Hitze und schloss die Tür wieder. »Natürlich, wenn sie wirklich in Not war ... aber du kennst meine Meinung. Ich war von Anfang an gegen ihre Aufnahme.«

Marcus reagierte nicht und runzelte nur die Stirn, während er weiterarbeitete, mehrere Skizzen aus unterschiedlichen Perspektiven füllten das Blatt. »Im Moment habe ich andere Probleme, Papa. Und ehrlich gesagt verstehe ich nicht, warum du immer noch diese altmodischen Vorurteile hast.«

»Das stimmt gar nicht. Ich denke nur an die vorprogrammierten Probleme. Ein Schmelzofen ist kein Ort für Frauen. Woher soll sie die Kraft für das Blasrohr nehmen? Und wenn sie stolpert? Sie könnte alles in Brand setzen, ist dir das klar?«

»Das ist nur ein einziges Mal passiert, und ich hatte nicht den Eindruck, dass eine Frau die Schuldige war.«

»Aber das Risiko besteht und mit einer Frau ist das noch gefährlicher.«

»Entspann dich, Papa. Wir haben Feuerlöscher, mit denen wir im Notfall eingreifen können.«

»Du hast leicht reden. Aber ich bin der Besitzer ... und für alles verantwortlich. Das bedeutet mir etwas.«

Marcus hielt mit dem Zeichnen inne und schaute ihn an. »Ja, Papa, ich weiß, dass du es schwer hast ... und ich bin da, um dir zu helfen. Deshalb hast du doch gedrängt, dass ich nach Venedig zurückkomme, oder?« Er sprach das Thema nicht gerne an, aber zu viel Rücksicht war auch nicht gut. Im Gegenteil, das würde alles nur schlimmer machen.

Er stand auf und ging auf eine Wand zu, an der verschiedene Zangen und Scheren hingen. Seine Lippen hatte er fest aufeinandergepresst. Er atmete tief durch, dann hatte er sich wieder im Griff und lächelte. »Hör auf, dir über Dinge Sorgen zu machen, die noch nicht passiert sind.« Er sah sich die Werkzeuge näher an, suchte einige aus und legte sie beiseite. Er würde sie ersetzen müssen. Noch ein Kostenfaktor, den er sich nicht leisten konnte, aber die Verletzungsgefahr für die Studenten war zu groß.

»Ich verstehe nicht, wie du so gelassen bleiben kannst. Das ist doch nicht normal.« Er starrte seinen Sohn an.

Einen Augenblick lang dachte Marcus darüber nach, seinem Vater eine Auszeit vorzuschlagen. In den vergangenen Wochen hatte sich die Laune seines Vaters deutlich verschlechtert, dabei hatte der Kurs noch nicht einmal begonnen. Er seufzte, dann erwiderte er lächelnd: »Ich werde weder fluchen noch die Fäuste schwingen oder mich mit einer unschuldigen Frau anlegen. Das wäre reine Energieverschwendung, Papa, und meine Energie brauche ich noch, und zwar ganz.«

Jacopo fuhr sich mit der Hand übers Gesicht. »Dann achte darauf, dass sie mir nicht in die Quere kommt, sie soll sich auch von den anderen fernhalten. Gib ihr einen Platz am Temperofen, dort stört sie am wenigsten.«

Warum reagierte sein Vater so? Das war einfach eine nette Geste. Mit den Gefühlen, die sie in ihm ausgelöst hatte, hatte das gar nichts zu tun. »Warum lernst du sie nicht einfach erst mal kennen?«

Sein Vater warf ihm einen finsteren Blick zu. »Es reicht mir schon, dass sie eine Frau ist und aus dem Ausland kommt. Und sich in einem Auswahlverfahren durchgesetzt hat, nur weil mein Sohn sich auf die Statistik beruft, und sie an einem Ort schläft, an dem sie nichts verloren hat.«

»Du weißt besser als ich, wie hart die Auswahlkriterien sind. Bist du nicht neugierig darauf, was sie kann?«

»Nein, überhaupt nicht. Das interessiert mich nicht. Im Gegensatz zu dir, du scheinst mir ein bisschen zu engagiert zu sein, mein Junge.«

Marcus lächelte. »Sie würde dir bestimmt gefallen, sie macht einen netten Eindruck und sie ist hübsch.« Während er das sagte, ließ er ein Blasrohr prüfend durch die Hand rollen und stellte es dann wieder zurück.

»Noch ein weiteres Problem, um das man sich kümmern muss!«

Marcus seufzte kopfschüttelnd. »Manchmal glaube ich, dass Mama doch recht hatte, was dich betraf.«

»Ich will nicht über deine Mutter sprechen.«

Das war sein wunder Punkt, dachte Marcus. »Schade! Es würde dir guttun. Übrigens solltest du sie anrufen. Morgen ist ihr Geburtstag und du weißt, wie wichtig ihr das ist.« Er nahm seine Jacke, steckte das Tablet in die Schutzhülle zurück und schaute zu seinem Vater, der vor ihm auf und ab tigerte. »Warum hörst du nicht auf, überall Probleme zu wittern und entspannst dich? Es ergibt überhaupt keinen Sinn, immer nur negativ zu denken.« Er verlangsamte den Schritt, er hasste diese dunklen Gedanken. Mit dem Schlimmsten zu rechnen, half nicht beim Lösen von Problemen, im Gegenteil, sie verschärften sie nur. »Die Situation wird sich entspannen, wir müssen nur klug vorgehen. Du wirst die Fabrik nicht verlieren.«

In den vergangenen zehn Jahren hatten sich Aufwand und Ertrag die Waage gehalten, aber Gewinn hatte die Glasbläserei kaum abgeworfen. Marcus hatte die Organisationsstruktur dem Markt angepasst und legte das Schwergewicht jetzt auf die Akademie und baute die Kurse aus, der Palazzo Zenobio sollte zu einem internationalen Aus- und Fortbildungszentrum werden. Seit einiger Zeit arbeitete er mit einer Agentur zusammen, die anspruchsvolle Seminare anbot, das Auswahlverfahren durchführte und die Besten zu ihnen schickte. Alles schien hervorragend zu laufen, sie hatten regelmäßige Einkünfte, aber Jacopo war immer noch skeptisch und rechnete mit dem Schlimmsten. Er legte ihm die Hand auf die Schulter, und als sein Vater sie fest umschloss, wünschte er, er könne noch mehr für ihn tun. »Wir sehen uns später.«

5.

Unter »venezianischem Kristall« versteht man ein besonders hochwertiges Glas, dessen Rezeptur über mehr als sieben Jahrhunderte hinweg von Meistern der Glasbläserkunst von Generation zu Generation als Familiengeheimnis weitergegeben wurde. Das Glas ist außergewöhnlich transparent und wirkt wie Bergkristall. Seine Reinheit eignet sich vor allem für die Herstellung von Spiegeln und Leuchtern, und es wird zu unvergleichlichen Kunstwerken verarbeitet. Das venezianische Kristall ist auf der ganzen Welt berühmt.

Juliet öffnete die Augen und schloss sie sofort wieder. Dann riss sie sie auf und setzte sich im Bett auf. Die Erinnerungen an den gestrigen Tag kamen ihr in den Sinn. »Was für ein Desaster«, sagte sie, lächelte aber dabei.

Sie hatte wie immer die Fensterläden über Nacht offen gelassen, und die Sonne flutete herein. Bei ihrer Ankunft hatte sie keine Zeit gehabt, das Zimmer näher zu betrachten. Sie schaute sich neugierig um. Es war geräumig, mit hohen Wänden und bemalter Decke. Ähnliches hatte sie schon in Wohnzeitschriften gesehen, aber die Wirklichkeit war noch viel beeindruckender als die Fotos. Auf dem Bett in der Mitte des Zimmers lag eine weiße Damastdecke, an einer Wand stand ein kleiner Tisch, daneben ein Schrank aus hellem Holz mit einer Spiegeltür. Der Schreibtisch befand sich vor dem Fenster.

Sie gähnte und spürte, wie hungrig sie war. Sie ging ins Bad, wusch sich das Gesicht und griff nach einem flauschigen, nach Lavendel duftenden Handtuch. Als sie sich im Spiegel zulächelte, glaubte sie eine andere zu sehen. Der Glanz ihrer Augen hatte sich vertieft, sie strahlten hell. Sie fühlte sich glücklich und ruhig wie schon lange nicht mehr. Sie verließ das Bad mit besserer Laune, als sie es betreten hatte. Nachdem sie den Koffer ausgeräumt und ihre Kleider in den Schrank gehängt hatte, entdeckte sie weitere Details des Zimmers. Den damastbezogenen Sessel, die gestärkte Gardine, den Leuchter, der mit einer Blumengirlande geschmückt war. Die im Regal aufgereihten Bücher wirkten zerlesen und alt. Sie ging näher heran und fuhr mit dem Zeigefinger über die Buchrücken. Dann zog sie ein Buch heraus und schlug es auf. *Marietta Barovier und ihre Geschichte.* Wer das wohl war? Sie kannte den Namen, wusste jedoch nicht mehr, woher. Sie überlegte noch eine Weile, dann stellte sie das Buch ins Regal zurück. Gerade als sie ein zweites herausziehen wollte, hörte sie ein Geräusch. Das Handy auf dem Nachttisch vibrierte. Wer konnte das sein? Sie prüfte, ob es schon aufgeladen war und schaute auf das Display. Sie seufzte, ein Dutzend unbeantwortete Anrufe. Sie schickte ihren Eltern eine Nachricht und bevor sie das Handy wieder zur Seite legte, schickte sie eine weitere.

Ciao, Marcus, wie geht es dir? Danke noch mal wegen gestern. Das war toll von dir.

Guten Morgen! Ach was. Wenn du
etwas brauchst, weißt du ja, wo du
mich finden kannst.

Dass er so schnell antworten würde, hatte sie nicht erwartet. Sie lächelte und ging wieder ins Bad zurück. Sie brauchte eine heiße Dusche, ein ausgiebiges Frühstück und ... ihn. Sie wollte ihn treffen, mit ihm reden, sich bei ihm bedanken.

Während sie die letzten Spuren des Schlafes abspülte, tauchten erste Zweifel auf. Sollte sie ihn wirklich stören? Er hatte sicher viel zu tun, sie hatte ihn schon genug belästigt. Dass er so freundlich zu ihr gewesen war, bedeutete gar nichts. Sie konnte ihn doch nicht mit Beschlag belegen! Warum musste sie immer so ... anhänglich sein?

Sie föhnte ihre Haare, griff nach einer rosa Bluse und weißen Hosen und streifte flache bequeme Schuhe über. Dann steckte sie ihre Kreditkarte in die Bauchtasche und schnallte sie um. Nach einem letzten Blick in den Spiegel schloss sie die Tür hinter sich, und als sie im Flur stand, sagte sie sich, dass sie wirklich Glück gehabt hatte. Das hätte alles wesentlich schlechter ausgehen können. Sie war überfordert gewesen und in Schwierigkeiten gekommen, genau wie Paul vermutet hatte. Mit gesenktem Kopf ging sie die Treppe hinunter.

»Was ist denn das für ein Gesicht?«

Sie hob ruckartig den Kopf. Marcus stand in der Halle und musterte sie erstaunt.

»Ciao«, sie ging weiter, aber ihre Miene hellte sich deutlich auf.

»Ein Problem mit dem Zimmer?«

»Wie bitte? Nein, überhaupt nicht, das ist perfekt.«

Kopfschüttelnd sagte er: »So sieht das aber nicht aus, du wirkst traurig.«

Das war keine Frage. Juliet zwang sich zu einem Lächeln. »Mir geht vieles durch den Kopf, nichts Wichtiges.«

Er nickte und wollte weitergehen, aber dann blieb er an der Tür noch einmal stehen. »Willst du mich begleiten? Ich muss zur Post, um einige Päckchen abzugeben, dabei kann ich dir die Gegend zeigen.«

Sie hatte zwar noch nicht gefrühstückt, aber das Angebot war einfach zu verlockend. Und sie wollte mehr über Murano wissen. »Sehr gern.«

Marcus streckte ihr die Hand entgegen. »Aber zuerst gehen wir frühstücken.«

Sie griff danach. Marcus' Hand war warm. »Gut, ich habe Hunger.«

»Ich auch.«

An der Tür trafen sie einen Mann, offensichtlich ein Verwandter von Marcus, die Ähnlichkeit war unverkennbar.

»Papa, das ist Juliet, unsere amerikanische Studentin.«

»Guten Morgen«, der Mann schien sich sichtlich unwohl zu fühlen. Ihr ging es nicht anders.

»Schön, Sie kennenzulernen, Signorina.«

Seine Stimme und sein Tonfall waren angenehm, er lächelte ihr zu und Juliet entspannte sich. Marcus' Vater war vielleicht nur ein wenig zurückhaltend.

Schlagartig veränderte sich sein Gesichtsausdruck, jede Freundlichkeit war aus seinen Zügen gewichen. »Woher haben Sie diese Kette?«, herrschte er sie an.

Marcus rollte mit den Augen, und Juliet wich instinktiv zurück. Sie hatte gar nicht bemerkt, dass die Perlenkette aus dem Ausschnitt gerutscht war und steckte sie wieder unter die Bluse. »Sie gehört meiner Familie, sie ist schon sehr alt. Ich sollte besser auf sie achten, aber ich mag sie sehr und trage sie gerne.«

Er schien etwas entgegnen oder ihr die Kette am liebsten vom Hals reißen zu wollen. Marcus schaltete sich ein, verabschiedete sich von seinem Vater und griff nach ihrer Hand.

»Entschuldige sein Verhalten, normalerweise ist er höflicher.«

Juliet zwang sich zu einem Lächeln. »Sicher.« Hatte sie etwas Falsches gesagt? Sie hatte Italienisch gesprochen … vielleicht hatte sie einen missverständlichen Ausdruck verwendet?

Wusste Marcus' Vater etwas über die Kette? Sie hätte ihn fragen können. Vielleicht würde sich später eine Gelegenheit ergeben, wenn sie sich näher kennengelernt hätten.

Nach einem kurzen Mittagessen in einer kleinen Trattoria in der Nähe, die Frühstückszeit war lange vorbei, zeigte Marcus ihr Murano. »Tatsächlich handelt es sich um sieben kleine Inseln, die durch Brücken verbunden sind, zwei weitere sind künstlich angelegt.«

Sie hörte gar nicht zu, sondern starrte fasziniert auf die Glaskunstwerke in den Schaufenstern der Werkstätten. Was für eine Farbenpracht, welche Vielfalt der Formen! Egal, ob Vasen, Gläser oder Tierskulpturen, jedes Objekt war ein Meisterwerk. Während sie aus dem Staunen nicht herauskam, hatte sie die Vorstellung, den Meister am Schmelzofen zu sehen und seine Kunstfertigkeit zu bestaunen. Seine flinken Finger wirkten wie die eines Zauberers.

»Komm, wir gehen hier entlang.« Marcus deutete auf die Straße der Glasmacher. »Hierher kommen wir später zurück. Ich zeige dir jede Ecke, versprochen.«

Sie sah ihm zu, wie er dem Postboten die Päckchen übergab, die auf ein Boot verladen wurden, das wie ein Lastkahn aussah. Hier wurde alles auf dem Wasser transportiert. Es gab Schiffe für den Müll und für die Versorgung mit Nahrungsmitteln. Es war alles so anders als in jeder anderen Stadt, die Juliet jemals besucht hatte. Reiseführer konnten Tipps geben oder Touren vorschlagen, aber das war etwas ganz Besonderes. Das persönliche Erleben, hautnah und authentisch.

Im Vergleich zum Zentrum Venedigs war es auf Murano ruhig, fast friedlich. Trotz der Touristenströme lag eine Gelassenheit über der Insel. Die Zeit wurde durch das An- und Ablegen der Vaporetti bestimmt, die Passagiere brachten und abholten, Menschen mit Fotoapparaten um den Hals, Handys in der Hand, die Augen voller Bewunderung.

»Du bist jung ...«, sagte Juliet plötzlich, nachdem sie ihn eine Weile beobachtet hatte.

Marcus warf ihr einen erstaunten Blick zu. »Du auch.«

Juliet lachte. »Für den Direktor einer Schule ... Entschuldige, ich habe laut gedacht. Du kannst dir gar nicht vorstellen, was ich alles sage, ohne es zu merken.«

»Du bist eine besondere Frau, Juliet Meriwether.«

»Ich bin halbe Italienerin. Mein Großvater hat als junger Mann Italien verlassen ...«

»Dann ist das eine Rückkehr?«

War das so?, fragte sich Juliet. »Nein, außer Gina interessiert sich niemand für unsere Vorfahren.«

»Deine Großmutter?«

»So was in der Art. Sie hat mir die Kette geschenkt.«
Sie zog sie unter der Bluse hervor und ließ sie hin und her
pendeln. »Lachst du mich aus, wenn ich dir sage, dass es
mir ... besser geht, wenn ich sie trage?«

»Warum sollte ich? Jeder hat seinen Glücksbringer. Ich
zum Beispiel habe eine Sammlung alter Musikkassetten.«
Er fuhr mit den Fingerspitzen über die Perlen und betrachtete sie näher. »Die Kette ist sehr alt ... mindestens zwei-
hundert Jahre würde ich sagen.«

Ja, das dachte sie auch. »Ich würde gerne mehr über sie
erfahren.«

Er runzelte die Stirn und Juliet ahnte, was ihn ihm vor-
ging. Sie stellte sich unzählige Fragen. Warum war es Gina
gewesen, die ihr die Kette gegeben hatte, und nicht ihr
Vater? Ob ihre Eltern nichts von ihrer Existenz wussten?

»Meine Familie ist sehr stolz auf das, was sie geschaffen
hat. Die Vergangenheit zählt für sie nicht. Alle sind erfolgreiche Ärzte, alle außer mir.«

»Wertschätzen sie nicht, dass du eine Künstlerin bist?«

Ihr Lächeln erstarb. »Nun, sie sind nicht gerade begeistert von dem, was ich mache.« Marcus hatte verstanden,
ohne dass sie noch viel hinzufügen musste. Sie wollte nicht
von ihrer Familie oder von sich sprechen. Das Fiasko beim
Abendessen vor einigen Tagen war noch zu präsent, genau
wie das Gespräch mit Daniel. Obwohl sie ihren Schmerz
zu verdrängen versuchte, ließen seine Worte sie nicht los.
Sie schob den Gedanken beiseite und schaute auf eines der
Kunstwerke, dessen Schönheit sie sprachlos machte. Mitten auf einem Platz, von einer Absperrung umgeben, stand
eine Glasskulptur. Ein stilisiertes Feuer, dessen bläuliche
Flammen auflohderten und in weißen Spitzen endeten. »Ein

fragiles und doch so kraftvolles Material«, sagte sie und blieb wie gebannt stehen.

»Zerbrechlichkeit ist Schönheit.«

Sie musste sich zurückhalten, nicht die Hand auszustrecken und die Skulptur zu berühren. »Ich glaube, dass du in gewissem Sinne recht hast.«

Sie gingen nebeneinander die Fondamenta dei Vetrai entlang, einer der Fußgängerwege neben dem Canal Grande di Murano. Marcus hatte ihr bereits die Chiesa San Pietro Martire gezeigt. Jetzt blickte sie auf die Basilica di Santi Maria e Donato. Einmal im Jahr wurde hier die Festa dei Vetrai gefeiert. Sie hätte gerne teilgenommen, aber die Segnung der Glasbläser fand im Dezember statt. Da würde sie schon wieder in Seattle sein. Doch daran wollte sie noch nicht denken. Noch war sie wie bezaubert vom weichen Licht, von den kraftvollen Farben der Mosaike und der inneren Ruhe, die sie im Gotteshaus gefunden hatte. Obwohl Gina ihr Gebete beigebracht hatte, war sie nie in einer Kirche gewesen. Trotzdem glaubte sie an die Schönheit, die Güte, die Freundlichkeit und die Großherzigkeit, wie bei diesem Mann, der ihr die Sehenswürdigkeiten Muranos zeigte, plötzlich innehielt und lächelnd sagte: »Das ist der Palazzo da Mula, einer der ältesten und am besten erhaltenen venezianischen Paläste in Murano.«

Juliet musterte das prachtvolle Gebäude und erinnerte sich, gestern Abend auf ihrer Suche nach der Schule daran vorbeigekommen zu sein. Seine Eleganz löste eine große Faszination in ihr aus. Gestern hatte sie die Großartigkeit dieses Ortes gar nicht bemerkt, so gefangen war sie in ihren eigenen Problemen gewesen. »Die Dinge existieren nur, wenn wir uns ihrer bewusst sind«, sagte sie leise.

Der dunkelrote Stein kontrastierte mit den weißen Dekorelementen. Plötzlich drangen Geräusche an ihr Ohr, das Klirren von Metall, Lachen und lebhafte Stimmen. Hinter ihr mussten die Glasöfen liegen. Sie dachte an die Schaufenster der Werkstätten zurück. Dort wurden visionäre Ideen umgesetzt, aus Sand und Feuer wurden unvergleichliche Kunstwerke geschaffen.

»Bist du in Murano geboren?«, fragte sie.

»Nein, aber als Kind habe ich jeden Sommer hier verbracht. Meine Mutter hat in Venedig Urlaub gemacht und dort meinen Vater kennengelernt. Nach einigen gemeinsamen Jahren ist sie nach Wien zurückgegangen. Ich habe mal bei ihr, mal bei meinem Vater gelebt. Nach meinem Abschluss in Ingenieurwissenschaft habe ich eine Auszeit genommen, um mir über meine Zukunft Gedanken zu machen. Vor fünf Jahren bin ich auf die Insel gezogen.«

»Um das Kunsthandwerk weiterzugeben?«

Er schaute zu Boden, beugte sich nach unten und strich fast zärtlich über das spärliche Gras, das zwischen den Steinen wuchs. »Unter anderem. Du musst sehr gut sein, damit du für den Kurs ausgewählt wurdest.« Er lächelte ihr zu.

»Es ist das Einzige, was ich kann.«

Er musterte sie schweigend, dann sagte er: »Das ist ein Scherz, oder?«

»Das Einzige, was ich *gut* kann«, stellte sie mit angespanntem Lächeln klar.

»Komm, lass uns weitergehen. Ich zeige dir die Gegend.«
Sie gingen schweigend nebeneinander her. Dieses Mal hatte Juliet nicht das Bedürfnis, reden zu müssen. Am Rand der Mole angekommen, gab Marcus ihr ein Zeichen und sie setzten sich.

Fasziniert von dem Schauspiel, das sich ihren Augen bot, hielt sie den Atem an, Tränen stiegen ihr in die Augen. Sonnenuntergänge hatte sie schon einige erlebt, aber der in Flammen stehende Himmel hinter dem Glockenturm berührte sie zutiefst. Die Farben wirkten lebendig, sie hatte das Gefühl, vom Himmel aufgesaugt, umhüllt und gewiegt zu werden. Sie verlor jedes Gefühl für Raum und Zeit. Als würde sie das Glas im Schmelztiegel aufkochen sehen und auf den richtigen Moment warten, das Blasrohr hineinzutauchen und die rot glühende Masse aufzunehmen. »Wunderschön.«

»Ja, das finde ich auch.«

Juliet war sicher, dass sie diesen gemeinsamen Moment mit Marcus nie vergessen würde. Während der Abend zu dämmern begann, waren sich ihre Hände ganz nah. Und sie war glücklich.

»Wollen wir morgen nach Burano fahren?«

»Das würde ich sehr gerne.« Was sagte sie denn da? Er hatte bestimmt Wichtigeres zu tun. Aber dann brachte sie diese kleine mahnende Stimme in sich zum Schweigen. Sie wollte leben, lachen, tanzen. Und sie wollte in seiner Nähe sein.

Endlich einmal das machen, was sie wirklich wollte. Später, als sie auf dem Bett lag, schaute sie an die Zimmerdecke. Sie hielt ihre Kette in der Hand, die sie vor dem Schlafengehen immer auszog, damit sie nicht beschädigt wurde. Der Draht, der die Perlen zusammenhielt, war aus Metall, die Verschlüsse wirkten robust, aber sie wollte kein Risiko eingehen. Die Kette faszinierte sie, sie würde zu gerne wissen, wer sie hergestellt hatte und wem sie gehört hatte. Welche Verbindung gab es zu Venedig? Und vor allem, wer war *sie*? Marcus hatte nach der Herkunft der Kette gefragt, aber sie hatte seine Frage nicht beantworten können. Er war auch neugierig auf die Zusammensetzung der Perlen gewesen.

Juliet gähnte. Sie wusste so wenig über die Vergangenheit ihres Großvaters. Er hieß Luigi, war nach dem Zweiten Weltkrieg von Italien nach Amerika ausgewandert, wie unzählige andere auch. Als sein Vater starb, war Lucas noch klein gewesen. Seine Mutter Denise hatte ein zweites Mal geheiratet, der neue Mann hatte ihn statt des Vaters aufgezogen.

Das Licht der Nachttischlampe ließ den Facettenschliff der Perlen zum Leben erwachen und enthüllte die Transparenz zwischen den Glasschichten. Sie betrachtete die kleinen Luftlöcher, die Zusammensetzung des Glases. Als sie zum Kettenanhänger in der Mitte kam, riss sie überrascht die Augen auf. Auf der Innenseite entdeckte sie ein Symbol. Sie setzte sich auf, richtete den Strahl der Nachttischlampe auf die Perle und betrachtete sie im Gegenlicht von allen Seiten. Ihr Herz raste. »Unmöglich«, sagte sie leise. Dann stieg sie aus dem Bett, griff nach dem Einladungsschreiben der Schule und fuhr mit dem Finger über das Logo. Ein stilisierter Hahn. Der Gleiche wie in der Perle, da gab es keinen Zweifel.

6.

Die Glasbläsermeister gaben den Farben die Namen passender Edelsteine: Rubin, Chalzedon, Smaragd und Amethyst sind die bekanntesten. Um dieses Ergebnis zu erzielen, gab man ein metallisches Pulver zum Glasgemisch. Chromoxid für grün, Kobalt für blau, Kupfer für rot. Die prozentualen Anteile variieren und sind das Geheimnis der wunderbaren Farbschattierungen.

Marina, Venedig, 1940er-Jahre

Hinter einem Verschlag versteckt, saß Marina zusammengekauert und mit geschlossenen Augen in der Dunkelheit. Sie hätte nicht hier sein dürfen, aber das war der einzige Ort, an dem sie niemand suchen würde. Sobald Zeno, ihr bester Freund, zu zählen begonnen hatte, war sie in Richtung des Canale dei Marani gerannt. Dort war die alte Zufuhr für das Holz, die direkt zum Glasofen ihres Vaters führte. Nur Erwachsene durften sich hier aufhalten, mit Ausnahme ihres Bruders Luigi, der fünf Jahre älter war als sie. Und er war ein Junge, da galten andere Regeln. »So was Blödes«, brummelte sie. Nach einer Weile begann sie sich in ihrem Versteck zu langweilen. Sie kratzte mit dem Fingernagel die Farbe von der Holzwand und unterdrückte einen Schmerzensschrei, dann zog sie sich einen winzigen

Splitter aus der Fingerkuppe und saugte daran. Mist, das tat vielleicht weh! Vielleicht hatte ihr Vater ja recht, und der Ofen war wirklich kein Ort für kleine Mädchen. Aber in Wirklichkeit wusste das keiner so genau, denn sie war zum ersten Mal hier. Vorher hatte sie das Ungetüm immer nur von fern beäugt. »Was soll an diesem Ort schlecht sein?«, fragte sie sich. Luigi hatte ihr erzählt, dass es hier höllisch heiß und alles voller Ruß wäre, und man aufpassen müsste, dass das Feuer nicht außer Kontrolle gerät.

Marina hatte genug vom Warten. Sie reckte sich, damit sie den Spalt zwischen den Holzbrettern erreichte. Eine recht große Hoffnung, trotzdem konnte sie nur eine Seite des Gebäudes erkennen. Aus dem Innern drang ein warmer Lichtschein nach draußen, es sah aus wie beim Sonnenuntergang. Sie biss sich auf die Unterlippe und verengte die Augen zu Schlitzen, um besser sehen zu können. Doch außer einer merkwürdigen Sitzgelegenheit gab es nichts, was einen zweiten Blick wert war. Sie beherrschte den Drang, aus dem Versteck zu kommen, sie wusste nicht, ob sie allein war und sie konnte nicht riskieren, dass Zeno sie entdeckte, denn er hatte lange Beine und würde sie beim Rennen bestimmt schlagen. Deshalb wartete sie noch ein bisschen. Die Stille machte ihr Mut. Langsam hob sie den Deckel und kroch heraus. Sie klopfte sich den Staub aus dem Rock und schlich in die Richtung zurück, aus der sie gekommen war, als sie ein Geräusch hörte. Es klang wie ein Wispern, wie das Knistern einer Flamme. Alarmiert sprang sie über alle Hindernisse und wollte Hilfe holen, aber als sie in der Mitte des Gebäudes angelangt war, blieb sie stehen. Hohe Wände aus rotem Backstein stützten ein Dach, in dem sich Lichtschächte öffneten, so breit, dass

Marina von ihrem Standpunkt aus den Himmel sehen konnte. Doch ihre ganze Konzentration galt einer Gestalt, die in sich versunken vor einem der großen Öfen stand. Es war ihr Vater Giorgio, der immer noch arbeitete. Gerade wollte sie sich zurückziehen, mit etwas Glück würde er sie nicht bemerken.

Dann hörte sie ihn aufatmen.

Ein erleichtertes Seufzen.

Sie erstarrte. Ein intensives Gefühl wallte in ihr auf: Neugier, Drängen, Verlangen. Sie starrte auf die starken Arme ihres Vaters, der ein Metallrohr rollte und es dann auf einen Ständer legte, bevor er es in eine beißend riechende Flüssigkeit tauchte. Er stand so nah vor der Öffnung des Ofens, dass sie sich fragte, wie er die Hitze aushalten konnte, aber nach wenigen Augenblicken sah sie, wie er das Rohr wieder herauszog ... oh Gott, was war das? Die rot glühende Masse an der vorderen Öffnung drohte nach unten zu tropfen, aber er rollte und drehte das Rohr zwischen geschickten Bewegungen, als höre es auf sein Kommando. Ohne zu zögern, setzte er es an seine Lippen und blies die Wangen auf.

Er bläst in das Rohr hinein, dachte Marina verblüfft.

Giorgio lachte und sie zuckte zusammen, bewegte sich aber nicht. »Perfekt«, seine Stimme klang zufrieden, fast einladend, was ihr Mut machte. Lautlos schlich sie ein wenig nach vorne, um genauer beobachten zu können.

Ihr Vater saß auf dem seltsamen Stuhl, den sie aus ihrem Versteck gesehen hatte, und berührte die glühende Masse, die er zuvor aus dem Ofen gezogen hatte, mit einer Holzschale. Sie war jetzt größer und rund, Marina nahm an, dass das mit dem Blasen zu tun hatte. In dieser Kugel steckte der Atem ihres Vaters. Er begann mit einer Zange daran zu ziehen, dann steckte er die Spitze eines Eisenstabs hinein und drehte weiter, die zähflüssige Masse verwandelte sich allmählich in eine Blüte. Während sie Form annahm, begann Marina zu verstehen. Das war Glas, aber nicht das, was üblicherweise daraus entstand: keine Blumenvase, kein Trinkgefäß und auch keine Tierfigur in herrlichen Farben.

Das, was da durch die Meisterschaft ihres Vaters geschaffen wurde, war das Leben selbst. Es war die Materie, die sich verteilte, Raum einnahm und zu etwas wurde … was noch keine Form hatte.

In diesem Moment wurde ihr klar, dass das ihre Berufung war, sie wollte genauso werden wie ihr Vater.

Fasziniert starrte sie auf den neben dem Ofen aufgehäuften Quarzsand, auf die Flammen, die aus dem Ofen schlugen: eine ursprüngliche Metamorphose, die sie gleichzeitig sprachlos und glücklich machte. Das waren Urgewalten in einer Intensität, die sie sich immer vorgestellt hatte, aber nie benennen konnte. Eine schöpferische Kraft, die in diesem Moment all ihre Schönheit enthüllte, sie durchdrang und sich in ihr festsetzte.

»Ich will das auch können!«

»Um Himmels willen!« Giorgio zuckte zusammen und Marina fürchtete einen Moment, er würde das Rohr fallen lassen. »Was zum Teufel hast du hier zu suchen?«, schrie er. »Geh sofort nach Hause, deine Mutter sucht sicher überall nach dir.«

Marina ignorierte den Wutausbruch ihres Vaters und starrte weiter fasziniert auf die rot glühende Masse, beobachtete seine entschlossenen Gesten, mit der er sie aufnahm, und lauschte seiner überraschten Stimme. Sie war immer ein braves, folgsames Kind gewesen, hatte von klein auf aber gewusst, wann der richtige Moment gekommen war, um ihre Wünsche durchzusetzen. Alle liebten sie, selbst ihr rebellischer Bruder Luigi, der sich mit niemandem gut verstand, und sie liebte ihn mit gleicher Intensität zurück.

Sie wartete, bis sich ihr Vater wieder etwas beruhigt hatte, gelassen wie der Fels, über den das Wasser rann, der nur das Nötigste aufnahm und den Rest weiterfließen ließ. Als er an den Ofen trat, folgte sie ihm.

»Warum steckst du das in den Ofen zurück? Dort schmilzt es doch wieder.«

Giorgio hatte sich noch nicht völlig beruhigt und schüttelte den Kopf. »Das Glas ist jetzt zu kalt, es muss wieder erhitzt werden, nur wenn es die richtige Temperatur hat, kann man es weiter bearbeiten.« Seine Stimme klang barsch, aber er ließ sich nicht von der Arbeit abbringen.

Das konnte nicht sein, dachte Marina. Wenn es fest geblieben wäre … sie musste weiterfragen. Sie wollte alles wissen. Wie von selbst begann sie, die Finger zu bewegen und die Bewegungen ihres Vaters zu imitieren.

»Wie entsteht es?« Als sie den fragenden Blick des Vaters sah, deutete sie auf den Ofen. »Das Glas, Papa«, drängte sie, »wie hast du es gemacht?« Sein wütender Gesichtsausdruck war ihr egal, sie wollte es unbedingt wissen und wiederholte die Frage. Er deutete mit dem Kinn auf den Sandhaufen vor dem letzten Ofen zu seiner Linken. »Du machst den Sand heiß, und das wird dann Glas?« Sie erinnerte sich an Gespräche zwischen ihrem Vater und ihrem Bruder: es ging um den Preis von französischem Sand, der reiner war als der italienische, um Kieselerde, die geeignet war, aber mehr Hitze bräuchte. Und um Soda und Pottasche, die restlichen Rohstoffe, all die Namen hatte sie zwar gehört, jetzt bekamen sie eine neue Bedeutung. »Aber wie kann das sein? Das ist doch wie Pulver, wie Erde, und das hier«, sie deutete auf das Glas, »ist durchsichtig und schön.«

»Erst mischt man den Sand mit dem Soda, dann füllt man das Gemisch in ein Gefäß und stellt es in den Ofen, siehst du das dort hinten? Das nennt man Schmelztiegel. Danach gibt man das Schmelzmittel hinzu, eine Substanz, die dazu dient, dass alle Zutaten sich bei einer niedrigeren Temperatur miteinander verbinden. Das Ergebnis ist eine dickflüssige Masse, die man wieder erhitzen kann, nachdem sie eine Weile geruht hat, und die dann formbar wird.«

Sie war überwältigt.

»Und wie nennt man das?« Sie deutete auf die rot glühende Masse, die am Ende des Blasrohrs hing.

»Das nennt man Bolus, das bedeutet Klumpen ...« Giorgio war jetzt besänftigt. Wann hatte ihr Vater jemals so geduldig auf ihre Fragen geantwortet? Marina war überrascht. Und Giorgio bemerkte erst jetzt Marinas Leidenschaft, die große Ähnlichkeit zwischen ihnen beiden.

Unter den zu Zöpfen geflochtenen kupferfarbenen Haaren leuchteten grüne Augen, ihre Lippen waren entschlossen zusammengepresst. Ihre tiefen Grübchen verliehen ihrem Gesicht eine natürliche Freundlichkeit. Aber da war noch mehr.

Als er erkannte, dass das genau das war, was er bei seinem Sohn vermisste, lief ihm ein Schauer über den Rücken. Diese lodernde Leidenschaft, die die Chiaramontes über Generationen hinweg für das Glas hatten, seit sie nach dem Niedergang der Serenissima nach Murano gezogen waren und zum Ruhm der dortigen Glasmacherkunst beigetragen hatten.

Nach dem Abendessen im Kreis der Familie war Giorgio endlich allein mit seiner Frau und berichtete ihr das Erlebte. »Mich hat fast der Schlag getroffen. Ich kann dir nicht sagen, welcher Heilige mir geholfen hat, einen kühlen Kopf zu bewahren. Um ein Haar hätte ich die glühende Masse fallen lassen und alles wäre in Brand geraten, das kannst du mir glauben.«

Agata hörte ihm schweigend zu und kämmte dabei ihre Haare.

»Deine Erziehung scheint bei ihr nicht zu fruchten. Wir sollten sie in die Obhut der Nonnen geben«, schloss Giorgio. Seine Frau schwieg weiter, hin und wieder lächelte sie, manchmal riss sie überrascht die Augen auf, aber sie verlor nie die Geduld.

»Wenn nur Luigi ihre Neugier und ihren Wissensdurst mitbekommen hätte. Marinetta ist ein Mädchen, sie kann nicht am Ofen arbeiten«, Giorgio schüttelte den Kopf und schlüpfte unter die Laken.

Agata legte die Bürste auf den Tisch und blickte in den Spiegel. Sie sah eine noch jung wirkende Frau, mit den gleichen Grübchen wie ihre Tochter und dem gleichen entschlossenen Zug um den Mund. Sie schaute ihn an: »Und wenn es ihr im Blut liegt?«

Giorgio zog die Augenbrauen hoch.

»Was kann das Mädchen dafür, dass sie *das Laster* deiner Vorfahrin geerbt hat?«

Die Frage brachte Giorgios Selbstsicherheit ins Wanken, er stand jetzt mit dem Rücken zur Wand. Er wusste genau, worauf seine Frau hinauswollte. Die Anspielung auf seine

Familie ... nervös strich er über das Laken. Erinnerungen an die Kindheit stiegen in ihm auf, die Geschichten über Marietta Barovier kamen ihm in den Sinn. Die berühmteste Glasmacherin Venedigs, die geniale Schöpferin der Rosetta-Perlen. Sie war so geschickt, dass ihr Vater Angelo Barovier sie zu seiner Nachfolgerin gemacht hatte. Als Kind wusste Giorgio natürlich nicht, welche Bedeutung diese Frau für die venezianische Glaskunst gehabt und wie sehr sie zu deren Weltruhm beigetragen hatte. Erst als Erwachsener hatte er begriffen, wie weitblickend es von ihr gewesen war, alle Arbeitsschritte zur Glasherstellung, die sie von ihrem Vater gelernt hatte, all die kleinen Geheimnisse, in kleinen Notizbüchern festzuhalten. Dieses Erbe war das Rüstzeug für sein Können, und er hütete diese Seiten wie einen Schatz.

»Wenn es so wäre, könnten wir nichts tun, Sand und Feuer würden ihr Leben bestimmen«, erwiderte Giorgio. Blut ist nun mal dicker als Wasser. Diese Erkenntnis gab dem Ganzen etwas Schicksalhaftes und beruhigte ihn ein wenig.

Agata lächelte ihm nachsichtig zu. Als sie sich neben ihn legte, glitt der lange Zopf über das Laken. »Das ist unwichtig. Du kennst deine Tochter, wenn sie sich etwas in den Kopf gesetzt hat, dann setzt sie das auch durch, und das hat sie sicher von mir, mein Schatz.«

Sie hörte ihn leise lachen und spürte, wie seine Hand nach ihrer tastete.

»Wenn ich sie ausbilde, wird sich ihr Leben verändern, und zwar für immer.«

»Du machst das, was du für richtig hältst, alles andere ist ihr Problem. Aber Marina schafft das, sie hat Mut und Durchsetzungsvermögen. Schließlich ist sie deine Tochter.«

»Und Luigi? Meinst du nicht, dass er sich zurückgesetzt fühlt?«

Agata presste sich eng an ihn, legte das Ohr auf seine Brust und hörte seinem Herzschlag zu. Sie musste es ihm sagen, hatte es schon viel zu lange zurückgehalten. »Ihm würde es sogar gefallen, vor allem, wenn du ihm erlaubst, zum Studium nach Mailand zu gehen. Hier ist er nicht glücklich.«

»Ja, aber …«

Agata ließ ihn den Satz nicht beenden, die Erfahrung hatte sie gelehrt, dass es mehrere Methoden gab, um ihren Mann zu überzeugen, und dass die wirksamste nach Pfirsich und nach Kirschen duftete, unterstützt von leidenschaftlichen Küssen und gehauchten Worten, und zwar dann, wenn das ganze Haus schlief.

Das war der Beginn von Marinas Karriere als Glasmacherin. Und wenn die *Serventi* und die *Serventini*, wie in Murano die Gehilfen des Glasmachers genannt wurden, anfangs noch die Nase rümpften, eroberte dieses Mädchen, das sie von Geburt an kannten, im Laufe der Zeit auch ihr Herz, und sie verstanden, wie tief ihre Leidenschaft für die Glasmacherei war. Marina hatte von Anfang an das richtige Gespür, lernte schnell die Bedeutung der einzelnen Öfen zu unterscheiden, vom größten für den ersten Schmelzprozess, bis zu den kleineren für das Buntglas. Ein aufmerksamer Blick auf den Schmelztiegel und sie wusste, ob das Glas zur Bearbeitung bereit war. Sie wusste, dass Eisenoxid Smaragdgrün war, Kupfer die Basis für Rubinrot und Kobalt von Amethyst- bis Saphirblau variieren konnte. Glas war für sie so wertvoll wie die Edelsteine, nach denen es benannt war.

Giorgio hatte lange gebraucht, bis er sich an die neue Situation gewöhnt hatte. Dass sein Sohn und potenzieller Nachfolger in Mailand aufs Gymnasium ging und bei entfernten Verwandten wohnte, erschien ihm als Affront gegen das familiäre Erbe. Luigi war der männliche Nachkomme, er würde den Namen der Familie weitergeben. Giorgio hatte das Gefühl, versagt zu haben. »Es ist alles falsch«, schimpfte er. Aber dann kam ihm Marietta Barovier in den Sinn. Schlussendlich war auch sie von ihrem Vater als Erbin eingesetzt worden. Und wenn einer der genialsten Glasmacher aller Zeiten diese Entscheidung getroffen hatte, dann lag er vielleicht gar nicht so falsch. Wenn er Marina ansah, die mit glücklichen Augen von einem Ofen zum nächsten eilte, wurde ihm warm ums Herz. Dieses Mädchen wusste, was es tat. Immer und immer wieder imitierte sie die Arbeitsschritte, bis sie die Zusammenhänge begriffen hatte. Und wenn Giorgio am Anfang noch den Verdacht gehabt hatte, dass Zeno, einer der jüngeren Gehilfen, sie unterstützte, wurde ihm mit der Zeit klar, dass er sich getäuscht hatte. Denn seine Marinetta wusste genau, was sie wollte, und sie zögerte nicht, ihre Vorstellungen auch durchzusetzen.

Die Jahre vergingen und während Marina im Schatten ihres Vaters heranwuchs und zur Frau wurde, kam Luigi nur selten nach Murano, meist, wenn er Geld brauchte. Immer wenn er da war, überschüttete ihn Agata mit mütterlicher Aufmerksamkeit, und er fühlte sich, als ob er der Herr im Hause war.

»Ich glaube, wir sollten die Produktion erweitern«, sagte Marina.

Luigi amüsierte sich zwar über die Ideen seiner kleinen Schwester, war aber auch beeindruckt. Immerhin war sie erst sechzehn. »Warum? Den Leuten gefallen unsere Leuchter.«

»Kennst du die neuen Bauverordnungen? Wenn die Decken niedriger als drei Meter sind, dann ist nicht genug Raum, um unsere Kronleuchter dort aufzuhängen, und aus wirtschaftlicher Sicht müssen wir unser Segment erweitern, um neue Kunden zu gewinnen.«

Luigi hatte seine Beine ausgestreckt und auf einen Schemel gelegt, den ihm seine Mutter hingestellt hatte. »Ach so ... ja, ich habe so etwas gehört.«

»Gehört das nicht zu deinem Lehrstoff?«

»Wie? Doch, natürlich. Aber ich habe die Prüfung noch nicht gemacht. Aber sprich ruhig weiter, um was genau geht es bei deiner Idee?«

Schon eine Weile war Marina misstrauisch, was Luigis Studium anging. Und wenn sie an die Kosten dachte: Miete für die Wohnung und die Studiengebühren an der Fakultät für Wirtschaftswissenschaften in Mailand fraßen einen Großteil der Gewinne der Glashütte auf. Sie musterte ihn misstrauisch. »Ist alles in Ordnung?«

Luigi seufzte, löste die Krawatte und knöpfte sein Hemd auf. Er schien sich nicht wohl in seiner Haut zu fühlen. Marina setzte sich neben ihn und tätschelte seine Hand, »Was ist los? Mir kannst du es doch sagen.«

Sein eben noch verstörter Gesichtsausdruck machte einem Lächeln Platz. »Nichts, ein Professor mag mich nicht, das ist alles.«

»Das verstehe ich nicht ... hast du mit ihm geredet?« Ihrer Erfahrung nach war der direkte Weg der beste, um Missverständnisse zu klären.

»Machst du Witze? Ich bin ein Mann! Das habe ich nicht nötig. Ein Mann muss seine Würde wahren. Aber das verstehst du nicht.«

»Dann erkläre es mir.«

Luigi stand auf und tigerte nervös durch den Raum, den Kopf hatte er gesenkt. »Er hat mich auf dem Kieker, ich soll ihm Vorschläge machen, die er dann für sich nutzt. Und damit verdient er dann Geld.«

Er sah sie mit flammenden Augen an. Marina war verwirrt. Was war nur mit ihrem Bruder los? Er war laut geworden, was ungewohnt für ihn war. »Warum kommst du nicht zurück und arbeitest bei Papa?«

Luigi lachte. »Red keinen Unsinn.«

»Aber das gefällt dir doch.«

»Nein, da irrst du dich, dir gefällt es. Du bist es doch, die ... die Produktion erweitern möchte.«

»Das ist der beste Weg, der Krise zu begegnen, wir verlieren Kunden, die Rohstoffe sind teurer geworden, die Transportkosten gestiegen. Etwas Neues weckt das Interesse der Kunden. Ich denke da an Glasfenster. Damit wären wir wieder konkurrenzfähig, wie früher. Wir brauchen Geld, Luigi.«

Seine Miene hellte sich auf. Marina beobachtete, wie er sich entspannte und schließlich zu lächeln begann.

»Gut, erkläre mir, um was es dir genau geht. Fasse dich kurz, ich habe nicht viel Zeit.«

»Oh, danke!« Sie klatschte begeistert in die Hände und rannte los, um ihre Notizen zu holen. Sie hatte sie sogar abgetippt, damit sie besser lesbar waren. Ihr Vater war ihr gegenüber immer noch skeptisch ... aber bei Luigi war es etwas anderes, ihm würde er glauben. Als sie ins Wohnzimmer zurückkam, stand ihr Bruder am geöffneten Fenster. Von draußen drangen feuchte Luft und die Stimmen der Passanten herein. Marina legte die Aufzeichnungen auf den Tisch. »Hier, siehst du? Es ist ganz einfach.« Luigi kam zu ihr und während er die Notizen las, blitzte Interesse in seinem Blick auf. »Wir könnten eine Abteilung für künstlerisch gestaltete Glasfenster eröffnen, die Leute lieben Farben und könnten ihre Häuser mit aktuellem Design ausstatten.« Marina war jetzt ganz in ihrem Element: »Die Anfangsinvestitionen wären gering, zudem könnten wir die Reste der Produktion nutzen und manches wiederverwerten, das ist wichtig.«

Sie hielt inne und warf ihrem Bruder einen fragenden Blick zu.

»Ich werde sehen, was ich tun kann, aber versprechen kann ich dir nichts.«

Marina sah ihn nach den Blättern greifen, sie ordnen und gehen. Gut, eines war schon mal klar: Wenn er nicht überzeugt gewesen wäre, hätte er es nicht so eilig gehabt. Aber er wollte auch nicht, dass sie sich zu große Hoffnungen machte. Ihr Vater war ein Mensch, der nur das machte, an was er glaubte. Und sein Vorurteil gegenüber Frauen am Schmelzofen war nach wie vor zu spüren. Er hatte sich bemüht, ihr ein guter Lehrmeister zu sein, aber noch immer behandelte er sie ... sie konnte es selbst nicht genau sagen. Sie verließ das Zimmer und ging in Richtung Glashütte, überquerte die Brücke, die Blicke der Passanten ignorierte sie. Sie trug eine weit geschnittene Hose und eine leichte Jacke, ihre übliche Arbeitskleidung. Hoffentlich hatte Zeno die Abendschicht, sie wollte ihm unbedingt von ihrem Gespräch mit Luigi erzählen. Als sie die

Werkstatt betrat, spürte sie, dass es ihr besser ging. Der vertraute Geruch, die warme Luft aus den Öfen, die Geräusche. Die Öfen sangen, sie kannte ihre Melodie. Sie suchte nach ihrem Freund. Wo war er nur? Schon am Vortag hatte sie ihn nicht gesehen, und am Tag davor ebenfalls nicht, fiel ihr erst jetzt auf. Ob sie ihren Vater nach ihm fragen sollte? Besser nicht. Sie wog das Eisenoxidpulver ab, um eine neue Farbvariante auszuprobieren. Sich auf die Arbeit zu konzentrieren, lenkte sie von ihren Gedanken ab, die an Luigi und an ihren Vater. Und die an Zeno.

Nachdem er sie eines Abends unvermittelt geküsst hatte, wusste Marina nicht mehr, was in ihr los war. In ihrem Inneren tobte ein Widerstreit der Gefühle, das Herz schien ihr aus der Brust springen zu wollen, ihr Atem ging schneller. War sie etwa krank? Nein, denn sie fühlte sich glücklicher denn je, sie hätte hüpfen und die ganze Zeit lachen können.

Was war passiert? Auch wenn sie sich noch so sehr bemühte, sie fand auf diese Frage keine Antwort. Zeno war derselbe wie immer, auch sie hatte sich nicht verändert. Sie waren seit ihrer frühsten Kindheit befreundet, sie konnte seine Gedanken lesen, sah ihm an der Falte über den Augenbrauen an, wenn er Sorgen hatte. Und umgekehrt war es genauso, da war sie sicher. Ohne ihn fehlte ihr etwas, seine Abwesenheit tat fast körperlich weh, eine Leere, die kaum auszuhalten war. Ein nagendes Hungergefühl. Ja, genau das war das richtige Wort.

Mit geröteten Wangen und einem geheimnisvollen Lächeln auf den Lippen verabschiedete sie sich von den Glasmachern und ging nach Hause. Sie kam rechtzeitig zum Abendessen, duschte und zog sich um. Dann flocht sie sich die Haare.

»Du bist wunderschön, mein Kind.«

Marina küsste ihre Mutter auf die Wange und nahm ihr das Tablett aus den Händen. »Lass, ich mache das.«

Als sie ins Esszimmer kam, vertiefte sich ihr Lächeln. Luigi saß neben Giorgio, die beiden unterhielten sich und lachten.

»Eine hervorragende Idee, mein Sohn. Ich wusste, dass du früher oder später den Platz in der Firma einnehmen würdest, der dir zusteht.«

Marina stellte das Tablett auf dem Tisch ab. »Ciao, Papa.« Sie beugte sich zu ihm und küsste ihn, dann warf sie Luigi einen fragenden Blick zu. Ihr Bruder zwinkerte ihr zu.

»Alles gut?«

Er nickte. »Es könnte nicht besser sein.«

Sie erwiderte sein Lächeln. »Du hast es geschafft?«

»Sicher! Hast du je daran gezweifelt?«

Sie war so erleichtert, dass sie sich zusammenreißen musste, um nicht vor Freude herumzutanzen. Dazu war sie zu alt, das würde sie später in ihrem Zimmer nachholen.

»Schau mal, was dein Bruder für eine großartige Idee hatte. Wir machen Glasfenster, was meinst du dazu?«

Marinas Lächeln verblasste und verschwand schließlich ganz. Auf dem Tisch lagen feinsäuberlich aufgereiht ihre Pläne. Sie warf einen Blick darauf, dann wandte sie sich an Luigi. »Was soll das heißen?« Das war ihre Idee, ihre Arbeit.

»Das war doch das, was du wolltest, Schwesterchen, bist du nicht zufrieden?«

Röte schoss ihr ins Gesicht, der Boden schien sich unter ihr aufzutun. »Ich ... sicher.« Im Grunde hatte Luigi recht, sie hatte ihr Ziel erreicht. Der Rest war unwichtig, immerhin blieb alles in der Familie. Während Giorgio weiter ein Loblied auf ihren Bruder sang, strich er ihr gönnerhaft über die Hand. Sie musste den Impuls unterdrücken, sie wegzuziehen. Aber warum? Sie half ihrer Mutter das Abendessen zu servieren, aber wenn sie zwischendurch an ihrem Platz an der gegenüberliegenden Seite des Tisches saß, konnte sie das Gespräch zwischen den beiden Männern verfolgen. Warum war sie nicht erwähnt worden? Als sie das glückselige Strahlen ihrer Mutter bemerkte, kam ihr in den Sinn, wie selten die ganze Familie zusammen war. Und als Luigi sie noch einmal anlächelte, lächelte sie zurück. Sie würde unter vier Augen mit ihm sprechen, beschloss sie. Bestimmt hatte ihr Bruder gute Gründe gehabt, sich so zu verhalten.

Einige Stunden später, als sie im Bett lag und an die Decke starrte, dachte sie immer noch über das Geschehene nach, vor allem über ihre widersprüchlichen Gefühle. Das Verhalten ihres Vaters hatte sie mehr verletzt, als sie sich eingestehen wollte. Sie wurde den Gedanken nicht los, dass ihr Bruder für etwas gelobt worden war, für das nicht er, sondern sie verantwortlich war. Gleichzeitig hatten sich die Dinge aber in ihrem Sinne entwickelt. War das letztendlich nicht das Wichtigste?

Die negativen Gedanken verschwanden und machten allmählich angenehmeren Gefühlen Platz. Sie dachte an den Sonnenuntergang am Kanal, an die Farben, die den Himmel erleuchteten. Sie dachte an … ihn. Wie es sich angefühlt hatte, als er sie geküsst hatte, an den Moment unmittelbar davor. Wie ihr alles heller und strahlender vorgekommen war. Schöner. Sie lächelte und sank glücklich in den Schlaf. Als sie am nächsten Morgen zum Frühstück herunterkam, fielen ihr die geröteten Augen ihrer Mutter auf.

»Mama, was ist denn los?«, fragte sie und legte ihr die Hand auf den Arm.

Agata seufzte. »Nichts Besonderes. Jedes Mal, wenn dein Bruder wegfährt, bricht es mir das Herz.«

Marina holte sich einen Teller und sagte: »Er bleibt doch noch eine Woche. Zeig ihm nicht, wie traurig du bist, du weißt doch, dass er das nicht mag.«

»Nein, du irrst dich, mein Schatz. Luigi ist noch gestern Abend abgereist, nach einem langen Gespräch mit eurem Vater. Ich war glücklich, die beiden so vereint zu sehen. Giorgio hat ihm Geld gegeben, um sich ein Auto zu kaufen, dann ist er nicht so abhängig von den Autobussen. Man weiß ja, wie unzuverlässig die sind.«

Marina setzte sich und trank ihren Kaffee. Ihre Hände zitterten.

»Ist alles in Ordnung?«

»Wie? Ja, entschuldige, alles in Ordnung, Mama.«

Wieder spürte sie diese Leere in der Brust, gegen die sie sich mit aller Macht wehren musste. Das war falsch. Luigi war ihr Bruder, und sie liebte ihn. Allmählich gelang es ihr, die Gedanken zu ordnen und die Leere mit schönen Erinnerungen zu füllen. Sie beschloss, nicht mehr daran zu denken. Sie würde bei nächster Gelegenheit mit ihm über die Angelegenheit sprechen, sie brauchte nur Geduld und den richtigen Moment.

Heute hatte sie keine Schule, deshalb blieb sie zu Hause. Aber sie langweilte sich. Warum ging Agata nur so gerne einkaufen? Ob es daran lag, dass es eine Zeit gegeben hatte, in der die Läden leer gewesen waren? Obwohl der Krieg seit Jahren Vergangenheit war, hatte er bleibende Spuren hinterlassen. Damit war wohl auch die Kaufwut ihrer Mutter zu erklären, die die Nahrungsmittel in einem leeren Zimmer stapelte, um immer genug Vorräte zu haben.

Am Nachmittag ging sie in die Glashütte und arbeitete am Ofen. Wo war nur Zeno? Sie sehnte sich so sehr nach ihm, aber auch heute tauchte er nicht auf. Nach dem Abendessen ging sie auf ihr Zimmer. Eine Mitschülerin aus dem Gymnasium, eine genauso leidenschaftliche Leserin wie sie, hatte ihr ein Buch geliehen, und sie konnte es kaum erwarten, es endlich anzufangen. Aber nach ein paar Seiten gähnte sie und klappte das Buch zu. Ihre Gedanken gingen wieder auf Reisen. Regenfeuchte Luft drang durch die geöffneten Fenster, die Vorhänge bewegten sich leicht im Wind.

»Hey, Nina, bist du da?«

Die Stimme und dieser Name! Nur ein einziger Mensch nannte sie so. Von Freude überwältigt sprang sie aus dem Bett, schob sich die lockigen Haare hinter die Ohren und ging ans Fenster. Er war wieder da – endlich!

»Wir treffen uns am üblichen Ort.«

Jetzt? »Das geht nicht.«

Aber Zeno war schon in der Dunkelheit verschwunden. Was für ein Dickkopf, dachte sie lächelnd. Sie wollte ihn so gerne an sich drücken, ihre Augen strahlten, ihre Wangen brannten. Sie war hin- und hergerissen zwischen dem Begehren, ihn zu sehen, und der Angst, ihre Eltern könnten sie entdecken. Aber das Verlangen war stärker. »Nur ein paar Minuten«, sagte sie sich.

Sie zog ein schwarzes Kleid über, bedeckte ihre Haare mit einem schwarzen Tuch ihrer Mutter und schlich barfuß die Treppe hinunter. Die Schuhe hatte sie in der Hand. Als sie die Tür zum Garten öffnete, atmete sie erleichtert auf. Dort, in der dunkelsten Ecke, wartete Zeno, der mit der Mauer zu verschmelzen schien, die er gerade überstiegen hatte. Sie rannte auf ihn zu, er packte sie an der Taille und hob sie hoch, dann drückte er sie an sich. Bevor sie ihn fragen konnte, was so Wichtiges passiert war, dass es nicht bis zum nächsten Tag warten konnte, küsste er sie. Marina schauderte, umfasste seinen Hals und die Welt um sie herum verschwand.

»Wo bist du gewesen? Ich habe dich überall gesucht. Warum warst du nicht bei der Arbeit?«

»Nina, hör mir zu.«

Er umfasste ihr Gesicht mit beiden Händen. Obwohl nur ein Jahr älter als sie, war Zeno schon so groß wie Luigi, und er war kräftig, die Jahre am Ofen und die schweren Lasten, die er tragen musste, hatten ihn gestählt. Marina strich ihm mit den Fingern durchs Haar. Er war so schön. Wenn sie sich auf die Zehenspitzen stellte, konnte sie gerade mal sein mit leichtem Flaum bedecktes Kinn erreichen. Sie drückte ihre Lippen auf seine raue Haut und seufzte glücklich. Er duftete nach Seife und … ihm.

Erst danach fiel ihr sein angespannter Gesichtsausdruck auf. »Was ist los?« Hatte er sich in Schwierigkeiten gebracht? Ihr Vater sagte immer, Zeno sei der Anwalt der verlorenen Seelen, aber für sie war er ein Idealist, und das machte ihn noch sympathischer.

»Ich bin gekommen, um mich von dir zu verabschieden. Ich gehe weg.«

Sie runzelte die Stirn. Er hatte Venedig noch nie verlassen, wieso ausgerechnet jetzt? »Und wann kommst du wieder?« Sie fragte, weil er nichts sagte, sondern sie einfach nur ansah, seine Finger krallten sich verzweifelt an ihr fest.

»Ich weiß nicht.«

Marina presste die Lippen zusammen und versuchte, ihr wild klopfendes Herz zu beruhigen. Dann erinnerte sie sich an ein Gespräch. Vor einigen Monaten hatte er über eine Arbeit in China gesprochen. Sie hatten an Marco Polo denken müssen und gelacht. Wenn sie ehrlich war, dann hatte eigentlich nur sie gelacht. Sie erstarrte und ließ ihn los, ohne die Augen von ihm zu lösen.

»Du kannst nicht gehen.«

»Ich muss, ich habe keine andere Wahl, Nina, das weißt du. Hier in Venedig habe ich keine Zukunft, das Geld reicht hinten und vorne nicht, ich habe schon zu lange gezögert. Ich kann nicht zulassen, dass meine Mutter weiter Perlen auffädelt und sich abrackert.«

Marina ahnte, wie sehr die Reduzierung der Arbeitsstunden in der Glashütte das Einkommen der Familie belastete, und senkte den Kopf. Er hatte recht, und sie wusste das. Aber trotzdem konnte sie es nicht ertragen. »Du darfst nicht gehen, das geht einfach nicht!« Sie warf sich in seine Arme, die Finger verkrallten sich im Stoff seines Hemdes. Zeno drückte sie an sich und legte seinen Kopf an ihren Hals. Er ließ sie weinen, wiegte sie hin und her, flüsterte ihr dabei sinnlose Worte ins Ohr. Marina schluchzte und erinnerte sich, dass er das früher schon gemacht hatte, wenn die Brüder Bertone sie in den Kanal geschubst hatten. An die Kindheit zu denken, beruhigte sie. »Du schreibst mir, oder?«

Er lachte. »Ich werde an dich denken.«

Das war nicht das Gleiche, aber Marina hatte gelernt,

aus jeder Situation das Beste zu machen. Das hatte sie von ihrer Mutter. Sie konnte sich anpassen, egal, wie die Umstände waren. Sie nickte, ließ sich noch einmal küssen und presste sich an ihn. Es hatte in ihrem Leben kaum einen Tag gegeben, den sie nicht gemeinsam verbracht hatten. Wie sollte sie ohne ihn auskommen?

»Du kommst schnell wieder zurück, ja?«

»Ja, ich verspreche es dir, Nina. Sobald ich mich eingelebt habe, schicke ich dir eine Karte. Ich komme so schnell wie möglich zurück. Und jetzt nach Hause.« Er umfasste ihr Gesicht mit den Händen und küsste sie. Trotz seiner Worte schien er sich nicht von ihr lösen zu können, und Marina gab sich seinen zärtlichen Gesten hin. Immer wieder schoben sie den Abschied hinaus, verloren sich in den Armen des anderen, klammerten sich an jeden Augenblick.

»Wenn du so weitermachst, verliere ich den Mut, dich zu verlassen.«

Er flehte sie an, ihr stolzer, wunderbarer Zeno, ihre große Liebe.

Marina riss sich los und wollte sich gerade umdrehen, als er sie noch einmal an sich zog. »Ich werde zurückkommen, das schwöre ich dir, mein Schatz. Aber jetzt geh, ich bitte dich, Nina!«

Marina ging hastig durch den jahrhundertealten Rosengarten nach Hause zurück. Wie oft hatten sie hier gespielt und sich Geschichten erzählt. Sie blieb mit dem Kleid an den Dornen hängen, riss sich los und ging ins Haus. Sie brauchte eine Weile, bis sie wieder zu Atem kam, bis ihre Kehle nicht mehr schmerzte und die Augen nicht mehr brannten. Erst dann ging sie in ihr Zimmer und brach in Tränen aus. Sie weinte wie noch nie zuvor.

7.

Mitte des 15. Jahrhunderts war Venedig das Tor zum Osten. In den Häfen der Stadt legten Schiffe voller Schätze an. Vor allem das chinesische Porzellan weckte das Interesse der Glasmacher. Sie versuchten es selbst herzustellen, indem sie der Glasmasse trübende Stoffe beimischten. Das war die Geburtsstunde des Milchglases, ein Glas weiß wie Milch.

Marina

Die Öfen am Fondamenta Manin waren seit mehr als zwei Jahrhunderten im Besitz der Familie Chiaramonte. Von ihrer glorreichen Vergangenheit war nur wenig geblieben. Ehemals war das Gebäude ein Kloster gewesen, von dieser Zeit zeugten noch das Deckenfresko in der ehemaligen Sakristei und die geschwungene hochherrschaftliche Treppe. In schwierigen Situationen wandte sich Giorgio immer noch bittend an die Heiligen, deren Reliquien dort aufbewahrt worden waren, bevor Napoleon Venedig erreicht hatte. Der »Korse« oder der »Zerstörer«, wie er noch heute in der Lagunenstadt genannt wurde, ließ die Zünfte auflösen, und Giorgios Vorfahren konnten in Murano Fuß fassen, was zuvor verboten gewesen war.

Die Glasmacherkunst war laut Dekret der Serenissima nur wenigen ausgewählten Familien vorbehalten gewesen, die laut Gesetz in Murano wohnhaft waren und eine Monopolstellung hatten. Um weitere katastrophale Brände zu vermeiden, oder, wie die Eingeweihten meinten, die Glasmacher und ihre Produktionsgeheimnisse besser unter Kontrolle zu haben, hatte der Doge von Venedig ihnen 1291 das Wohnrecht verliehen.

»Auf den Ruinen der einen entsteht der Erfolg der anderen«, murmelte Giorgio. Normalerweise dachte er nicht so, er war immer ein pragmatischer und anpackender Mann gewesen. Doch seit er vor ein paar Monaten bei der Überwachung der Glasschmelze ohnmächtig geworden war, kamen solche finsteren Gedanken immer öfter. »Wir werden geboren, wir leben und dann ... eines Tages muss auch ich gehen. Und was wird dann aus dem, was ich geschaffen habe?« Er schaute in die Flammen im Ofen, als ob sie ihm eine Antwort geben könnten, aber in Wahrheit hatte er Angst, eine schreckliche Angst, dass das von Generation zu Generation Weitervererbte mit ihm sterben könnte. Er konnte den quälenden Gedanken nicht abschütteln, gescheitert zu sein.

»Was sagst du denn da, Papa?«

Er zuckte zusammen, und als er sich umwandte, stand Marina hinter ihm, eine tiefe Falte über den Augenbrauen. Er seufzte. »Was machst du denn hier? Es ist drei Uhr morgens, du solltest zu Hause im Bett liegen, wie alle jungen Mädchen in deinem Alter.«

Sie ging näher und bevor er reagieren konnte, spürte Giorgio wie ihn die schmalen Arme seiner Tochter umfingen. Er legte sein Kinn auf ihren Kopf und sog den Blumenduft ihrer Haare ein. »Kannst du nicht schlafen, Marinetta?«

Sie schüttelte den Kopf. »Ich bin nur ein bisschen traurig.«

Giorgio kannte den Grund für ihre Trauer, deshalb drückte er sie an sich, wie er es getan hatte, als sie noch ein kleines Kind gewesen war, so fest wie damals, auch wenn er wusste, dass seine Tochter inzwischen erwachsen war. Eine wunderschöne, großzügige junge Frau, eine geschickte und kreative Glasmacherin. Ach, wenn nur dieser Zeno nicht nach kaum zwei Jahren mit der verrückten Idee zurückgekommen wäre, Italien zu verlassen und sich für immer auf der anderen Seite des Ozeans niederzulassen. Mit seiner Marina. »Das Leben in China hätte dir nicht gefallen, mein Schatz. Dort ist alles zu … anders. Außerdem essen sie dort alles, was Beine hat, selbst das, was keine Beine hat. Denn es sind wirklich viele, die satt werden wollen, da geht es nicht anders.« Sie zuckte zusammen und Giorgio stellte erleichtert fest, dass er ihr ein Lächeln entlockt hatte.

»Er hat mich nicht mal gefragt, Papa, ich werde es nie erfahren.« Sie wischte sich mit dem Ärmel die Tränen aus dem Gesicht. Giorgio lächelte ihr aufmunternd zu, doch innerlich fühlte er sich schrecklich.

Denn Marina wusste nicht, dass Zeno lange mit ihm gesprochen hatte, und er den Moment verflucht hatte, als er diesen klapperdürren Jungen als Lehrling bei sich aufgenommen hatte. Es war kein einfaches Gespräch gewesen, dieser Nichtsnutz wollte seine Tochter heiraten und mitnehmen. Dabei war er nicht mal zwanzig, eine wahnwitzige Idee! Zum Glück war es ihm gelungen, ihn davon zu überzeugen, noch zu warten. Er hatte alles versucht und am Ende nur Zeit gewonnen, das wusste er. Vielleicht ein Jahr, aber das würde reichen, dachte er. Er würde alles dafür tun, dass Marina diesen … er wusste nicht mal, wie er ihn nennen sollte, denn er mochte ihn eigentlich. Aber dass Marina weggeht, ans andere Ende der Welt? Nein, das würde er nicht tolerieren. Sie hätte in Venedig jeden haben können, schön wie sie war. Und sie hatte ein gutes Herz, war freundlich und zuvorkommend, ihr Lachen schien direkt aus dem Himmel zu kommen. Er fuhr ihr übers Gesicht, er wollte sie nicht leiden sehen, ein Leid, für das er verantwortlich war. Aber was sollte ein Vater sonst machen? Er hatte mit dem Rücken zur Wand gestanden, außerdem war Agata der gleichen Meinung gewesen. Um nichts auf der Welt hätten sie auf ihre Tochter verzichten wollen. Bei Luigi hatten sie vieles falsch gemacht, aber sie hatten aus ihren Fehlern gelernt. Niemand würde ihnen ihre Tochter nehmen.

»Denk an unsere gemeinsamen Pläne«, sagte er und nahm ihr Gesicht zwischen seine Hände, »wir werden unser Angebot erweitern, ich habe mir deine Aufzeichnungen angeschaut, und ich bin einverstanden, dass wir Glasfiguren fertigen werden, meinetwegen auch Perlen, aber darum musst du dich kümmern«, fügte er hinzu. So ganz überzeugt war er von den neuen Ideen nicht, die Marina für ihre Kunstprüfung an der Universität umgesetzt hatte, aber die Investition war überschaubar, und er musste seiner Tochter etwas bieten. Sie hatte eine Entschädigung verdient. »Die Welt verändert sich, alle sagen das!« Er redete so lange auf sie ein, bis Marinas Gesichtsausdruck sich entspannte. Glas war für sie immer schon das Zauberwort gewesen. Das wusste er und zögerte nicht, sie damit zu ködern. Im Notfall würde er noch viel mehr tun, um sie nicht zu verlieren, und wenn er seine Seele verkaufen müsste.

»Bist du auch wirklich überzeugt?«

»Sicher, auf meine Weise, mein Kind. Die Chiaramontes kennen das Wort *Scheitern* nicht.«

Die Glashütte hatte schwere Zeiten erlebt, sein Onkel war ein paarmal knapp am Ruin vorbeigeschrammt, und auch er hatte Krisen durchgemacht, seit er den Betrieb geerbt hatte. Doch dann hatte er die vergilbten Notizen gefunden, die dem Testament beigefügt waren, und alles war anders geworden. Er erinnerte sich noch genau an den Moment, als er sie das erste Mal in Händen gehalten, als er ihren Wert erkannt hatte.

»Erinnerst du dich an Marietta Barovier?«

Marina hob den Kopf. »Natürlich. Warum fragst du, Papa?«

»Ich habe etwas für dich.«

»Ein Geschenk?« Sie lächelte. »Das musst du nicht. Ich werde damit zurechtkommen. Ich bin nicht die erste Verlobte, die verlassen wurde, und ich werde nicht die letzte sein. Das ist das Leben, jemand ändert seine Meinung, so einfach ist das.«

Marina glaubte kein Wort von dem, was sie gerade gesagt hatte, der Schmerz stand ihr ins Gesicht geschrieben. Aber sie versank nicht in Selbstmitleid, im Gegenteil. Und Giorgio bewunderte sie für ihre Lebenseinstellung, für ihren Mut und für ihre offensive Herangehensweise.

Er warf einen letzten Blick in den Ofen. Die Flammen schlugen hoch, alles war wie es sein sollte. Das hätte ihn glücklich stimmen sollen, aber er fühlte sich schlecht, weil er Marina belogen hatte, was Zeno betraf. Die Worte brannten ihm auf den Lippen, aber er durfte sie nicht aussprechen. Dieser verdammte Kerl hatte ihn in große Schwierigkeiten gebracht. »Komm mit, mein Herz, ich zeige es dir.« Er legte ihr einen Arm um die Schultern und sie verließen Seite an Seite die Glashütte.

Das Wohnhaus lag ganz in der Nähe, nur ein Gartenweg, ein Hof und ein kleiner Platz trennte es von der Fabrik. Sie bemühten sich, leise zu sein, denn Agata hätte ihnen die Hölle heißgemacht, wenn sie gewusst hätte, dass sie schon bei der Arbeit waren. Giorgio griff in die Hosentasche, zog den Schlüssel heraus und zeigte ihn ihr, dann ging er zu einem Schrank, der die ganze Wand einnahm, schob einen Vorhang beiseite und steckte ihn in ein dahinter verstecktes Schloss. Ein Geheimfach öffnete sich. Es war nicht das erste Mal, dass er ihr zeigte, wo er Dokumente und Geld aufbewahrte, er vertraute ihr blind.

»Um was geht es denn, Papa?«

»Nur einen Moment noch, dann kannst du dir selbst ein Bild machen.« Er schob ein Etui beiseite, schaute es einen Augenblick versonnen an, und zog dann eine flache Metallkassette heraus und legte sie auf den Tisch.

Während Marina näher kam, klappte er den Deckel auf. Mehrere, in ein Seidentuch gewickelte, vergilbte Notizblätter. Sie waren an den Rändern ausgefranst, das durchscheinende Material war über und über mit einer altmodischen Schrift bedeckt. Trotz der wenigen Absätze war der Text noch gut lesbar, die Schrift wirkte elegant. Der intensive Salbeigeruch, der sich jetzt im Raum ausbreitete, brachte Giorgio in die Vergangenheit zurück, als er die Aufzeichnungen das erste Mal gesehen hatte. Damals war er noch jung gewesen, vielleicht etwas älter als Marina. Er betrachtete seine Tochter, ihren überraschten und doch neugierigen Gesichtsausdruck.

»Geheimnisse, Marina ... diese Seiten stammen aus

Marietta Baroviers Notizbuch, dort hat sie ihre Experimente festgehalten.«

»Dann gibt es sie also wirklich ...«, flüsterte sie. Sie beugte sich nach unten und begutachtete das hauchfeine Papier. Giorgio schätzte die Art, wie sie es berührte, achtsam und vorsichtig. »Ich habe es von meinem Onkel geerbt, es gehörte schon immer demjenigen, dem auch die Öfen gehören.«

»Ich dachte, unsere Verwandtschaft mit der Barovier wäre nur ein Märchen.«

»Näheres weiß ich auch nicht.« Er hatte zwar von der Geschichte mit Zorzi Ballarin, ihrem Gehilfen, gehört ... aber wie das Notizbuch in den Besitz seiner Familie geraten war, wollte er gar nicht wissen. Wer weiß, was da dahintersteckte.

Es hieß, Marietta Barovier sei von ihrem Gehilfen betrogen worden, der sie erst verführt, dann in ihrem Notizbuch herumgestöbert und es schließlich gestohlen hatte. Giovanni Barovier, ihr älterer Bruder, hatte ihn deswegen angezeigt. Offensichtlich ohne Erfolg, denn Giorgio hatte im Glasmuseum von Murano ein Patent gesehen, dass die venezianische Regierung an Zorzi Ballarin verliehen hatte. Und er wusste, dass die Regierung die Augen damals überall hatte. Eine Heerschar von Spionen arbeitete für die Serenissima, ihnen entging nichts. Außerdem waren die Ballarins geschickte Glasmacher und hatten einen untadeligen Ruf. Vielleicht steckte ja etwas ganz anderes dahinter? Vielleicht hatten Marietta und Zorzi auch zusammengearbeitet und die vermeintliche Verführung und der Diebstahl waren nur eine Erfindung der eifersüchtigen Brüder.

»Wer weiß, was wirklich geschehen ist«, Giorgio hatte

alle möglichen Gerüchte gehört, »in jedem Fall gehört das Notizbuch jetzt dir.« Die Worte fielen ihm schwer, er hatte das Gefühl, als würde er sich das Buch aus dem Herzen reißen. So hatte er sich auch in der Katastrophennacht gefühlt, als er dem Tod ins Auge gesehen hatte. Damals war ihm klar geworden, was wirklich wichtig war: seine Kinder, seine Frau, die Glashütte und Marietta Baroviers Vermächtnis. Es war wie eine Erleuchtung gewesen.

»Ich werde alles in mein Tagebuch schreiben.«

Giorgio schüttelte den Kopf. »Das ist nicht nötig. Die Aufzeichnungen gehören dir, du kannst dafür sorgen, dass sie nicht in Vergessenheit geraten.« Die Zeit der Heimlichkeiten war vorbei, jedenfalls was dieses Geheimnis betraf. An alles andere würde er beizeiten denken. Vielleicht hatte Agata recht und Zeno änderte seine Zukunftspläne noch. Männer waren im Grunde wankelmütig, besonders wenn sie so jung waren und fernab der Heimat lebten. Und warum sollte Marina sich nicht in einen anderen Mann verlieben? Das Leben war in jeder Phase voller Überraschungen und Möglichkeiten. Und es konnte gedreht und geformt werden wie das Glas. Man brauchte nur die richtige Temperatur und die richtigen Werkzeuge. »Behalte sie, mein Herz, sie gehören dir. Mach etwas daraus.« Er hoffte, dass die Aufzeichnungen seiner Tochter helfen würden, wie ihm vor vielen Jahren, als er dank ihnen die Glashütte hatte retten können.

»Danke, Papa, ich werde sie in Ehren halten.«

»Gute Nacht. Gönn dir ein bisschen Ruhe.«

»Du auch.«

Er musterte sie skeptisch. Wahrscheinlich würde sie kein Auge zutun, wäre in Gedanken beim Schmelzofen, um die

Formeln auszuprobieren. Lächelnd schüttelte er den Kopf. Er hätte sich eigentlich besser fühlen müssen, aber das Gegenteil war der Fall. Er ging ins Nebenzimmer, in dem er schlief, wenn es spät wurde, um seine Frau nicht zu stören. Er war erschöpft, auf seinem Herzen lag eine schwere Last, die ihn zu ersticken drohte. Doch als er den Raum betrat, wartete Agata schon auf ihn. Die langen Haare fielen ihr über die Schulter, in ihren Augen spiegelte sich Angst. Sie flüchtete sich in seine Arme, er drückte sie an sich und schloss einen Moment die Augen. Seine Stimme zitterte.

»Wir lassen sie leiden.«

»Meinst du, das wüsste ich nicht? Aber wir helfen ihr auch. Sie ist fast noch ein Kind, sie weiß nichts von der Welt. Es wird vorbeigehen, lass mich nur machen.«

Giorgio wusste, wie hartnäckig seine Frau sein konnte. Sie löste sich aus seiner Umarmung, griff nach einem Waschlappen und tauchte ihn ins Wasser, das sie für ihn vorbereitet hatte.

»Sie wird einen anderen jungen Mann finden, der hier in Murano lebt, sie wird Kinder bekommen und wir werden diese Kinder aufwachsen sehen, so wie es sein soll.«

Während sie Giorgio den Ruß vom Gesicht wusch, blieb sein Blick finster. »Er wird ihr schreiben, hat er gesagt.«

»Sollte das ein Problem sein?«

»Und anrufen wird er auch!«

»Na und? Der Mann, der mich in die Tasche steckt, ist noch nicht geboren. Und jetzt geh, ruh dich aus, denk daran, was der Arzt gesagt hat. Um alles andere kümmere ich mich.«

8.

Aventuringlas ist durchscheinend, winzige eingelagerte Kupferpartikel lassen es glitzern wie einen Sternenhimmel. Jahrhundertelang wurde das Geheimnis seiner Herstellung in Murano nur an ausgewählte Glasmachermeister weitergegeben. Der Produktionsprozess ist kompliziert und zeitaufwendig, das Glas durchläuft zwei Arbeitsphasen, und die Hinzugabe von Stoffen mit unterschiedlichen Eigenschaften machen die Herstellung zu einem Abenteuer.

Der geflügelte Löwe auf der Piazza San Marco, der stolz aufs Meer hinausschaut, ist ein Symbol der Stärke und steht für die Verbindung mit dem Evangelisten Markus, dem Schutzpatron Venedigs. Juliet stand am Podest der Säule und schaute nach oben. Sie stellte sich vor, wie es wohl wäre, seine Flügelspitzen zu berühren und mit den Fingerspitzen über die Rillen zu fahren, die von einem geheimnisumwitterten Künstler in das Metall geschlagen worden waren, ein Unbekannter, der eines der berühmtesten Kunstwerke der Welt geschaffen hatte. Früher war dieser Platz einmal ihr Mittelpunkt gewesen.

»Du bist so still.«

Das stimmte, sie war überwältigt von dem Anblick, der sich ihren Augen bot. »Es ist alles so schön …«

»Zu schön?«

»Absurd, oder?«

»Lass mich raten: Es läuft dir eiskalt über den Rücken, dein Herz rast, du bist aufgeregt, aber glücklich. Ein bisschen so, als ob man sich verliebt.«

Dieser beiläufige Kommentar überraschte sie. Die wenigen Male, in denen sie verliebt gewesen war, oder es zumindest gedacht hatte, hatten sich ganz anders angefühlt als dieser Moment. »Besser, würde ich sagen.«

»Du solltest deine Freundschaften überdenken, Juliet.«

Die Stadt um sie herum erwachte. Die ersten Touristen saßen an den Tischen der Cafés und frühstückten im Freien. Würziger Kaffeeduft mischte sich mit dem salzigen Geruch des Wassers und der Algen. Das Stimmengewirr wurde von den Ansagen der Abfahrtszeiten der Vaporetti übertönt, die gerade ihren Betrieb aufnahmen. Vor der Basilica di San Marco blieben sie stehen, fasziniert von den vier Pferden, die die Loggia am Portal schmückten.

Das Glänzen des Mosaiks zwang sie, sich die Hand vor die Augen zu halten. »Sieht es nicht aus, als würde sich das Mosaik bewegen?« Sie wusste, dass das mit dem Einfall des Morgenlichts zu tun hatte, und doch überkam sie ein Gefühl, das über dieses Bewusstsein hinausging. Etwas, das sie nicht erklären konnte, fernab von Realität und Vernunft. Doch ihre Gefühle waren real, sehr sogar.

Er warf ihr einen verschwörerischen Blick zu und streckte ihr die Hand hin. Sie griff danach, und als Marcus die Finger mit ihren verschränkte, hielt sie den Atem an. *Was machst du da?*, fragte sie sich. Nichts, zumindest nichts Schlimmes. Sie beschloss, den Moment zu genießen, seine Gesellschaft, das warme Lächeln und den schönen Tag, der sie glücklich machte.

Eine ganze Woche lang hatte Marcus den Fremdenführer gespielt. Er hatte sie an Orte gebracht, wo keine Touristen waren, wie das Borges-Labyrinth auf der Insel San Giorgio, ein wahrhaft zauberhafter Ort. Zwischen Bäumen und Büschen, den Geruch nach frisch gemähtem Gras in der Nase, dem Rauschen des Windes in den Blättern und dem Brummen der Insekten in den Ohren, hatten sie sich verlaufen und gewettet, ob Juliet den Weg aus dem Labyrinth heraus finden würde. Der Einsatz war eine Bootsfahrt. Kein einziges Mal hatte sie an die Vergangenheit gedacht, nicht an Seattle und an das, was sie hinter sich gelassen hatte. Für sie zählte nur der Moment. Marcus war freundlich, ohne herablassend zu wirken, ironisch, aber ohne jeden Hintergedanken, er hatte für alle ein gutes Wort. Sie fühlte sich wohl in seiner Gegenwart, musste nichts beweisen, denn er hatte sie in ihrem schlimmsten Moment kennengelernt. Und er war geblieben. Manchmal erinnerte er sie an Daniel.

Sie schaute zum Himmel, aber der Schmerz, diese Mischung aus Verunsicherung und Wut, wollte nicht weichen. Ihr Bruder war einfach verschwunden, es war ihr nicht gelungen, ihn anzurufen oder ihm eine Nachricht zu schreiben. Sie hatte es ein Dutzend Mal versucht, die Nachricht dann aber immer wieder gelöscht.

»Alles okay?«

»Wie? Ja, ich habe nur nachgedacht.«

»Etwas Unangenehmes?«

War es das? »In gewissem Sinne schon.«

»Kannst du das Problem lösen?« Marcus lächelte sie an.

Der Punkt war ein anderer: Wollte sie es? Sie dachte darüber nach und seufzte. »Ich weiß nicht, wie.«

»Dann ist die Zeit noch nicht reif.«

»Woher willst du das wissen. Ich meine, du weißt noch nicht mal, worum es geht, und bist dir trotzdem sicher?«

Er zuckte mit den Schultern. »Du bist eben eine sehr kluge Frau.«

Eine sehr kluge ... Marcus vertraute ihr, das war sie nicht gewohnt, aber es tat ihr gut. Er war so anders als die anderen. Sie dachte eine Weile darüber nach. Ihre Familie hatte ihr immer zu verstehen gegeben, minderwertig und fehlerhaft zu sein. In den letzten Tagen hatte sie intensiv nachgedacht und den Eindruck gewonnen, als hätte sie ihr ganzes Leben in einer Ecke gestanden und auf den Gesichtsausdruck und die Reaktionen ihrer Umgebung geachtet, um mögliche Konflikte zu vermeiden, die sie nur schwer hätte ertragen können.

»Komm, wir gehen dort entlang.« Marcus deutete auf einen Durchgang zwischen zwei Kanälen. In der Ferne war das Glitzern des Meeres zu erkennen. »Das ist der schnellste Weg zur Rialtobrücke.«

»Der schnellste Weg« hatte mit ihrer Vorstellung, Neues zu entdecken, nur wenig zu tun. Juliet hatte das Gefühl, in diesen Tagen einmal kreuz und quer durch die Lagunenstadt gehetzt zu sein, sagte aber nichts weiter. Ihren schmerzenden Füßen würde sie später ein warmes Fußbad gönnen.

Ein laues Lüftchen war aufgekommen. Sie fuhr sich mit den Fingern durchs Haar und band sie zu einem Zopf zusammen. Dann schaute sie sich weiter um. Es stimmte, sie war von all der Pracht, der Schönheit schier überwältigt, das Gefühl war so intensiv, dass es fast schmerzte, etwas, das sie schon aus Kindertagen kannte. »Was haben diese Kunstwerke wohl schon alles erlebt?«, fragte sie. Oft waren sie blutbeflecktes Raubgut, und auch wenn die Zeit die schrecklichen Wunden hatte heilen lassen, die Wahrheit ließ sich nicht leugnen. Auch wenn sie niemand mehr interessierte. »Wie viel Leid wohl dahintersteckt?«, murmelte sie.

»Der Großteil der Menschen sieht nur die Schönheit, sonst nichts. Der Rest spielt keine Rolle.«

Sie dachte über seine Worte nach und sagte dann: »Meine Eltern meinen, ich sei zu neugierig.«

»Eltern sind gut darin, eigene schmerzhafte und problematische Erfahrungen, die sie in der Vergangenheit gemacht haben, an ihre Kinder weiterzugeben. Und dann versuchen sie, diesen Fehler wiedergutzumachen.«

Sie sind gut darin, sie zu kontrollieren, dachte Juliet. Ihr war das Wort »kontrollieren« in den Sinn gekommen. Aber sie würde nicht mehr tatenlos zusehen, würde sich wehren, statt zu schweigen.

»Ein Königreich für deine Gedanken«, er lächelte sie an.

»Du würdest dich zu Tode langweilen.«

»Oha! Weißt du, dass ich noch niemanden getroffen habe, der so ungnädig mit sich selbst ist? Du solltest auf deiner Seite sein, Juliet.«

Auf meiner Seite …

Sie hatten die Basilika di San Marco hinter sich gelassen und gingen am Dogenpalast mit seinen Friesen und Verzierungen aus weißem Stuck vorbei, die wie Zuckerguss aussahen. Der Campanile reckte sich stolz in den Himmel, flankiert von den alten und neuen Prokuratien mit ihren riesigen Fenstern.

Ihr kamen Marcus' letzte Worte wieder in den Sinn, und in diesem Augenblick wurde ihr klar, dass er recht hatte: Ihr Leben war geprägt von der angeborenen Pflicht, sich zu kritisieren. Ein Teil von ihr musste sich gegen sich selbst stellen und sich auf die Seite derer schlagen, die mit ihr nicht zufrieden waren. Das stimmte sie traurig. Nein, dachte sie. So kann das nicht weitergehen.

»Wann hast du deine Leidenschaft für die Glasmacherei entdeckt?«

Er hielt ihre Hand, wie so oft bei ihren Spaziergängen. Sie spürte die Wärme seiner breiten Handfläche. Auf ihr hatte sie die Narben von Verbrennungen durch das Ofenfeuer entdeckt, und ihr Herz hatte schneller geschlagen, weil sie ganz ähnliche Narben hatte. Er wartete noch auf ihre Antwort. Juliet dachte einen Moment nach. »Glas hat mich immer schon fasziniert ... die Transparenz, die Empfindlichkeit, das Empfinden, wenn ich es berühre, eine unbeschreibliche Mischung aus Wohlgefühl und Aufregung. Es ist wie ein Magnet, der mich unwiderstehlich anzieht.« Sie seufzte. »Meine Familie war immer dagegen, aber das hat mein Interesse nur noch größer werden lassen.« Doch das war keine Rache gegenüber ihren Eltern. Sie suchte nach den richtigen Worten, um ihre Gefühle besser zu beschreiben. »Glas ist meine Passion, ich liebe selbst seinen Geruch. Mehr kann ich dazu nicht sagen. Und wie ist das bei dir?«

Er zuckte mit den Schultern. »Ich bin damit geboren und aufgewachsen. Die Quintavalles sind seit Generationen Glasmacher, auch wenn das der erste Ofen ist, der wirklich uns gehört.«

Juliet hatte das Gefühl, dass es ihm schwerfiel, darüber zu sprechen. Merkwürdig. Das erste Mal, seitdem sie sich kannten, spürte sie, dass hinter seinem Lächeln und dem souveränen Auftreten noch etwas anderes steckte. Marcus ging zwar neben ihr, hätte aber nicht weiter von ihr entfernt sein können. Wo er war, wusste sie nicht, aber sie spürte, dass es ein Ort war, wo er alleine unterwegs war.

Sie ließ seine Hand los, blieb vor einem Schaufenster stehen und versuchte, sich zu entspannen. Vom ersten Moment an hatte sie die Sicherheit fasziniert, die er ausstrahlte. Die direkte Art, in der er die Dinge anging, seine Fähigkeit, dem Leben zuzulächeln. Die ganze Zeit hatte sie gedacht, dass Marcus zu den glücklichen Menschen gehörte, bei denen immer alles gut lief und die stets die positive Seite der Dinge sahen. Sie hatte sich getäuscht. Auch er hatte eine andere Seite.

Die Glasperlen ihrer Kette fühlten sich auf ihrer Brust warm an, und sie strich zärtlich darüber. »Bin ich wirklich die einzige Frau im Kurs?«, wechselte sie das Thema. Sie wollte ihn nicht in Verlegenheit bringen. Und sie war wirklich neugierig auf die Antwort.

»Ja, du bist die Einzige. Aber ich hoffe, dass sich das ändern wird. Deine Mitstudenten kommen heute, alle sind jung und wirklich talentiert. Es wird garantiert eine schöne Erfahrung.«

»Warum bist du dir da so sicher?«

Erneut glitt ein Lächeln über sein Gesicht, und sie spürte, wie sich ihre Anspannung legte.

»Weil ihr die Besten seid. Das Auswahlverfahren war streng, wie du weißt, du warst ja live dabei.«

Wie machte er das nur? Wie wusste er, was er sagen musste, um sie aufzuheitern?

Sie blieb am Rand der Mole stehen. Das trübe Wasser im Kanal war bewegt, es schien zu kochen, und auf den Wellen zeigte sich weiße Gischt. Marcus war hinter ihr stehen geblieben. Sie drehte sich zu ihm um, doch dieses Mal lächelte er nicht. Sie musste es wissen und fragte: »Wie machst du das nur?« Sie war immer ein visueller Mensch gewesen, sie nahm alles über die Augen auf, und in diesem Moment hatte sie das Gefühl, einem Mann ins Gesicht zu sehen, der auf dem Wasser Ski fuhr, angetrieben vom Wind, mit ausgestreckten Armen und einem glücklichen Lächeln im Gesicht. »Wie reitest du die Wellen, ohne jemals zu fallen?«, fragte sie weiter.

»Eines Tages probieren wir es zusammen.«

Er spielte ihre Frage herunter, wich ihr aus. »Das ist keine Antwort.«

Er seufzte, schaute zum Himmel und dann wieder zu ihr. »Gut, mein neugieriges Fräulein. Das ist alles eine Frage des Willens.«

»Und das heißt?«

»Ich treffe Entscheidungen und gehe meinen Weg, Schritt für Schritt, bis ich mein Ziel erreicht habe. Meine Mutter sagt, ich bin wie ein Terrier, wenn ich einmal etwas im Maul habe, lasse ich erst wieder los, wenn ich mich selbst entscheide, es zu tun.«

»Bei dir wirkt das so leicht.«

»Das ist es auch, wenn du dich nur auf den nächsten Schritt konzentrierst, statt daran zu denken, wie weit du noch vom Ziel entfernt bist.«

Sie sehnte sich danach, ihn zu berühren, seinen Körper zu spüren. Ein merkwürdiges Gefühl, weil sie normalerweise auf Abstand Wert legte. Er lächelte sie an, und sie überwand ihre Scheu und streckte eine Hand nach ihm aus. Er kam näher und beugte sich zu ihr. Sie spürte seinen warmen Atem auf ihrem Gesicht, die Intensität seines Blickes.

Er war so nah. Sie hatte noch nie aus eigenem Antrieb jemanden geküsst, sie war immer geküsst worden und hatte dabei nichts empfunden. Ob das jetzt anders wäre?

Bald würde sie es wissen. Sie lächelte, und als Marcus ihr Lächeln erwiderte, war sie glücklich. Albern, aber glücklich.

Ein schrilles Geräusch ließ sie zusammenzucken, sie wich erschreckt zurück. Und musste lachen. Er zog das Handy aus der Tasche, schaute auf das Display und sein Lächeln erlosch. »Entschuldige, mein Vater, da muss ich rangehen.«

Er entfernte sich ein paar Schritte, und sie wandte den Blick zum Meer. Nach wenigen Minuten kam er zurück. »Entschuldige, Juliet, ich muss gehen.«

»Soll ich mitkommen?«

»Nein, genieße ruhig den Tag.«

Sie schaute ihm nach, bis er verschwunden war. Sie war enttäuscht, aber besonders tat es ihr für Marcus leid. Um was auch immer es gegangen war, gefreut hatte er sich über den Anruf nicht.

Der Palazzo Zenobio war eines der wenigen Gebäude in Venedig, die ihren ursprünglichen Charakter über Jahrhunderte hinweg bewahrt hatten. Obwohl jeder Besitzer seine Handschrift hinterlassen und An- und Umbauten hatte vornehmen lassen, war die Ausdruckskraft die Gleiche geblieben. Das galt nicht nur für das Gebäude selbst, sondern auch für den Garten mit seinem jahrhundertealten Baumbestand und dem Marmorbrunnen in seiner Mitte.

Marcus kannte einen Teil der Legende.

Es hieß, dass eine aus der Gewalt eines Piraten befreite griechische Sklavin den riesigen Schatz ihres reichen Herren versteckt hatte. Als Kind hatte Marcus an die Geschichte geglaubt und zusammen mit seinen Freunden nach dem Schatz gesucht, aber außer einigen Knochen, die ein vorausschauender Hund dort vergraben hatte, Scherben und ein paar verrosteten Knöpfen, hatten sie nichts gefunden. Jedes Mal, wenn er die Hoffnung aufgeben wollte, schlug ihm sein Vater vor, noch einmal woanders zu suchen, und garantierte ihm Erfolg, der aber nie eintrat. Aber er hatte ihm immer geglaubt und weitergegraben.

Seitdem war viel Zeit vergangen, aber an der Situation hatte sich kaum etwas geändert: Er machte sich Hoffnungen und sein Vater gab leere Versprechungen ab. Und tatsächlich war da auch noch etwas, das er aber nur in seinen Träumen zuließ.

»Also, was meinst du?«

Jacopos Frage war unmissverständlich, aber Marcus zögerte mit der Antwort. Am liebsten hätte er ihn angeschrien, so aufgebracht war er. Er las weiter, dann begann er noch mal von vorne. Danach legte er die Dokumente ordentlich auf einen Stapel. »Ein sehr gutes Angebot.«

»Aber du bist nicht zufrieden.«

Marcus wusste, dass die Stiftung, mit der sie zusammenarbeiteten, die Schule übernehmen wollte. Und er wusste auch, dass es keinen Sinn hatte, seinen Vater am Kragen zu packen und so lange zu schütteln, bis er verstand, dass ein Verkauf nicht infrage kam, zumal es ihn eigentlich gar nichts anging. Niemand hatte ihn gezwungen, nach Jacopos verzweifeltem Anruf nach Murano zurückzukommen und Tag und Nacht zu arbeiten, um das Familienunternehmen zu retten. Das war seine eigene Entscheidung gewesen. Aber er hing an diesem Gebäude, liebte jeden einzelnen Backstein, kannte alle Geschichten, die mit ihm verbunden waren. Palazzo Zenobio war seine Heimat, hier organisierte er voller Leidenschaft die Kurse und Projekte, unterstützte die Studenten. Die Kunstfertigkeit seines Vaters hatte er nicht geerbt, als Glasmacher war er eher durchschnittlich, aber er konnte organisieren, motivieren und sein Wissen weitergeben.

Er fuhr sich mit den Fingern durchs Haar, seine Augen wanderten hin und her. Er konnte nicht glauben, dass sein Vater schlussendlich doch aufgegeben hatte.

»Sollte ich?«

»Das ist sehr viel Geld, mein Junge.«

»Das habe ich gesehen.«

Jacopo stand auf. Er zeigte ihm ein anderes Dokument, eine Passage war unterstrichen. »Sie möchten, dass wir beide bleiben, und zahlen uns ein hervorragendes Gehalt. Im Grunde änderte sich nichts.«

Glaubte er diesen Quatsch, den er da von sich gab, tatsächlich? Alles würde sich ändern! »Sag mir, dass das ein Witz sein soll.«

»Lies selbst, wenn du mir nicht glaubst.«

Er wusste nicht, wie er reagieren sollte, und ließ die Antwort offen. »Das habe ich schon.« Es waren nicht die Konditionen, die ihn wütend machten. Es war die Vorstellung, ihren Familienbesitz zu verkaufen, die ihm wie ein Stein im Magen lag. Er hatte an seine Idee geglaubt, seine Lebensplanung daran ausgerichtet. Jeden Sommer hatte er am Ofen gearbeitet, bis er stark genug war, das Blasrohr zu halten. Und danach sehnsüchtig auf das Angebot seines Vaters gewartet, an seiner Seite zu arbeiten. Er liebte diesen Ort, hier war er aufgewachsen, hier hatte er mit Leidenschaft jede freie Minute verbracht. Er schob den Gedanken beiseite, er musste sich konzentrieren, sich an der Vergangenheit zu orientieren, war Zeitverschwendung. Er ging in die Schule zurück, die Verkaufsargumente überzeugten ihn nicht. Was war schon Geld im Vergleich mit der Möglichkeit, Kunstfertigkeit und Wissen zu vermitteln? Und da war etwas. Bis vor einer Stunde hatte er geglaubt, sein Vater würde auf ihn hören und ihm helfen, seine Pläne umzusetzen.

»Die Verwaltungskosten steigen Monat für Monat, die Gaspreise schießen durch die Decke, Tradition und Handarbeit interessieren niemanden. Den Leuten ist es egal, ob sie ein Original oder eine billige Kopie kaufen.«

Das war alles Unsinn, und das hätte er ihm auch gerne gesagt, aber er wusste, dass das keinen Sinn hatte. Er musste warten, bis sein Vater sich beruhigt hatte. Marcus wusste genau, dass da mehr dahintersteckte.

»Ich bin nicht mehr der Alte.«

Sein Vater war mit seinen Kräften am Ende. Marcus hasste ihn dafür, dass er sich aus reiner Müdigkeit selbst aufgab. Warum sonst sollte er sich von seiner Werkstatt trennen?

»Ich weiß.«

»Dann hör auf, mich so anzusehen.«

»Ich habe dir gesagt, dass ich deine Entscheidung akzeptiere. Es ist dein Unternehmen, du kannst damit tun und lassen, was du willst.«

»Und warum schreist du jetzt?«

Er wollte noch etwas sagen, aber es hätte nichts geändert, der Gesichtsausdruck seines Vaters sprach Bände. Die Wahrheit war, dass Jacopo ihm nie ganz vertraut hatte.

»Ich komme gern gleich zum Punkt.« Er zuckte mit den Schultern, sein Lächeln glich einer Grimasse.

»Das hat nichts mit dir zu tun. Der Plan mit der Schule ist gut, wir haben sogar einen bescheidenen Gewinn gemacht, aber das reicht nicht, verstehst du?«

Natürlich verstand er. Sein Vater würde alles verkaufen, den Palazzo, den Brennofen, ungeachtet all ihrer gemeinsamen Bemühungen. Einen Moment lang fühlte Marcus sich wieder wie als Kind, mit dem Rücken an der Wand, mit Tränen in den Augen, als Jacopo an der Straße auf ihn wartete, um ihn zum Flughafen zu bringen. Das Versprechen, dass er das ganze Jahr bei ihm verbringen dürfte, hatte er nicht gehalten. Trotz der vielen Jahre, die seitdem vergangen waren, kochte die Wut immer wieder in ihm hoch, sie würde so schnell nicht weichen. »Wann kommt der Gutachter der Stiftung?«

»Morgen früh.«

Er stellte ihn vor vollendete Tatsachen, wer weiß, wann sein Vater das Angebot der Stiftung wirklich bekommen hatte … Er strich sich mit dem Zeigefinger über die Nasenwurzel, das spielte jetzt auch keine Rolle mehr. »Ich packe.«

»Es tut mir leid, dass ich dir nicht früher Bescheid gesagt habe. Ich habe dem Gutachter vorgeschlagen, im Hotel abzusteigen, aber ihn hier vor Ort in deiner Wohnung unterzubringen, ist für alle die beste Lösung.«

Das war eine mehr als fadenscheinige Entschuldigung und Jacopo wusste das. Es war nicht das erste Mal, dass er sie der Schule zur Verfügung stellte. In Wirklichkeit wollte er seinen Sohn nicht dabeihaben, wenn es um die Einzelheiten des Verkaufs ging. »Ich räume das Zimmer, spar dir deine Rechtfertigungen, Papa.«

Jacopo versuchte es noch einmal. »Du bist viel zu emotional, es ist besser, wenn du nicht dabei bist.«

Was zum Teufel meinte er damit? Er musterte ihn mit einem prüfenden Blick. »Das musst du mir erklären.« Er kannte diesen Blick, was war da los?

»Diese junge Frau ... es ist nicht gut, dass du dich so intensiv um eine Studentin kümmerst.«

»Wie bitte?« Was hatte sein Vater nur gegen Juliet? Er musste sich zurückhalten, nicht ausfallend zu werden. »Ich werde sie nicht prüfen, es gibt keinen Interessenskonflikt. Sie ist nur eine Freundin, mehr nicht.«

»Und was sollen die anderen Studenten denken, wenn ihr Hand in Hand durch Murano spaziert?«

»Dass sie das nichts angeht?«

»Eine gewisse Distanz wird ihr nicht das Herz brechen, glaub mir.«

Er hatte nicht vor, dieses Gespräch weiterzuführen, er wollte endlich gehen. Er reagierte trotzdem. »Für jemand, der sie von Anfang an abgelehnt hat, schenkst du ihr ganz schön viel Aufmerksamkeit, findest du nicht?« Er hob abwehrend die Hand. »Nein, ich habe dich ausreden lassen und jetzt bin ich dran. Ich werde tun, was ich tun will, und nicht, was ich tun sollte. Und das ist der Unterschied zwischen uns beiden.«

Jacopo erbleichte. »Du bist jung, du hast das Leben noch vor dir. Du verstehst nicht, was in mir vorgeht.«

»So ein Quatsch!«

»Sprich nicht so mit mir.«

»Dann hör auf, dich hinter Rechtfertigungen zu verstecken. Ich bin nicht wie du, Juliet ist nicht wie Mama. Kümmere dich um deine eigenen Probleme und hör auf, sie auf mir abzuladen, davon habe ich die Nase voll.« Er hielt inne. Was passierte da gerade? Es hatte keinen Sinn zu streiten, so kamen sie nicht weiter. Er atmete tief durch und zwang sich zu einem Lächeln. »All das«, er breitete die Arme aus, »ist dein Werk. Du bist die Fabrik, Papa. Du hast alles aufgebaut. Das ist das Vermächtnis deiner Familie, jeder Schweißtropfen, jede verdammte Brandnarbe. All das hat dich die Frau gekostet, die du geliebt hast.« Er hielt inne, er musste Zeit gewinnen. Musste die schmerzliche Frage verdrängen, wie sein Leben in einer intakten Familie verlaufen wäre. Mit dem Verkauf zog er einen Schlussstrich, nichts hatte mehr Bedeutung. Sein Leid nicht, das Leid seiner Mutter nicht. Sogar das Leid seines Vaters nicht, der alles für die Firma geopfert hatte.

»Bist du wirklich bereit, das wegzugeben, das dir so viel bedeutet hat? Für ein bisschen Geld?«

»Ich bin ein alter Mann.«

»Jetzt bist du es, der schreit.«

Marcus kannte ihn nur zu gut, er wusste, dass er Zeit brauchte, Zeit zum Nachdenken. Aber er war mit seiner Geduld am Ende.

»Warte …«, presste Jacopo heraus. »Vertrau dieser Frau nicht. Sie ist nicht, wie du denkst. Sie hat ein Geheimnis.«

Er schaute seinen Vater erstaunt an. »Ich hoffe, das ist nicht dein Ernst.«

Er drehte sich um und ging, bevor er etwas sagte, was er hinterher bedauern würde. Er durchquerte den Garten und blieb unter der alten Zeder stehen, mit geschlossenen Augen und dem Wunsch etwas zu zerschlagen. Allmählich gewann die Vernunft die Oberhand. Er würde eine Lösung finden, dachte er. Schritt für Schritt. Was geschehen war, spielte keine Rolle mehr, er musste nach vorne blicken. Fast zärtlich berührte er die raue Rinde des Stammes, atmete tief durch und lächelte dann.

In der Küche belegte er sich ein Brötchen, immer wenn er nervös war, bekam er Hunger. Beim Essen dachte er an Juliet.

In ihr hatte er eine tiefe Verletzlichkeit gespürt, eine zerbrechliche Zartheit. Zudem war sie eine attraktive Frau. Er dachte an den Morgen zurück, sie waren kurz davor gewesen, sich zu küssen, wer weiß, was danach geschehen wäre. Und dann kamen ihm doch Zweifel. Was würden die anderen Studenten denken, wenn sie sie sehen würden? Im Grunde lag sein Vater gar nicht so falsch. Natürlich übertrieb er, aber die Situation war durchaus delikat. Das eigentliche Problem jedoch war ein anderes. Eine weniger empfindsame Frau würde auf offene oder versteckte Anspielungen gar nicht reagieren, aber die hochsensible Juliet?

Sein Gesichtsausdruck verfinsterte sich. Das Ganze wurde immer komplizierter.

Er biss in sein Brötchen, das salzig und süß zugleich schmeckte. Er aß alles auf, aber seine Unruhe wollte nicht weichen. Er überlegte gerade, was er noch essen konnte, als Silvia die Küche betrat.

»Ciao, Marcus.«

Seine Cousine machte einen traurigen Eindruck. »Ciao, Silvia, willst du auch was?« Er bat sie, Platz zu nehmen, große Lust auf ein Gespräch hatte er zwar nicht, war gleichzeitig aber neugierig, ob sie von den Plänen seines Vaters wusste.

»Einen Kaffee, danke.«

Er stand auf und nahm eine Tasse vom Abtropfgitter.

Während er einen Kaffee eingoss, beobachtete er sie. »Alles in Ordnung?«

»Wie? Ja. Warum bist du allein? Ärger im Paradies?«

Marcus reichte ihr die Tasse und schob ihr den Honig hin. Während sich der würzig-süße Duft im Raum ausbreitete, setzte er sich neben sie. »Warum kümmert sich in Murano nicht jeder um seinen eigenen Kram?«

»Wir stecken tief in einer finanziellen Krise, die Stiftung drängt darauf, die Schule zu übernehmen, dein Vater ist unausstehlich, und die Studenten stehen jeden Moment vor der Tür. Ich brauche ein wenig Ablenkung.« Silvia trank einen Schluck, dann rührte sie noch einen Löffel Honig hinein.

»Du könntest dich um dein Leben kümmern.«

»Deines ist interessanter.«

»Lenk nicht ab. Du arbeitest doch gerne hier!«

Sie unterhielten sich noch eine Weile, dann sagte Marcus: »Ich muss packen.«

»Ich weiß, dein Vater hat es mir erzählt. Auch wenn meine Meinung nichts zählt, ich bin auf deiner Seite. Jacopo macht einen Fehler.«

»Mal sehen, wie es ausgeht. Wir sehen uns später.« Marcus war schon an der Tür, als er noch mal zurückkam und seine Hand auf ihre legte. »Egal, was passiert, niemand hat vor, dich zu entlassen. Mach dir keine Sorgen.«

Sie nickte mit Tränen in den Augen. »Ich weiß, aber es wird nicht mehr so sein wie vorher.«

Da hatte sie recht, dachte Marcus.

Als er in seinem Zimmer war, lehnte er sich mit dem Rücken gegen die Tür und atmete tief durch. Er hatte gedacht, dass ihm das Gehen leichter fallen würde. Er schaute sich um, er würde nicht lange brauchen. Er schaltete die Stereoanlage an, die seine Mutter, wie so viele andere Gegenstände auch, hier in Venedig gelassen hatte, als sie ihrem Mann das allerletzte Ultimatum gestellt hatte und dann schließlich gegangen war. Sie war sicher gewesen, dass er ihr folgen würde. Aber die Liebe zwischen den beiden hatte nicht gereicht. Das hatte er am eigenen Leibe erfahren müssen. Seine Eltern hatten bei jeder Kleinigkeit gestritten und sich danach wieder versöhnt, bis das Zusammenleben unerträglich geworden war. Sie hatten sich geschworen, nie wieder ein Wort miteinander zu wechseln. Je länger er darüber nachdachte, desto besser konnte er seine Mutter verstehen. Sein Vater würde selbst den Heiligen Petrus in den Wahnsinn treiben!

Vertraue dieser Frau nicht.

Lächerlich! Sein Verfolgungswahn wurde allmählich zu einem echten Problem. Marcus durchsuchte die Musikkassetten. Manche Bänder hatten sich verwickelt, aber er steckte einen Bleistift in die Spule und rollte sie wieder auf. Er hätte auch eine CD hören können, aber das war nicht das Gleiche. Er drückte PLAY und Freddy Mercurys unvergleichlich volle Stimme hellte seine Stimmung ein wenig auf: »Don't stop me now«, einer seiner Lieblingssongs. Allmählich wurde er ruhiger. Er räumte seine Sachen zusammen, holte den Rucksack aus der Abstellkammer und stopfte alles hinein. Er war gerne hier gewesen. Leider merkt man oft erst, wenn man es verlassen muss, wie wichtig etwas gewesen ist.

Beim Hinausgehen warf er noch einen Blick auf ein Fenster im ersten Stock. Unglaublich, wie sich von einem Moment zum anderen alles ändern könnte. Er schulterte den

Rucksack, und auf dem Weg zu seinem Boot fragte er sich, ob es noch Sinn ergab, in Venedig zu bleiben. Er brauchte eine Pause, um Abstand zu gewinnen, Juliet eingeschlossen. Der Kurs würde bald beginnen, da brauchte er seine ganze Konzentration, Probleme schadeten da nur. Eine feste Beziehung kam für ihn nicht infrage. Und sie war sicher keine Frau für eine Nacht.

Im Grunde war es besser so.

Die Kirchenglocken läuteten zur Mittagszeit. Marcus verließ den Hauptkanal und fuhr in Richtung Meer.

9.

Je nach Form und Verarbeitung heißen venezianische Glasperlen Conterie, Margarite, Paternostri, Murrine oder Rosetta. Seit Ende des 13. Jahrhunderts berühmt, gehören sie zu den langlebigsten Glasprodukten und seit 2020 zum UNESCO-Weltkulturerbe.

Der riesige Markusplatz war atemberaubend.

Um Juliet pulsierte das Leben, Geräusche, Bilder, Gerüche, die sie mit allen Sinnen aufnahm. Sie konnte es kaum erwarten, sich in den kleinen Gassen der Umgebung zu verlieren.

Hin und wieder schaute sie auf den Stadtplan. Sie wollte zur Seufzerbrücke. Kaum zu glauben, dass der Name von der Verzweiflung der Verurteilten stammte, die über die Brücke ins Gefängnis des Dogenpalasts gebracht wurden. Sie hatte immer angenommen, die Bezeichnung hätte mit den Seufzern verliebter Paare zu tun. Sie musste lachen. Jeder schuf sich seine eigene Illusion, je nachdem, was einem wichtig war.

Sie fand ein nettes kleines Restaurant, wo man auch draußen sitzen konnte. Sie bestellte lokale Gerichte, Risibisi, Stockfischcreme und zum Schluss gönnte sie sich ein herrlich luftiges Tiramisu, das gleichzeitig süß und bitter schmeckte. Beim letzten Löffel musste sie an Marcus' Gesichtsausdruck denken. Er war ihr erst erstaunt und dann traurig vorgekommen. Sein Vater musste einen schwierigen Charakter haben. Wenn sie an den Blick bei ihrem ersten Kennenlernen zurückdachte, lief ihr ein Schauer über den Rücken.

Instinktiv griff sie nach der Glasperlenkette und spielte mit dem Anhänger, dann zahlte sie und setzte ihren Spaziergang fort. Wer könnte ihr wohl über den Hahn Auskunft geben? Er war auf dem Briefkopf der Schule, prangte auf dem Tor des Palazzo und war Teil des Wappens. Sie betrachtete den Anhänger. Ob es eine Verbindung zu diesem Hahn gab? Sie hatte heute Morgen Marcus danach fragen wollen, aber es hatte sich keine Gelegenheit ergeben. Die Ähnlichkeit zwischen den Tieren konnte auch reiner Zufall sein, aber alles, was mit der Glasperlenkette zu tun hatte, kam ihr geheimnisvoll vor. Auch die Antwort ihres ehemaligen Kindermädchens auf diese Frage war rätselhaft. Sie hatte das Schicksal und ein Versprechen erwähnt, das eingehalten werden musste, und dass die Kette zu *ihr* zurückkehren müsse. Aber wer diese geheimnisvolle Frau war, sagte sie nicht.

Tief in Gedanken versunken hielt sie nach der nächstgelegenen Anlegestelle Ausschau. Nach kurzer Wartezeit kam ein Vaporetto, das sie zum Palazzo Zenobio zurückbringen würde. Während der Fahrt lauschte sie den Geräuschen der Lagune und dem Stimmengewirr um sie herum. Die Fahrgäste waren meist damit beschäftigt, die Umgebung mit der Kamera für die Ewigkeit festzuhalten. Dann konzentrierte sie sich auf die Gebäude entlang des Kanals. Die Palazzi waren von dekadenter Schönheit, einige bereits dem Verfall preisgegeben. Sie fühlte sich in eine Zeit zurückversetzt, wo die Gondeln am Anleger warteten und elegant gekleidete Damen in Spitzenkleidern und breiten Röcken von den Herren zum Einsteigen die Hand gereicht bekamen.

Als ihre Haltestelle ausgerufen wurde, drängte sie sich zum Ausstieg. Auf der Mole spürte sie leicht amüsiert, wie anders das Gefühl war, wieder festen Boden unter den Füßen zu haben. Sie ging in Richtung Schule. Es war Nachmittag. Jetzt müssten alle Studenten eingetroffen sein, dachte sie. Würde sie sich in ihrer Gesellschaft wohlfühlen? In Seattle war sie die Jüngste gewesen, und ihre Mitschüler waren immer besonders fürsorglich mit ihr umgegangen. Glasmacher waren besondere Menschen, mit harter Schale, aber einem weichen Kern. Ob das in Murano auch so sein würde?

Sie ging die Fondamenta dei Vetrai entlang bis zum Schulgebäude.

Als sie das Tor öffnete, umfing sie ein so intensives Gefühl, dass ihr fast schwindlig wurde. Dieser Ort hatte etwas Magisches, in jeder Ecke gab es etwas Neues zu entdecken. Wahrscheinlich hing das mit der besonderen Atmosphäre zusammen, die hier herrschte. Sie hatte sich hier auf Anhieb wohlgefühlt.

Sie ging den langen Flur entlang und warf einen neugierigen Blick in die Halle, in der mehrere junge Männer mit ihrem Gepäck standen. Die anderen Studenten waren eingetroffen. Obwohl es höflicher gewesen wäre, sich ihnen gleich vorzustellen, verließ sie der Mut. Stattdessen ging sie in den Ausstellungsraum, wo Silvia hinter einem Schreibtisch saß.

»Ciao, wie wäre es mit einem Croissant?«, fragte Juliet. »Du siehst aus, als könntest du etwas Süßes vertragen.«

Sie mochte die junge Frau und das nicht nur, weil sie ihr dankbar war, dass sie Marcus über ihre Ankunft informiert hatte. Danach hatten sie öfter miteinander geplaudert, und Silvia hatte ihr gute Tipps gegeben.

»Du bist ein Engel«, erwiderte Silvia mit einem dankbaren Lächeln, nahm das Croissant aus der Tüte und biss hinein. »Herrlich!«

»Ich habe auch eins für Marcus mitgebracht. Weißt du, ob er in der Nähe ist?«

»Ich habe ihn nicht gesehen, aber mach dir keine Sorgen, er wird schon kommen ... früher oder später.«

Was für eine merkwürdige Antwort. Sie wollte gerade noch mal nachhaken, als ein groß gewachsener, kräftiger Mann vor der Tür stand.

»Hallo, wie geht's? Ich bin Carlos Diaz.«

»Sehr erfreut, Juliet Meriwether.« Sie hatte instinktiv auf Englisch geantwortet. Das war eine internationale Schule, bestimmt würden die meisten Studenten auf Englisch kommunizieren. Vielleicht war sie sogar die Einzige, die so gut Italienisch sprach? Das machte sie stolz. Sie gab ihm die Hand und warf Silvia einen Blick zu, die etwas in ihren PC tippte. »Du bist jetzt sicher beschäftigt, ich komme vielleicht später noch mal.«

»Warte, ich beeile mich. Bleib doch hier und leiste mir Gesellschaft.«

»Gerne.« Juliet ging um den Schreibtisch herum und setzte sich neben sie. Während Silvia dem wahrscheinlich letzten Neuankömmling den Schlüssel aushändigte und ihm einige Infos gab, betrachtete Juliet die anderen Kursteilnehmer, die im Flur warteten. Sie zählte, es waren alle da. Sie hatte das Gefühl, dass sie schon wieder die Jüngste war. Einige unterhielten sich, andere sahen sich um. Sie standen zwischen den Koffern herum, und ihr Gesichtsausdruck zeigte eine Mischung aus Anspannung und Neugier. Auch sie konnte den Beginn des Kurses kaum erwarten.

Silvia griff nach dem Telefon. Carlos sah sie an. Aus irgendeinem Grund schien er nicht zu den anderen gehen zu wollen. Juliet seufzte. Sie wollte Silvia unbedingt nach Marcus fragen, aber erst, wenn sie allein waren. »Ich komme später wieder, okay?«

»Gut, bis später.«

An der Tür blieb sie stehen und musterte den jungen Mann. Sie hatte keine große Lust, sich zu unterhalten, aber sie konnte ihn auch nicht einfach ignorieren. Sie lächelte ihn an, und er ergriff die Gelegenheit, ein Gespräch zu beginnen.

»Bist du auch Studentin hier?«

»Ja.« Und zwar die einzige Frau, aber das sagte sie nicht.

»Bist du heute Morgen angekommen?«

»Nein, ich bin schon länger in Murano«, sagte Juliet.

Er wirkte überrascht, ging aber nicht näher darauf ein. »Wollen wir zu den anderen gehen?«

Sie gesellten sich zu den anderen, einige hatten ihr Gepäck schon auf ihr Zimmer gebracht und saßen entspannt im Aufenthaltsraum.

»Ein fantastischer Ort, oder? Es sah schon im Prospekt beeindruckend aus, aber ich hätte nicht gedacht, dass es so … unglaublich schön ist.«

»Ja, der Palazzo ist prachtvoll, genau wie alles andere hier.«

Carlos sah sich um. »Ich habe nicht zu hoffen gewagt,

dass sie mich aufnehmen, und jetzt bin ich hier.« Seine Offenheit verschlug ihr die Sprache. Sie wusste genau, was er fühlte, erinnerte sich an ihre eigene Reaktion und erwiderte: »Ich habe eine Woche lang nicht schlafen können.«

Sie lachten. In diesem Moment betraten Marcus, sein Vater und ein dritter Mann den Raum. Sie lächelte ihm zu, aber er nickte nur knapp.

»Kommt doch näher, es gibt ein paar Dinge, die ihr wissen müsst. Da ihr alle hier versammelt seid, nutze ich die Gelegenheit, um etwas Organisatorisches bekannt zu geben.« Juliet lehnte sich gegen die Wand, die Tüte mit dem Croissant hielt sie noch immer in der Hand. Er hatte sie nicht mal richtig angesehen.

»Eure Zimmer liegen alle im Palazzo. Die Schule verfügt über mehrere Gemeinschaftsräume, eine Bibliothek und einen Garten. Bitte füttert die Katzen nicht, sie sind auf Diät.«

Allgemeines Gelächter. Marcus händigte jedem eine Mappe aus. »Hier findet ihr alles, was ihr braucht.« Er hielt kurz inne, als er vor ihr stand, doch dann ging er weiter.

Was ist nur los mit ihm?, fragte sich Juliet.

»Die Küche ist neben dem Speisesaal. Wenn jemand Allergien oder Unverträglichkeiten hat, meldet er das bitte der Direktion, dann passen wir uns an. Ja, ihr habt richtig verstanden, wir essen gemeinsam, weil bei einem guten Essen die besten Gespräche entstehen. Das ist keine Schule wie viele andere, wir werden drei Monate lang zusammenleben und viel Zeit miteinander verbringen. Ich hoffe, ihr macht Erfahrungen, die euch ein Leben lang begleiten werden.«

Das einsetzende Gemurmel wurde von Jacopo Quintavalle unterbrochen, der sich neben seinen Sohn stellte. »Ich empfehle euch, alles zu vergessen, was ihr kennt oder zu kennen glaubt. Hier in Murano ist der Umgang mit Glas anders als überall sonst auf der Welt. Wir fangen um acht an und arbeiten so lange, bis jeder sein Werk vollendet hat, deshalb frühstückt ausgiebig und nehmt euch ausreichend Wasser mit. Die Hitze trocknet euch aus und raubt eure Energie.«

Er warf Juliet einen vielsagenden Blick zu, sie zuckte zusammen. Was der Mann wohl gegen sie hatte?

»Und jetzt folgt mir.«

Jacopo durchquerte den Flur und passierte mehrere Türen, von denen jede anders aussah. Die letzte führte zu einem Gebäude aus roten Backsteinmauern. Ein einziger großer Raum, der von riesigen Dachfenstern erhellt wurde. Einer der Brennöfen war der gewaltigste, den Juliet jemals gesehen hatte. Die anderen standen in einer Reihe, an den Wänden hingen Feuerlöscher, Pumpen und Wasserschläuche. Die Abzugshauben und verstaubten Rohre waren aus Stahl. Auf der anderen Seite erkannte Juliet einen Haufen Sand.

Obwohl Marcus ihr alles schon gezeigt hatte, war sie so aufgeregt, als sei sie das erste Mal hier. In Murano würde ein neues Kapitel ihres Lebens beginnen, davon war sie überzeugt. Sie musste sich zusammenreißen, um sich nicht nach vorne zu drängen und sich alles aus nächster Nähe anzusehen, die Werkzeuge und die unterschiedlichen Rohstoffe wie Quarzsand, Kalk, Soda und Pottasche. Womit sie wohl anfangen würden? Sie hatte gehört, dass die Glasmacher in Murano nicht nur Holzasche, sondern auch Pflanzen- und Algenasche verwendeten. Sie würde bald mehr darüber erfahren. Von den geöffneten hohen Kippfenstern kam ein Luftzug, das System regelte die Luftzirkulation, ließ aber keinen Wind herein. Das Licht im Raum war spärlich, aber ausreichend. Mit Wasser gefüllte Blecheimer standen parat, um glühende Glasreste aufzunehmen. Juliet juckte es in den Fingern, am liebsten hätte sie sofort losgelegt.

»Jeder von euch wird von einem *Serventino* unterstützt. Ich rate euch, die hier gebräuchlichen Fachbegriffe zu lernen. Ihr müsst euch an die Gegebenheiten anpassen und nicht umgekehrt.« Jacopos Worte klangen fast vorwurfsvoll.

Der *Serventino* war ein Gehilfe. Juliet rief sich weitere Fachbegriffe ins Gedächtnis. Die *Borsella* war eine spitze Zange, mit der man das Glas schneiden und modellieren konnte, die *Tagiante* war eine Schere. Aus der Glashütte in Seattle kannte sie bereits viele Werkzeuge, wie zum Beispiel Zirkel und Blasebalg, aber unter anderem Namen. Sie wischte sich die feuchten Hände an den Jeans ab.

»Jeder von euch hat einen Ofen und einen *Scagno* zur Verfügung.«

Das war ein dreibeiniger Schemel, auf den man sich setzte, um das Glas zu bearbeiten. Er sah zwar nicht so aus, war aber bequem, die robusten Lehnen dienten als Ablage für das Blasrohr. Weitere Werkzeuge befanden sich in Griffnähe.

»Ihr seid für die Ausrüstung selbst verantwortlich, achtet also darauf, der pflegliche Umgang damit hat Einfluss auf das Gesamturteil. Die Glühöfen werden gemeinsam benutzt, seid vorsichtig, damit nichts zu Schaden kommt, sonst gibt es Abzüge. Fairness ist oberstes Gebot, hier wird nicht getrickst. Ist das klar?«

Der dritte Mann am großen Ofen war Lorenzo Venier, der Glasmachermeister, der ihnen alle Geheimnisse des Glasblasens beibringen sollte. Er war der Vertreter der Stiftung, die auch den Wettbewerb organisiert hatte, an dem sie in Seattle teilgenommen hatte.

»Morgen machen wir einen ersten Test, damit wir einschätzen können, von welchem Leistungsniveau wir ausgehen können und wo noch Lücken sind. Danach werdet ihr in jeder Disziplin ein Werk fertigen, strengt euch also an.«

Als Jacopo schließlich verstummte, prasselten Fragen auf ihn ein. Juliet hob ebenfalls die Hand und wartete, bis sie an der Reihe war.

»Und jetzt wollen wir beginnen.« Jacopo drehte ihnen den Rücken zu und blieb vor einer Werkbank stehen, um die Werkzeuge für Lorenzo Venier zurechtzulegen.

Er hatte ihre Meldung ignoriert.

Meister Venier ging zum großen Ofen, rollte die Ärmel seines Hemdes auf und griff nach einer Glasbläserpfeife. Auf seinen Armen waren alte Narben, auf dem Gesicht hatte er den Ausdruck eines Menschen, der wusste, dass er den schönsten Beruf der Welt ausübte.

Juliet fand ihn auf Anhieb sympathisch und lächelte ihn an. Dieser Mann undefinierbaren Alters mit der sonnengegerbten Haut wusste, wie man mit Menschen umging. Während Jacopos Ansprache von Murmeln und geflüsterten Kommentaren begleitet gewesen war, kamen jetzt alle näher, um Lorenzo bei seiner Präsentation beobachten zu können.

»Wir werden mit einer kurzen Demonstration beginnen«, er breitete die Arme aus, »seid hellwach und konzentriert, denn danach müsst ihr das Gesehene nachmachen, entsprechend euren eigenen Vorstellungen versteht sich.«

Im Anschluss gab es noch allgemeine Informationen und persönliche Tipps. Während einige Studenten noch blieben, um die Öfen zu inspizieren, gingen andere in ihre Zimmer zurück. Juliet war unschlüssig und warf Marcus einen Blick zu. Warum war er plötzlich so distanziert? Sie versuchte, auf sich aufmerksam zu machen, doch er sprach noch kurz mit seinem Vater und verließ dann den Raum.

»Das habe ich mir anders vorgestellt, und du?«

»Wie bitte?« Carlos' Frage traf sie unvermittelt.

»Die Schule. Ich dachte, die Atmosphäre wäre freundlicher. Nach dieser Ansage habe ich regelrecht ein schlechtes Gewissen, weiß aber nicht, warum.«

Sie hatte einen Moment lang das Gefühl, als hätte er ihre Gedanken gelesen und zwang sich zu einem Lächeln. »Das gehört wohl zum Plan. Sie sind streng, aber ich habe schon Schlimmeres erlebt.« Das stimmte zwar nicht, aber dieser Kurs war eine einmalige Chance zum Einstieg in die Glasmacherkunst. Juliet war es gewohnt, sich alles hart erarbeiten zu müssen. Von einem forschen Ton und mürrischen Blicken würde sie sich nicht einschüchtern lassen. In ihrem Leben hatte sie schon oft weit Schlimmeres erlebt als das.

»Wo kommst du noch mal her?«

Darüber hatten sie noch nicht gesprochen. »Aus Seattle, und du?«

»Santa Monica, meine Eltern haben dort ein Restaurant, aber ich interessiere mich nicht fürs Kochen, eher für Teller und Gläser.« Sie wollte ihn gerade fragen, wo er das Glasmachen gelernt hatte, aber dann überlegte sie es sich anders. Das war ein schwieriges Thema, und sie wollte nicht aufdringlich sein. Carlos erzählte viel und gerne. Als sie später im Gemeinschaftsraum saßen, kannte Juliet sein ganzes Leben, seine Familie und seine Hoffnungen. Und sie wusste, dass seine Eltern sich für ihn freuten.

»Hast du auch Angst?«, fragte er unvermittelt.

War er immer so geradeaus? Juliet wollte gerade verneinen, nickte dann aber und sagte: »Große.«

»Da bin ich aber beruhigt, ich mach mir fast in die Hose vor Angst.«

Juliet lachte und während die anderen ihnen neugierige Blicke zuwarfen, wusste sie, dass sie soeben einen Freund gefunden hatte, auch wenn sie den Abend lieber mit einem anderen Mann verbracht hätte. Aber Marcus war nirgends zu sehen. Nach dem Abendessen machte sie einen Spaziergang. Die Luft war lau, der Mond spiegelte sich auf dem schwarzen Wasser des Kanals. Ihre Finger suchten die Kette. Ihr gingen zu viele Fragen durch den Kopf, sie musste unbedingt mit jemandem reden. Silvia kam ihr in den Sinn. Sie ging zurück und bemerkte, dass im Büro noch Licht brannte. »Du arbeitest noch?«

Die junge Frau hob den Blick von der Liste, die sie gerade bearbeitete. »Komm rein, Juliet, ich bin fast fertig.«

Es war schon spät, morgen früh würden sie zeitig beginnen. Aber sie musste Antworten auf ihre Fragen bekommen. »Kann ich dir helfen?«

»Nicht nötig, ich muss nur ein paar Kleinigkeiten überprüfen.« Sie gähnte. »Ein langer Tag. Wie geht es dir? Hast du deine Kollegen schon getroffen?«

Juliet setzte sich neben sie. »Ja, sie wirken alle noch etwas angespannt.«

»Das ist am Anfang immer so, aber nach einer Weile legt sich das.«

Außer bei Jacopo, dachte Juliet. Sie wollte gerade nach ihm fragen, als ihr einfiel, dass er ja Silvias Onkel war. Verlegen schaute sie sich um. Auf Podesten und Regalen standen überall Glaskunstwerke: Vasen mit schmalem Hals, fantastische Tierfiguren, Vögel mit ausgebreiteten Flügeln, Spiegel und Kaleidoskop-Lampen.

»Ist alles in Ordnung?«

Juliet nickte, schob aber nach: »Ich glaube, ich habe Signor Quintavalle auf dem falschen Fuß erwischt.«

Silvia riss überrascht die Augen auf. »Meinen Onkel? Seine harte Schale ist nur gespielt. Das merkst du, wenn du ihn näher kennenlernst.«

Juliet war wenig überzeugt. Aber Silvias Heiterkeit war ansteckend. Ermutigt stellte Juliet noch eine weitere Frage. »Ich zerbreche mir den Kopf darüber, was der Hahn bedeutet, der überall zu sehen ist.«

Silvia legte den Kopf zur Seite. »Der Hahn ist das Wappentier der Schule, wie du dir sicher schon gedacht hast. Aber er ist auch ein verbreitetes Symbol der Serenissima. Er steht für Mut, Verwegenheit und Kraft. Er versinnbildlicht das Glück. Es gibt mehrere Versionen, eine mit einem Fuchs im Hals des Hahns, das steht für List. In einer anderen hält der Hahn eine Schlange im Schnabel, das Symbol der Vorsicht. Aber es gibt noch zahlreiche andere Wahrzeichen, zum Beispiel der Löwe, der in der einen Pranke ein Buch hält, als Symbol der Weisheit, in der anderen ein Schwert, eine Maske und eine Gondel. Venedig ist die Stadt der Allegorien und Symbole. Man findet sie überall, jedes erzählt seine eigene Geschichte.«

Nachdenklich zog Juliet die Glasperlenkette unter dem Pullover hervor und zeigte sie ihr.

»Wie wunderschön! Sie muss sehr alt sein.«

»Ja, das denke ich auch. Siehst du hier?« Sie deutete auf den Anhänger. »In der Perle schimmert auch ein Hahn durch. Sagt dir das etwas?«

Silvia zuckte mit den Schultern. »Es könnte mit einer Familie aus Murano zu tun haben. Vielleicht das Markenzeichen eines Glasmachers, viele haben in ihren Werken ihre Signatur hinterlassen.«

Juliet steckte die Kette zurück und murmelte. »Du hast recht, der Hahn könnte eine ganze Menge Bedeutungen haben.«

10.

In der Mitte des 17. Jahrhunderts brach zwischen Frankreich und Venedig der sogenannte »Krieg der Spiegel« aus. Heute würde man es Industriespionage nennen. Einige Glasmacher flohen nach Paris, die Serenissima rächte sich grausam, es gab verdächtige Todesfälle, Bedauern und öffentliche Entschuldigungen.

In dieser Nacht konnte Juliet nicht schlafen. Sie musste immer wieder an das denken, was mit Marcus passiert war ... oder besser gesagt, was nicht passiert war. Sie hatte lange über Jacopo, Carlos und die anderen Studenten nachgedacht, auch bei ihren Recherchen bezüglich der Kette war sie nicht weitergekommen.

Sie ärgerte sich nicht, weil sie wach lag, das war sie gewohnt. Immer wenn etwas Wichtiges in ihrem Leben passierte, fand sie keine Ruhe. Es war, als ob ihr Geist in ihrem Kopf herumspukte, hektisch hin und her sprang und nicht abschalten konnte. Schließlich war sie aufgestanden und hatte stundenlang in den Sternenhimmel geschaut, bis sie Hunger bekommen, geduscht und sich dann auf die Suche nach einem guten Frühstück gemacht hatte. Venedig war berühmt für seinen Cappuccino und seine Brioches. Aber im Grunde war das nur eine Ausrede, um nicht in die Mensa gehen zu müssen. Marcus wäre wahrscheinlich ohnehin nicht da, zu viel Nähe zu den Studenten war nicht gut. Auch oder gerade zu ihr. Das konnte sie sogar verstehen, schließlich war er der Direktor. Aber warum hatte er nicht mit ihr darüber gesprochen? Ein wenig traurig saß sie auf ihrer Lieblingsbank vor der Schule und schaute den vorüberziehenden Wolken nach. Diese herrlichen Farben! Wie gerne würde sie all das nachbilden können! Ob es ihr eines Tages gelingen würde? Sie müsste Kobaltpulver verdünnen ... ein wenig Metalloxid dazumischen, aber welches? Sie würde den Meister fragen. Sie hatte so viele Fragen, nicht nur technischer Art, sie wollte mit eigenen Augen sehen, verstehen, wann das Glas bereit war, sich in seiner ganzen Kraft zu zeigen. Sie wollte alles wissen.

Sie schaute auf die Uhr, es war fast so weit. »Es geht los«, sagte sie sich. Dann stand sie auf und atmete durch, die feuchte Morgenluft tat ihr gut. »Das wird mein Tag«, machte sie sich Mut und ging durch das Tor des Palazzo. Im Korridor wunderte sie sich, dass sie keinen ihrer Mitstudenten traf, merkwürdig. Sie blieb einen Moment stehen, sie wollte, dass alles perfekt war, die Schuhe korrekt gebunden, die Bluse faltenfrei, ein Blick in die Tasche, ob sie die Wasserflaschen dabeihatte. Dann betrat sie lächelnd den Raum.

Stille, Verblüffung, vorwurfsvolle Blicke.

»Wir haben uns schon gefragt, wo Sie geblieben sind, Signorina Meriwether!«, sagte Jacopo.

»Guten Morgen«, stammelte sie.

»Auch wenn es Ihnen merkwürdig erscheinen mag, ist Pünktlichkeit eine der Grundvoraussetzungen für die Teilnahme an diesem Kurs. Ich weiß nicht, was Sie erwartet haben, aber das gilt auch für Sie. Sie sind eine halbe Stunde zu spät.«

»Wie bitte?« Sie war schockiert. Das konnte nicht sein, es sollte doch erst um acht Uhr losgehen. Sie wollte etwas entgegnen, aber Jacopos Gesichtsausdruck überzeugte sie, es nicht zu tun. Dieser Mann wartete nur darauf. Es war nicht das erste Mal, dass man sie in der Öffentlichkeit rügte, aber dieses Mal tat es besonders weh. Sie zwang sich, den Blick nicht zu senken, und ging zu dem ihr zuge-wiesenen Platz. Carlos winkte ihr zu und lächelte. Wenigs-tens einer. Dann schaute sie auf ihre Uhr. Fünf vor acht. Es war offensichtlich, dass Jacopo den Termin vorgezogen und ihr nicht Bescheid gegeben hatte. Bestimmt ein Verse-hen, dachte sie.

»Es tut mir leid, es wird nicht wieder vorkommen.«

»Das denke ich auch«, erwiderte Jacopo mit ironischem Unterton. »Wie bereits erwähnt, bevor wir unterbrochen wurden, wird Meister Venier jetzt mit seiner Demons-tration beginnen. Ich empfehle höchste Aufmerksamkeit, denn danach seid ihr dran. Das Glas«, er deutete auf die Schmelztiegel, »ist bereits verarbeitungsfertig. Ihr könnt Farbpigmente hinzufügen, wenn ihr wollt, vorausgesetzt ihr haltet euch an die Zeitvorgabe, fünf Stunden und keine Minute mehr.«

Juliet band ihre Haare zu einem Pferdeschwanz zusam-men. Sie versuchte die Demütigung, die Scham zu ignorie-ren. Sie hatte nichts Schlimmes getan, keinen Fehler ge-macht. Das war nur Pech. Unwichtig, dachte sie. Es zählte nur, dass sie hier war. Mit diesem Vorsatz konzentrierte sie sich auf die Worte des Meisters.

»Heute beschäftigen wir uns damit, wie man Dimension und Tiefe in eine zähe Masse bringt.«

Lorenzo griff nach einer Glasmacherpfeife, und nachdem er eine bestimmte Menge flüssiges Glas aus dem Schmelztiegel entnommen hatte, rollte er sie eine Weile, bis er schließlich hineinblies und eine Kugel entstand. Dann setzte er sich, griff nach einem Zwackeisen und bearbeitete die rot glühende Glasblase. Das Werkstück hatte die Dicke eines Taus. Welch eine Meisterschaft, dachte Juliet. Dann zwackte Lorenzo in einer übergangslosen Bewegung aus dem Handgelenk ein Stück ab und warf es in den Wassereimer zu seinen Füßen.

»Die Masse Zug um Zug zu reduzieren, ist wichtig, auf diese Weise erreicht ihr mehr Gestaltungsfreiheit. Was auch immer entstehen soll, wichtig ist, dass ihr in jedem Stadium das endgültige Werk vor Augen habt. Vom ersten Arbeitsschritt an müsst ihr wissen, was schlussendlich entstehen soll.«

Juliet wusste, dass diese Haltung die Basis des künstlerischen Schaffens war. Auch wenn es genau umgekehrt aussah, musste das Endprodukt schon vor der Umsetzung im Kopf fertig sein.

Während das Werkstück im Wasser zischte, wechselte der Meister zu einem anderen Ofen und steckte das Blasrohr hinein. Als er es wieder herauszog, fiel Juliet auf, dass die glühende Masse jetzt eine andere Farbe hatte. Mit Hilfe von Jacopo wiederholte Lorenzo den Prozess noch mehrere Male.

Er pustete, modellierte, schnitt die überschüssige Masse ab und hielt das Ganze wiederholt in den Ofen, bis mehrere Schichten übereinander entstanden waren, so fein, dass man die jeweils darunterliegende Schicht durchscheinen sehen konnte. Davon hatte sie schon gehört, das nannte man »Schichtglas«.

Plötzlich griff Lorenzo nach einer Zange und steckte die Spitze in die Glasmasse. Als ihm der Hohlraum tief genug erschien, griff er nach einer feuchten Pappe und strich über den Rand. Während das Werkstück langsam Form annahm, wählte er eine weitere Zange aus. Jeder Arbeitsschritt war einem bestimmten Werkzeug zugeordnet, einige Gesten kannte Juliet bereits, sie wiederholten sich, andere waren neu.

Schritt für Schritt wurde das Werkstück, das mehrmals in den Ofen gehalten und wieder herausgezogen wurde, zu einer bauchigen Vase mit einem schmalen, zarten Hals. Die sinnlich anmutenden Rundungen unterstrichen die changierenden Farben, ein echter Blickfang.

Nachdem Lorenzo die Vase vom Blasrohr gelöst hatte, legte Jacopo sie in den Glühofen.

Es herrschte atemlose Stille, nur das Knistern der Flammen im Ofen, das Klirren der Werkzeuge und das Zischen, wenn das rot glühende Glas in den Wassereimer getaucht wurde und der Dampf aufstieg, waren zu hören.

»Wie ihr sehen konntet, besteht diese Technik darin, das Werkstück Schritt für Schritt in einen Schmelztiegel mit einer andersfarbigen Glasmasse zu tauchen. Das Geheimnis liegt in den übereinanderliegenden, hauchdünnen Glasschichten, die Tiefe spielt dabei eine fundamentale Rolle.« Lorenzo schwitzte und wischte sich mit einem Tuch über das Gesicht, dann trank er bedächtig einige Schlucke Wasser. Dann sprach er weiter. »Eure heutige Aufgabe ist es, einen Gegenstand eurer Wahl nach der Technik herzustellen, die ich gerade demonstriert habe.«

»Freie Gestaltung?«

Den jungen Mann, der die Frage gestellt hatte, kannte

Juliet noch nicht, aber sie war ihm dankbar. Auch wenn sie alles genau beobachtet hatte, war jede zusätzliche Information wertvoll.

Die Antwort kam von Jacopo. »Es geht darum, etwas Spannendes, Kreatives zu schaffen, mit einem tieferen Sinn, den ihr später erläutert. Integriert euer Konzept, lasst eure Gefühle einfließen. Euer Werk sollte eine Geschichte erzählen, eine Geschichte, an die ihr glaubt. Bevor ihr beginnt, habt bereits das Ganze im Blick. Die Basis ist das fertige Projekt. Haben Sie das verstanden, Signorina?«

Juliet nickte. Es kostete sie einiges, dem offensichtlich feindseligen Blick standzuhalten. Vielleicht war es doch kein Versehen gewesen, sie über die geänderte Anfangszeit im Unklaren zu lassen. Sie schämte sich für diesen Gedanken, Verschwörungstheorien waren ihr fremd. Tatsache war, dass sie sich den Kursbeginn ... anders vorgestellt hatte.

Entmutigt starrte sie auf ihr leeres Blatt Papier. Genauso leer wie ihr Kopf. Und jetzt? Die anderen waren schon bei der Arbeit und skizzierten ihre Ideen.

Und sie?

Sie war zutiefst verunsichert.

Sie wartete noch eine Weile, aber sie war total blockiert und von Scham und Trauer erfüllt. In der Zwischenzeit waren die anderen Studenten schon an der praktischen Umsetzung und standen vor den Öfen. Auch Carlos hatte nach einer Glasmacherpfeife gegriffen und sie in den Schmelztiegel getaucht. Plötzlich hatte all das an Bedeutung verloren, und sie war nur eine Beobachterin. Was hatte sie hier zu suchen? Dass man gerade sie ausgewählt hatte, konnte nur ein Zufall oder ein Versehen gewesen sein. Sie wäre besser in Seattle geblieben, wie ihre Mutter es ihr geraten hatte. Warum hatte sie sich nicht damit zufriedengegeben, in die engere Auswahl gekommen zu sein? Sie senkte den Kopf und schaute zum Ausgang. Sie musste nur durch die Tür gehen, ihre Sachen packen und nach Hause fliegen. Ihr Herz raste. Das wäre sicher für alle das Beste. Sie dachte an Paul und an Daniel, an die Ratschläge ihrer Eltern. Zu Daniel hatte sie seitdem keinen Kontakt, er fehlte ihr sehr. Sie war einfach zu sensibel und zu jung, von allem zu viel.

Aber sie wollte nicht zurück. Sie hatte sich noch nie irgendwo zu Hause gefühlt, immer hatte sie den Eindruck gehabt, nicht dazuzugehören, fremd zu sein, als ob sie die Kleidung einer anderen tragen würde, die ihr nicht passte: zu lang, zu eng, eine Farbe, die ihr nicht stand. Das Geräusch von zerbrechendem Glas riss sie aus ihren Gedanken.

Während ihr Mitstudent fluchend die Scherben auflas, knüllte Juliet ihr leeres Blatt zusammen, schloss die Augen und presste die Finger an die Schläfen.

Und dann überkam sie eine tiefe Ruhe.

Das Rohr in ihren Händen kam ihr leicht vor und nahm die Glasmasse auf, nicht zu viel und nicht zu wenig. Während sie Luft in die rot glühende Masse blies, zwang sie sich zur Ruhe. Sie fühlte sich immer noch unsicher, wie ein umherfliegendes Blatt im Wind des Schicksals.

Plötzlich durchfuhr sie ein Geistesblitz. Manchmal war das Offensichtliche die beste Wahl. Die Idee stand klar vor ihr, sie konnte sie benennen, ihr eine Form geben und sie konkretisieren.

Sie blies eine Kugel, zog sie in die Länge und drückte sie dann auf einer Seite zusammen. Im Anschluss fertigte sie

Taue und einen Korb. Sie arbeitete ohne Pause und hielt nur inne, um etwas Wasser zu trinken. Durchgeschwitzt und erschöpft legte sie ihre Werkstücke in den Glühofen. Sie hatte Glück, dass sie ganz in der Nähe saß, aber das bedeutete auch, dass sie ständig gestört wurde. Nicht gerade hilfreich.

»Noch zehn Minuten.«

Alarmiert blickte sie auf ihr Werkstück. Die Zeit war um. Mit einem kurzen Schlag trennte sie die Glasmacherpfeife vom Hals ihres Objekts. Dann zog sie feuerfeste Handschuhe über und umfasste es mit beiden Händen. Trotzdem drang die Hitze hindurch, sie biss die Zähne zusammen und eilte zum Ofen. Carlos öffnete ihr die Tür, sie legte es vorsichtig hinein und seufzte.

»Das war knapp.«

Ihr Herz pochte wie wild, und sie wischte sich mit dem Arm über die schweißnasse Stirn. Dann bedankte sie sich bei Carlos und setzte sich, die Ellenbogen auf die Knie gestützt, den Kopf gesenkt. Sie atmete schwer, dicke Schweißtropfen liefen ihr zwischen den Schulterblättern herab. Sie hatte es gerade so geschafft. Sie zog die Handschuhe aus und verzog das Gesicht, dann steckte sie die Hände ins Wasser.

Dieser erste Tag war ein Albtraum. Sie atmete durch, so tief bis ihr die Kehle und der Brustkorb schmerzten. Endlich ließ die Angst sie los.

Sie wartete, bis alle den Raum verlassen hatten, erst dann stand sie auf. Nachdem sie das Werkzeug weggeräumt hatte, kehrte sie die Glasreste zusammen und warf sie in einen Eimer. Einen Teil davon würde sie wiederverwenden. Sie musste sich eine Salbe auf die verbrannten

Stellen an der Hand auftragen. Sie könnte Silvia nach einer Apotheke fragen. Dann dachte sie an Marcus. Auch heute hatte sie ihn nicht gesehen. Aber sie hatte keine Lust, darüber nachzudenken. Sie brauchte eine Dusche, etwas zu essen und danach würde sie sich ihren Tränen überlassen. Während sie in ihr Zimmer hinaufging, fühlte sie sich einsam und alleingelassen. Als sie die Tür hinter sich geschlossen hatte, lehnte sie sich dagegen. Nichts im Leben war einfach, diese Erkenntnis war nicht neu. »Du kannst es schaffen. Nur Mut, das ist nur eine Phase, das geht vorbei.« Diese Gewissheit half ihr, sich wieder zu beruhigen. Nachdem sie sich die Tränen abgewischt hatte, nahm sie eine Dusche, das warme Wasser löste auch die körperliche Anspannung. Sie legte sich ins Bett und schlief sofort ein.

Juliet lernte schnell. Und sie konnte sich gut organisieren. Am nächsten Morgen saß sie um Punkt sieben beim Frühstück. Außer einem gewissen Morgan war der Speisesaal leer. Er kümmerte sich nicht um sie und sie sich nicht um ihn. Sie nahm sich eine Tasse Kaffee und trank ihn, als er noch ganz heiß war. Nach dem Frühstück spielte sie noch einen Moment mit einem schwarzen Kater, der im Garten lebte. Er hieß Artus, weil er so mutig war, und erinnerte sie an die Katze, die sich in Seattle von ihr hatte streicheln lassen. Artus war ebenso hässlich wie sympathisch. »Du bist ein Schatz«, sagte sie mit einem letzten Streicheln.

Sie griff nach ihrer Tasche und ging zu ihrem Platz am Ofen, stellte das Wasser in den kleinen Kühlschrank, fasste ihre Haare zusammen und legte sich das Werkzeug zurecht. Schließlich kontrollierte sie das Feuer. Die Flammen loderten rund um den Schmelztiegel, in dem das flüssige Glas

Blasen warf. »Wegen dir bin ich hier«, flüsterte sie gerührt. Sie hatte Tränen in den Augen.

Sie hatte in der vergangenen Nacht lange nachgedacht. Sie war zum Lernen, zum Verstehen nach Murano gekommen. Das war der erste Schritt in eine selbstbestimmte Zukunft. Der Rest spielte keine Rolle. So einfach war das.

Als die anderen kamen, erwiderte Juliet ihre Begrüßung. Die Anspannung war mit Händen zu greifen. Wie würden die Urteile des Meisters über ihre ersten Werke ausfallen?

Sie war ehrlich genug, um zu erkennen, dass sie es hätte am Vortag besser machen können, sehr viel besser … aber sie war plötzlich so blockiert gewesen, als hätte der Geist ihr den Kontakt verweigert, sie hatte nicht mehr klar denken, sich nicht mehr konzentrieren können. Notgedrungen hatte sie sich auf die Technik verlassen, ihr Handwerk, doch zufriedengestellt hatte sie das nicht, denn was in ihren Augen wirklich zählte, war das Herz. Ein ehemaliger Lehrer hatte einmal gesagt, dass die Kunst darin lag, Technik und Genie in einen perfekten Gleichklang zu bringen. Davon war sie fest überzeugt. Doch die Harmonie war nicht leicht zu finden.

»Guten Morgen, ich sehe mit Freude, dass ihr alle da seid«, sagte Jacopo und sah jeden einzeln an, »ich erwarte, dass ihr euch mehr anstrengt. Ihr müsst euch das Glas untertan machen, es definieren und modellieren.« Er ging auf und ab, blieb hin und wieder stehen, dann ging er weiter. »Eure Arbeiten sind alle akzeptabel. Dutzendware, aber ich sehe Entwicklungspotenzial.« Er hielt inne und schaute zu Juliet. »Und dann gibt es noch den Heißluftballon von Signorina Meriwether. Bitte, treten Sie vor.«

Juliet folgte der Aufforderung, um sie herum wurde es

still. Obwohl Jacopos Worte vor Ironie trieften, lachte niemand.

»Ich muss gestehen, dass Sie mich in gewisser Hinsicht erstaunt haben. In der Ausführung gibt es nichts zu beanstanden, die Dimensionen stimmen, die Technik, der Ballon hat etwas Lebendiges, als hätte ihn der Wind mit all seiner Kraft geformt.«

Einen kurzen Moment lang fühlte sie sich erleichtert, aber sie wusste, dass Vorsicht geboten war. Das Lächeln dieses Mannes machte sie unruhig. Darin lag keine Freundlichkeit, sondern Ablehnung und Verachtung.

»Ich … danke.«

»Das ist kein Lob«, unterbrach er sie.

»Das verstehe ich nicht.«

»Ich denke, Sie verstehen sehr gut. Ihre Arbeit sieht aus wie eine auf den Kopf gestellte Blumenvase. Die Vorgabe war jedoch, sich davon zu lösen und etwas Kreatives zu schaffen.« Jacopo warf ihr einen eiskalten Blick zu. »Das hier ist reine Nachahmung, ohne jede stilistische Reife, ich hoffe, Sie haben noch mehr zu sagen als das, mein Kind.«

Die Fassung zu wahren, war schwer, aber es gelang ihr. Sie ballte die Fäuste, auch diese Demütigung würde sie nicht von ihrem Weg abhalten.

»Seid unbesorgt, es ist völlig normal, dass ihr am Anfang verkrampft und unsicher seid«, schaltete sich Lorenzo ein, »es braucht Jahre, bis eure Arme, eure Muskeln und euer Kopf die Abläufe verinnerlicht haben, man lernt nur durch ständiges Üben. Heute wiederholen wir die Arbeitsschritte, die ich euch gestern gezeigt habe. Einige haben sie bereits gut verstanden.« Er lächelte Juliet an. »Sie noch nicht, aber seien Sie nicht traurig, das nächste Mal geht es besser.«

Sie wusste nicht, was sie sagen oder wie sie sich verhalten sollte. Sie hatte keine Vase herstellen wollen … aber es war unbestreitbar, dass der Ballon daran erinnerte. Sie riss sich zusammen, beobachtete Lorenzos Bewegungen und lauschte seinen Erklärungen. Jedes Mal, wenn Jacopo in ihre Nähe kam, musste sie sich zusammenreißen, nicht zurückzuweichen.

Beim Abendessen setzte sich Juliet ein wenig abseits. Sie hatte keinen Hunger, wollte aber auch noch nicht auf ihr Zimmer gehen.

»Kann ich mich zu dir setzen?«

Sie lächelte Carlos zu und rückte beiseite. »Sicher.«

Er schaute auf ihr Tablett. »Kein Hunger?«

Juliet schüttelte den Kopf und schob ihm den Teller hin. Carlos zog eine Wasserflasche aus dem Rucksack, schüttete ein Päckchen Zucker hinein und schüttelte. »Ich bin auf Entzug«, sagte er und nahm zwei tiefe Schlucke. »Das passiert mir jedes Mal, wenn ich mich aufrege.«

»Es war für alle kein leichter Tag«, erwiderte Juliet und knabberte an einem Kartoffelchip. »Ich hätte ein Windrädchen machen sollen, mit dem Kinder spielen können«, murmelte sie, »in Regenbogenfarben, vielleicht ein bisschen Aventurin.« Stattdessen war sie auf ihre Unsicherheit fokussiert gewesen, auf das Gefühl, ein Blatt im Wind zu sein.

»Kriegst du so etwas hin?«

»Natürlich«, sie warf ihm einen überraschten Blick zu.

»Es gibt Gerüchte.«

»Was für Gerüchte?«, Juliet gab nicht viel auf Klatsch, aber sie ahnte, dass er mit ihr zu tun hatte.

»Über die Tatsache, dass du schon vor allen anderen in der Schule warst.«

»Ich verstehe nicht, was euch das angeht.«

»Ich halte mich da raus, aber was ich dir zu sagen versuche ist, Juliet, dass es hier um einiges geht. Einer von uns, der oder die Beste, wird ein Zertifikat bekommen, das ihm die Türen der wichtigsten Galerien öffnet. Und das heißt, hier werden keine Gefangenen gemacht.«

Plötzlich fühlte sie sich unwohl und musste sich zwingen, zu Carlos und nicht zu den anderen zu sehen. Das war ihr alles zutiefst unangenehm. »Das ist doch kein Krieg«, antwortete sie, »wenn ihr das denkt, irrt ihr euch gewaltig. Jedenfalls gilt das für mich. Wenn ihr das anders seht, ist das euer Problem.« Für sie ging es einzig und allein um das Glas und seine Schönheit, um Gefühle, um die beste Seite in ihr, die nach Sinn und Ausdruck suchte. Das war eine der wenigen Gewissheiten in ihrem Leben: Dieser Kurs war das Beste für sie und das, woran sie glaubte. Ob sie nun gewann oder nicht, interessierte sie nicht. Für sie war es wichtig, ihrer Überzeugung entsprechend zu leben und ihre Kunst, ihre Integrität und ihr Herz sprechen zu lassen.

Carlos seufzte und erwiderte: »Ich wusste natürlich, dass du anders bist. Und ich habe versucht, dich zu verteidigen, aber du weißt ja, wie es ist.«

Sie stand auf und griff nach ihrer Jacke. »Nein, das weiß ich nicht. Ich bin hier, um das Handwerk der Glasmacherei zu lernen, genau wie alle anderen auch, ich habe keinerlei Beziehungen, und wie ihr sehen konntet, habe ich auch keinen Sympathiebonus des Meisters, ganz im Gegenteil. Ich denke, er hasst mich mehr als ihr alle zusammen.«

Ohne auf Carlos' Antwort zu hören, verließ sie den Palazzo, ging über die Brücke und erreichte die Straße zur Mole, die ihr Marcus gezeigt hatte, als sie das erste Mal unterwegs gewesen waren. Sie ging die Fondamenta dei Vetrai bis zum Ende. Ihr Hals war wie zugeschnürt, die Tränen brannten ihr in den Augen. Sie setzte sich an den Rand der Mole, ihre Sandalen berührten die Wasseroberfläche, ihr Gesicht hatte sie an einen Pfeiler gelegt, dem die Zeit, der Wind und das Salzwasser zugesetzt hatten. Sie war müde.

»Beziehungen ...« Wie konnten sie so etwas nur glauben! »Der Fantasie der Menschen sind keine Grenzen gesetzt.« Aber diese Erkenntnis linderte ihre Traurigkeit nicht, die sie lähmte und ihr den Atem nahm. Sie hatte sich getäuscht, als sie annahm, Carlos sei ihr Freund. Freunde benahmen sich anders. Sie dachte an Marcus, ihn verstand sie genauso wenig. Sie waren sich so nah gewesen, doch urplötzlich hatte er sich zurückgezogen, ohne dass sie etwas daran ändern konnte. Dem Grund nachzugehen, würde nur mehr Enttäuschung mit sich bringen, das wusste sie aus schmerzlicher Erfahrung.

»Was mache ich jetzt nur?«, murmelte sie, den Blick aufs Meer gerichtet.

Beim Aufstehen bemerkte sie den Hahn auf einem Schild auf der geöffneten Tür eines der hübschen Häuschen direkt am Canal Grande. Sie betrachtete es eine Weile, dabei umklammerten ihre Finger den Anhänger ihrer Halskette. »Das hat nichts zu bedeuten«, sagte sie sich. Wie sie aus dem Gespräch mit Silvia wusste, war Murano voll von diesen Symbolen. Sie konnte nicht einfach anklopfen und fragen, warum auf der Haustür ein Schild mit einem Hahn angebracht war, man würde sie für verrückt halten. Auf ihrem Rückweg zum Palazzo Zenobio traf sie keine Menschenseele. Als sie wieder in ihrem Zimmer war, legte sie sich aufs Bett und schaute auf ihr Handy, beantwortete ein paar Nachrichten und starrte dann an die Decke. Für die nächste Prüfung musste sie sich etwas einfallen lassen, dieses Mal musste sie besser vorbereitet sein.

Sie setzte sich auf und fuhr den Laptop hoch. Ihre Ideen hatte sie in einem Ordner gespeichert. Sie ging jede einzelne durch, aber keine gefiel ihr so richtig. Seufzend legte sie sich wieder hin. »Habt ihr keine Idee für mich?«, fragte sie die kleinen Engel, die die Decke schmückten. Jetzt sprach sie schon mit Deckenmalereien, das hatte ihr gerade noch gefehlt. Sie gähnte und drehte sich zur Seite, wo das Bücherregal stand. »Warum stehen diese Bücher kreuz und quer?« Sie ging zum Regal, um sie wieder ordentlich aufzureihen. Dabei fiel ihr ein Hohlraum zwischen den Regalbrettern auf. Sie steckte die Finger hinein und konnte etwas ertasten, aber um den Gegenstand herauszuziehen, musste sie erst die Bücher ausräumen. Zwischen den Brettern hatte sich eine Art Heft verklemmt. Sie zog es heraus und legte es auf den Schreibtisch. »Was mag das sein?« Die losen Blätter waren eng beschrieben, die altmodisch wirkende Handschrift war elegant geschwungen.

»Ein altes Tagebuch ...«

Nein, korrigierte sie sich, das ist mehr als ein Tagebuch. Sie sah sich die einzelnen Seiten genauer an. In einfachen Worten wurde die Herstellung von durchscheinend rubinrotem Glas beschrieben, dazu, wie man die Glasmasse während der Bearbeitung und des weiteren Herstellungsprozesses stabil hielt. Juliet war fasziniert.

Die losen Seiten mussten sehr alt sein, das restliche Tagebuch stammte aus jüngerer Zeit, die Eintragungen gingen bis in die 1960er-Jahre zurück. Sie saugte die Worte förmlich auf. Auch der letzte Besitzer des Tagebuchs, offenkundig ein Glasmacher, hatte Formeln festgehalten, Mengen und Materialien notiert. Juliet fand sogar eine Bemerkung über eine verspätete Sandlieferung. Bei der Beschreibung der Herstellung eines Glases in Filigrantechnik blieb sie hängen. Wer auch immer der Schreiber gewesen war, er hatte den Herstellungsprozess auf der Grundlage der alten Notizen weiterentwickelt und jeden Verfahrensschritt genau dokumentiert. Sie blätterte durch die losen Seiten zurück und fühlte sich bestätigt, was vor langer Zeit einmal zu Papier gebracht worden war, hatte er den aktuellen Gegebenheiten angepasst. Sie war wie elektrisiert und spürte die elementare Bedeutung dessen, was sie in Händen hielt. Eine Verbindung zwischen Vergangenheit und Gegenwart. Davon konnte sie nur profitieren, da war sie sicher. Voller Enthusiasmus las sie weiter. In diesem Tagebuch waren Träume festgehalten worden, die Wirklichkeit geworden waren, und das gefiel ihr. Das hatte sie sich immer erhofft, nur mit dem Unterschied, dass sie jetzt alles schwarz auf weiß vor sich hatte, ordentlich aufgelistet und präzise beschrieben.

Die Welt des Glases war grenzenlos, und dieses Tagebuch war die Landkarte dazu.

11.

Die Rosetta ist eine besondere Perlenart, die aus sechs verschiedenfarbigen Schichten Glas besteht: weiß, blau und rot. Sie werden übereinandergelegt, und am Ende entsteht ein Glasstab, der Sternen oder Blütenblättern ähnelt und die auf einen feinen Kupferdraht gefädelt werden. Marietta Barovier, die geniale Tochter des berühmten Glasmachers Angelo Barovier, schuf in der Mitte des 15. Jahrhunderts diese Perle, die unter dem Namen Chevron in der ganzen Welt berühmt wurde.

Marina, Venedig in den 1950er-Jahren

Giorgio hatte den Ofen von Grund auf renoviert und zwei Arbeitsplätze für die Herstellung gedrehter Perlen eingerichtet. Seine Tochter Marina hatte von Anfang an ein außerordentliches Talent für diese Technik bewiesen.

Wie sie in ihrem Businessplan vorausgesagt hatte, der auch von einem Professor der Wirtschaftswissenschaften hätte stammen können, eroberten die auf diese Weise hergestellten Perlen den Markt. Ergänzt wurde ihr Schmuckangebot durch Rosetta-, Fiorate- und Murrine-Perlen. Jede von Marinas Perlen war ein Unikat. Aber der Höhepunkt ihrer Kunst war die Rosetta-Perle. Ausgehend von Marietta Baroviers Erfindung mit den roten und blauen Glasschichten, hatte sie experimentiert und eine neue Perle kreiert, die dem Zeitgeist entsprach, originell und wettbewerbsfähig war.

Giorgio konnte kaum glauben, dass diese magisch wirkenden Perlen in der Vergangenheit über Leben und Tod von Menschen entschieden und das Schicksal ganzer Völker beeinflusst hatten. Mit ihnen hatte man Allianzen geschlossen und wieder gelöst. Aber genau so war es historisch verbürgt. Schon immer hatten die Farbkombinationen der Rosetta-Perle fasziniert, waren Nährboden für Träume und Symbol des Reichtums.

Während er die versandfertigen Pakete betrachtete, dachte er an etwas anderes. Etwas, das er vor vielen Jahren von seinem Onkel bekommen hatte. Alle Chiaramontes vor ihm hatten diesen Schatz gehütet und verehrt. Und Marina würde diese Tradition fortführen und ihn irgendwann, so Gott wollte, an jemanden weitergeben, der seiner würdig war. Er sprach nicht darüber, aber er war sicher, dass es positive Gefühle hervorrufen konnte und Glück brachte. Und das hatte seine Tochter wahrhaft verdient. Er hielt nach ihr Ausschau und entdeckte sie an der anderen Seite das Ofens, wo sie gerade an einer Perle arbeitete.

»Was meinst du?«

Marinas Frage riss ihn aus seinen Gedanken. »Wunderschön.« Das opaleszierende Glas ließ ein Silberblatt durchscheinen, das sie bei der Herstellung eingearbeitet hatte. Ein filigranes Rankenornament fasste die Perle wie ein Schleier aus hauchdünner Spitze ein. Das Ergebnis war überwältigend, jede Frau, die das Schmuckstück tragen würde, würde alle Blicke auf sich ziehen. »Wie hast du das gemacht?«

»Mein Geheimnis, Papa«, antwortete sie lächelnd und deutete auf das Notizbuch auf der Ablage.

Giorgio beobachtete sie. Sie war so geschickt, seine Kleine. Dann erinnerte er sich daran, warum er hier war. »Du kommst wieder zu spät.«

Marina hob den Blick, sie war mit den Gedanken ganz woanders. Sie wartete noch einen Moment, dann fragte sie nach der Uhrzeit. Sie hatte das Zeitgefühl verloren.

»Hast du heute Nachmittag keinen Unterricht?«

»Oh Gott, du hast recht, es ist schon spät.« Marina löschte die Flamme und legte die Perle in die Asche.

Obwohl es modernere Methoden für die Kontrolle des Abkühlungsprozesses gab, arbeitete er lieber traditionell und seine Tochter tat es ihm nach. »Übrigens, deine Mutter hat für Samstagabend Ruben Morelli eingeladen, sei dieses Mal bitte da.«

Sie rollte mit den Augen. »Bitte rede mit ihr, Papa. Das wird allmählich lächerlich, die Leute reden schon.«

»Das hängt nicht von mir ab.« Wenn Marina dem Werben eines Kandidaten nur nachgeben würde, aber soweit er wusste, gab es keinen Favoriten, und Agatas Versuche waren alle gescheitert. Jedes Mal, wenn Giorgio an Zeno dachte, hatte er ein schlechtes Gewissen. Die Dinge hatten sich anders entwickelt als erwartet, denn Marina hatte ihn immer noch nicht vergessen, trotz der Bemühungen seiner Frau.

»Das ist Frauensache, so sind Mütter eben, wahrscheinlich würdest du es an ihrer Stelle genauso machen.«

Sie erstarrte und Giorgio hielt den Atem an. Er machte sich Vorwürfe, aber er würde sich nicht entschuldigen. Und als seine Tochter wieder ihr übliches Lächeln auf den Lippen hatte, seufzte er erleichtert auf.

»Wir sehen uns beim Abendessen, Papa.«

»Bis später.«

Er sah sie weggehen und kehrte nachdenklich an den Ofen zurück. Plötzlich wurde ihm schwindlig, er atmete ein paarmal tief durch, und als der Schmerz im Brustkorb nachließ, ließ er sich auf einen Stuhl sinken. Er steckte sich eine dieser widerlichen Pillen in den Mund, die ihm der Arzt verschrieben hatte, und wartete auf die Wirkung. »Das Alter ist grausam«, brummelte er genervt. Warum zum Teufel musste die Lebenszeit, die Gott den Menschen geschenkt hatte, immer so erbärmlich zu Ende gehen. Er umklammerte das Pillendöschen und war versucht, es wegzuwerfen, aber dann seufzte er resigniert und steckte es widerstrebend in die Tasche zurück. Nach einer Weile ging es ihm besser, er blieb noch einen Augenblick sitzen und lehnte jede Hilfe ab, außer einem Glas Wasser, das ihm ein Gehilfe hinhielt. Während er trank, sah er ihn. Er stellte das Glas ab und fragte: »Luigi, was machst du hier? Wann bist du angekommen?«

»Hallo, Papa, wie geht es dir?«

Seit wann war sein Sohn so kleinlaut? Was hatte er dieses Mal angestellt? »Es könnte besser, aber auch schlechter sein. Insgesamt kann ich mich nicht beschweren. Und was ist mit dir? Ich dachte nicht, dich so bald wiederzusehen.«

»Du bist dünn geworden, Papa.«

»Das stimmt doch nicht!«, protestierte er, wusste aber, dass es stimmte. Sein ehemals kräftiger Körper war schon länger nur noch Erinnerung. Luigi sah ihn, wie er wirklich war: ein alter Mann.

»Hier ist es zu heiß, gehen wir nach draußen.«

Er folgte seinem Sohn, aber nicht ohne seinen Gehilfen

vorher Anweisungen gegeben zu haben, die ihn besorgt musterten.

Draußen wurden sie von der Nachmittagssonne empfangen, und er musste sich die Hand vor die Augen halten, um nicht geblendet zu werden. Der Wind fühlte sich angenehm auf der schweißnassen Haut an und brachte den Geruch des Meeres mit. Er schloss einen Moment die Augen.

»Wir setzen uns hierhin, stütz dich auf mich«, sagte Luigi.

»So schlimm ist es auch wieder nicht.« Er versuchte es ohne fremde Hilfe und spürte, wie seine Energie zurückkehrte. Euphorie durchflutete seinen Körper. Wollte Luigi zurückkommen? Ja, das musste es sein, er hatte endlich verstanden, wo sein Platz war. Obwohl er glücklich war, dass Marina in seine Fußstapfen getreten war, wusste er, dass das nicht von Dauer sein würde. Früher oder später würde sie heiraten. Und dann wäre ihr Platz zu Hause, bei der Familie, bei Mann und Kindern. Luigi war der Einzige, der die Glashütte weiterführen konnte.

Sie saßen im Schatten. Die Blätter der Pappel bewegten sich im Wind. Wieder warf Giorgio seinem Sohn einen Blick zu. Er wirkte ungewöhnlich still. »Also, was ist los, mein Junge?«

Erst jetzt bemerkte Giorgio die Ringe unter Luigis Augen. Er hob sein Kinn an. »Heraus mit der Sprache!«

»Ich bin in Schwierigkeiten und brauche deine Hilfe.«

Veränderung, welcher Art auch immer, hatte sie schon immer fasziniert. Veränderung bedeutete Bewegung, Aktivität und Wandel. Die Folge konnte die Antwort auf die eigenen Fragen oder etwas grundlegend Neues sein. Doch jetzt, auf ihrem Weg durch die engen Gassen, die zur Universität führten, hatte Marina das Gefühl in ein Paradox geraten zu sein.

So sehr sie sich auch bemühte, nach vorne zu schauen, die Vergangenheit klebte an ihr und ließ sie nicht los. Warum war sie anders als die anderen, die stets in die Zukunft schauten? Selbst Venedig wandelte sich, alles war in Bewegung, die Baugerüste an den altehrwürdigen Palazzi waren der beste Beweis.

Venedig stellte sich der Zukunft, das sagten alle. Unter der dicken Staubschicht, die der Krieg hinterlassen hatte, waren neue Wünsche entstanden. Um sie zu erfüllen, musste man einen Teil der Vergangenheit opfern, die die Lagune in der ganzen Welt berühmt gemacht hatte.

Sie hatte das Gefühl, die Stadt sei im Netz einer riesigen Spinne gefangen, einem gierigen Insekt, das seine Fäden über die Häuser und Paläste spannte und im Geheimen ihre Substanz veränderte. Keine im Wind flatternde Wäsche auf den Leinen und keine allabendlichen Plaudereien mehr. Auch die Kinder, die unter den aufmerksamen Augen der *Impiraresse*, der Perlenfädlerinnen, vor dem Haus spielten, waren nicht mehr zu sehen. Stattdessen kamen die Touristen. In großer Zahl. Sie hatten große Fotoapparate um den Hals und hielten alles im Bild fest. Sie bedeuteten Umsatz und Wachstum, Treibstoff für eine Wirtschaft, die um jeden Preis vorankommen wollte.

Marina verstand die Stadt und die Bedürfnisse ihrer Bürger, und sie verurteilte sie nicht. Zwischen dem, was man sich wünschte, und dem, was man zum Überleben brauchte, lag eben ein großer Unterschied.

Das war der Sinn des Lebens.

Seit mehr als einem Jahrhundert war die Universität in der Ca' Foscari untergebracht. Der gotische Palast am Canal Grande hatte früher als Wohnsitz hochgestellter Gäste gedient, wenn sie die Serenissima besucht hatten. Es hieß, sogar Zar Peter der Große habe hier heimlich mindestens eine Nacht verbracht. Aus den Fenstern des zweiten Stocks hatte man einen herrlichen Ausblick über die Stadt, der die größten Künstler zu ihren Werken inspiriert hatte.

Marina liebte diese Atmosphäre, das ständige Kommen und Gehen, die lebhaften Diskussionen unter den Studenten. Genau wie ihr Bruder war sie an der Wirtschaftswissenschaftlichen Fakultät eingeschrieben. Sie war in die dekadente Schönheit des altehrwürdigen Gebäudes verliebt, in die dicken Mauern, auf die sie in unbeobachteten Momenten die Handflächen legte, um die Geschichten derer zu spüren, die hier einmal gelebt hatten. Sie war spät, deshalb beeilte sie sich, hineinzugehen. Wie so oft fühlte sie sich hinter dem Eingangstor besser. Das prunkvoll eingerichtete Atrium sollte einst die Großartigkeit und die Macht der Stadtrepublik Venedig repräsentieren. Hinter der Säulenhalle wimmelte es von Studenten, seitlich stand ein Grüppchen junger Frauen neben dem Brunnen. Marina grüßte sie, wechselte ein paar Worte und entdeckte dann Gemma, ihre Kommilitonin, die nach ihr rief. Sie mochte sie am liebsten. Die stets freundlich dreinblickende junge Frau hatte einen Pagenschnitt und ein großes Herz. Mit ihr konnte sie über alles reden, sie verstand sie, und zwar wirklich.

»Ciao.«

»Alles okay?«

Marina schüttelte den Kopf. »Leider nicht, ich habe

das Vaporetto verpasst, eine Katastrophe.« Sie stellte ihre Tasche ab und schaute auf die Eintrittskarte, die Gemma ihr hinhielt. »Was ist das?« Sie las. Im Cinema Italia gab es einen alten Film, *Das Phantom der Oper*.

»Kommst du mit?«, fragte Gemma mit hoffnungsvollem Blick.

Sie freut sich schon auf den Abend, dachte Marina. Einen Moment ließ sie sich vom Enthusiasmus der Freundin anstecken, doch dann erinnerte sie sich. »Vielleicht«, sie seufzte und fügte hinzu: »Meine Mutter hat Gäste.« Dabei wäre es richtiger zu sagen, dass sie Gäste hatte. Ruben Morelli ... sie versuchte, sich sein Gesicht in Erinnerung zu rufen, aber als sich Zenos Gestalt dazwischenschob, erstarrte sie.

»Du musst zugeben, dass sie eine entschlossene Frau ist.«

»Ich würde sie eher dickköpfig nennen«, erwiderte Marina und lachte. Sie war ihrer Mutter nicht böse, manchmal war es sogar ganz amüsant gewesen, wenn sie wieder einmal versucht hatte, sie zu verkuppeln.

»Wer ist dieses Mal der Glückliche?«

»Ruben Morelli.«

Gemma riss überrascht die Augen auf. »Der Morelli?«

»Mach nicht so ein Gesicht, ich kann nichts dafür.«

Ihre Freundin lachte. »Bei meiner Mutter besteht die Gefahr nicht, ihre Freunde sind alle langweilig.«

Marina ging nicht darauf ein, sie war müde. »Machst du mir ein bisschen Platz?«

Gemma rutschte beiseite und sie ließ sich auf die Steinbank sinken. Plötzlich überkam sie Traurigkeit, sie fuhr sich mit den Händen über das Gesicht und strich sich die langen Haare zurück.

»Was ist los?«

»Ich weiß nicht ...«

»Oh doch, du weißt es.« Gemma nahm ihre Hand. »Zeno ist deine Sonne und dein Mond, die Luft, die du atmest. Aber er ist ans andere Ende der Welt ausgewandert, und du musst aufhören, an ihn zu denken, musst ihn vergessen.« Sie hielt inne und legte ihr dann einen Arm um die Schultern. »Entschuldige, aber ich kann es nicht mehr hören.«

Sie hatte recht, dachte Marina. Sie musste endlich aufhören sich einzureden, dass er zurückkommen würde, sie musste nach vorne schauen. Sie schluckte die Tränen hinunter. Ihr Leid war tief, wie eine pulsierende Leere, ein körperlicher Mangel, als ob ihr ein Arm oder ein Bein, ein Stück ihrer Seele fehlte.

Die Steinbank war kalt, sie zitterte, die Kälte kroch durch den Stoff ihres Rocks. Sie strich ihn glatt, ihre Augen füllten sich mit Tränen. »Meinst du, ich werde mich noch einmal verlieben?« Was für ein dummer Gedanke. Aber das war ihre größte Angst. Sie war so glücklich gewesen, mit dem Abschied hatte sie all das verloren, was ihr Leben lebenswert gemacht hatte. Sie dachte an die besonderen Momente zurück. Jetzt war alles monoton und beliebig, alles hatte die gleiche Farbe, jedenfalls kam ihr das so vor. Nur die Arbeit konnte sie aus ihren finsteren Gedanken reißen. Nur wenn sie schöpferisch tätig war, ihre Finger neben den Flammen bewegte, konnte sie vergessen. Gemma atmete hörbar aus und schaute zum Himmel zwischen den Dächern. »Es gibt dieses Sprichwort: *Feuer mit Feuer bekämpfen*. Ich weiß, das klingt brutal. Aber die Weisheit der Alten ist oft der Weg zur einfachsten Lösung.« Sie richtete sich auf. »Du könntest es wenigstens probieren.«

»Es wird nicht so sein wie mit ihm.«

»Warum sollte es auch? Jeder Mensch ist anders. Aber auch ein anderer Mann kann dich glücklich machen. Schließlich ist Glück das Einzige, was zählt.«

Bei diesen Worten musste sie an einen Text denken, der mehr als fünfhundert Jahre alt war und sich ihr eingebrannt hatte. Worte einer Frau, die diese damals in ihr Tagebuch geschrieben hatte. »Die erste Pflicht hat eine Frau gegenüber sich selbst! Sie ist allein für ihr Glück verantwortlich.« Die Sätze stammten aus Aufzeichnungen, die ihr Vater ihr anvertraut hatte. Sie mochte die Vorstellung, dass sie von der genialen Glasmacherin stammen könnten, auch wenn sie es nicht mit Sicherheit wusste. Deshalb bewahrte sie die losen Seiten sorgfältig in ihrem Tagebuch auf.

»Sag das nicht zu laut, das wäre ein Grund, dich rauszuwerfen«, spottete Gemma.

Marina lachte. Das stimmte so natürlich nicht, aber ihr Umfeld war immer noch patriarchal geprägt. Sie wusste, dass viele es merkwürdig fanden, dass sie am Schmelzofen arbeitete, weil sie noch nicht verlobt war. Was hatte sich seit der Zeit Marietta Baroviers tatsächlich verändert? Vielleicht war diese Frau damals freier gewesen als sie und Gemma heute, wenn es stimmte, dass sie ihre Liebe einem Mann geschenkt hatte, der gesellschaftlich nicht standesgemäß gewesen war, jedenfalls so lange, bis er ein Glasmacherpatent hatte und seine eigene Werkstatt eröffnen konnte. Und auch danach machten sie ihre Beziehung nicht offiziell.

»Glaubst du, dass wir Frauen tatsächlich gleichberechtigt sind?«

Gemma zuckte mit den Schultern. »Wir sollten versuchen, das Beste daraus zu machen.«

Das war kein Trost. Aber es gab Schlimmeres. Warum sollte sie nicht auf ihre Mutter hören, die nur das Beste für sie wollte? Eine Familie, Kinder, im Winter Skiurlaub in den Bergen, in die Sommerfrische ans Meer. Ein Mann aus guter Familie mit ausreichenden finanziellen Möglichkeiten, der ihr ein Leben in Wohlstand garantierte. Etwas, mit dem ihre Mutter vor ihren Freundinnen prahlen konnte, in diesem aberwitzigen Wettkampf, wer den besten Ehemann für seine Tochter fand. Deshalb hatte sie auch ihr Studium befürwortet, damit sie etwas vorweisen konnte, was andere Frauen nicht hatten. Ein zusätzlicher Anreiz für einen Mann mit Rang und Namen.

Es war alles ganz einfach.

Und gleichzeitig auch wieder nicht.

Denn Marina glaubte an die Worte aus den losen Seiten des alten Tagebuchs, daran, dass man für sein Glück selbst verantwortlich ist.

Sie betrachtete die Fassade des Palazzo, jemand hatte ein Fenster geöffnet und eine Taube verscheucht.

»Gehen wir? Die Vorlesung geht gleich los.«

»Ich komme sofort.« Sie öffnete ihre Tasche und zog ein Buch heraus, in das sie heute Morgen einen Brief gesteckt hatte, ein erneuter Versuch, um zu verstehen.

Sinnlos und dumm.

Während sie den Brief zerknüllte, zwang sie sich, ihrer Freundin, dem Stimmengewirr, dem Kreischen der Möwen zuzuhören, nur um nicht an die Zeilen zu denken, in denen sie ihr Innerstes offenbart und der Liebe ihres Lebens enthüllt hatte, wie traurig sie ohne ihn war. Einer von vielen Briefen.

Und er hatte kein einziges Mal geantwortet.

Die letzten Briefe waren als unzustellbar zurückgekommen. Zeno hatte Hongkong verlassen, und sie hatte keine Adresse mehr, an die sie schreiben konnte.

Die Demütigung, die sie zu unterdrücken versucht hatte, bahnte sich ihren Weg. Sie hatte sich lange genug lächerlich gemacht. Wenn Venedig sich änderte, und sich den neuen Gegebenheiten anpasste, warum nicht auch sie? Stolz stieg in ihr auf, Marina hob den Blick, in dem festen Willen, nach vorne zu schauen.

Die Geschichte des Films *Phantom der Oper* kam ihr in den Sinn. Auch Zeno war ein Phantom. Er gehörte nicht mehr zu ihrem Leben.

Marina und Gemma mischten sich unter die anderen Studenten auf dem Weg in die Hörsäle. Heiteres Stimmengewirr und das Sonnenlicht hüllten sie ein. Wie gerne wäre Marina wie die anderen. Wenigstens ein einziges Mal.

Als sie am nächsten Morgen zum Frühstück hinunterkam, hörte sie ihre Mutter ein fröhliches Lied trällern. Es gab nur eine Sache, die Agata so glücklich machte. Sie sah sich um und entdeckte den Koffer.

»Luigi?«, rief sie.

Die Balkontür stand offen, der Vorhang bewegte sich in der sanften Morgenbrise.

»Da ist ja meine hübsche kleine Schwester.«

Er breitete mit einem strahlenden Lächeln die Arme aus. Sie stürzte auf ihn zu. »Endlich bist du zurück.«

Agata brachte ihnen eine Schüssel Fritelle, auch sie strahlte. »Esst, solange sie noch heiß sind.«

Marina gab ihr einen Kuss auf die Wange und griff nach der Schüssel. »Lass mich das machen.«

»Ich habe gar nicht gehört, dass du nach Hause gekommen bist.«

»Ich musste noch etwas erledigen.«

»Du weißt doch, dass es mich stört, wenn du nachts allein am Ofen bist.«

Sie goss ihrem Sohn eine Tasse Kaffee ein.

»Ich weiß, Mama.« Es hatte keinen Sinn, ihr zu erklären, dass das Stück vor der Auslieferung den letzten Schliff bekommen musste. Sie wandte sich an Luigi. Ihr Bruder wirkte abwesend, er schaute in seine Tasse. Sie musterte ihn noch genauer. »Ich wusste gar nicht, dass du kommen würdest.«

Er zuckte zusammen. »Wie bitte? Ach ja, eine spontane Entscheidung, ich wollte euch überraschen.«

»Wie lange bleibst du dieses Mal?«

»Wer sagt, dass ich wieder gehen werde?«

»Das heißt, du bist gekommen, um zu bleiben?«

»Papa ist müde, die Firma braucht eine starke Hand. Oh, schau mich nicht so an. Du leistest gute Arbeit, daran zweifle ich nicht, Marina. Aber bei bestimmten Dingen braucht es die starke Hand eines Mannes.«

Sie war überrascht. Ihr Bruder hatte seit Jahren keinen Fuß mehr in die Firma gesetzt, was wusste er schon von Glas? Dann schämte sie sich für diesen Gedanken. Er war eben so, und sie liebte ihn. »Hast du schon Ideen?« Er benahm sich so komisch. Sie wollte ihn nach seinem blauen Auge fragen, ließ es dann aber, das ging sie nichts an.

Luigi fragte überrascht: »Wie meinst du das?«

Etwas stimmte mit ihm nicht, das war offensichtlich. »Ideen für die Firma … ich nehme an, dass du genaue Vorstellungen hast? Jetzt, da du dich darum kümmern willst …«

Sein Gesicht verfinsterte sich. Er spielte mit einem Stift.

»Hast du schon mit Papa gesprochen?« Sie wollte unbedingt wissen, wie er dazu stand.

Luigi schüttelte den Kopf. »Es ist nicht leicht für ihn, die neuen Zeiten zu akzeptieren.«

Sie fragte sich, was er damit meinte. »Ich hatte das Gefühl, dass er sich damit abfindet.«

Luigi machte eine abwehrende Handbewegung. »Da irrst du dich, er ist müde. Das Geschäft läuft gar nicht gut, anders als du denkst. Die Sache mit den Fensterscheiben wird nicht lange gut gehen, das habe ich dir gleich gesagt.«

Einen Moment lang dachte Marina, sie habe sich verhört. Damals hatte er ihre Idee als seine ausgegeben, und als sie ihn darauf hingewiesen hatte, war er sogar wütend geworden. »Wir haben damit die schwierigen Jahre überstanden. Seitdem haben wir vieles verbessert.«

»Ja, ich weiß, aber jetzt müssen wir den Betrieb grundlegend reformieren.«

Was meinte er damit? Sie wollte ihn gerade danach fragen, als sie hörte, wie die Haustür aufging.

»Wir sehen uns später.« Luigi küsste sie auf die Wange und stand auf. Giorgio stand auf der Schwelle. Marina fragte sich, warum er so elegant gekleidet war und vor allem, was die beiden planten. Nachdenklich trank sie ihren Kaffee aus, dann räumte sie ab und ging in die Küche. Agata wischte gerade über die Spüle. »Mama, wo gehen Luigi und Papa hin?«

Agata zuckte zusammen. »Du hast mich vielleicht erschreckt.«

»Warum seid ihr alle so nervös?« Sie spürte, dass etwas nicht stimmte.

Ihre Mutter zog die Schürze aus und hängte sie an den Haken hinter der Tür. »Komm, begleite mich beim Einkaufen.«

Schon wieder? Sie hatten doch erst am Vortag eingekauft. Sie ahnte, dass das ein Ablenkungsmanöver war, normalerweise gab sie nach, aber diesmal hatte sie kein gutes Gefühl. »Was ist los, Mama?«

Agata erstarrte. Ihre Lippe zitterte einen Moment, dann hatte sie sich wieder im Griff und zwang sich zu einem Lächeln. »Ruben ist ein netter junger Mann, versprich mir, dass du ihm eine Chance geben wirst.«

Was hatte das mit Luigi zu tun?

»Du musst heiraten, mein Kind. Wir werden nicht ewig leben. Mach nicht so ein Gesicht, du brauchst einen Partner, der sich um dich kümmert und mit dem du Kinder bekommen kannst. Und jetzt lass uns gehen, sonst kommen wir zu spät und finden für Samstag keine vernünftige Dorade mehr.«

Sie ignorierte die Bemerkung mit der Heirat und überlegte: Besorgte man den Fisch nicht besser erst an dem Tag, an dem man ihn zubereiten wollte? Ihre Mutter war offensichtlich völlig durcheinander. Sie musste mit Luigi sprechen, sie musste wissen, was los war.

Als Marina am nächsten Morgen das Haus verließ, war Luigi nirgends zu sehen. Sie wollte an seine Zimmertür klopfen, ließ es dann aber sein. Sie musste los, wollte aber nach ihrer Rückkehr mit ihm sprechen. Sie suchte nach ihrem Vater, aber in der Fabrik hatte ihn niemand gesehen. Sie ging zurück, traf aber auch dort niemanden an. Ihre Eltern waren offenbar gemeinsam unterwegs. Auf dem

Tisch lag ein Zettel ihrer Mutter mit der Bitte, nicht zu spät zu kommen. Beim Frühstück bemühte sie sich, leise zu sein, um Luigi nicht zu wecken. Danach ging sie noch mal ihre Aufzeichnungen durch. Auf dem Weg zum Anleger fiel ihr auf, dass sie gar nicht mehr wusste, wer ihr Bruder eigentlich war. Sie liebte ihn, aber das änderte nichts daran, dass er ein rücksichtsloser Egoist sein konnte. Wertschätzung für andere zeigte er selten. Und er wollte unbedingt gefallen, sich in einer bestimmten Art und Weise darstellen. Als er Marina in Mailand seinen Freunden vorgestellt hatte, hatte sie schockiert feststellen müssen, dass er über ihre Firma und die finanzielle Situation gelogen hatte.

»Die Chiaramonte sind Glasmacher, warum prahlst du damit, wir seien Industrielle?«

»Wach auf, Marina, die Realität interessiert die Leute nicht. Es geht nur um den Schein. Außerdem habe ich einfach nur ein bisschen übertrieben.«

Damals war ihr klar geworden, in welche Gesellschaft er geraten war. Seine Freunde waren elegant gekleidete Müßiggänger, hatten aber haufenweise Schulden. Aber im Gegensatz zu ihrem Bruder, würden sie eines Tages renommierte Firmen erben. Marina fragte sich, ob aus einer solchen Oberflächlichkeit jemals Seriosität werden konnte.

Sie war mit dem Gefühl nach Murano zurückgekehrt, Luigi falsch eingeschätzt zu haben. Danach hatte sie keine Ferien mehr mit ihm verbracht.

Auf dem Vaporetto setzte sie sich etwas abseits, das Kinn auf die Hand gestützt, und schaute der Heckwelle nach, die das Boot hinter sich herzog. Das Meer zu betrachten, half ihr, die schlechte Laune zu vertreiben und ihre Gedanken schweifen zu lassen. Danach fühlte sie sich besser.

Wie es wohl früher gewesen war, als auf den Kanälen nur Ruderboote unterwegs gewesen waren? Und die vielen Gondeln, jede wohlhabende Familie besaß mindestens eine. Damals war Venedig eine reiche Stadt, die Hauptstadt eines Imperiums … Es war wie ein Spiel mit der Perspektive, aus der Ferne wirkten die Palazzi klein und unbedeutend, doch jetzt waren sie so groß und mächtig, dass sie den Blick versperrten. Sie stieg aus und ging in Richtung Universität.

Ruben Morelli war jemand, den Agata als das »Idealbild eines jungen Mannes« bezeichnete. Das bedeutete, er war aus guter Familie und vermögend. Er absolvierte das letzte Jahr seines Studiums der Ingenieurwissenschaften und lebte in Venedig. Seine Wurzeln waren jedoch in Murano, er war der Spross einer Glasmacher-Dynastie, die ihr Geld nach dem Krieg anders und gewinnbringender angelegt hatte. In den letzten Monaten hatte sich Marina mehrmals mit ihm getroffen, was sie ihrer Mutter wohlweislich verschwiegen hatte. Nur Gemma und einige andere Freundinnen wussten, dass er ihr den Hof machte. Wie ihre Mutter auf die Idee mit der Einladung zum Abendessen gekommen war, wusste sie nicht, aber es amüsierte sie. Das Engagement von Müttern, ihre Töchter unter die Haube zu bringen, war beeindruckend, besonders wenn es sich um eine so entschlossene Frau wie Agata handelte … Sie schauderte, auf die Vorlesung im Audimax konnte sie sich nur schwer konzentrieren. Als der Professor endlich fertig war, seufzte sie erleichtert auf. Sie ging in den Hof, sie brauchte unbedingt frische Luft, es gab zu viele Dinge, über die sie nachdenken musste, und dazu dieser Schmerz, der sie nicht losließ. Sie würde alles dafür geben, damit er endlich aufhörte, dachte sie. Aber er blieb. Wie fest verankert. Und wenn sie bewusst an Zeno dachte, wuchs er ins Unermessliche.

Als sie sich setzte, hob sie den Kopf. Aus einer Gruppe Studenten löste sich ein junger Mann und kam auf sie zu. Dieses Mal blieb Marina sitzen. Sein bewundernder Blick, sein Erröten, das seine Verlegenheit verriet, waren ihr immer etwas peinlich gewesen.

»Wie schön du heute wieder aussiehst, Marina.«

»Danke, Ruben.« Seine Komplimente machten sie unruhig, sie wusste nicht, wie sie sich verhalten, was sie sagen sollte. Es war wie ein Tanz, den sie gar nicht tanzen wollte.

»Darf ich mich setzen?«

»Sicher.« Sie rückte ein Stück zur Seite, und ihr wurde klar, dass es gar nicht schlecht wäre, sich vor dem Abendessen am Samstag ein wenig mit ihm zu unterhalten. Um das Eis zu brechen.

»Hast du morgen nach der Uni schon etwas vor? Ich gebe ein Fest, nichts Großes, nur ein bisschen Musik und gute Gespräche. Ich würde mich freuen, wenn du kommst.«

»Bei dir zu Hause?«, fragte sie leise.

»Ja, meine Eltern sind verreist.«

Sein Ton war flehend. Marina hörte die Sehnsucht in seiner Stimme. Die Angst, die Unsicherheit, das Begehren. Er war rot geworden und schmachtete sie an, als sei sie Himmel und Sterne in einem.

»Ich würde gerne … aber ich muss erst mal sehen.«

»Verstehe.«

Marina wandte den Blick ab. Warum hatte sie dieses Mal gezögert und nicht gleich abgelehnt, wie immer? Vielleicht weil sie müde war und glaubte, ein wenig Ablenkung würde ihr guttun? Ruben war natürlich nicht Zeno.

Ihr Herz ließ er nicht höher schlagen, ließ sie nicht dahinschmelzen und gab ihr auch nicht das Gefühl, alles andere zu vergessen. Aber er schätzte und bewunderte sie.

Andere Studenten schlossen sich ihnen an, und Marina nutzte die Gelegenheit, um nachzudenken. Bei Ruben wusste sie, woran sie war. In der Vergangenheit hatte sie seine Aufmerksamkeit stets ignoriert, aber jetzt wusste sie nicht, was sie machen sollte. Sie wollte ihn auf keinen Fall verletzen. Am liebsten hätte sie ihn in den Arm genommen, obwohl sie nicht mal wusste, ob sein trauriges Gesicht etwas mit ihr zu tun hatte. Sie schloss die Augen und schluckte den Kloß im Hals hinunter. Unauffällig warf sie ihm einen Blick zu. Er war groß gewachsen, hatte braune Haare und einen melancholischen Gesichtsausdruck. Er rührte sie, denn sie wusste genau, wie es sich anfühlte, jemanden zu lieben, der das Gefühl nicht erwiderte. Sie fühlte sich ihm näher als je zuvor, ihre Hoffnungslosigkeit verband sie. Ruben hatte den Kopf gegen die Mauer gelegt und blickte in die Ferne, zwischen seinen Fingern hielt er eine Zigarette, die er aber nicht rauchte.

Wenn man sich nur aussuchen könnte, in wen man sich verliebt ...

Gemma fand Ruben großartig, sie hatte Marina gedrängt, seinem Werben nachzugeben. Sie sei sogar ein wenig neidisch auf ihr Glück, und vielleicht hatte sie recht ... Es war verlockend, den Schmerz endlich zu vergessen, der sie seit Wochen quälte. Vielleicht hatte sie es einfach satt, den Kopf krampfhaft aus dem Meer ihrer Verzweiflung halten zu müssen. Warum sollte sie nicht versuchen, in eine andere Richtung zu schwimmen? Ruben war ganz in der Nähe, während Zeno sich irgendwo, vielleicht in der Gesellschaft einer anderen Frau, vergnügte. Und getanzt hatte sie immer schon gerne, sie liebte die Musik, den Rhythmus, sich der Melodie hinzugeben. Ja, Ruben war nicht Zeno, aber das wollte sie auch nicht. Sie wollte ... das wusste sie auch nicht, aber sie hatte diesen Gedanken satt.

»Wir sehen uns später.« Die anderen waren gegangen, und sie waren wieder allein. Ruben lächelte sie an, und sie schämte sich. Sie hatte dieses Vertrauen, diese Bewunderung nicht verdient. »Ich könnte meine Pläne ändern, ich denke, ich nehme deine Einladung an«, sagte sie, ohne weiter nachzudenken. Und das war gut so. Sie strich ihre Haare zurück. »Bin ich noch rechtzeitig?«

»Na klar!«

Sie erwiderte sein Lächeln und spürte, wie er auf den kleinen Leberfleck über ihrer Lippe starrte. Zeno hatte ihn geliebt. Aber nicht genug, um zu bleiben.

»Ich bin aber an die Abfahrtzeiten der Schiffe gebunden.«

»Mach dir keine Sorgen, ich habe ein Boot und kann dich nach Hause bringen, wann immer du willst.«

Sie unterdrückte ihre Gedanken, verbot sich Vergleiche zu ziehen und konzentrierte sich auf seine Stimme. Sie war angenehm, freundlich und klar. Genau wie sein Blick.

»Dann bis morgen!«

»Bis morgen.«

Er roch gut. Seine Hand war weich, warm und glatt. Einem Impuls folgend hatte sie sich auf die Zehenspitzen gestellt und ihn auf die Wange geküsst. Es war nicht unangenehm gewesen. Und sie hatte aus eigenem Willen gehandelt, das Einzige, was wirklich zählte.

Als sie am Abend nach Hause kam, war es still. Marina

fragte sich, wo die anderen waren, holte sich einen Apfel und zog sich um. Sie klopfte an die Zimmertür ihres Bruders, aber er reagierte nicht. Nachdenklich ging sie nach unten, schaute aus dem Fenster und sah, wie ihre Mutter mit der Nachbarin plauderte. Wenn sie wüsste, dass sie von dem jungen Mann eingeladen worden war, den sie sich als Schwiegersohn wünschte? Sie füllte eine Flasche mit kaltem Wasser, die sie ihrem Vater bringen wollte. Sie war sicher, dass er um diese Zeit am Ofen war. Sie betrat lächelnd die Werkstatt, sie würde ihm von Ruben erzählen. Sie wusste nicht, warum, aber es fiel ihr leichter, sich ihrem Vater anzuvertrauen. Agata war ihre Mutter, und sie liebte sie sehr, aber ihre Zuflucht war immer schon ihr Vater gewesen.

Im Raum war es still, Marina warf einen Blick auf die Öfen, deren Türen offen standen. Sie fragte sich, wer wohl vergessen hatte, sie zu schließen, dann sah sie ihn. Erschreckt ließ sie die Wasserflasche fallen.

»Papa, Papa, was ist los?« Sie beugte sich über ihren leblos am Boden liegenden Vater, drehte ihn um und tastete nach seinem Herzschlag. Dann begann sie zu schreien: »Hilfe, Hilfe, ich brauche Hilfe!«

»Papa, hörst du mich?« Sie hob seinen Kopf, bettete ihn in ihren Schoß und strich ihm über das bleiche Gesicht. »Papa, ich bin es. Bitte, bitte bleib bei mir.« Sie begann, ihn verzweifelt zu schütteln. »Wach auf.« Sie erinnerte sich an seine Tabletten, wühlte in seinen Taschen und legte ihm eine unter die Zunge. Erst als sie bemerkte, wie seine Augenbrauen zuckten, seufzte sie erleichtert auf.

Er war nicht tot, er hatte sie nicht verlassen.

»Ich komme sofort wieder, ich hole Hilfe.«

Sie rannte nach draußen, und einige Minuten später lag

Giorgio auf einer improvisierten Trage und wurde auf ein Motorboot gebracht. Während sie mit hoher Geschwindigkeit in Richtung Venedig fuhren, klammerten sich seine Frau und seine Tochter aneinander.

12.

Die Perlenproduktion war für Venedig von herausragender Bedeutung und garantierte hohe Einnahmen für die Staatskasse. Bereits im 13. Jahrhundert hatte die Serenissima eine Reihe von Gesetzen und Verhaltensregeln erlassen. Die Glasmachermeister, die Perlen herstellten, wurden Paternoster-Macher genannt, weil ihre Erzeugnisse meist für Rosenkränze verwendet wurden. Andere Bezeichnungen waren Perleri und Margaritieri.

Marina

Marina hatte noch nie einen ernsthaften Grund gehabt, über den Tod nachzudenken. Ihre Großeltern waren bei ihrer Geburt schon lange tot, und ihre gesamte Familie war mit einer guten Gesundheit gesegnet. Instinktiv fürchtete sie den Tod zwar, aber er war etwas Fernes und Abstraktes, über das sie hin und wieder nachdachte, ohne es ganz zu verstehen. Seit sie ihren Vater vor dem Ofen hatte liegen sehen, war alles anders. Sie war anders. Und es gab niemanden, mit dem sie über ihre Angst sprechen konnte, die sie plötzlich gepackt hatte, vor allem frühmorgens. Luigi war unauffindbar, er war sofort verschwunden, nachdem sein Vater aus der Klinik entlassen worden war, und hatte nichts mehr von sich hören lassen. Und mit ihrer

Mutter konnte sie auch nicht darüber reden, die Ereignisse hatten sie tief getroffen, ihre ganze Aufmerksamkeit galt ihrem Mann. Irgendwie kam sie mit der Situation zurecht, wie eine Pflanze, die überall überlebte, wenn sie nur etwas Licht und ein paar Tropfen Wasser fand.

Auch jetzt, im diffusen Licht des Flurs, fragte sie sich, wie sie die täglich größer werdenden Probleme bewältigen sollte. Alles war anders! Über Nacht war sie nicht mehr die junge Frau, die im Mittelpunkt des Interesses stand, sondern die Ernährerin, die ihre Familie über Wasser hielt. Sie war sowohl für den Haushalt als auch für die Werkstatt zuständig.

Nachdem sie sich wieder im Griff hatte, war es dieses Bewusstsein, mit dem sie ein Lächeln auflegte und das Esszimmer betrat, das in Giorgios Krankenzimmer verwandelt worden war.

»Guten Morgen, Papa, heute Morgen hast du wieder ein bisschen Farbe im Gesicht.«

Er hob den Blick in ihre Richtung, und Marina beugte sich zu ihm, um ihn auf die glatte, duftende Wange zu küssen. Bevor ihre Mutter aus dem Haus gegangen war, hatte sie ihn rasiert und vollständig angezogen. Sie achtete sehr darauf, dass immer alles in Ordnung war.

Marina drehte den Rollstuhl so, dass ihr Vater nicht vom durch das Fenster dringende Sonnenlicht gestört wurde, nahm ihm die Decke von den Knien, weil es schon recht warm war, und weil sie wusste, dass er das nicht mochte. Sie setzte sich neben ihn, griff nach der Zeitung, und nachdem sie die Schlagzeilen überflogen hatte, wählte sie einen Artikel aus, um ihn ihm vorzulesen.

»In diesem Jahr sind bei den Filmfestspielen echte Berühmtheiten dabei. Hier geht es um Brigitte Bardot, Papa, eine tolle Frau, oder?« Sie tupfte ihm mit seinem Taschentuch den Speichel aus dem Mundwinkel, und nachdem sie es ihm in seine Jackentasche zurückgesteckt hatte, tat sie so, als sei das alles ganz normal, auch wenn sie am liebsten in Tränen ausgebrochen wäre. »Wie es aussieht, wird in Marghera eine neue Genossenschaft gegründet.« Die Wirtschaftskrise hatte die Stadt schwer getroffen, und jede Initiative, um ihr zu begegnen, war willkommen. »Das wird alles besser machen, da bin ich sicher.« Es war wichtig, dass ihr Vater sich nicht aufregte, und auch wenn der Schlaganfall ihn körperlich zum Pflegefall gemacht hatte, wusste sie, dass er alles mitbekam. Sie las es in seinem Blick, seinem erstaunten Augenaufschlag. Und sie tat alles, um ihn aufzuheitern. »Wir haben einen neuen Kunden, er möchte Lampen für seine Hotels bestellen.« Der Vertrag war noch nicht unterschrieben, aber sie war optimistisch. Sie würde alles versuchen, um an diesen Auftrag zu kommen. Die Einnahmen würden die finanziellen Probleme lösen, in die sie geraten waren, nachdem sie wegen Luigis Schulden eine neue Hypothek aufgenommen hatten. Schlussendlich hatte sie auch herausgefunden, warum ihr Bruder mit einem blauen Auge nach Venedig zurückgekehrt war. Er war in schlechte Gesellschaft geraten und hatte sich geprügelt. Marina wusste, dass ihre Eltern keine andere Wahl gehabt hatten, als ihn aus seiner Notlage zu befreien. Wer ließ schon sein Kind mit seinen Schwierigkeiten allein? Aber sie hätte sich gewünscht, dass sie zuvor mit ihr darüber gesprochen hätten. Sie hätte sich gewünscht … was, wusste sie selbst nicht genau. Manchmal schämte sie sich wegen ihrer Gefühle.

Sie hörte Geräusche an der Haustür und stand auf. »Ich

gehe und helfe Mama, wir sehen uns später.« Sie strich ihm über die Wange und verschwand, bevor er merkte, dass sie sich Sorgen machte. Ihre Mutter hatte einen Termin bei der Bank gehabt. Sie saß im Flur, blass, in sich zusammengesunken, den Blick ins Leere gerichtet. »Mama, beruhige dich. Erzähl mir, was sie gesagt haben.« Sie umfasste ihre Hände. »Du kannst beruhigt sein, wir werden schon eine Lösung finden.«

Agata wartete noch einen Moment, bevor sie den Blick hob. »Sie fordern die gesamte Summe umgehend zurück. Ich habe um einen Aufschub gebeten, aber sie haben mir noch nicht mal zugehört.«

»Mach dir keine Sorgen, wir schaffen das.«

»Dazu braucht es ein Wunder.« Agata seufzte, stand auf, zog die Jacke aus und hängte sie mit finsterem Gesicht auf einen Bügel. Dann ging sie in Richtung Schlafzimmer, Marina folgte ihr. Sie verstand den plötzlichen Stimmungsumschwung ihrer Mutter nicht. »Was ist?«

Ihre Mutter warf ihr einen gereizten Blick zu. »Optimismus allein wird die Dinge nicht ändern, wann siehst du der Realität endlich ins Auge? Dein Bruder hat recht, wir müssen verkaufen.«

Nein, das würde sie nicht zulassen. »Ich habe Geld …«

»Schluss damit, das Geld ist für deine Ausbildung gedacht.«

Marina schüttelte den Kopf. »Jetzt gibt es Wichtigeres, ich kann immer noch weiterstudieren, wenn Papa wieder auf den Beinen ist.«

Agata zog wütend die Bluse aus und warf sie aufs Bett. »Das wird nicht passieren, er wird nie mehr der werden, der er mal war, wann begreifst du das endlich?«

Marina spürte, dass ihre Mutter mit den Kräften am Ende war, sie nahm sie in die Arme und strich ihr tröstend übers Haar. Agata war immer eine starke Frau gewesen, aber in ihren Armen war sie schwach und zerbrechlich. Und sie war so dünn geworden, unter ihren Fingern konnte sie die Knochen spüren. »Wir müssen Vertrauen haben, Mama«, flüsterte sie leise, und Agata zog sie an sich, ihre Schultern zuckten von unterdrückten Schluchzern. »Sie haben uns alle im Stich gelassen, Marina. Was können wir zwei Frauen schon ausrichten?«

»Durchhalten, Mama. Wir können durchhalten und unser Bestes geben. Wisch dir die Tränen ab, du weißt, er hört und sieht alles. Wir machen Schritt für Schritt, in Ordnung?«

Es gelang ihr schließlich, sie zu überzeugen. Agata nickte, schnäuzte sich die Nase und atmete dann tief durch. Als sie sich beruhigt hatte, lächelte sie und streichelte ihre Wange. »Du hättest Ja zu deinem gut aussehenden Verehrer sagen sollen, dann würdest du jetzt einen Aperitif trinken und hättest ausgesorgt, wie ich es mir immer für meine Tochter gewünscht habe.«

Ruben verdiente Besseres. Er verdiente eine Frau, die ihn liebt, und so sehr sie sich auch bemüht hatte, mehr als wohlwollende Zuneigung hatte sie nicht für ihn empfinden können. Der Unfall ihres Vaters hatte sie noch mal über vieles anders nachdenken lassen. »Arbeit hat mich noch nie abgeschreckt, das weißt du.« Sie küsste ihre Mutter auf eine Wange, griff nach ihrer Tasche und ging auf ihr Zimmer.

Das Geld lag dort, wo sie es in all den Jahren aufbewahrt hatte. Es war sehr viel mehr, als Agata vermutete.

Damit würden sie eine Weile über die Runden kommen. Es waren ihre gesamten Ersparnisse, ihr Vater hatte ihr immer etwas Geld zugesteckt und jedes Mal gesagt: »Kauf dir etwas Schönes, mein Kind.« Aber sie brauchte nicht viel, ihre Mutter hatte sich um alles gekümmert, Kleidung, Kosmetik, Parfüm. Agata machte ihr gerne Geschenke, zu jedem Geburtstag und besonderen Anlass bekam sie einen Ring oder goldene Ohrringe. Schöne Dinge, über die eine Frau reichlich verfügen sollte, hatte sie immer gesagt. Und Marina, die wusste, aus welch ärmlichen Verhältnissen ihre Mutter kam, hatte alles angenommen. Jetzt konnte sie die Geschenke nutzen, um ihre Eltern zu unterstützen. Sie zog das elegante weiß-rosa Chanel-Kostüm an, das ihr Agata gekauft hatte, um bei wohlhabenden Männern einen guten Eindruck zu machen. Ein leichtes Make-up, um ihren hellen Teint zu unterstreichen, ein paar Bürstenstriche, um ihr kupferfarbenes Haar, das sie entgegen der Mode weich auf die Schultern fallen ließ, zum Glänzen zu bringen. Dazu eine modische Sonnenbrille, eines der wenigen Geschenke Rubens, das sie behalten hatte. Er hatte sie ihr gekauft, weil sie damit aussah wie einer der Filmstars, die man während der Filmfestspiele in der Stadt sah. Marina verweilte in Gedanken kurz bei diesem netten jungen Mann. Sie hatte sich mit ihm wohlgefühlt und hoffte, dass er glücklich oder zumindest zufrieden sein würde.

Zuerst fuhr sie zur Bank. Als der Angestellte sie sah, erstarrte er.

»Guten Tag, wie geht es Ihnen? Kann ich mit dem Direktor sprechen?«

Sie kannte diesen Mann schon seit frühester Kindheit, wenn sie ihren Vater zur Bank begleitet hatte. Er war immer höflich gewesen, hatte ihr persönlich ein Getränk serviert und manchmal sogar einen bequemeren Stuhl angeboten. Aber jetzt wirkte er, als würde er sie am liebsten vor die Tür setzen. Marina lächelte ihn an, als sei er der netteste Mann der Welt. »Ich möchte die Rate für die Hypothek bezahlen.«

»Wie bitte?«

Sie lächelte weiter.

»Natürlich, ich informiere ihn sofort.«

In Krisenzeiten zeigte sich, wer die wahren Freunde waren. Ihre Mutter hatte recht, das wusste sie, aber sie hatte ihre eigenen Methoden. Sie lebte am Wasser und kannte seine Kraft. Das Wasser kam überall hin, selbst Mauern konnten es nicht aufhalten, es gelangte selbst durch das härteste Felsgestein. Und sie wollte genauso stark sein wie das Wasser. Es ging nicht anders. Sie nahm seine plötzliche Freundlichkeit hin, tat so, als sei nichts gewesen. Genauso verhielt sie sich gegenüber dem Direktor, der sie bat, ihm zu folgen.

Sie war noch nie im Direktionsbereich gewesen, hier herrschte gediegener Luxus. Wenige, aber kostbare Möbel, ein riesiger zweistöckiger Kronleuchter mit Blüten und Blättern aus geblasenem Glas. Ein Rezzonico, wenn sie nicht irrte. Prachtvoll und trotz seiner Größe von filigraner Leichtigkeit. Seine Umrisse bildeten sich als Schatten auf dem blauen Perserteppich ab. Ein würdiger Empfang, mit dem Marina nicht gerechnet hatte und den sie sehr schätzte.

»Nehmen Sie doch Platz, Signorina.«

»Danke.« Lächelnd reichte sie ihm die Hand, der Mann erwiderte den Händedruck.

»Ich habe erfahren, was mit Ihrem Vater geschehen ist, es tut mir sehr leid.«

»Das ging ihm auch so, als er heute Morgen von Ihren, wie soll ich es nennen ... geschäftlichen Zwängen erfahren hat.« Das stimmte zwar nicht, aber er musste ja nicht alles wissen. Sie spürte, dass er nervös wurde, das machte sie mutig.

»Wie ich bereits Ihrer Mutter erklärt habe, können wir keinen weiteren Aufschub gewähren. Das ist unser letztes Wort, selbst bei so alten Kunden wie Ihnen können wir da keine Ausnahme machen. Das liegt nicht an mir, das versichere ich Ihnen, Signora.«

»Verstehe, aber das wird auch nicht nötig sein«, erwiderte sie mit fester Stimme. »Ich habe das Geld für die fällige Rate dabei. Ich hätte gerne den üblichen Weg gewählt, aber da die Bank es so eilig hatte, bin ich persönlich gekommen.« Ohne sich um den erstaunten Gesichtsausdruck des Direktors zu kümmern, zog sie die Brieftasche heraus, zählte die Scheine ab und legte sie vor ihn hin. »Natürlich werden wir ab jetzt unseren Kunden raten, die Rechnungen nicht mehr über Sie abzuwickeln.«

»Wie meinen?«

»Bei den neuen Verträgen, verstehen Sie?« Die Kunden leisteten erst eine Anzahlung und zahlten nach erledigter Arbeit die Endsumme. »Papa hatte Ihre Bank ausgewählt, weil er sie für vertrauenswürdig hielt. Aber das wissen Sie ja. Angesichts der neuen Situation werde ich mir ein entgegenkommendes Geldinstitut suchen müssen, das mir ähnliche Konditionen bietet.«

Der Direktor wirkte überrascht. »Ich dachte, Ihr Bruder übernimmt die Geschäftsleitung.«

Marina hob den Blick. »Luigi ist nicht mehr in Venedig.«

»Verstehe.« Er schaute auf das Geld auf dem Tisch, schien einige Minuten nachzudenken, dann nahm er sich die Jahresrate und gab ihr den Rest zurück. »Unter diesen Umständen können wir natürlich die alten Vertragsbedingungen beibehalten.«

»Gut, dann möchte ich eine Einzahlung machen.«

»Wollen Sie ein Konto eröffnen?«

»Das ist nicht nötig, es gibt ja das Geschäftskonto.«

Der Direktor hielt ihr den Einzahlungsbeleg hin, und Marina unterzeichnete mit den Initialen ihres Vaters. Er gab ihr die Quittung und lächelte. »Darf ich Ihnen einen Kaffee anbieten?«

»Ein anderes Mal gerne, ich muss leider gehen.«

Er stand auf, ging um den Schreibtisch herum und reichte ihr die Hand. Marina erwiderte den Händedruck. »Bitte kommunizieren Sie in Zukunft ausschließlich über mich. Meine Mutter ist sehr beschäftigt, und ich habe Prokura.« Das war nicht ganz die Wahrheit, aber sie würde sich so schnell wie möglich darum kümmern.

»Natürlich, Signorina Chiaramonte.«

Als sie die Bank verließ, lächelte ihr der Angestellte zu, und sie lächelte zurück. Erst draußen auf der Piazza begann sie zu zittern, wäre fast in Ohnmacht gefallen. Aber sie riss sich zusammen. Das war besser gegangen als gedacht. Mit dem eingezahlten Geld würde sie neue Rohstoffe kaufen und wieder mit der Produktion beginnen. In der Zwischenzeit würde sie das Lager überprüfen und so viel Altbestände wie möglich verwenden. Und sie musste Arbeiter finden.

Auf der Rückfahrt nach Murano dachte sie an nichts

anderes als daran, die Herausforderung anzunehmen. Es war an der Zeit mit dem Jammern aufzuhören, noch war ihr Vater präsent. Den Pessimismus ihrer Mutter teilte sie nicht. Giorgio würde sich erholen, er war stark. Natürlich brauchte er Pflege, selbstverständlich die allerbeste! Und sie würde Spezialisten konsultieren, das alles kostete natürlich Geld. Sie musste die Produktion wieder hochfahren. Sie ging am Haus vorbei zur Glashütte.

Vor dem Eingang blieb sie stehen und atmete tief durch. Dann ging sie hinein. Auf den ersten Blick war alles wie immer, nur der würzige Geruch nach Holz, das Klirren der Werkzeuge und das Zischen des Brennofens fehlten. Als den Arbeitern klar geworden war, wie schlecht es um Giorgio wirklich stand, hatten sie die Glashütte verlassen und sich woanders Arbeit gesucht. Und sie war in dieser Situation nicht in der Lage gewesen, sie aufzuhalten.

Marina setzte sich an den Arbeitsplatz ihres Vaters, zog die Handschuhe aus und legte sie in ihren Schoß. Es war alles so still, so trostlos ohne die Arbeiter und die lodernden Flammen in den Öfen. Die meisten der Männer waren bei ihrer Einstellung bettelarm gewesen, ohne Dach über dem Kopf, manche hatten nicht mal Schuhe besessen. Giorgio Chiaramonte hatte ihnen eine Arbeit gegeben und ihnen eine menschenwürdige Existenz ermöglicht. Aber selbst das hatte sie nicht zum Bleiben bewogen.

Sie seufzte erneut. Sie durfte sich nicht von ihren negativen Gefühlen übermannen lassen, sonst würde sie wie ihre Mutter enden, die voller Wut und Bitterkeit war. Nein, so war sie nicht. Sie schaute in die Zukunft, auf all das Schöne, dass sie geschaffen hatte.

Gerade als sie wieder gehen wollte, hörte sie ein Ge-

räusch, ein dumpfes Quietschen, das aus einem Gebäude-
teil der Werkstatt kam, der seit Zenos Abreise nicht mehr
genutzt worden war, eine kleine Wohnung, in der ihr Vater
die Arbeiter unterbrachte, die eine Unterkunft brauchten.
Marina kannte dort jeden Winkel, jeden Riss in der Wand.
Sie ging auf den Hof und blickte nach oben. Die Fenster
im oberen Stockwerk standen weit offen. Ob Luigi nach
Hause gekommen war? Und wenn ja, was hatte er dort
zu suchen? Schwer vorstellbar, dass er sich gerade dort
verkrochen hatte. Luigi war überzeugt, dass die schwere
Arbeit in der Glashütte Giorgio die Kräfte geraubt hatte
und damit die Ursache für seinen Schlaganfall gewesen war.
So sehr Marina die Öfen liebte, so sehr hasste Luigi sie.
An dieser Stelle waren sie grundverschieden und konnten
auch nicht darüber sprechen. Die Öfen hatten der Familie
Chiaramonte über Jahrhunderte hinweg ein sicheres Einkommen garantiert. Ihr Feuer konnte Marina bis in die
letzte Faser ihres Körpers spüren, es wärmte ihr Herz und
gab ihr Kraft.

Sie stellte sich auf die Zehenspitzen und spähte durch ein
Fenster. »Ich kann doch einfach hineingehen«, murmelte
sie und stieg die Außentreppe hoch, die hinter den Ästen
eines großen Baumes verborgen war. Hinter der Eingangstür hörte sie Stimmen. Sie runzelte die Stirn, wer konnte
das sein? Diebe sicher nicht, hier gab es außer ein paar
alten Möbeln, Bettwäsche und Geschirr, das schon bessere
Zeiten gesehen hatte, nichts zu holen. Sie nahm all ihren
Mut zusammen, umfasste die Klinke, drückte sie herunter
und öffnete die Tür.

In einem schmalen Lichtkegel kauerten drei Frauen und
starrten sie mit weit aufgerissenen Augen an. Die eine war

ein Kind, die anderen beiden sahen sich ähnlich, sie mussten Schwestern sein. Was hatten sie hier zu suchen?

»Kann ich euch helfen?«

Sie drängten sich aneinander wie verängstigte Küken.

»Wir haben nichts gestohlen.«

»Nein, natürlich nicht.« Sie fürchtete, die drei könnten aus dem Fenster springen und weglaufen.

»Rufen Sie bitte nicht die Wächter.«

Wächter? »Warum sollte ich das tun?«, fragte sie lächelnd, aber Angst und Misstrauen blieben, sie schienen ihr nicht zu glauben. Die Älteste musste etwa in ihrem Alter sein, dachte Marina. Die andere starrte zu Boden. Sie sah Gemma so ähnlich, dass sie ein zweites Mal hinsah. Was war mit ihr geschehen? Die Kleine kam auf sie zu und streckte die Hand aus. Ihr Gesicht wurde von ihren riesigen Augen beherrscht, sie schwitzte, ihre Kleidung war zerrissen, sie trug keine Schuhe. Sie zögerte, unsicher, ob sie näher kommen oder weglaufen sollte. Sie war völlig abgemagert, stellte Marina betroffen fest. »Hast du Hunger?«

Sie nickte.

»Das geht Sie nichts an.« Die Älteste zog die Kleine an sich, die sich wieder hinter ihren Röcken versteckte. *Sie wirken verzweifelt*, dachte Marina. Vielleicht kamen sie aus den Baracken, die die Bauaufsicht hatte räumen lassen, um dort Neubauten zu errichten. Im Grunde ein guter Plan, aber wo sollten die Familien hin, die zuvor dort gewohnt hatten? Sie warf den Dreien einen Blick zu und stellte fest, wie gut es ihr doch ging, es gab Menschen, Frauen und Kinder, die gar nichts hatten.

»Ihr könnt bleiben, wenn ihr wollt, und du«, sagte sie zu der Wortführerin, »kommst mit mir.«

Es klang wie ein Befehl, wie Agata, wenn sie keinen Widerspruch duldete. Während sie die Treppe hinuntergingen, sinnierte sie, wie sie den armen Frauen helfen konnte. Sie betraten die Werkstatt. »Hier ist warmes Wasser, dort hinten findet ihr eine Wanne, wo ihr baden könnt.« Sie musterte die Frau, die sich erstaunt umsah. »Warst du noch nie in einer Glashütte?«, fragte sie neugierig.

»Ich … Ada und ich haben unserer Mutter geholfen, sie war eine *Impiraressa*, eine Perlenfädlerin, bis ihre Firma geschlossen wurde. Ich weiß, wie ein Brennofen funktioniert.«

Sie ist immer noch misstrauisch, dachte Marina. »Und das Mädchen?«

Die junge Frau drehte den Wasserhahn auf und wusch sich das Gesicht. »Wir haben sie gefunden.«

Was war das denn für eine Geschichte? Kinder fand man doch nicht einfach. Marina würde sich später darum kümmern. »Dort hinten«, sie deutete auf einen Lagerraum, »sind Matratzen. Ich kann nicht garantieren, dass sie in einem guten Zustand sind, aber etwas Besseres kann ich euch nicht anbieten.« Sie wollte sich gerade umdrehen und gehen, als die Frau sagte: »Warten Sie.«

»Ich komme sofort wieder, ich hole nur etwas zu essen.«

»Bitte warten Sie, Signora, Sie haben Ihre Tasche vergessen.«

»Ich heiße Marina.« Noch nie hatte sie jemand Signora genannt, das mochte sie nicht. »Und du?«

»Rosa. Ich heiße Rosanna Usai.« Sie wischte sich die Hände an ihrem Rock ab, griff nach der Tasche und reichte sie ihr. »Danke«, sagte Marina lächelnd, »komm mit, ich werde Hilfe brauchen.«

Es dauerte etwa eine halbe Stunde, bis sie das Nötigste zusammengesucht hatten, dann begannen sie die Wohnung über der Werkstatt sauber zu machen und Möbel zu rücken. Ada schaute ihnen zu und wusste nicht recht, was sie tun sollte, aber Rosanna schimpfte nicht mit ihr, nicht mal, wenn sie im Weg stand.

Als sie endlich fertig waren, war es schon spät. Sie waren erschöpft und dreckig, aber zufrieden.

Als sie sich auf die Treppenstufen setzten, leuchtete der Vollmond so hell wie selten. Die Spiegelung auf dem Canal Grande musste heute besonders beeindruckend sein.

»Warum?«

Marina wusste, was sie damit meinte, und ließ sich mit der Antwort Zeit. Dann zuckte sie mit den Schultern. »Weil ich es kann, es macht mir keine Mühe.«

Rosa verzog das Gesicht. »Eines Tages frage ich Sie noch mal und dann, sagen Sie mir hoffentlich die Wahrheit, Signora.«

Warum war sie immer noch misstrauisch? »Ich bin einfach Marina.«

Die Frau stand auf. »Nein, Sie sind eine Signora. Diejenige, die einfach Rosanna ist, bin ich.«

Dann ging sie nach oben. Als Marina sah, dass sie die Tür hinter sich geschlossen hatte, seufzte sie.

Niemand brachte das Glück leichter in eine trauernde Familie zurück, als ein kleines Kind. Die Chiaramontes kümmerten sich rührend um Ginetta, so hieß die Kleine. Sie war ein Sonnenstrahl in ihrem Leben. Sogar Giorgios Miene hellte sich auf, wenn sie auf seinen Schoß kletterte und ihm einen ihrer lebhaften Monologe hielt.

Als Agata das Mädchen das erste Mal gesehen hatte, wie mager es war, war sie erschrocken. Nachdem sie die Kleine in der Badewanne abgeschrubbt hatte, gab sie ihr so viel zu essen, dass Marina schon gefürchtet hatte, sie bekäme Bauchschmerzen. Aber sie konnte ebenso viel essen wie eine Erwachsene. Auf dem Dachboden fand Agata Marinas Kinderkleidung, die sie wusch, bügelte und so abänderte, dass sie passte. Sie hatte sogar ein kleines Zimmer neben ihrem eingerichtet, in dem Ginetta an den langen Sommernachmittagen Mittagsschlaf halten konnte. Die Usai-Schwestern hatten darauf bestanden, dass Ginetta weiter bei ihnen wohnte, aber auf lange Sicht würde Agata die Oberhand behalten, da war Marina sicher.

In den folgenden Wochen hatte Agata einige heimliche Recherchen angestellt. »Es ist wirklich so, wie die beiden sagen.«

»Rosanna und Ada, Mama, die beiden haben einen Namen.« Marina saß neben Giorgio am Fenster und prüfte die Rohstoffangebote, das eine oder andere zeigte sie ihm. Sie hatte vor, die Glashütte so schnell wie möglich wiederzueröffnen, verhandelte bereits mit Interessenten über die Lieferung von Leuchtern, aber sie hatte noch niemanden gefunden, der mit ihr am Ofen arbeiten wollte. Dabei ging es nicht um die Bezahlung, sondern um Reputation. Kein Glasmacher wollte Anweisungen einer Frau entgegennehmen. Man hatte ihr klar und deutlich zu erkennen gegeben, dass man ihr nicht zutraute, das Vertrauen der Kundschaft zu gewinnen, um ausreichend Aufträge zu akquirieren und sichere Arbeitsplätze zu gewährleisten. Wenn sie nur daran dachte, war sie nach wie vor wütend über diese absurden Vorurteile.

»Ginetta ist Waise«, fügte Agata hinzu, »eine Tante hat sich um sie gekümmert, aber vor zwei Jahren hat sie Venedig verlassen, um auf den Reisfeldern zu arbeiten.«

Erstaunt kaute Marina an ihrem Bleistift. »Ist etwas vorgefallen?«

»Die Nachbarin hat erzählt, sie hätte das Kind einfach sich selbst überlassen. Nur dank ihrer Hilfe hätte sie überhaupt überleben können.« Sie tauchte die Hände in das Mehl und begann, den Teig zu kneten, dabei erzählte sie weiter. »Das Leben ist für eine alleinstehende Frau schon schwer genug, wenn man sich dann auch noch um ein kleines Kind kümmern muss ... Manchmal hat sie sie ins Waisenhaus gebracht, sie dann aber immer wieder abgeholt.« Sie senkte die Stimme und schaute sich um. »Die Frau, die sich zuletzt um sie gekümmert hatte, musste das Haus während des letzten Hochwassers verlassen, seitdem hat sie niemand mehr gesehen. Das Mädchen blieb allein zurück. Ein hilfloses Kind im Stich zu lassen, was sind das nur für Menschen!«

Sie teilte die Empörung ihrer Mutter, aber wenn sie Rosanna und Ada ansah, arm, in Lumpen gehüllt und ohne Schuhe, dachte sie gar nicht daran, sie zu verurteilen. Sie hatten sich um das Mädchen gekümmert, trotz allem. Und Rosanna hatte ihr die Tasche zurückgegeben, die sie vergessen hatte. Das hätten in dieser Lage nur wenige getan.

»Natürlich habe ich dem Pfarramt Bescheid gesagt, dass die Kleine bei uns lebt.« Das war nicht ganz richtig, denn Rosanna hatte darauf bestanden, dass Ginetta bei ihnen in der Wohnung über dem Ofen blieb. Aber Marina schwieg. »Im Fall, dass die Tante zurückkommt, verstehst du? Dann wissen sie, wo sie zu finden ist.«

»Gewiss«, murmelte Marina. Sie sah ihrer Mutter gerne bei der Pastazubereitung zu. Neben ihr türmten sich Berge von Tagliatelle, Lasagne und Tortellini. Jeder verarbeitete Probleme auf seine Weise, und Agata machte als typische Emilianerin aus Mehl, Wasser, Salz und Eiern Pasta.

»Ich muss gehen.« Marina stand auf und küsste ihre Mutter auf die Wange. Der Abend war mild, und sie ging in Richtung Fondamenta dei Vetrai. Sie hatte einen Termin und hoffte, dass er gut verlaufen würde. Auf ihrem Weg hatte sie das Gefühl, die pulsierende Energie und den Rhythmus ihrer Stadt zu spüren, die raue und herzliche Art, wie die Alten von der Vergangenheit erzählten, als sie noch jung waren, von den guten alten Zeiten, im Gegensatz zu heute, wo alles anders war. Sie grüßte einige Passanten und blieb an einer Tür stehen. Als sie klopfte, pochte ihr Herz wie wild. Sie lächelte dem Alten zu, der die Tür öffnete, und nachdem er sich die Hände am Hemd abgewischt hatte, nahm er sie in die Arme. »Marinetta, wie schön dich zu sehen, mein Kind.«

»Ciao, Nando.«

Der alte Mann hatte seine Karriere als Glasmacher bei ihrem Vater begonnen, sie kannte ihn von Kindesbeinen an. Er hatte ihr eine Glasmacherpfeife geschmiedet, die für ein Kind geeignet war, als die anderen Arbeiter sie noch nicht mal in die Nähe des Ofens ließen. »Komm rein, mein Haus ist dein Haus, das weißt du ja.«

»Danke.« Sie löste sich aus seiner Umarmung und lächelte ihn an, dabei wäre sie gerne noch ein wenig länger in den Armen dieses Mannes geblieben.

Wie oft hatten Zeno und sie sich in sein Haus geflüchtet, wenn sie etwas angestellt oder etwas zerbrochen und abgewartet hatten, bis die Wut ihres Vaters oder des Glasmachermeisters verraucht war. Die Erinnerung war bittersüß, aber sie musste trotzdem lächeln. Marina setzte sich in ihre vertraute Ecke und begann: »Ich weiß, dass es früh ist, aber ich habe es eilig und kann nicht länger warten.«

Er nickte, drehte sich um und goss etwas in ein dünnwandiges, rosafarbenes Glas. »Trink, das wird dir guttun.«

Es war nicht zu übersehen, dass der Freund ihres Vaters wenig Glück im Leben gehabt hatte. Genau wie sie. »Das ging alles sehr schnell, oder?«

»Tut mir leid.«

Sie trank den Anislikör. Wie kam sie aus der Situation wieder heraus? »Wenn du jemand die Grundlagen des Glasmacherhandwerks beibringen müsstest, wie lange würde es dauern?«

Nando lachte. »Du gibst nie auf, mein Mädchen, oder?«

»Das kann ich mir nicht leisten.«

Er nickte. »Das kann ich gut verstehen.« Er kratzte sich an seinem stoppeligen Kinn. »Wenn es sich um einen aufmerksamen und geschickten jungen Mann handelt, dann würde es etwa zehn Jahre dauern, wenn mich der liebe Gott so lange leben lässt.«

Marina schüttelte den Kopf. »Es handelt sich um *Perlere*, sie verstehen das Handwerk.«

»Frauen?«

Sie stand auf. »Jetzt fang du nicht auch noch an, bitte.«

Er lachte. »In diesem Fall ein paar Monate, um ihnen die Unterschiede im Vorgehen zu zeigen. Aber Vorsicht, die Arbeit ist schwer, sie müssen muskulös sein.«

Marina hielt ihm die Hand hin, und er schlug ein. »Morgen früh werde ich das Feuer wieder anfachen und wir zwei werden Kronleuchter als Referenz für einen Kunden machen.«

»Du und ich, Marinetta?«

»Du weißt, dass wir das hinkriegen.«

»Darauf kannst du wetten, mein Mädchen.«

Sie verließ das Haus fröhlicher, als sie es betreten hatte, was ziemlich optimistisch war, denn zugesichert, dass er auf Dauer für sie arbeiten würde, hatte Nando ihr nicht. Aber immerhin hatte sie die Idee mit den *Perlere* gehabt, fertige Glasmacherinnen, die über die wichtigsten Grundkenntnisse verfügten und nur noch Spezialwissen brauchten, aber das würde Nando ihnen beibringen. Es lag jetzt an ihr, die passenden Frauen zu finden. Sie würde die Werkstatt weiterführen, aber nach ihren eigenen Regeln.

Als sie nach Hause kam, versuchte Rosanna gerade Ginetta davon zu überzeugen, sie zu begleiten, aber das Mädchen wehrte sich vehement. Marina winkte die junge Frau zu sich. Nachdem Rosanna dem Kind einen letzten strafenden Blick zugeworfen hatte, folgte sie Marina in die Glashütte. Dort war es dunkel, aber sauber und gepflegt. Die beiden Schwestern hatten sich ihre Unterkunft auf diese Weise verdient, dazu im Garten Unkraut gejätet und Tomaten, Zucchini und Auberginen gepflanzt. Jetzt blühte der Zitronenbaum und die Kräuter dufteten. Für diese Veränderungen hatte es nur wenige Wochen gebraucht. Marina war überzeugt, dass der Garten in wenigen Monaten schöner erblühen würde denn je. Genau wie die Werkstatt, die bisher eine Männerdomäne gewesen war. Frauen und Männer hatten natürlich eine unterschiedliche Arbeitsweise, aber genau das wollte und brauchte sie. Eine neue Unternehmensphilosophie mit innovativen Produkten.

»Morgen werde ich die Öfen wieder anheizen.«

Rosanna schaute sie erwartungsvoll an. »Brauchst du Hilfe?«

»Würdest du mir denn helfen?«

»Meine Mutter sagte immer, es sei nicht gut, eine Frage mit einer Gegenfrage zu beantworten.«

Marina lächelte. »Deine Mutter hatte recht.« Sie hielt inne, verschränkte die Arme und ihr Gesichtsausdruck wurde wieder ernst. »Möchtest du das Glasmachen lernen?«

»Das kann ich schon.«

Sie ist stolz, dachte Marina. »Wenn das so ist, möchtest du für mich arbeiten?«

Rosanna schaute sich um, griff nach einer Zange und legte sie wieder zurück, dann nahm sie sich eine Glasmacherpfeife und fragte: »Wir beide?«

»Im Moment sind wir zu dritt, ich, du und deine Schwester, morgen kommt noch ein Glasmachermeister. Aber er ist ein ziemlich alter Mann, die anstrengende Arbeit müssen wir machen.«

»Ich.«

Marina schüttelte den Kopf und zeigte ihre Handflächen. Rosanna schaute sie erstaunt an, dann hielt sie ihre daneben. Ähnliche Brandnarben, ähnliche Schwielen. »Was zum Teufel ...«

Marina unterbrach sie. »Meinst du, wir finden noch andere Frauen, die auch am Ofen arbeiten wollen?«

Rosannas Miene wurde abweisend. Marina hatte das Gefühl, nicht ernst genommen zu werden, und fügte verärgert hinzu: »Ich war gerade zehn, als ich das erste Glas geblasen habe, mein Vater hat es mir erlaubt, weil ich mein

Handwerk schon damals beherrschte. Ich war besser als seine Gehilfen.«

»Aber du bist eine Signora.«

»Nicht anders als du.«

»Du bist verrückt, mein Kind, verrückter als eine verliebte Möwe.«

Einen solchen Vergleich hatte Marina noch nie gehört. Sie musterte Rosanna jetzt genauer. Sie wirkte weniger verkrampft, fast heiter. Sie beschloss, die Sache auf sich beruhen zu lassen. »Ich suche Frauen mit Grundkenntnissen, die aufmerksam zuhören und schnell verstehen. Und sie sollten motiviert sein.« Motivation war das Wichtigste. Wer einen Traum lebte und ein Ziel verfolgte, war hartnäckiger, mutiger und kreativer.

»Auch wenn sie im Gefängnis waren?«

Damit hatte sie nicht gerechnet. »Das liegt in deiner Verantwortung. Entscheide so, wie du es für richtig hältst.«

Rosanna war erst verblüfft. »Ich?«

»Genau. Ich muss die Produktion überwachen und mich um den Verkauf kümmern. Kann deine Schwester den Einkauf der Rohstoffe übernehmen?«

»Kein Problem, das hat sie für unsere Mutter auch gemacht.«

Marina lächelte und streckte ihr dann die Hand entgegen. Rosanna griff danach und drückte sie fest. »Haben wir eine Vereinbarung?«

»Worauf du dich verlassen kannst.«

13.

Glasperlen waren seit jeher weltweit begehrte Tausch- und Handelsobjekte. In Afrika, Asien, Süd- und Nordamerika gehörten Glasperlen zur Aussteuer, waren Grabbeigaben und Symbole der Macht, manchmal sogar magische Artefakte. Der Legende nach hat der Holländer Peter Minuit Anfang des 17. Jahrhunderts das heutige Manhattan von den indigenen Lenape abgekauft und mit Gulden und Glasperlen bezahlt.

Der Mond hatte Juliets Gedanken begleitet, als sie mitten in der Nacht, nach Stunden fieberhafter Lektüre, das geheimnisvolle Büchlein zuklappte. Sie trug es immer bei sich und hütete es wie einen Augapfel. Ihre erste Idee, mit Silvia darüber zu sprechen, hatte sie wieder verworfen. Wer weiß, wie sie reagiert hätte?

Es gab keinen Hinweis, wer es geschrieben hatte, sie hatte überall nachgesehen, wahrscheinlich handelte es sich um ein Familienerbstück. Sie hatte kein gutes Gefühl, aber immerhin hatte sie es in dem Zimmer gefunden, das man ihr im Palazzo Zenobio zugewiesen hatte. Wenn sie das schlechte Gewissen packte, war sie bei ihren Rechtfertigungen sehr einfallsreich. »Ich leihe es mir nur kurz. Dann lege ich es wieder zurück, versprochen.« Aber im Moment noch nicht. Sie brauchte es.

Nachdem sie in der ersten Stunde krachend gescheitert war, halfen ihr die Hinweise aus dem Büchlein, um mit den anderen mithalten zu können. Jacopo legte ihr zwar immer wieder Steine in den Weg, doch sie gab nicht auf, hörte schweigend zu und machte sich im Anschluss an die Herstellung ihrer Werke. Hin und wieder sprach sie ein wenig mit Carlos, mit den anderen hatte sie keinen Kontakt.

Seit sie wusste, wie die anderen über sie dachten, mied sie ihre Nähe, zumal sich niemand entschuldigt hatte. Sie würde ihre Mitstudenten einfach ignorieren.

Jede Woche standen neue Fertigungstechniken auf dem Programm. Seit Jahrhunderten überlieferte Handgriffe, die von den Glasmachermeistern an die jeweils aktuellen Gegebenheiten angepasst worden waren. Aber der Geist blieb der Gleiche. Wie Jacopo gerne betonte, unterschied sich die Glaskunst von Murano von allen anderen. Der jahrhundertealte Ofentyp, an dem sie die Glasbläserkunst erlernten, war nahezu unverändert geblieben. Juliet war mehr und mehr davon überzeugt, dass das ihre Welt war. Obwohl die Abläufe denen ähnelten, die sie bereits aus ihrer Ausbildung kannte, stand sie neben dem Meister und folgte präzise seinen Anweisungen und prägte sich jeden Handgriff ein. Rituale, die von Generation zu Generation überliefert worden waren, eine alte Kunst, durch die man mehr Schönheit in die Welt bringen konnte.

Jede Prüfung war eine neue Herausforderung, die Juliet mit banger Erwartung, aber auch voller Enthusiasmus in Angriff nahm. Denn sie hatte ja das Notizbuch, aus dem sie wertvolle Hinweise entnahm und neue Kraft schöpfte. Je mehr sie die Hinweise des unbekannten Glasmachers studierte, desto abhängiger wurde sie von ihnen. Sie regten sie zum Nachdenken an und brachten sie dazu, Experimente zu machen, die sie sonst nicht gewagt hätte. Sie arbeitete bewusst mit den neuen Techniken und produzierte Objekte, die Gefühle weckten. Eine Qualität, die sie gegenüber ihren Mitstudenten auszeichnete.

Während die anderen Werke mit visueller Wirkung vorzogen, großformatig und spektakulär, widmete sie sich den Details, spielte mit Farben und Transparenz. Manchmal dachte sie, das Büchlein könnte von einer Frau verfasst worden sein, die über eine außergewöhnliche Sensibilität verfügt hatte. Vor allem auf den älteren Seiten war das so. Lorenzo hatte bei seinem Vortrag über die Geschichte der Glasherstellung in Venedig erzählt, dass es Frauen früher streng verboten war, mit Glas zu arbeiten. Aber es hatte auch Ausnahmen gegeben. Bei dieser Gelegenheit hatte der Meister von Marietta Barovier erzählt. Sie hatte nicht nur die Rosetta-Perlen erfunden, sie hatte außerdem eine eigene Werkstatt besessen und vom »Rat der Zehn« die ausdrückliche Erlaubnis erteilt bekommen, sie zu betreiben.

Juliet hatte sich an das Buch erinnert, das sie an ihrem ersten Morgen im Palazzo Zenobio entdeckt und gelesen hatte. Es war der Roman eines amerikanischen Autors aus dem letzten Jahrhundert, der die Legende der berühmten Glasmacherin und ihrer Liebe zu dem Gehilfen der Familie, einem gewissen Zorzi Ballarin, erzählte. Der Schauplatz war zauberhaft. Mariettas Ofen grenzte an einen Garten, und dort, unter einem jungen Baum, hatte ihr Geliebter einen Rosenstrauch gepflanzt. An diesem lauschigen Platz trafen sie sich, gut geschützt vor neugierigen Blicken, und führten stundenlange Gespräche.

Juliet war von der Geschichte fasziniert und dachte an

ihre Kette. Vielleicht stammte sie von einer Frau? Vielleicht sogar von einer, die ihre Kunst sogar von Marietta gelernt hatte? Bei passender Gelegenheit würde sie ihre Nachforschungen wieder aufnehmen. Sie wollte mehr über die Vergangenheit ihrer Familie erfahren, wo ihre Wurzeln waren.

Es war spät, am nächsten Morgen war Unterricht, deshalb versuchte sie, Schlaf zu finden, aber vergeblich. Sie stand auf, machte sich fertig und ging auf Zehenspitzen die Treppe zum Garten hinunter. Dort traf sie auf Artus, der Kater, der sie beobachtete.

»Bist du hier der Wächter?«, fragte sie flüsternd. Hier war alles so still und freundlich ... sie beugte sich nach unten und strich ihm über das Fell, dabei musste sie an eine andere Katze, an einem anderen Ort denken. Es war noch gar nicht viel Zeit vergangen, seitdem sie Seattle verlassen hatte, aber es kam ihr wie Jahre vor, wie ein ganzes Leben. Sie ging in die Küche, wusch sich die Hände und machte sich einen Kaffee. Als kleines Mädchen hatte sie immer ihr Kindermädchen dabei beobachtet. Beim Beobachten konnte man so viel lernen. Sie erinnerte sich genau an jeden Handgriff. Ob man diese Erfahrung auch auf alles andere übertragen konnte? Konnte ein bestimmtes Wissen über Generationen weitergegeben werden? Lernte man von Familientraditionen? Gab es wirklich einen Zusammenhang zwischen Vergangenheit und Gegenwart, und welche Rolle spielte er?

Erneut kam ihr die Kette in den Sinn. Welche Geschichte sich wohl hinter ihr verbarg? Die mysteriösen Andeutungen ihres früheren Kindermädchens halfen ihr nicht weiter.

Was würde sich von selbst erklären, wenn sie in Venedig war? Sie aß einen Keks, trank den Kaffee aus und suchte im Kühlschrank nach etwas zu fressen für die Katze, dann blieb sie noch ein bisschen bei ihr.

»Die Sonne geht gleich auf. Was soll hier in Murano geschehen?«, murmelte sie und wurde plötzlich wieder von Furcht ergriffen. Sollte sie in ihr Zimmer zurückgehen? Aus der Komfortzone herauszukommen und allein auf sich gestellt zu sein, hatte sie stärker gemacht. Und jetzt? Sie verließ den Garten und schloss das Tor hinter sich. Sie ging die Mole entlang und fragte sich, ob außer ihr noch jemand unterwegs war, die Hände tief in den Taschen vergraben. Am Horizont ließen einzelne Blitze ein Unwetter in der Ferne erahnen. Sie blieb am Rand des Kanals stehen und schaute dem Spektakel zu. Sie hatte schon immer große Angst vor Gewittern gehabt, vor Blitz und Donner, aber aus der Ferne hatten das Wetterleuchten und das Grollen auch etwas Faszinierendes. Ihre Sensibilität war Fluch und Segen zugleich. Sie konnte an der Temperatur der Glasmacherpfeife spüren, ob es Zeit war, das Werkstück wieder in den Ofen zu halten oder nicht. Und sie musste nur in die Flammen schauen, um zu erkennen, wie weit die Schmelze war. Es kam ihr vor, als wäre das Wissen früherer Generationen tief in ihr verwurzelt, als wäre es ein Teil von ihr. Jetzt hatte sie endlich eine Spur, in der Stadt, die die Glasmacherkunst vorangetrieben und in der ganzen Welt berühmt gemacht hatte. Wie passte ihre Kette ins Bild? Sie hätte gerne mit jemandem darüber gesprochen. Nein, nicht mit jemandem. Mit Marcus.

Aber er war verschwunden.

Sie seufzte.

Früher hatte sie ihre Gedanken immer für sich behalten, sie mit Vorsicht und Zurückhaltung betrachtet, weil sie anders war als die anderen und sich anpassen musste. Sie zeigte nur das Notwendigste von sich, ihre »normale« Seite. Doch mit Marcus war das anders gewesen, ihm hatte sie sich offenbart und sich frei, ja, sogar glücklich gefühlt.

»Wo hast du dich versteckt?«

Sie hatte nicht den Mut, Silvia zu fragen. Sie wusste nur, dass er abgereist war, sonst nichts. Warum hatte er sich nicht wenigstens verabschiedet? Sie hatte analysiert, was zwischen ihnen passiert war, aber nichts gefunden, was ihn verletzt haben könnte. Sie musste an Paul und seinen Vorwurf denken, dass sie die Gefühle anderer nicht respektieren konnte. Und an Daniel, nach dem sie sich so sehr sehnte. Sie hatte mit ihren Eltern und mit Rebecca telefoniert und wusste, dass auch Paul dabei gewesen war. Aber mit Daniel hatte sie keinen Kontakt mehr gehabt.

Als sie zum Palazzo Zenobio zurückkam, erwachte dort gerade das Leben, es war zu spät, noch irgendetwas zu beginnen, deshalb bereitete sie sich auf einen weiteren Tag am Ofen vor. Sie betrat die Werkstatt, ging zu ihrem Platz und konzentrierte sich auf ihre Werkzeuge. Sie waren aus dunklem Eisen, grob geschmiedet, konnten aber, wie zum Beispiel die Glasmacherpfeife, zur Verlängerung ihrer Hände werden. Mit ihrer Fingerfertigkeit konnte sie die Kraft und den Ausdruck auf das Werkstück übertragen und ihre Vorstellungen realisieren. Sie warf einen Blick in den Ofen, den man ihr zugeteilt hatte, und bereitete sich vor. Jacopo betrat den Raum, sprach mit dem einen oder anderen Studenten, warf ihr einen eiskalten Blick zu und ging dann auf Lorenzo zu. Juliet sah, wie sich die beiden unterhielten, dann wandte sie sich ab. Sie sollte sich davon nicht beeinflussen lassen. Lorenzo lächelte ihr zu und sie lächelte zurück.

»Guten Morgen, heute möchte ich euch eine Geschichte erzählen. Es war einmal ein *Serventino*, der es eilig hatte und deshalb unüberlegt handelte, was die anderen Gehilfen erzürnte. Um seine Fahrlässigkeit wieder gutzumachen, stellte er die Vase, an der er gerade arbeitete, wieder in den Ofen zurück, und als er sie später dem Meister zur Begutachtung gab, schaute dieser ihn nur an. Statt Tadel gab es Lob. Wollt ihr auch so sein wie dieser *Serventino*?«

Alle lachten, bis auf Jacopo, der die Augen verdrehte und mit den Fingern auf den Tisch trommelte.

»Das war nur ein Beispiel dafür, dass Fehler, oder besser gesagt, der Versuch, sie wieder auszumerzen, auch eine Chance für Innovation sein können. Schaut her.« Er griff nach einem Blasrohr, tauchte es in den Schmelztiegel und begann, das flüssige Glas zu bearbeiten. Im Raum war es ganz still. Jacopo ging ihm zur Hand. Wie von Zauberhand entstand eine Kugel. »Und jetzt tauchen wir sie ins kalte Wasser, genau so!«

Von ihrem Standpunkt aus konnte Juliet das Zischen des Wassers hören, dabei hatte er die Glaskugel nur kurz eingetaucht. Wie hypnotisiert von den Bewegungen des Meisters ging sie, wie alle anderen auch, näher. Lorenzo bearbeitete die Kugel, die feine Risse bekommen, aber nicht gesprungen war. Wenn man die Kugel wieder in den Ofen legte, würden die Risse sogar ein Dekor werden, eine oberflächliche Riffelung, in der sich das Licht brach. Ein spektakulärer Effekt!

»Das ist, wie ihr seht, die *Ghiaccio*-Technik. Jetzt seid ihr dran. Mehr sage ich nicht dazu, probiert es selbst aus. Jeder Fehler wird ein Schritt zum Ziel sein.«

Juliet biss sich auf die Lippen. Ob ihr das gelingen

würde? Sie war nicht sicher, ob diese Technik überall anwendbar war, mehr noch, sie zweifelte stark daran. Sie zog das Notizbuch aus der Tasche. Sie wusste genau, dass die Vorgehensweise dort genau beschrieben wurde, und blätterte bis zur richtigen Seite. »Die Masse muss geschmeidig genug sein, das Eintauchen ins Wasser muss schnell gehen und das anschließende Wiedererhitzen muss so erfolgen, dass die Risse sich verfestigen«, murmelte sie.

Im Grunde ging es um die Kontrolle der Temperatur, die Zeit des Eintauchens und um die geeignete Form des Werkstücks. Sie dachte nach, dieses Mal durfte sie sich keinen Fehler erlauben. Ihr schwebte keine Vase oder Flasche vor, sondern etwas ganz anderes. Die Form wäre nur der Ausgangspunkt, sobald die Risse entstanden waren, würde sie improvisieren. Sie steckte das Notizbuch wieder weg und skizzierte die Idee auf einem Blatt Papier, Schritt für Schritt, dabei überlegte sie, wie sie vorgehen sollte. Lorenzo schaute ihr über die Schulter. Er prüfte die Skizze, hielt kurz inne und sagte dann lächelnd: »Mein Fräulein, das ist gut.«

Er ging weiter, von einem zum anderen, und begutachtete den Stand der Arbeiten, während Jacopo hin und wieder Fehler korrigierte, Ratschläge gab oder die Studenten zum Durchhalten ermunterte.

Lorenzo wurde Juliet immer sympathischer, voller Optimismus ging sie wieder an die Arbeit. Hin und wieder machte sie eine Trinkpause, sah sich um und beobachtete, was bei ihren Mitstudenten gut oder weniger gut lief. Sie tauchten ihre Werkstücke ins Wasser, aber meistens zu lange, und als sie sie in den Ofen legten, zerbrachen sie. Sie hörte sie ächzen, fluchen und stöhnen, Zangen fielen zu Boden. Juliet war die Einzige, die es geschafft hatte.

Sie hatte ihr Werkstück punktgenau ins Wasser getaucht, langsam und gleichmäßig in die Pfeife geblasen, damit die hauchdünnen Wände stabil blieben. Als sie neben sich erneut das Geräusch von berstendem Glas hörte, hielt sie inne, presste die Lippen zusammen, durch die Anstrengung atmete sie schwer. Sie durfte sich nicht um das Missgeschick der anderen kümmern. Sie biss die Zähne zusammen. Aber dann gewann ein anderes Gefühl in ihr die Oberhand. Glaskunst war etwas Gemeinschaftliches, jemanden, der Hilfe brauchte, konnte sie nicht einfach ignorieren. Sie strich die negativen Bemerkungen ihrer Mitstudenten aus ihren Gedanken, schaute zu Carlos, und als er entmutigt mit den Schultern zuckte, winkte sie ihn zu sich heran. Jacopo beäugte sie misstrauisch, ging aber dann auf Lorenzo zu, der seinen Kollegen am Arm nahm und in Richtung Ausgang schob. Juliet wartete noch einen Moment, dann traf sie eine Entscheidung. »Hör mir zu«, sagte sie zu Carlos, der sichtlich verlegen war. »Das, was passiert ist, tut mir leid. Du bist wirklich gut«, begann er kleinlaut, doch bevor er weitersprechen konnte, sagte Juliet: »Nimm das Glas vorsichtig mit der Pfeife auf, blase jeweils nur kurz hinein, bis dein Werkstück die gewünschte Form hat, und tauche es dann kurz ins Wasser. Je länger es drin ist, desto größer ist die Gefahr, dass es zerbricht. Nimm es zügig heraus und erhitze es erneut im Ofen, damit die Risse fest werden können. Verstanden?«

Er nickte: »Ja, du hast recht. Leider ist es schon spät, heute schaffe ich das nicht mehr.« Juliet schüttelte den Kopf. »Dann mach etwas Kleines, los, an die Arbeit. Sag das auch den anderen.«

Carlos warf ihr einen zweifelnden Blick zu, sie lächelte

ermutigend, und er erwiderte ihr Lächeln. In seinen Augen lag ein neues Leuchten, aber Juliet hatte keine Zeit, darüber nachzudenken, sie musste weiterarbeiten. Sie erhitzte ihr Werkstück, eine kleine Statue, erneut, nahm es aus dem Ofen und löste es dann behutsam aus der Zange. Eine tiefe Ruhe überkam sie, alles andere war unwichtig, es gab nur noch sie und ihre Finger, mit denen sie die Werkzeuge bewegte. Schritt für Schritt.

»Noch eine halbe Stunde. Wie weit seid ihr? War das zu kompliziert?« Jacopo blickte sich um und kontrollierte den Stand der Arbeiten. Er war offensichtlich überrascht. Juliet nahm das gar nicht richtig wahr, Schweiß rann ihr über die Stirn, die Augen waren gerötet. Als er ihr plötzlich in den Weg trat, zuckte sie zusammen und hätte fast die Statue fallen lassen. Was wollte er von ihr?

»Meister, können Sie kurz kommen?«

Jacopo trat zur Seite und ging zu Carlos, der nach ihm gerufen hatte. Juliet war mit ihren Kräften am Ende, die Hitze war durch ihren Handschuh gedrungen, bestimmt hatte sie sich die Handflächen verbrannt. Der Schmerz nahm ihr fast den Atem, doch sie gab nicht auf.

Lorenzo öffnete die Ofentür und nickte ihr aufmunternd zu. »Legen Sie das Stück hier hinein.«

»Danke, Meister.«

Vorsichtig legte sie die Statue in den Muffelofen. Ihre Augen glänzten. Auf dem Weg zu ihrem Platz begann ihr Herz zu rasen. Hatte Jacopo ihr absichtlich den Weg verstellt? Aber warum? Unmöglich. Sie versuchte, sich zu entspannen. Sie war mit ihrem Werk, der technischen Ausführung und vor allem dem ausgedrückten Gefühl sehr zufrieden, ob es auch den Prüfern gefallen würde, wusste sie nicht. Das verdankte sie ihrem kleinen Geheimnis, dem Notizbuch. Sie dachte an jeden Riss, an jede noch so kleine Fissur in der Skulptur, die sie geschaffen hatte, und daran, wie das Feuer sie manifestiert hatte. Und sie fühlte eine große Verbundenheit mit ihrem Werk. Als hätte sie sich selbst in Glas gegossen. Dann sah sie sich um. Viele Studenten blickten in ihre Richtung, Carlos und Gordon lächelten ihr zu, und sie lächelte zurück.

»Sehen wir uns nach dem Abendessen?«

Die Frage traf sie unvorbereitet, aber sie nickte. Bei ihrer Ausbildung in Seattle war es üblich gewesen, sich nach einem arbeitsreichen Tag zusammenzusetzen und etwas zu trinken, aber hier?

»Soll das eine Einladung ein?«

»Aber sicher, *Chica*. Wir haben etwas gutzumachen.«

Juliet lachte.

Das Abendessen wurde in der Küche des Palazzo zubereitet, gegessen wurde an einem langen Tisch, an dem zwanzig Personen Platz fanden. Obwohl die Schule eine gute Köchin hatte, blieben nie mehr als eine Handvoll Kursteilnehmer zum Essen. Heute war auch Marcus da, er saß in einer Ecke, hob den Kopf und lächelte Juliet an, die gerade mit einem spanischen Mitstudenten sprach. Das musste Carlos sein, dachte er.

Er stand auf und ging zu Silvia, die heute Abend etwas Besonderes vorbereitet hatte. »Alles in Ordnung?«

Sie nickte. »Kannst du nachsehen, ob die Pasta fertig ist?«

Marcus probierte eine Spaghetti und schüttelte den Kopf. »Noch eine Minute.« Er nahm die Teller aus dem

Schrank und begann den Tisch zu decken, zwei andere Studenten halfen ihm, einer stellte die Gläser auf den Tisch, der andere kümmerte sich um das Besteck. Marcus schnitt das Brot auf und drapierte es in einem Körbchen, dann schaute er wieder zu Juliet. Über was unterhielten sich die beiden? Sie saß mit dem Rücken zu ihm und schien sich prächtig zu amüsieren, die glänzenden Haare fielen ihr auf die Schultern. Dass sie so lang waren, war ihm bisher gar nicht aufgefallen. Sie wirkten wie lodernde Flammen. Noch bevor Silvia es tun konnte, goss er die Nudeln ab, schüttete sie in die Schüssel und gab das Pesto dazu, das er selbst mit frischem Basilikum, Pinienkernen, Parmesan, Knoblauch und Olivenöl hergestellt hatte. »Das Essen ist fertig«, sagte er laut, und endlich drehte Juliet sich um. Einen kurzen Moment lang trafen sich ihre Augen, doch das genügte, um Marcus' Herz schneller schlagen zu lassen. Dann unterhielt sie sich weiter mit Carlos.

Sie hatte ihn nicht angelächelt, im Grunde hatte er nichts anderes verdient. Er war einfach verschwunden, ohne sich zu verabschieden, hatte sie in dieser schwierigen Phase im Stich gelassen, um sich selbst das Leben einfacher zu machen. Ein unverzeihlicher Fehler. Er hätte wissen müssen, dass eine so attraktive und kluge Frau nicht lange allein bleiben würde. Erst jetzt fiel ihm auf, wie sehr sie ihm gefehlt hatte.

Beim Essen saß er neben Silvia. Auch sie ließ Juliet und Carlos nicht aus den Augen, zu denen sich noch ein weiterer Student gesellt hatte. Marcus fragte sich, über was sie sprachen. Die drei aßen zu Ende, stellten die Teller und das Besteck in die Spülmaschine, nickten kurz und gingen. Marcus und Silvia blieben allein zurück.

»Du bist ein Idiot, weißt du das?«

Marcus lachte. »Du nimmst kein Blatt vor den Mund.«

Silvia musterte ihn. »Kannst du dir eigentlich vorstellen, was Juliet durchgemacht hat, seitdem du dir ›deine kleine Auszeit‹ genommen hast?«

Auszeit? Das war keine Auszeit, sondern der letzte Versuch, einen Traum zu verwirklichen, eine Tradition zu retten, die nicht zu Ende gehen durfte. Er hatte in Wien mit seiner Mutter gesprochen, um von ihr zu erfahren, ob Jacopos Entscheidung etwas mit ihrer Beziehung zu tun hatte. Er musste seine Gedanken ordnen und Jacopo klarmachen, was für ein Verlust der Verkauf wäre. Er trocknete den Topf ab und stellte ihn an seinen Platz. »Was meinst du?«

»Jacopo lässt kein gutes Haar an ihr.«

»Viel Lärm um nichts, du kennst ihn doch. Er ist harmlos. Es geht ihm nicht gut, er kommt mir wie ein Bär vor, der einen Stachel in der Tatze hat, er wird alt, aber er meint es nicht böse.«

»Sicher nicht, das wissen du und ich und alle, die ihn wirklich kennen. Aber die anderen halten ihn für verrückt. Und damit haben sie nicht unrecht, oder? Juliet gegenüber hat er sich unmöglich benommen, er schikaniert sie, wo es nur geht. Er denkt, der Kurs wäre nur ein Vorwand für sie.«

»Was soll das heißen?«

Sie zuckte mit den Schultern. »Das weiß ich nicht, ich halte das für Hirngespinste. Sie lebt sehr zurückgezogen und isst normalerweise auf ihrem Zimmer. Die Studenten meiden sie, weil sie Angst vor Jacopo haben. Ich glaube, heute ist sie zum ersten Mal mit den anderen zusammen.« Sie hielt inne. Marcus spürte, wie wütend sie war.

»Endlich schafft es mal eine Frau in den Kurs, bringt einen neuen Blickwinkel mit ein und was passiert? Die Welt bricht zusammen. Das ist nicht das, was ich mir unter Talentförderung vorgestellt habe. Ich schäme mich langsam, Marcus. Du bist doch der Direktor hier, oder?«

Es war noch schlimmer, als er gedacht hatte. »Kann man euch nicht mal zwei Minuten allein lassen?« Er wäre besser geblieben, aber er hatte ja seinen Frust ausleben und verschwinden müssen.

»Zwei Minuten? Zwei Wochen warst du weg, du Idiot!«

Er hatte ihre Vorwürfe verdient und wollte gerade die Karten auf den Tisch legen, entschloss sich im letzten Moment aber dagegen. Silvia war wie eine Schwester für ihn. Und sie hatte recht. »Juliet schien in guter Gesellschaft zu sein …«, sagte er ausweichend.

Sie blitzte ihn an, aber dann lächelte sie. »Sie sind bei Neno, du kannst ja selbst nachsehen.«

Er faltete das Handtuch zusammen und legte es auf das Spülbecken, das jetzt blitzblank war. »Ich werde mit Papa sprechen.«

»Höchste Zeit!« Silvia hatte schon das Frühstück vorbereitet und rückte nur noch die Stühle zurecht. »Ich glaube, sie erinnert ihn an deine Mutter. Jedes Mal, wenn er sie ansieht, wirkt er nervös, fast feindselig. Ob es an Juliets Haaren und an ihren Augen liegt? Da ist schon eine gewisse Ähnlichkeit zu erkennen, findest du nicht?«

Daran hatte er auch schon gedacht. »Übrigens kommt meine Mutter Ende des Monats und wird den ganzen Sommer bleiben.«

Silvia riss die Augen auf. »Rette sich, wer kann! Wird sie hier wohnen?«

»Nein, sie bleibt in ihrem Haus in Venedig. Mit Papa hat sie sich überworfen.«

Marcus zog die Schürze aus und hängte sie auf. Während er das Haus verließ, dachte er an Juliet, an die Freude, sie anzusehen. Ein so warmes Gefühl kannte er in dieser Intensität nicht, seine bisherigen Beziehungen waren eher körperlicher Natur gewesen. Diese Erkenntnis verwirrte ihn, warum, wusste er auch nicht recht. Er ging durch den Garten, sein Duft hatte ihm gefehlt. In Gedanken versunken ging er weiter, bis an die Mole, wo sein Boot lag. Er war müde, die Reise war anstrengend gewesen. Aber es hatte sich gelohnt, das Treffen mit seiner Mutter hatte ihm eine neue Perspektive auf den Verkauf des Palazzo Zenobio eröffnet. Gesetzlich hatte er keine Einflussmöglichkeiten. Keine großen jedenfalls. Aber es gab einen Mitbesitzer, der den Verkauf verhindern konnte. Wenn die Annahme seiner Mutter zutraf, konnte Jacopo nicht verkaufen. Aber diese Alternative kam für Marcus nicht infrage, so wollte er das Problem lieber nicht lösen. Wenn er seinen Vater unter Druck setzen würde, dann wäre die letzte Chance auf eine Einigung verloren.

Aber gerade darum ging es ihm, er wollte, dass Jacopo begriff, was seine Aufgabe war.

Gerade als er den Motor starten wollte, hörte er aus einem Lokal jenseits des Kanals Musik. Ein Lächeln schlich sich auf seine Lippen, er steckte den Schlüssel in die Jeanstasche zurück und ging wieder an Land.

Das Lokal war ein schriller Stilmix, der gleichwohl einer gewissen Logik zu folgen schien. Charakteristisch war der lange Tisch, an dem die Gäste eng nebeneinandersaßen und sich kennenlernen konnten. Im hinteren Teil standen

Billardtische, daneben war eine Bühne. Als Marcus das Lokal betrat, empfing ihn lautes Stimmengewirr, für einen Montagabend war einiges los. Er bestellte ein Bier, grüßte den einen oder anderen Bekannten und sah sich um. Wo waren sie? Aus dem Hintergrund war Lachen zu hören. Er nahm sein Glas und bahnte sich seinen Weg durch die Menge. Hinter einer hölzernen Zwischenwand, an der sich eine Grünpflanze hochrankte, saß die Gruppe und wartete darauf, beim Karaoke mitzumachen. Juliets kupferrotes Haar war nicht zu übersehen. Sie schien bester Laune zu sein. Marcus trank noch einen Schluck, er konnte den Blick nicht von ihr abwenden. Sie wirkte zaghaft, als ob sie sich fragte, ob sie sich auf die Bühne wagen sollte. Er hatte das Gefühl, ihre Gedanken lesen, ihre Aufregung spüren zu können, wenn er ihr nur die Hand auf die Schulter legen würde. Aber eine Berührung wäre wohl das letzte, mit dem sie gerade rechnen würde. Oder wäre es genau das Richtige? Aber ob ihr das recht wäre? Ihr Blick vorhin beim Abendessen ließ ihn daran zweifeln.

»Komm, trau dich«, murmelte er. Und dann ging sie auf die Bühne, griff mit beiden Händen nach dem Mikro, schloss die Augen und überließ sich der Musik. Marcus lächelte. Erst war die Stimme zögerlich, aber dann wurde sie immer voller und kraftvoller. »Meine Güte!« Sie konnte ja richtig gut singen! Das hätte er nicht gedacht, aber woher hätte er das auch wissen sollen? So gut kannte er sie schließlich nicht. Was er wusste, war, dass sie freundlich, sensibel und kreativ war. Und sehr gut aussah. Ihr Auftritt faszinierte ihn. Wie sie sich mit dem Mikro in der Hand dem Rhythmus hingab! Was versteckte sich noch in dieser Frau? Als das Lied zu Ende war, brandete Applaus auf, auch er klatschte begeistert, hielt sich jedoch weiter im Hintergrund. Er wollte nicht aufdringlich sein. Juliet war viel mehr als nur eine Gelegenheitsbekanntschaft, mit ihr war alles anders. Auch seine Gefühle waren andere. Er trank sein Bier aus und beobachtete sie weiter. Inzwischen waren sie auf der Tanzfläche. Juliet lachte und tanzte. Sie so glücklich zu sehen, machte ihn froh, aber da war noch etwas anderes, Tieferes, was sie in ihm auslöste. Sie drehte sich zu ihm. Ihre Blicke trafen sich. Juliet flüsterte ihrem Nachbarn etwas ins Ohr, dann verließ sie die Tanzfläche und kam auf ihn zu.

»Du warst gut, von diesem Talent wusste ich ja noch gar nichts.«

Juliet reagierte nicht. Marcus war nicht mal sicher, ob sie ihn bei dem Lärm überhaupt gehört hatte. Sie deutete auf die Tür und ging vor, er legte einen Geldschein auf die Theke und folgte ihr. Die Nacht war lau und still. Um diese Zeit waren nur wenige Passanten unterwegs, das Wasser im Kanal floss träge vor sich hin. Juliet hatte die Arme verschränkt und ging die Mole entlang, den Blick hielt sie gesenkt.

»Zählst du die Pflastersteine?«, fragte er scherzhaft.

»Wie bitte?« Sie blickte auf.

Wieder spürte er dieses Kribbeln im Bauch.

»Ich denke nur nach.«

»Und an was denkst du?« Er hoffte auf eine ehrliche Antwort, dass sie sich ihm noch einmal anvertrauen würde. Wie schon beim ersten Mal, ohne Schau und ohne falsche Scham. Sie blieben auf der Piazza stehen, in deren Mitte die Glasskulptur stand, die Juliet auf einem ihrer ersten Streifzüge durch Murano bewundert hatte. Er spürte, dass sie sich mit einer Antwort schwertat und ruderte zurück: »Es tut mir leid, das geht mich nichts an.«

Sie fasste ihre Haare im Nacken zusammen, wie immer, wenn sie nervös war.

»Habe ich dich verletzt?«, fragte sie. Sie stand vor ihm, in ihren Augen spiegelte sich das Licht der Laterne, sie wirkte verunsichert, ihre Lippen zitterten. »Das passiert mir manchmal, dass ich Menschen vor den Kopf stoße. Ich mache das nicht mit Absicht, aber es passiert. Bist du deshalb verschwunden?«

Sie hätte ihn nicht mehr verwirren können.

»Von was sprichst du?« Sie entschuldigte sich, weil er ein Idiot war? Weil er sie ohne Erklärung hatte einfach stehen lassen? »Juliet, merkst du eigentlich, was du da sagst?«

Welche Kindheit hatte diese Frau erlebt? Woher kamen diese Selbstzweifel? Im Gegensatz dazu war er in allerbesten Verhältnissen aufgewachsen! »Ich bin in Schwierigkeiten, und die haben nichts mit dir zu tun, glaube mir. Ich habe schlichtweg nicht daran gedacht, dich zu informieren, dass ich ein paar Tage weg bin, aber ehrlich gesagt bin ich davon ausgegangen, dass du es gar nicht merkst.« Das hatte er tatsächlich gedacht.

»Wie bitte?«, fragte sie mit weit aufgerissenen Augen zurück, ihr eben noch freundliches Gesicht verfinsterte sich. Ihre Lippen wurden schmal. »Ich würde es nicht merken? Was redest du denn da?«

Erst jetzt verstand Marcus. Die gemeinsamen Tage hatten ihr viel bedeutet, nein, mehr noch. Plötzlich kamen die Erinnerungen zurück, ihre Worte, ihre Hände, die sich gesucht hatten, der Geruch ihrer Haut ... Sie hatten sich geöffnet, einander vertraut, intensiv Zeit miteinander verbracht. Auch wenn sie sich nicht geküsst hatten, war da eine Intimität gewesen, die er so vorher nie erlebt hatte. Diese Erkenntnis traf ihn bis ins Mark. Sie hatte lange vor ihm verstanden, welch kostbare Momente sie geteilt hatten, und deshalb war sie wütend.

Er spürte ihre Verletzlichkeit und machte sich Vorwürfe, nicht sensibel genug reagiert zu haben. Vielleicht hatte sie recht und er war wirklich weggelaufen. Vor ihr und vor sich selbst.

Sein Vater kam ihm in den Sinn, seine Vorwürfe, seine Verbitterung, seine Entscheidung, alles zu verkaufen. Das durfte er nicht zulassen.

Er streckte die Hand aus, aber sie wich zurück.

»Es war alles ein großes Missverständnis, lass gut sein, Marcus. Der Tag war lang, und ich bin müde. Wir sehen uns.«

Er wäre am liebsten im Boden versunken, so sehr schämte er sich. Er war immer von sich überzeugt gewesen, war stolz auf seine Fähigkeit, den Dingen auf den Grund zu gehen, für Oberflächlichkeiten hatte er immer nur Verachtung übrig gehabt. Und jetzt? Er kam sich wie ein Idiot vor. Sie hatte ihn einfach stehen lassen, und das hatte er verdient. Noch nie hatte jemand solche Gefühle in ihm ausgelöst. Er schüttelte den Kopf, steckte die Hände in die Taschen und folgte ihr in einiger Entfernung. Als sie das Schulgebäude betrat, blieb er noch einige Zeit stehen. Dann setzte er sich auf den Stein, den sie so gerne mochte. Ein Lächeln umspielte seine Lippen. Er hatte alles falsch gemacht. Wie sollte er das je wieder gutmachen? Er wusste nur eines: Er wollte sie zurückgewinnen, koste es, was es wolle.

14.

Bei einer archäologischen Grabung in Alaska wurden zehn blaue Perlen gefunden. Die Radiokarbonanalyse ergab, dass sie aus einer Zeit vor der Entdeckung Amerikas durch Christoph Kolumbus stammen. Von Venedig aus mussten sie ihren 16 000 Kilometer weiten Weg auf Schiffen, Pferden und Schlitten in eine Inuit-Siedlung gefunden haben.

Wut passte nicht zu ihr, nach einem Konflikt hatte sie schon immer tiefes Bedauern und Unsicherheit empfunden. Als Kind hatte sie natürlich auch geschrien und mit den Füßen auf den Boden gestampft, das war ihr noch gut in Erinnerung. Aber vor allem wusste sie noch genau, was danach passierte, wenn sie geschimpft und doch nicht ernst genommen wurde. Sie hatte schnell gelernt, ihre Impulse zu unterdrücken, eine Rechtfertigung für sich zu finden, warum sich andere ihr gegenüber in einer bestimmten Art und Weise verhielten. Oder besser gesagt, wie sie die anderen dazu brachte, sich so zu verhalten. Am Ende aller Rechtfertigungsversuche blieb immer nur eine einzige Person übrig, der man Vorwürfe machen konnte: sie selbst.

Jedes Verhalten hatte Konsequenzen, das hatte man ihr immer wieder erklärt.

Wenn sie sich unangemessen verhielt, die sozialen Regeln vernachlässigte, musste sie mit den Folgen leben.

Zum Teufel mit den sozialen Regeln, zum Teufel mit allen Regeln dieser Welt, sie hatte die Nase voll!

Nach dem Treffen mit Marcus hatte Juliet ihre Zimmertür zugeknallt, geduscht, sich die Haare trocken gerubbelt und schließlich, als sie einfach keinen Schlaf finden konnte, in ihr Kissen geboxt.

»Ich bin davon ausgegangen, du merkst es gar nicht! Was hat er sich dabei gedacht ...« Sie war immer noch außer sich vor Wut, ihre Gedanken im Kopf und ihre Worte im Mund überholten sich gegenseitig. Sie sprang aus dem Bett, wusch sich das Gesicht und atmete tief durch. Dann öffnete sie das Fenster und schaute auf den Kanal.

Es war trotzdem ein schöner Abend gewesen. Sie hatte gesungen, in aller Öffentlichkeit! Sie konnte es kaum glauben ... Sie hatte Spaß gehabt wie schon lange nicht mehr, hatte sich frei und leicht gefühlt. Die Entschuldigung ihrer Mitstudenten hatte ihr gutgetan. Natürlich war sie noch verletzt, aber ihre freundlichen Worte hatten dieses Gefühl langsam verblassen lassen. Sie hatten getanzt, ohne Kommentar, wenn sie mal aus dem Takt gekommen war. Außerdem hatte sie aus Gesprächen erfahren, dass die anderen ihre Arbeiten beeindruckend und originell fanden. Während die schönen Erinnerungen die Oberhand gewannen, fühlte sie sich langsam besser, konnte sich auf das konzentrieren, was auf sie wartete. Sie wollte gut vorbereitet in die nächste Prüfung gehen und einen guten Eindruck machen.

Sie griff nach dem Notizbuch und begann zu lesen, verinnerlichte die Skizzen, Formeln und technischen Hinweise. Sie wusste genau, dass es oft Details waren, die den Unterschied machten. Sie löste den Blick von den Seiten und blickte sich um. Wer konnte früher hier gewohnt haben?

Sie würde Silvia fragen, Marcus wollte sie lieber meiden. Vielleicht wusste sie Näheres, konnte ihr mehr über die Geschichte des Palazzo und seine Bewohner erzählen.

Sie wandte sich wieder dem Notizbuch zu. Während sie die Aufzeichnungen und Gedanken des unbekannten Glasmachers über die eine oder andere Rezeptur studierte, hatte sie das Gefühl, förmlich in die Seiten hineingezogen zu werden. Wer weiß, vielleicht stammten sie doch von einer Frau? Vor ihrem inneren Auge erkannte sie eine Glasmacherin, die vor dem Schmelzofen stand, die Glasmacherpfeife rollte, in die Flammen tauchte, sie wieder herauszog und das Glas in die gewünschte Form brachte. Danach legte sie das Werkstück in die Asche und hielt den Arbeitsprozess in ihrem Notizbuch fest, der Stift flog über die Seiten, nur manchmal hielt sie inne und legte sich den Stift an die Lippen.

Juliet war fasziniert von dieser Vorstellung.

Sie streckte sich aus und schaute auf die Fresken an der Decke. Wer konnte diese Frau sein? Warum hatte sie dieses Notizbuch geschrieben? Was hatte sie dazu getrieben, ihr Wissen zu sammeln und zu Papier zu bringen? War es eine Gedankenstütze für sie selbst oder wollte sie ihr Wissen den nachfolgenden Generationen überliefern? Sie zog die Glasperlenkette aus, betrachtete den Anhänger und legte sie neben sich auf das Kopfkissen.

Langsam wurden ihre Lider schwer, und sie schlief ein.

Sie träumte von dieser geheimnisvollen Frau, die neben ihr herging und ihr eine Geschichte erzählte, von der sie beim Aufwachen nichts mehr wissen würde. Zurück blieb nur ein Gefühl von Sanftheit und Geborgenheit.

Der Unterricht verlief in den folgenden Tagen in ruhigen Bahnen. Lorenzo erklärte die Vorgehensweise, Juliet las in ihrem Notizbuch nach, manchmal fand sie einen Hinweis, einen Gedanken, einen Ratschlag, der passte. Sie probierte es aus und gab ihre Erkenntnisse an Carlos weiter, der sie den anderen vermittelte. Sie wurde jetzt öfter um Rat gefragt, es ging um die richtige Temperatur, die ideale Glasmasse, die beste Methode, ein Stäbchen für eine Murrina- oder eine Filigrana-Perle zu ziehen, oder wie man einen Gold- oder Silberfaden in die zähflüssige Glasmasse einarbeitet. Nach und nach entwickelte sich zwischen ihnen eine Verbindung. Juliet erfuhr, dass Carlos in Silvia verliebt war, die ihn aber keines Blickes würdigte, dass Gordon mit dem verträumten Blick Frau und Kind hatte, die er allein gelassen hatte, um seinen Traum zu verwirklichen und Glasmacher zu werden. Seine Frau war damit nicht einverstanden gewesen, und er wusste nicht, wie es mit ihrer Beziehung weitergehen würde. Die beiden fehlten ihm sehr, doch seine Welt war das Glas, eine Berufung, die er zum Beruf machen wollte. Juliet konnte ihn sehr gut verstehen. Dann gab es Robert, der gemeinsam mit seinem Bruder eine Glashütte betrieb. Da nur einer von beiden am Kurs teilnehmen konnte, hatten sie gelost und er hatte gewonnen. Jeden Morgen vor Beginn des Unterrichts telefonierten die beiden per Video. James trank nur Tee mit Zitrone, er war überzeugt, dass Wasser allein seinen Durst nicht löschen konnte. Er lebte bei seinem Großvater und schrieb ihm jede Woche eine Postkarte, aber es war nicht leicht, an Briefmarken zu kommen, Briefe wurden nur noch selten geschrieben.

Sie alle hatten das gleiche Ziel. Und Juliet hatte zu ihrer

Verwunderung festgestellt, dass es auch bei den anderen, von wenigen Ausnahmen abgesehen, im familiären Umfeld an Verständnis für die Verwirklichung ihres Traumes fehlte. Das Leben konnte doch so einfach sein, ein guter Job, Karriere, abends ausgehen und den Mann oder die Frau des Lebens finden und gemeinsam alt werden. Andere Ziele hatten sie nicht. Und dieses Bewusstsein, oder wie es ihr Kindermädchen sagen würde, *geteiltes Leid ist halbes Leid*, hätte sie trösten können. Aber statt Wut auf ihre Familie zu empfinden, spürte sie Verständnis und Nachsichtigkeit. Plötzlich erkannte sie, wie sie wirklich waren: besorgt, risikoscheu und sicherheitsbewusst. *Die Tänzer werden für verrückt gehalten von denjenigen, die die Musik nicht hören können.* Auch das hatte ihr Kindermädchen einmal gesagt. Erst später hatte Juliet herausgefunden, dass der Satz von Nietzsche war. Aber den Sinn hatte sie sofort verstanden. Jetzt war sie in Gesellschaft von Menschen, die genauso verrückt waren wie sie. Sie hatten Träume und Visionen, sie waren amüsant, sensibel, empfindlich und merkwürdig, genau wie sie. Sie waren Seelenverwandte. Beim Abendessen saßen sie zusammen und tauschten sich aus, danach gingen sie aus. Doch an diesem Abend war alles anders, Juliet war melancholisch, obwohl eigentlich alles gut war. Lag es an Marcus? Er hatte versucht, mit ihr zu sprechen, aber sie wollte nicht. Sie war noch immer verletzt.

Sie verabschiedete sich von den anderen und ging in den Garten, um mit Artus zu spielen. Sie fütterte ihn mit einem Stückchen Fleisch und setzte sich dann auf eine Bank. Gedankenverloren beobachtete sie, wie der Abend langsam zur Nacht wurde. Der Kater hatte eine Tatze auf ihren Rock gelegt und schnurrte neben ihr. Sie blickte auf und sah Silvia auf den Flur kommen, das Licht löschen und die Tür schließen. Juliet saß in der Dunkelheit und beobachtete sie. Silvia wirkte müde, hatte den ganzen Tag gearbeitet und war nicht mal beim Abendessen gewesen. Juliet hätte gerne mit ihr gesprochen, wollte sie aber nicht stören. Schließlich war Silvia fertig und verließ das Haus. Juliet sprang auf und eilte ihr entgegen. »Ciao, alles in Ordnung?«

»Ich habe dich gar nicht bemerkt!«

»Ich war im Garten.«

»Allein?«

Juliet nickte. »Ich habe nachgedacht.«

»Über ein neues Lied? Man hat mir gesagt, du seist der neue Star am Karaokehimmel Muranos.«

Sie wurde rot. »Ach was, ich singe einfach gerne.« Das Talent hatte sie von ihrem Vater, er hatte ihr auch ein paar gesangstechnische Grundlagen beigebracht.

»Ich bin müde. Begleitest du mich ein Stück? Ich kann Gesellschaft brauchen.«

»Gerne. Warum warst du nicht beim Abendessen?«

»Marcus hat mir ein Brötchen gebracht.« Sie schüttelte den Kopf. »Ich hatte Probleme bei der Arbeit und musste Akten aus dem Archiv holen.« Sie deutete auf den Boden.

»Unter der Erde?«

»Genau, das Archiv liegt im Keller.«

»Ist es da nicht zu feucht?«, fragte Juliet.

»Dieser Palazzo ist mehrere Hundert Jahre alt, die Keller haben dicke Mauern, da kommt nichts durch. Ein früherer Besitzer, der den Palazzo von einem Adligen gekauft hatte, der in finanzielle Schwierigkeiten geraten war, hatte alles gründlich restaurieren und den Originalzustand wieder herstellen lassen.«

»Ein Adliger?«

»Ja, jede adlige Familie besaß mehrere Palazzi. Das war eine Frage von Macht und Prestige.«

Juliet horchte auf, vielleicht konnte sie jetzt auch erfahren, wer in ihrem Zimmer gewohnt haben konnte.

»Und was ist dann passiert?«

Silvia seufzte: »Die Privilegien der Adligen wurden beschnitten, die französische Besatzung veränderte die Machtverhältnisse, viele verloren ihr Vermögen, andere kamen gerade so über die Runden. Dieser Palazzo ist ein gutes Beispiel dafür.«

»Und Signor Quintavalle hat ihn gekauft?«

»Wie bitte? Nein, nein, der ist schon lange in Familienbesitz. Da war er noch nicht mal auf der Welt.«

»Dann waren es seine Eltern?« Sie wollte nicht aufdringlich sein, aber sie brannte vor Neugier.

Silvia deutete auf ein Mäuerchen am Ufer. »Setzen wir uns einen Moment.«

»Gut.« Ein leichter Wind war aufgekommen, trotzdem war es immer noch warm. Silvia zog ihre Jacke aus und knöpfte die oberen Knöpfe ihrer Bluse auf.

»Mein Großonkel hat den heruntergekommenen Palazzo gekauft und ihn sanieren lassen. Er war verliebt und wollte eine Familie gründen. Als seine Angebetete sich endlich entschloss, ihn zu heiraten, schenkte er ihr das Haus. Eine unglaubliche Geschichte. Er hatte anfangs als einfacher Glasarbeiter in der Fabrik ihrer Familie gearbeitet, ging dann ins Ausland, machte ein Vermögen und kam als reicher Mann zurück.«

Genau wie bei Marietta und Zorzi, dachte Juliet, was für ein seltsamer Zufall.

»Sie ist eine unglaubliche Frau, trotz ihrer 90 Jahre strotzt sie immer noch vor Energie und Lebensfreude. Die Schule war ihre Idee, später hat sie sie aber Jacopo überlassen. Mein Onkel verehrt sie, er kam als Kind zu ihr ins Haus und wurde von ihr aufgezogen.«

»Hat sie als junge Frau auch als Glasmacherin gearbeitet?«, fragte Juliet.

Auf Silvias Gesicht erschien ein Lächeln. »Oh ja, sie war sehr geschickt, eine echte Berühmtheit. Ich stelle sie dir vor. In ihrem Haus kannst du auch ihre Arbeiten bewundern, wahre Kunstwerke aus Glas.«

»Wollte sie nicht im Palazzo Zenobio wohnen?«

Silvia lachte. »Sie liebt das Haus zwar sehr, hat aber ihre eigenen Vorstellungen. Sie braucht nicht viel und lebt in einem kleinen Häuschen, allein mit ihren Erinnerungen.«

In Juliet blitzte ein Gedanke auf. Ob das Notizbuch ihr gehört haben könnte? Vielleicht hatte sie früher in diesem Zimmer geschlafen und es im Bücherregal vergessen? In diesem Fall musste sie es ihr unbedingt zurückgeben. Sie wollte es gerade aus dem Rucksack holen und Silvia zeigen, als ihr einfiel, dass sie es auf dem Tisch in ihrem Zimmer vergessen hatte.

»Du gehst jetzt besser, sonst ist der Rückweg zu lang. Danke für deine Gesellschaft. Ach, verdammt.«

»Was ist los?«

»Ich weiß nicht mehr, ob ich die Bürotür abgeschlossen habe, ich muss noch mal zurück«, sagte Silvia kopfschüttelnd.

»Ich kann gerne nachschauen.«

»Das würdest du wirklich machen?«

»Kein Problem.«

»Danke, hier sind die Schlüssel. Bis morgen.«

Sie verabschiedeten sich. Silvia ahnte nicht mal, wie wichtig ihre Informationen für sie waren.

Der Hahn war im Palazzo allgegenwärtig, auf den massiven Querbalken, in den Deckenfresken, sogar auf dem Eingangsportal. Der gleiche Hahn wie auf ihrer Halskette aus venezianischen Glasperlen, der Heimat ihrer Familie. Natürlich war dieses Symbol überall in der Lagunenstadt anzutreffen, aber jetzt hatte sie eine erste Spur: Im Palazzo Zenobio hatte eine Glasmacherin gelebt. Gedankenversunken betrat sie das Schulgebäude und blieb vor Silvias Büro stehen. Sie drückte die Klinke und die Tür ging auf. Gerade als sie sie wieder zuschließen wollte, bemerkte sie Jacopo.

»Ich wusste es!«

Sie zuckte zusammen. »Guten Abend, Signor Quintavalle.«

»Was haben Sie hier zu suchen?«

Sie brauchte einen Moment, die richtigen Worte zu finden, seine Feindseligkeit verwirrte sie. »Ich sollte nachsehen ... ich gehe gleich wieder.«

»Was haben Sie genommen?«

Genommen? Was meinte er damit.

»Spielen Sie nicht die Unwissende. Was haben Sie hier gesucht?«

Die Anschuldigung traf sie wie eine Schlag ins Gesicht. »Was reden Sie denn da? Ich habe nur ...«

»Her damit!«

Jacopo riss ihr den Rucksack aus der Hand und wühlte darin herum. Juliet starrte ihn schockiert an. Dann fasste sie sich wieder. »Geben Sie mir sofort den Rucksack zurück. Sie irren sich.«

»Aber ja doch … ich hatte dich sofort in Verdacht, dass du eine von ihnen bist. Reicht euch nicht, was ihr getan habt? Jetzt kommt ihr nach Murano zurück und macht alles kaputt. Aber ich werde nicht zulassen, dass ihr noch mal wehgetan wird. Dieses Mal bekommt ihr es mit mir zu tun.«

Dann starrte er auf die Halskette. »Die gehört nicht dir. Ihr habt sie gestohlen.«

Die Kette? Instinktiv legte sie schützend ihre Hand darüber. Einen Moment lang befürchtete sie, er würde sie ihr vom Hals reißen. Sie wich noch weiter zurück.

»Sie täuschen sich.«

Jacopo starrte sie weiter an, dann hielt er ihr den Rucksack hin. Juliet zitterte am ganzen Körper, ihr Mund war wie ausgetrocknet, ihr Herz raste. Sie war nicht imstande, danach zu greifen.

»Sie irren sich, niemand hat mich geschickt. Ich habe an der Ausschreibung teilgenommen und bin angenommen worden. Ich bin hier, um die Glasbläserkunst zu lernen«, sagte sie betont langsam. Jacopos Gesicht war wie in Stein gemeißelt. Juliet wusste nicht, ob er ihr glaubte.

»Was ist hier los?«

Die Stimme von Marcus ließ sie zusammenzucken.

»Ich habe sie im Büro erwischt«, sagte Jacopo, der noch immer den Rucksack in der Hand hielt, mit der anderen deutete er auf Juliet. Marcus sah sie an, und ihr Herz schlug noch schneller. Sie wollte sich erklären, ließ es dann aber. Das hatte sie nicht nötig.

»Silvia hat mich gerade angerufen. Sie war unsicher, ob sie ihr Büro abgeschlossen hatte, und Juliet hat sich bereit erklärt, nachzusehen. Also, antworte mir bitte. Was ist hier los und warum hast du ihren Rucksack?«

»Was?« Jacopo riss die Augen auf und starrte erst Juliet und dann den Rucksack an. »Hier ... vielleicht habe ich überreagiert.«

Juliet riss ihm den Rucksack aus der Hand. »Das können Sie laut sagen!« Mit Erschrecken stellte sie fest, wie schrill ihre Stimme klang. Sie würde nicht weinen, diese Genugtuung würde sie ihm nicht geben. Sie drehte sich um und ging zur Treppe, zwei Stufen auf einmal nehmend stürmte sie in ihr Zimmer und schlug die Tür hinter sich zu.

Marcus wollte ihr folgen, blieb dann aber stehen. »Hast du den Verstand verloren, Papa?«

Jacopo schwieg, dann deutete er auf die Treppe und sagte: »Sie war im Büro ... ich dachte.« Er hielt inne. »Ich dachte, sie ... ich habe es dir gesagt. Sie ist nicht die, die sie vorgibt zu sein. Sie ist mit einem festen Ziel nach Murano gekommen.«

»Ja, um am Kurs teilzunehmen. Wie alle anderen auch.«

»Sie spricht perfekt Italienisch und sie hat die Perlenkette.«

Marcus war wie vor den Kopf geschlagen. »Ihre Familie stammt ursprünglich aus Italien, wie Abertausende anderer Amerikaner auch. Ihr Kindermädchen hat immer Italienisch mit ihr gesprochen. Und was glaubst du, wie viele Ketten dieser Art es auf der Welt gibt?«

Jacopo drehte sich zur Treppe, als wolle er Juliet hinterherrufen. Dann wandte er sich an Marcus.

»Du weißt so vieles nicht, du hast keine Ahnung, welches Leid diese Leute über uns gebracht haben«, sagte er wütend.

Diese Leute ...? Marcus brauchte einen Moment, um reagieren zu können. »Von wem redest du, verdammt?«

»Diese Kette wurde gestohlen, das kannst du mir glauben! Sie ist eine von denen, eine von diesen Betrügern.«

Marcus war außer sich, dieses Mal hatte sein Vater das Maß des Erträglichen überschritten. Von dieser schrecklichen Geschichte hatte er gehört, wusste aber nicht viel darüber. »Und selbst wenn du recht hast, ist dir klar, dass seit dem Unfall mehr als sechzig Jahre vergangen sind?«

»Das war kein Unfall!«

»Das weißt du doch gar nicht, damals warst selbst du noch nicht mal auf der Welt.« Er atmete tief durch, er musste sich beruhigen. »Du sprichst über Leute, die seit Jahrzehnten tot sind, Papa.« Er hatte genug. »Du hast diese Frau von Anfang an unter Druck gesetzt. Damit ist jetzt Schluss!« Er betonte jedes Wort. »Sofort! Wenn du dich nicht beherrschen kannst, dann bist du hier fehl am Platz. Nimm dir frei, verreise, sprich mit einem Arzt.«

»Sie ist nicht die, die sie vorgibt zu sein.«

»Und wenn du dich irrst? Wie muss sich Juliet wohl fühlen? Du hast sie behandelt wie eine Verbrecherin!«

»Aber diese Kette gehört ihr nicht, sie haben sie gestohlen ...«

Es war nicht zu glauben. Selbst die abgöttische Liebe seines Vaters zu der Frau, die sein Leben verändert hatte, rechtfertigte sein Verhalten nicht. »Denk doch mal nach, Papa, wie du diese Frau behandelt hast. Und jetzt stelle dir vor, du hast Unrecht und sie hat von all dem keine Ahnung.«

Er wartete die Antwort nicht ab und stürmte mit geballten Fäusten die Treppe hinauf. Als er an Juliets Tür klopfen wollte, hörte er von drinnen Schluchzer. Er ließ die Hand sinken, lehnte sich gegen die Tür, schaute zur Decke und murmelte: »Verdammt!«

15.

In Venedig galt die Glasmacherkunst als edles Handwerk. Der soziale Status der Meister war so hoch, dass es ihren Nachkommen erlaubt war, Angehörige der Aristokratie zu heiraten. Per Erlass der Serenissima durften die Kinder aus diesen Verbindungen alle Vorrechte der väterlichen Linie behalten und hatten die Möglichkeit, sich in das goldene Buch des venezianischen Adels eintragen zu lassen.

Am nächsten Morgen fand Juliet beim Aufwachen einen Zettel auf dem Fußboden ihres Zimmers.

Liebe Juliet, bitte entschuldige das Verhalten meines Vaters. Ich kann dir versichern, dass sich das nicht wiederholen wird. Ich hoffe, du kannst das alles vergessen, und ich stehe zu deiner Verfügung.
Dein Marcus

Sie warf einen Blick auf den am Boden stehenden Koffer. Sie hatte ihn am Vorabend spontan gepackt mit der festen Absicht, die Schule zu verlassen. Nach reiflicher Überlegung hatte sie ihre Meinung geändert. Gerade jetzt, wo sich die Dinge zum Besseren entwickelten, würde sie nicht aufgeben.

Sie dachte an Jacopo Quintavalle.

Dieser Mann wusste etwas über die Kette. Sie hätte ihn

nach dem Grund für seine Feindseligkeit ihr gegenüber fragen sollen. Schon bei dem Gedanken fingen ihre Beine an zu zittern. Sie seufzte und ging nach unten.

In der Glashütte wurde sie von den anderen empfangen, die Studenten waren bester Stimmung.

»Weißt du schon? Meister Quintavalle ist einige Tage abwesend, sein Sohn wird ihn vertreten.«

Juliet reagierte nicht. Dann begann der Unterricht, dem sie hoch konzentriert folgte.

Durch die neue Situation veränderte sich die Atmosphäre im Palazzo Zenobio, die Studenten waren hoch motiviert. Morgan war der Talentierteste unter ihnen, er stammte aus einer böhmischen Glasmacherfamilie und schuf wahre Kunstwerke. Juliet war begeistert von seiner Kreativität und der Fähigkeit, seine Ideen praktisch umzusetzen.

Wo die anderen Schwierigkeiten hatten oder zumindest lange nachdenken mussten, genügten ihm wenige Augenblicke, um das Wesentliche zu erkennen. Glas war für ihn das Fenster zur Welt. Er war brillant und ausgesprochen selbstsicher, groß gewachsen und kräftig. Er hatte eine spitze Nase und dunkle melancholische Augen. In den Prüfungen war er stets der Beste gewesen.

Auch Juliet machte Fortschritte, Marcus und Lorenzo hatten sie mehrmals gelobt. Das tat ihr gut, doch jedes Mal fragte sie sich, ob sie diese Anerkennung überhaupt verdient hatte. Die meisten ihrer Ideen stammten aus dem Notizbuch. Wenn die Melancholie sie übermannte, fragte sie sich, wie sie ohne diese Hilfe zurechtkommen sollte. Sie würde das Notizbuch noch eine Weile behalten, sie konnte es später immer noch an Silvia zurückgeben.

Marcus war wieder ganz der Alte. Er war immer für sie

da, suchte ihre Gesellschaft und hatte stets ein Lächeln auf den Lippen. Er hatte sie gefragt, ob sie ihn zu einem Ball begleiten würde, doch sie hatte abgelehnt.

Sie wusste nicht einmal, ob sie überhaupt zu diesem Ball gehen würde, aber ganz bestimmt nicht mit ihm. Nicht weil sie nicht wollte, insgeheim hatte sie sogar davon geträumt. Ein Fest in einem der hochherrschaftlichen Ballsäle in Venedig hätte sicher einen besonderen Reiz und wäre ganz anders als die Empfänge ihrer Eltern. Sie stellte sich vor, wie sie in einem Perlenkleid aussehen, im Licht der Kronleuchter glänzen würde. Und Marcus wäre sicher ein amüsanter Begleiter …

Aber das ließ ihr Stolz nicht zu.

Obwohl er sie bei Jacopo verteidigt hatte, war sie noch immer wütend über die Art und Weise, mit der er sie behandelt hatte. Wahrscheinlich hatte er unzählige Freunde, sodass für ihn ihre gemeinsame Zeit gar nicht so wichtig gewesen war. Für sie dagegen waren das unvergessliche Momente gewesen. Und nicht nur das. Marcus hatte ihr den Impuls gegeben, ihr Selbstbild und die Regeln, die sie sich für ihr Leben gegeben hatte, infrage zu stellen. Die Art, wie sie sich selbst und andere beurteilte, hatte sich seitdem verändert. In diese Gedanken versunken stand sie vor dem Schaufenster.

Sie hatte schon eine Weile über die Veränderung nachgedacht, hatte sich aber noch nicht dazu durchringen können. Jetzt betrat sie den Salon.

Während sie der Friseurin ihre Wünsche erklärte, war ihr klar, dass es kein Zurück geben würde. Jetzt oder nie. Sie war bereit.

»Sind Sie wirklich sicher? Ihre Haare haben eine Naturfarbe, für die andere Frauen alles geben würden. Venezianisches Blond.«

»Venezianisches Blond?«, fragte sie erstaunt.

»Genau. In der Vergangenheit war dieser Farbton typisch für die Frauen dieser Stadt. Ich werde nur Pigmente benutzen, damit die Haare ihre natürliche Strahlkraft behalten, ja?«

Juliet nickte. »Einverstanden.«

Die junge Frau hantierte mit Schüsseln und Abschnitten aus Alufolie, dabei erzählte sie, dass sie vor fünf Jahren nach Venedig gekommen war. Es war nicht leicht, in Murano Fuß zu fassen, aber sie hatte immer an sich geglaubt, und der Salon lief gut. »Man muss seine Träume leben!«

Wie recht sie hatte. Juliet erzählte von der Schule und ihrer Liebe zum Glas und der Glasmacherkunst. In Seattle hätte sie niemals so viel von sich preisgegeben, aber hier war sie eine andere. Hatte die Schule sie verändert? Während die Friseurin weitersprach, ließ sie das Geschehene noch einmal Revue passieren. Sie dachte an den ersten Tag, als sie Marcus kennengelernt hatte, an Carlos, an ihre Freundschaft mit Silvia. An die Werkstatt, den Schmelzofen und die ersten Arbeiten. Sie hatte viel gelernt und insgesamt eine gute Figur gemacht.

Sie war zufrieden mit sich. Zum ersten Mal.

Die Friseurin schwärmte von der Festa del Redentore, ein feierliches Ereignis, das sie nicht versäumen dürfe. »Im Canal Grande liegen die Boote so dicht beieinander, dass man ihn wie auf einer Brücke überqueren und zur Kirche gelangen kann.« Sie beschrieb das Fest in allen Details, und als Juliet am späten Nachmittag den Salon verließ, war sie glücklich. Ihre bunt gefärbten Strähnen leuchteten.

Sie wusste, dass viele sie für ein wenig verrückt halten würden, aber das war ihr egal. Ihr gefiel es. Sie wollte noch nicht nach Hause und entschloss sich zu einem Spaziergang. Nicht auf ihrer Lieblingsstrecke zu dem Aussichtspunkt, wo sie mit Marcus den Sonnenuntergang betrachtet hatte, sondern in die andere Richtung. Sie schlenderte den Canal Grande entlang bis zu dem kleinen Häuschen mit dem Hahn auf der Eingangstür, das sie an dem Abend entdeckt hatte, als sie mit Carlos gestritten hatte. Die Läden waren blau gestrichen, das gleiche strahlende Blau, das sie in Burano gesehen hatte. Auch die Fassade leuchtete bunt, fuchsiarot wie die Strähnen in ihren Haaren. Das Dach war mit glänzenden Ziegeln gedeckt, und auf den Fensterbänken standen Kästen voller Blumen, die sie schon bei ihrer Ankunft in Venedig bewundert hatte. Das Häuschen grenzte direkt an den Kanal. Juliet hätte wetten können, dass dort auch ein Boot lag. Am Eingangstor verharrte sie und strich über den Hahn. Dabei dachte sie an die Glasperlenkette.

»Kann ich Ihnen helfen?«

Juliet zuckte zusammen und suchte nach der Herkunft der Stimme. »Entschuldigung, ich habe Sie nicht gesehen.« Die Stimme gehörte einer Frau, die unter einem Baum im Schatten saß.

»Herein mit Ihnen, junge Frau, sonst verrenke ich mir noch den Hals.«

»Ich komme.« Juliet öffnete das Tor und trat ein. »Entschuldigen Sie, ich habe nur Ihren Garten bewundert.« Erst jetzt fiel ihr auf, wie alt die Frau sein musste, ihre Haut war mit tiefen Falten durchzogen, die silbergrauen Haare fielen ihr auf die Schultern, aber die Augen waren hellwach und heiter, genau wie ihr Lächeln.

»Schön, oder? In dieser Zeit des Jahres kleiden sich die Pflanzen in Smaragd und Opal.« Sie lachte. »Ich wollte sagen grün und rosa, dieser Farbton, der sich je nach Einfallswinkel des Sonnenlichts verändert.« Sie deutete auf einen Stuhl. »Wollen Sie einen Moment Platz nehmen? Meine Nichte kommt etwas später.«

»Oh, das mache ich gerne.«

Sie trug ein gelb-blaues Kleid, eine Brille mit orangefarbenem Rahmen, die ihre Augen größer erscheinen ließ, und mit Strasssteinen besetzte Ballerinas. Ihre Kleidung erinnerte Juliet an einen bunten Vogel. Eine zeitlose und exzentrische Schönheit mit einer faszinierenden Ausstrahlung. Ihre Eltern hätte der Schlag getroffen. Das Lächeln der alten Dame war unwiderstehlich und voller Lebensfreude, ihre langen dünnen Finger spielten mit den Ketten auf ihrer Brust.

»In Murano haben die Farben andere Namen. Auch wenn es heute lange nicht mehr so viele Glasmacher gibt, sind die Bezeichnungen geblieben. Edelsteine statt Farben. Ich finde das schön.« Dann hielt sie inne und schwieg, ihr Blick hatte sich verklärt.

»Ich stimme Ihnen zu. Punktgenau treffende Worte können Emotionen wecken. Einen Rubin oder einen Amethyst vor dem inneren Auge zu sehen, lässt seine Komplexität, seine Facettierung und seine mannigfachen Schattierungen mitschwingen.«

»Besser hätte ich es auch nicht sagen können.«

Ihr prüfender Blick erinnerte sie an ihr früheres Kindermädchen. »Manchmal komme ich hier vorbei und muss einfach stehen bleiben. Das Haus und der Garten sind ein kleines Paradies.« Sie hielt inne und lächelte die alte Dame an. »Ich tanke mich mit Farben und Schönheit förmlich auf, und dann erscheint mir alles viel einfacher.«

Die alte Dame lachte und deutete auf eine Karaffe. »Kalte Limonade, gießen Sie sich doch ein.«

Juliet bewunderte die Karaffe und die Gläser, wundervolle Handarbeit. Diese Frau hatte einen erlesenen Geschmack. Sie fragte sich, von welchem Glasmachermeister sie wohl stammten.

»Und warum sind Sie heute hier? Nur zum Frischeluftschnappen?«

Eine schwierige Frage, Juliet zögerte mit der Antwort. Sie stellte ihr volles Glas ab, und als sie bemerkte, dass die alte Dame sie erwartungsvoll ansah, lachte sie verlegen auf.

»Sie müssen wissen, dass ich sehr alt und sehr neugierig bin, meine Liebe. Eine teuflische Kombination.«

Die Limonade war bitter und süß zugleich. Juliet trank einen Schluck und schaute dann über die Schulter der alten Frau in den Himmel. »Ich hatte die Idee, mir die Haare färben zu lassen.«

Sie nickte. »Das sehe ich, sehr schön. Meinen Sie, mir würde sowas auch stehen?«

Machte sie sich über sie lustig? Aber die Frau wirkte ernsthaft, die Strähnchen schienen ihr tatsächlich zu gefallen. »Ich denke ja, das geht sicher mit allen Farben.«

»Gut, ich denke darüber nach. Es müsste eine Schattierung sein, die mir auf Dauer gefällt. Ich bin ein wenig flatterhaft, müssen Sie wissen. Oh, ich habe Sie unterbrochen. Sie sagten, Sie hatten die Idee, sich die Haare färben zu lassen, was übrigens sehr gut aussieht. Sie erinnern mich an einen Schmetterling, eines meiner Lieblingstiere übrigens.«

Ein Schmetterling ... Juliet war gerührt. Als Kind hatte sie Schmetterlinge geliebt, so sehr, dass sie sich aus Karton Schmetterlingsflügel gebastelt und häufig getragen hatte. Sie rutschte nervös auf ihrem Stuhl herum und nahm noch einen Schluck. Dann strich sie sich übers Haar. »Vorher hat mir der Mut gefehlt.«

»Wirklich? Sie wirken wie eine selbstbewusste junge Frau, sind gesund und munter, was könnte Sie davon abgehalten haben, Ihre Wünsche zu verwirklichen? Das nicht zu tun, ist ein schwerer Fehler, ich weiß, wovon ich spreche, glauben Sie mir. Außerdem Zeitverschwendung. Man ist, wer man ist. Basta. Wenn man auf etwas verzichtet, um anderen zu gefallen, und die eigenen Gefühle unterdrückt, ist das immer falsch. Man erwartet eine Gegenleistung und macht sich abhängig. Lassen Sie mich bitte ausreden, meine Liebe. Ungefragt Ratschläge zu geben, ist sonst eigentlich nicht meine Art, aber Sie ... haben wir uns schon einmal gesehen?« Sie hielt inne. »Sie erinnern mich an jemanden, den ich schon einmal gesehen habe ... wo waren wir? Ach ja, wenn jemand sich opfert, macht man sich erpressbar und wird ausgenutzt. Meist ohne es selbst zu merken, aber so funktioniert die Welt nun mal. Und wenn ich nicht bekomme, was ich mir erhofft hatte, beginne ich zu grübeln. Und was bringt das? Nichts, außer Problemen und Frust. Auf jeden Fall nichts Gutes.« Wieder hielt sie inne und starrte sie an. Dann reichte sie Juliet die Hand und drückte sie.

»Heute sind Sie glücklich, weil Sie Ihrem Herzen gefolgt sind, oder?«

»Ja.«

Erneut lächelte sie. »Ein gutes Gefühl, nicht wahr?

Warum machen Sie nicht eine Gewohnheit draus? Ich bin sicher, dass es Ihnen guttun wird. Fühlen Sie sich als Nabel der Welt, mindestens zwanzig Tage lang, dann denken Sie nicht mehr darüber nach. Schauen Sie mich nicht so an, ich habe das nicht erfunden. Ein kluger Mensch hat einmal gesagt, dass man etwas mindestens zwanzig Tage tun muss, damit es eine Gewohnheit wird. Man wiederholt etwas so lange, bis es in Fleisch und Blut übergegangen ist. Der Mensch ist ein Gewohnheitstier.« Sie schüttelte den Kopf. »Auch das habe ich mir nicht ausgedacht, das habe ich irgendwo gelesen. Wenn man so alt ist wie ich, weiß man, ob etwas wahr oder Unfug ist.«

Unfug? Juliet lachte. »Ich habe Sie nicht mal nach Ihrem Namen gefragt.«

»Was spielt das für eine Rolle? Die besten Gespräche hat man mit Unbekannten.«

Sie unterhielten sich noch eine Weile, dann bemerkte Juliet, dass es kühler wurde. »Ich heiße übrigens Juliet.«

»Und ich, meine junge Freundin, bin Nina.«

Juliet brachte Nina zum Haus und versprach, sie wieder besuchen zu kommen.

Nach dem Abendessen mit Carlos und den anderen ging sie auf ihr Zimmer, zog sich aus und legte sich ins Bett. Während sie über das Treffen mit der alten Dame nachdachte, trat ein Lächeln auf ihre Lippen.

»Ob das Leben wirklich so einfach war?«

Nein, bestimmt nicht, aber erhellend war das Gespräch trotzdem.

Sie seufzte und schloss die Augen. Nach ein paar Stunden Schlaf erwachte sie wieder.

Als sie das Zimmer verließ, traf sie auf einen Mitstudenten. »Ciao, Morgan.«

»Guten Morgen, du bist früh ...«

»Ich schlafe schlecht, wenn ich mit etwas beschäftigt bin.« Sie wusste nicht, warum sie das gesagt hatte, sie sprach selten über ihre Schlaflosigkeit, Probleme behielt sie lieber für sich.

»Verstehe.«

Das bezweifelte sie, Morgan hatte diese Probleme bestimmt nicht.

»Hast du noch was vor?«

Sie schaute ihn belustigt an. »Es ist sechs Uhr morgens!« Wo sollte sie da hingehen?

Er schüttelte den Kopf. »Fünf.«

Morgan dachte über etwas nach, das konnte sie ihm ansehen.

»Ich habe mich mit den anderen verabredet, das Glas vorzubereiten, willst du mitkommen?«

»Gerne!«

Sie betraten den Ofenraum und wurden freundlich empfangen.

»Ciao, Juliet, guten Morgen. Du siehst aus wie der junge Frühling.«

Marcus? Er war auch da. Sie fuhr sich mit den Fingern durchs Haar. Auch wenn sie sie zusammengebunden hatte, waren die bunten Strähnen nicht zu übersehen. »Danke«, murmelte sie und ging dann zu ihren Mitstudenten.

Das Mischen der Rohstoffe brauchte nicht lange, dann wurde alles auf die Schmelztiegel verteilt. Das Aufschmelzen setzte unmittelbar ein, und binnen weniger Stunden konnte man die ersten Resultate sehen. Das Glas »reifte«

in den Öfen, blähte sich auf, befreite sich von der Luft, die in großen Blasen an die Oberfläche stieg. Fasziniert beobachtete sie den Entwicklungsprozess und konzentrierte sich auf die Transparenz und die Farbe der Glasmasse. Am späten Vormittag machte sie eine Pause.

»Juliet, hier ist jemand für dich.«

Sie drehte sich um und sah, wie Silvia am anderen Ende der Werkstatt winkte. Sie verließ den Ofenbereich und glaubte ihren Augen nicht zu trauen.

»Das kann nicht wahr sein«, sagte sie leise und presste die Hände auf den Mund.

Erst zögerte sie, dann rannte sie los. »Daniel!«, rief sie. »Daniel!«

Er breitete die Arme aus. »Juliet, ich bin fast wahnsinnig geworden vor Sorge. Warum gehst du nicht ans Telefon?«

Sie warf sich in seine Arme, und er drückte sie an sich. In inniger Umarmung verharrten sie schweigend, dann lösten sie sich und schauten sich mit Tränen in den Augen an.

Sie strahlte ihn an. Kein Wunder, dass Silvia so beeindruckt ausgesehen hatte. In Anzug und Krawatte sah ihr Bruder einfach großartig und elegant aus, wie ein Filmstar. »Wann bist du angekommen?«

»Ich komme direkt vom Flughafen, ich konnte nicht einen Tag länger warten.« Er strich ihr übers Haar. »Das gefällt mir, so ... bunt.«

»Mama würde sicher der Schlag treffen. Und Paul würde mich von seiner Hochzeit ausladen.« Sie lachten und umarmten sich erneut, fest entschlossen, sich auszusprechen und Verständnis für die Haltung des jeweils anderen zu entwickeln. »Entschuldige, ich wollte das nicht.«

Daniel schüttelte den Kopf. »Sag nichts, Juliet. Es war meine Schuld, alles war meine Schuld, und es tut mir leid. Ich wollte dich nur beschützen, ich wollte …«

»Das verstehe ich, aber es gibt Dinge, die muss ich alleine machen.« Sie löste sich von ihm und blickte zur Tür, wo ihre Mitstudenten und Marcus standen.

Sie errötete und deutete auf Daniel. »Das ist mein Bruder, wenn ihr es unbedingt wissen wollt.« Als sie Erleichterung auf Marcus' Gesicht bemerkte, musste sie innerlich lachen. Er ging auf Daniel zu und streckte ihm die Hand entgegen. »Willkommen, ich bin Marcus. Du bist also Juliets Bruder … wie erfreulich!«

Daniel warf ihm einen erstaunten Blick zu.

»Ich meine, ich freue mich, dich kennenzulernen.« Er lachte, die anderen stimmten ein.

»Tatsächlich?« Bevor Daniel weiter nachfragen konnte, reichten Carlos, Morgan, Robert und alle anderen ihm ebenfalls die Hand.

Schließlich griff Daniel Juliet am Arm. »Ich muss mit dir reden.«

Sie nickte. »Wir sehen uns später?«, sagte sie zu den anderen.

»Natürlich, geh ruhig, wenn du etwas brauchst weißt du ja, wo du mich finden kannst«, antwortete Marcus.

Sie lächelte ihm zu. »Gut.«

»Komm, gehen wir, ich brauche eine Dusche und dann zeige ich dir Venedig.« Sie stiegen die Treppe zu ihrem Zimmer hinauf, und sie erklärte ihm, wie alt der Palazzo Zenobio war, und dass er im Laufe der Jahrhunderte mehreren adligen Familien gehört hatte, bevor er eine Schule wurde. Er schaute sich fasziniert um. »Sehr beeindruckend, die … die Atmosphäre ist unbeschreiblich. Hier lässt es sich sicher gut leben.«

Sie fühlte sich bestätigt und freute sich. Sie zeigte ihm ihr Zimmer: »Schön, nicht wahr?«

»Wunderschön!«

Schlagartig verdüsterte sich Daniels Gesicht. Er ließ sich auf einen Sessel sinken. Dann stand er wieder auf, zog das Jackett aus, löste die Krawatte und steckte sie in die Tasche. »Verdammt.« Er begann im Zimmer hin und her zu tigern, bis sie ihn aufhielt.

»Was ist los?«

»Ich habe es ihnen gesagt.«

»Kannst du mir das näher erklären?«

»Ich habe Mama und Papa von George erzählt.«

Dafür konnte es nur einen Grund geben. Juliet griff nach seiner Hand, ihr Herz raste. »Sie wissen von euch?«

»Ja.«

Sie zitterte. »Das tut mir leid, Daniel, ich wollte nicht, dass sie es auf diese Weise erfahren.« Sie war an allem schuld, hatte alles zerstört. »Ich würde am liebsten die Zeit zurückdrehen und alles ungesagt machen, ich hatte nicht das Recht dazu. Es tut mir so leid.«

Er lachte mit Tränen in den Augen. »Sag das nicht, es ist alles in Ordnung, im Grunde muss ich dir dankbar sein. Wenn du mich nicht dazu gezwungen hättest, würde ich immer noch herumeiern und er … ich hätte ihn verloren, Juliet, er hätte mich verlassen. Und ich … ja, sicher, es wäre weitergegangen, ich hätte auch ohne ihn leben können. Aber es wäre nicht das Gleiche gewesen. Das verdanke ich dir, verstehst du?«

»Das verstehe ich nicht.«

Es war wie früher, nur umgekehrt. In Seattle war es immer Juliet gewesen, die sich offenbart hatte, jetzt schüttete Daniel ihr sein Herz aus. Sie wusste nicht, was sie davon halten sollte.

»Du hast dich der Situation gestellt und bist mutig deinen Weg gegangen, trotz aller Schwierigkeiten.«

Juliet konnte ihre Tränen nicht zurückhalten, sie schluchzte, dann brach es aus ihr heraus. »Es ist nicht so, wie du denkst. Ich bin vor Angst fast gestorben. Es ist so viel passiert. Mein Handy hat nicht funktioniert, ich konnte nicht ins Hotel einchecken, die ersten Prüfungen waren furchtbar, ich habe einen Fehler nach dem anderen gemacht, meine Mitstudenten sind mir aus dem Weg gegangen.« Ihr Gesicht war tränenüberströmt, sie versuchte, sich zu erklären, aber ihre Worte wurden von erneuten Schluchzern verschluckt. Dann riss sie sich zusammen und erzählte von ihrem dramatischen ersten Tag, vom Verlust ihrer Tasche, von Marcus' Unterstützung, wie sie sich in ihn verliebt hatte, und dass das ein Fehler gewesen war, weil sie sich in ihm getäuscht hatte. Als sie wieder normal atmen konnte, lächelte Daniel sie an und küsste ihre Hand.

»Du bist eine starke und wundervolle Frau, Juliet, und ich bin stolz, dein Bruder zu sein.«

Sie schüttelte den Kopf. »Du hast mir nicht zugehört. Wenn du mich weiter zu trösten versuchst, muss ich wieder weinen und bekomme Kopfschmerzen. Das kann ich mir nicht leisten, morgen ist die erste Abschlussprüfung.«

Daniels Lächeln wurde breiter. »Dann lass es sein, komm mit mir nach Hause, alles wird gut. Du musst nicht länger bleiben.«

»Aber ich will nicht weg aus Murano. Ich will weiter-machen, mir gefällt, was ich hier tue. Ich bin glücklich.«

In diesem Augenblick wurde Juliet endgültig klar, was sie wollte, wie ihre Zukunft sein sollte. »Ich habe nicht vor, aufzugeben, ich will hierbleiben, den Kurs beenden, und wer weiß, meine eigene Werkstatt und einen kleinen Laden eröffnen, wo ich meine Produkte anbieten kann.«

Er schüttelte den Kopf. »Aber du fehlst uns. Unsere Eltern machen sich Sorgen, selbst Paul habe ich noch nie so schweigsam gesehen. Er bedauert sein Verhalten sehr. Es wird alles anders werden, du wirst sehen. Du bist ihm sehr wichtig, glaube mir. Als du am Tag des Unfalls aus dem Fenster gesprungen bist, war er tief verzweifelt, er hat sich die Schuld dafür gegeben.«

War er deshalb so distanziert? War er deshalb so hart in seiner Kritik? »Ich weiß nicht.« Sie wusste nicht, was sie darauf antworten sollte.

»Du warst noch zu jung und hast es nicht bemerkt, aber er hat sehr gelitten. Paul liebt dich, wir alle lieben dich.«

Der Gedanke, dass ihre Familie sich wegen ihr Sorgen machte, erfüllte sie mit tiefer Trauer. Sie schwieg eine Weile, dachte über seine Bitte nach. *Komm nach Hause. Es wird alles anders werden, du wirst sehen*, die Worte hallten in ihr nach. Aber dann traf sie eine endgültige Entscheidung. »Nein, Daniel. Ich werde in Murano bleiben und das zu Ende bringen, was ich begonnen habe.«

Er schwieg und sagte dann seufzend: »Na gut. Wenn es das ist, was du willst, bin ich auf deiner Seite.«

Sie wusste, dass er nicht einverstanden war, sie aber trotz allem unterstützen würde. In seinem Blick lagen Respekt und Wertschätzung. Er hatte ihre Entscheidung akzeptiert. Eine Welle der Zufriedenheit und des Glücks überkam sie.

»Ich mache mich frisch und dann gehen wir essen.«

Das Wasser spülte ihre Müdigkeit und ihre Verwirrung ab, sie genoss diesen Moment. Sie fühlte sich wie von einer schweren Last befreit. Aber warum hatte Daniel diese große Angst, dass ihre Eltern seine Liebe zu einem Mann verurteilen würden? Juliet vermutete, dass sie es ohnehin schon lange wussten. Jeder hatte doch die Freiheit, zu lieben, wen er wollte. Stattdessen war ihr Bruder immer damit beschäftigt, Schutzmauern um sich herum zu errichten. Genau das hatte er mit ihr auch gemacht. »Jeder ist für sein Gefängnis selbst verantwortlich«, sagte sie zu ihrem Spiegelbild. Sie betrachtete ihre bunt gefärbten Haare, die in den Strahlen der Julisonne glänzten, und sie war glücklich über ihre Entscheidung zu bleiben.

Als sie aus dem Bad kam, fiel Daniels Blick auf die Kette. »Sie ist wunderschön, hast du sie gemacht?«

Sie schüttelte den Kopf. »Sie gehörte einer Vorfahrin von uns. Wahrscheinlich war sie auch Glasmacherin, aber da bin ich nicht sicher.«

»Wie meinst du das?«

Sie griff nach ihrer Tasche. »Komm, das erzähle ich dir unterwegs.«

Während sie die Fondamenta dei Vetrai entlanggingen, erzählte Juliet, dass Gina ihr die Kette gegeben hatte, und auch von ihren seltsamen Andeutungen, von dem Hahn, der dem Logo der Schule glich. Und sie erzählte die Geschichte der Glasmacherin, die sie von Lorenzo gehört hatte. »Ich weiß noch nicht, welche Geschichte genau dahintersteckt oder was sie mit mir zu tun haben könnte.«

»Es sei denn, irgendwo in Venedig lebt immer noch ein Teil unserer Familie«, meinte Daniel.

Das stimmte, daran hatte sie auch schon gedacht. »Weißt du etwas über die Vergangenheit von Nonno Luigi?«

Sie hatten sich an einen Tisch gesetzt und bestellt.

»Er starb, als Papa noch ein Kind war.«

»Ja, das weiß ich auch. Aber warum hat Papa nie über ihn gesprochen? Ich weiß nicht mal, warum er seinen Nachnamen geändert hat.«

Daniel zuckte mit den Schultern. »Das haben damals viele, ich nehme an, es war leichter, so zu tun, als käme man aus der Gegend. Das gab einem Glaubwürdigkeit und für einen Unternehmer war das wichtig. Aber zugegeben, wirklich nachgedacht habe ich darüber noch nie.«

Sie auch nicht. Sie alle hatten die Tatsache der Namens-änderung als gegeben hingenommen. Aber im Licht der neuen Entwicklungen bekam das Ganze eine neue Dimen-sion. Das Rätsel um die Kette musste gelöst werden.

Sie schwiegen eine Weile und dachten nach. »Meinst du, Gina weiß Bescheid?«, fragte Daniel.

Juliet zuckte mit den Schultern. »Sie will nicht darüber sprechen.«

»Warum fragst du Papa nicht?«

Sie seufzte. »Warum hatte Gina die Kette, wenn sie ein Familienerbstück ist? Ich möchte ihr keine Schwierigkei-ten machen, solange ich nicht weiß, wie sie in den Besitz der Kette gekommen ist, werde ich mit niemandem spre-chen.« Sie hielt inne. »Wie hieß Großvater denn vorher? Das könnte mir helfen.« Dann hätte sie eine konkrete Spur.

Daniel überlegte. »Ich werde mich erkundigen. Im Notfall frage ich Papa direkt, ohne ihm weitere Erklärungen zu geben.«

So einfach würde das nicht gehen, dachte Juliet. Aber auf Daniel konnte sie sich verlassen. Er hatte ihr immer geholfen.

Er fing ihren Blick auf und lächelte, griff nach ihrer Hand und drückte sie. »Du siehst wirklich großartig aus. Ich muss zugeben, dass Venedig dir guttut.«

Sie war froh, dass er da war, ihm vertraute sie voll und ganz.

»Wenn ich nach Seattle zurückkehre, wird sich alles ändern. Weil ich mich verändert habe. Ich werde das tun, was ich für richtig halte, und bin bereit, die Konsequenzen dafür zu tragen. Dazu brauche ich deine Unterstützung. Bist du auf meiner Seite?«

»Zweifelst du etwa? Es ist doch selbstverständlich, dass ich meiner kleinen Schwester helfe und sie beschützen werde.«

»Das verstehe ich und ich hoffe, dass du mich auffängst, wenn ich fallen sollte.«

Er wusste genau, worauf sie anspielte, und erwiderte seufzend: »Erinnere mich nicht daran, bitte. An dem Tag, als ich dich im Garten gerettet habe, bin ich bestimmt tausend Tode gestorben.«

Juliet lachte. »Siehst du, ich habe überlebt, und du hast es auch. Und ich will weiter fliegen, verstehst du, Daniel?« Sie atmete tief durch.

»Und ich werde immer an deiner Seite sein.«

Sie war gerührt, das war alles, was sie sich wünschte.

Den Rest des Nachmittags verbrachten sie in kleinen Geschäften und Glaswerkstätten. Daniel kaufte einen

Füllfederhalter für George, Ohrringe für seine Mutter und Rebecca, Briefbeschwerer für seinen Vater und Paul. Noch am Abend würde er nach Rom fliegen, wo er George treffen und mit ihm ein paar gemeinsame Tage verbringen würde. Irgendwann würde auch sie dorthin reisen, dachte Juliet.

»Ich bringe dich zum Flughafen.«

»Auf keinen Fall, du bleibst hier bei deinen Freunden. Ich habe schon ein Wassertaxi bestellt, das wird sicher ein Erlebnis und ein großer Spaß. Schau, sie fahren genau hier ab.«

Juliet wusste, wie er sich fühlte. Sie gingen das letzte Stück des Weges miteinander zur Anlegestelle. Sie war ein bisschen traurig, dass er sie schon wieder verließ. »Ich liebe dich, Daniel, du bist mein Held und wirst es immer sein.«

Ihr Bruder drückte sie an sich. »Und du bist mein kleines Äffchen. Auch wenn ich den Eindruck habe, dass du es nicht mehr lange bleiben wirst. Ist dieser Marcus ein guter Typ? Er macht auf mich einen sehr ... aktiven und sicheren Eindruck.«

Sie legte ihre Wange auf seine Brust. »Ich weiß nicht.«

Ihr Bruder küsste sie auf den Kopf. »Magst du ihn?«

Juliet nickte. »Sehr.«

»Hast du ihm das gesagt?«

Sie schüttelte den Kopf. »Er ist gegangen, ohne sich zu verabschieden.«

»Und wiedergekommen.«

»Ja.«

»Dann sollte er wissen, wie wichtig er für dich ist, findest du nicht?«

»Stimmt. Leider weiß ich nicht, wie ich es ihm sagen soll.« Vor allem wusste sie nicht, ob *er* ihre Gefühle erwiderte. Nein, ganz so war es nicht. Wenn sie an seinen Gesichtsausdruck heute Morgen dachte … Aber was sollte sie tun?

»Ich bin sicher, dass du einen Weg finden wirst.«

Es fiel ihr schwer, ihn loszulassen. Als das Wassertaxi losfuhr, schaute sie ihm noch lange nach und winkte. Und jetzt? Sie konnte sich nicht entscheiden, sofort in die Schule zurückzukehren. In letzter Zeit war einfach zu viel geschehen. Das musste sie erst einmal verarbeiten. Sie drehte sich um, dann sah sie ihn. Marcus stand ganz in der Nähe und betrachtete sie. War er ihr gefolgt, stand er schon die ganze Zeit hier?

Sie ging auf ihn zu, er breitete seine Arme aus und sie flüchtete sich in seine Wärme und überließ sich dem Trost seiner Umarmung.

»Alles in Ordnung?«

Sie nickte. Wie hatte sie seinen Duft vermisst.

»Möchtest du etwas trinken gehen?«

Juliet löste sich von ihm. »Warum?«

Er runzelte die Stirn.

»Warum?«

Er strich ihr mit den Fingerspitzen über das Gesicht. »Weil ich gerne mit dir zusammen bin, ich mag es, wie du lachst, wie du sprichst, sogar, wie du wild durcheinander redest und ich nichts mehr verstehe.«

Er sagte nichts mehr, denn Juliet hatte sich auf die Zehenspitzen gestellt, sein Gesicht mit beiden Händen umfasst und ihn geküsst. Wie sie es schon viel früher hätte tun wollen, an ihrem ersten gemeinsamen Abend.

16.

»Vaselineglas« ist die Bezeichnung für ein Glas mit einer auffälligen gelb-grünen Färbung. Es entsteht durch die Beimischung von Uranoxidverbindungen. Obwohl nur winzige Uranmengen verwendet wurden und die von ihnen ausgehende Strahlung verschwindend gering war, entstanden »radioaktive« Glasgegenstände, die heute bei Sammlern sehr begehrt sind.

Marina

Die Glasmacherei der Chiaramontes wurde im Volksmund *Fornaza dele siòre*, die Werkstatt der Schwestern, genannt.

Es war nicht leicht gewesen, die skeptische Haltung der Traditionalisten zu überwinden, die sich bisweilen sogar in offener Feindseligkeit äußerte. Aber Marina hatte nicht aufgegeben. Wenn Marietta Barovier als Frau die Schwierigkeiten zu ihrer Zeit gemeistert hatte, dann konnte sie das auch. Das war die richtige Einstellung, machte sie sich in Krisenzeiten Mut. Mit all ihrer Leidenschaft führte sie die Werkstatt, die ihr Vater vor so vielen Jahren aufgebaut hatte, weiter. Aus ihr und dem Ofen bezog sie ihre Kraft.

Die Werkstatt war blitzblank und immer ordentlich, Ada kümmerte sich persönlich darum, dass jedes Werkzeug am Ende des Tages wieder an seinem Platz lag. Die Wände waren bunt gestrichen worden, vor allen Fensterbänken standen bepflanzte Blumenkästen. Marinas Lieblingsblumen waren Rosen: Sie waren duftend, schön und sinnlich, aber auch voller Dornen.

Jedes Mal, wenn sie an ihre Mitarbeiterinnen dachte, Frauen jedes Alters, musste sie an Rosen denken: Blütenknospen, die aus Zweigen voller Dornen entstanden waren, für jede Verletzung, die ihnen das Leben zugefügt hatte, eine. Trotz aller Wunden und Narben waren sie aktiv geworden und hatten sich neu erfunden. In einer Stadt, die sie nie wirklich akzeptiert hatte, sie gaben ihr Bestes, um ihre Lebensumstände zu verbessern, aufgeben kam für sie nicht infrage.

Die freundschaftliche Atmosphäre in der Werkstatt erinnerte sie an ihre glückliche Kindheit, und selbst wenn es einmal Unstimmigkeiten gab, sorgte ein Machtwort von Rosanna dafür, dass die Situation nicht eskalierte. Marina war es wichtig, dass es jeden Tag etwas Warmes zu essen gab. Und ein separates Zimmer neben den Beeten im Innenhof, wo die Frauen ihre Kinder betreuen lassen konnten, nicht zwangsläufig ihre eigenen, sondern auch die ihrer Familie und Freundinnen, weil die Mütter arbeiteten. Meistens kümmerte sich Agata um die Kleinen, unterstützt von Ginetta. Das Mädchen war inzwischen acht Jahre alt und gehörte zur Familie. Jedes Mal, wenn der Priester bei ihnen gewesen war, um Ginetta zu überzeugen, dass es besser wäre, eine Pflegestelle für sie zu suchen, hatte sie kategorisch abgelehnt. Und Agata hatte den Priester freundlich gebeten, von den Besuchen Abstand zu nehmen, um ihre liebe Ginetta würde sie sich selbst kümmern und niemand anderes.

Marina leitete den Betrieb mit sicherer Hand und verließ sich dabei auf ihren Instinkt und die Ratschläge von Rosanna. Sie hatten die alten Verbindungsgänge zum Kanal wieder instand gesetzt, über diesen Weg wurden die inerten Substanzen abgeleitet. Marietta Baroviers Aufzeichnungen hatten sie inspiriert. Auf ihrer Basis hatte sie begonnen und in der Folge einige Ergänzungen und Modifikationen vorgenommen. Die Rohstoffe wurden in den Tiegel im Ofen gefüllt und erhitzt. Unter Nandos Anleitung hatten die Frauen die Fertigungstechnik rasch begriffen. Während der Bearbeitung mit der Glasmacherpfeife wurden die Werkstücke immer wieder erhitzt, um Risse durch zu schnelle Abkühlung zu vermeiden. Mit Glasstäbchen arbeiteten sie nicht mehr. Die Temperöfen für die fertigen Erzeugnisse befanden sich im rückwärtigen Bereich der Werkstatt. Die *Perlere*, die weiter Perlen und einige kleine Statuen herstellten, arbeiteten neben den großen Fenstern, die auf die Werkstatt hinausgingen, in denen das Glas nochmals behandelt wurde. Auf diese Weise hatten sie am meisten Licht. Erst wurde es geschliffen, dann sorgfältig geprüft und in mit Stroh gefüllte Kisten verpackt.

An diesem Nachmittag kontrollierten Marina und Rosanna den letzten zusammengesetzten Kronleuchter, an dem sie den ganzen Morgen gearbeitet hatten. Ein echtes Meisterwerk, dachte Marina nach kritischer Betrachtung, ein harmonisches Ensemble aus modellierten Blüten und Perlen. Das Ergebnis war ein kontrastreicher Mix aus hellen und dunklen sowie aus klaren und opaken Elementen, manche von hauchdünnen Schichten aus Gold und Silber durchzogen. Vom Zentrum des Kronleuchters gingen Seitenarme ab, die in prachtvollen Blütenbögen endeten. Das

Licht des Kronleuchters würde sich an den Wänden des Raumes brechen und ihm dadurch eine warme Atmosphäre verleihen.

»Was meinst du?«

Rosanna hob den Leuchter hoch und nickte. »Eine schöne Arbeit, und trotz seiner Größe federleicht.«

Natürlich war das übertrieben, aber Marina war zufrieden, denn Kronleuchter mit geringem Gewicht waren eines ihrer Markenzeichen. Jeder einzelne Leuchter war aus geblasenem Glas und wurde nach den Wünschen des Kunden zusammengesetzt, jedes Stück war ein Unikat. Auch das war Teil ihrer Philosophie: Glasmacher sollten keine Massenware herstellen, sondern beeindruckende Objekte. So und nicht anders! Im Glas steckte Magie und in Handarbeit steckten die Gedanken des Künstlers, es war Ausdruck seiner Schaffenskraft. Marina war stolz auf ihr Werk. Hinter ihr standen eine Reihe von fertig gepackten Holzkisten. Rosanna hatte sie alle mit einem Etikett des jeweiligen Empfängers versehen, am Abend würde sie persönlich das Einladen überwachen. Sie konnte es kaum fassen, aber die Dinge waren genau so gelaufen, wie sie es sich vorgestellt hatte. Abgesehen von ihrem Vater. Trotz der besten Ärzte und Agatas Sorgfalt, versank Giorgio Tag für Tag mehr in einer fernen Welt, in der für niemanden und nichts Platz war.

»Geht es ihm heute etwas besser?«

Hatte Rosanna ihre Gedanken gelesen? Sie schüttelte den Kopf. »Unverändert, ich habe gestern mit ihm gesprochen, aber ich glaube nicht, dass er mich verstanden hat.«

»Vielleicht täuschst du dich und er hat dir nur nicht zugehört, weil er in seine eigenen Gedanken versunken war.«

»Ja, so wird es gewesen sein.« Wie sollte sie nur ohne diese Frau auskommen?, fragte sich Marina. Rosanna hatte sich nicht nur als geschickte Glasmacherin herausgestellt, sondern sie war auch ein Organisationstalent. Sie fand für jedes Problem eine Lösung, und sie konnte zuhören. Natürlich hatte auch sie ihre Ecken und Kanten, aber Rosanna war ein Glücksfall für sie. Wenn sie darüber nachdachte, dass dieses Talent ohne sie verloren gegangen wäre ... Warum mussten die Menschen nur so viele Vorurteile haben? Es gab nichts Schlimmeres als Grenzen, die man sich selbst auferlegte, Barrieren im Kopf, die dazu führten, dass man an sich selbst zweifelte. Warum hatte niemand Rosanna eine Chance gegeben?

»Marina, da möchte jemand mit dir reden.«

»Signora Marina, wie oft soll ich dir das noch sagen, du Holzkopf?« Rosanna warf der jungen Frau, die die Nachricht überbracht hatte, einen wütenden Blick zu. Aber Marina achtete gar nicht darauf, denn dahinter tauchte ihr Bruder auf, elegant wie immer. »Luigi!«

»Da ist ja meine kleine Schwester!«

Sie umarmte ihn, und er drückte sie fest an sich. »Bist du etwa noch größer geworden?« Er küsste sie auf die Wange, und sie schloss die Augen. Ihr Herz pochte wie wild. Erst jetzt wurde ihr bewusst, wie sehr er ihr gefehlt hatte. Er war nach Mailand gezogen und rief nur selten an. Jeder ging mit Schmerz wohl anders um, dachte sie.

»Ich will doch mal sehen, was du so treibst.«

Treiben? Das war nicht das Wort, das sie erwartet hatte. Sie löste sich aus der Umarmung und trat ein paar Schritte zurück. »Wie du siehst, läuft es gut.«

»Ja, Nando hat gute Arbeit geleistet.«

Sie schaute ihn erstaunt an. »Seine Mitarbeit war sehr hilfreich, er hat die Frauen ausgebildet.«

»Das Kompliment gilt natürlich auch dir. Wollen wir uns kurz unterhalten?« Er deutete auf das ehemalige Büro ihres Vaters, das Marina als Ruheraum eingerichtet hatte.

»Gewiss.« Marina fragte sich, ob das der richtige Ort für das Gespräch war, das sie mit ihrem Bruder schon seit zwei Jahren führen wollte. Er wurde hier gebraucht, verstand er das denn nicht? Er schloss die Tür hinter sich und nahm Platz, Marina schaute ihn aufmerksam an.

»Du siehst gut aus«, sagte sie. Er wirkte charismatisch und souverän wie immer, als habe er alles im Griff. Hoffentlich täuschte sie sich nicht und seine gute Laune hing tatsächlich mit seiner neuen Arbeitsstelle zusammen. Ihre Mutter hatte angedeutet, Luigi wäre nicht mehr auf ihre Hilfe angewiesen. Plötzlich kamen ihr seine Worte über das Auftreten und den äußeren Schein wieder in den Sinn, was sie misstrauisch machte.

All das hatte in einem anderen Leben stattgefunden. Damals war ihr Vater noch das Familienoberhaupt gewesen, Agata war jeden Morgen singend aufgestanden und sie noch zur Universität gegangen. Alles war so viel einfacher gewesen.

»Du bist eine so schöne Frau.«

Sie lächelte. »Erzähl mir von dir, wie geht es dir, hast du eine Lösung für deine Schwierigkeiten gefunden?« Sie wollte die Wahrheit wissen.

Er seufzte. »Papa hätte dir nichts davon erzählen sollen.«

»Das hat er nicht.«

»Aber woher …?«

»Es war der Bankdirektor.«

»Was mischt der sich ein?«

Marina versuchte, ihn zu beschwichtigen. »Sie wollten den Kredit zurück, wir hätten beinahe alles verloren.«

Luigi starrte sie an, aber schnell trat wieder das übliche Lächeln auf sein Gesicht. »Aber eben nur beinahe, und das ist das Wichtigste.« Er zog seine Brieftasche heraus. »Wie viel brauchst du etwa? Deshalb bin ich hier, Schwesterchen, bei mir läuft es bestens. Ich bin Teilhaber in der Firma von Freunden, alles wohlhabende Leute, die meine Ideen schätzen und mit denen ich mich gut verstehe.«

Das freute sie, aber das, was geschehen war, war zu schmerzhaft, um es einfach wegwischen zu können. Luigis Verhalten irritierte sie. Als ihr Vater mit dem Tod gerungen hatte, war er nicht da gewesen, sie hatte sich um alles kümmern müssen, die Verzweiflung auf dem Gesicht ihrer Mutter würde sie nie vergessen. Sie liebte ihren Bruder, konnte aber auch nicht vergessen, dass er ein Hasardeur war, der der Realität nicht ins Auge sehen wollte. Spürte er wirklich nicht, wie wichtig seine Präsenz in der Firma war? »Bleib hier, arbeite mit mir zusammen. Alles wird wieder wie früher.«

Er sah sie lange an, dann erwiderte er lachend. »Hast du gehört, was ich gerade gesagt habe? Ich mache gute Geschäfte mit optischen Prismen, Bildröhren, optischen Linsen, Komponenten für Fernsehgeräte, das ist die Zukunft. Jeder will ein Gerät zu Hause haben, Marina. Für die neuen Technologien gibt es auch öffentliche Fördermittel, da geht es um richtig viel Geld, nicht um Pfennigbeträge wie bei der Glasmacherei. Das hier«, er deutete auf den Ofen, »ist die Vergangenheit. Jetzt geht es darum, in die Zukunft zu investieren, die Welt verändert sich. Und ich werde auf den Zug aufspringen.«

War das wirklich noch ihr Bruder? Marina konnte es kaum glauben. »Du kannst es nicht wissen, aber in den USA gibt es eine Maschine, die in Windeseile Berechnungen vornehmen kann, für die man sonst Monate braucht. In einigen Jahren wird dieses technische Wunderwerk auch nach Europa kommen und die Welt erobern. Wir reden hier vom Fortschritt, Marina, wach auf, hör auf, so klein zu denken.«

Sie zwang sich, seinen Gedankengängen zu folgen, und hörte aufmerksam zu. Doch schon bald kam sie zu der Erkenntnis, dass sie das meiste gar nicht interessierte, ihre Ansichten waren zu verschieden.

Für sie waren Kunst und Ästhetik wichtig, die schönen Dinge, die kleinen Momente, ein zufriedenes Lächeln, der Duft von frischem Gebäck, der erste Sonnenstrahl, der am frühen Morgen in ihr Zimmer fiel. Für Luigi zählten hauptsächlich Umsatz, Gewinn und Macht. »Das freut mich für dich.« Das meinte sie auch so. Was für sie gut war, musste nicht unbedingt richtig sein, aber es war ihr Weg. Deshalb verurteilte sie ihn nicht, konnte aber seine Meinung nicht teilen.

Luigi warf ihr einen erstaunten Blick zu und seufzte. »Wir suchen Investoren.«

Er hielt immer noch die Brieftasche in der Hand. Marina fragte sich, was er tun würde, wenn sie wirklich auf sein Angebot eingehen würde. Aber dann schob sie den leicht boshaften Gedanken beiseite. »Ich bezweifle, dass du hier in Murano jemanden finden wirst.«

Er zögerte, doch dann erwiderte er: »Mama meinte, du hättest Prokura in der Firma.«

Diese Aussage überraschte sie, denn das traf nicht zu, und ihre Mutter wusste das auch. Giorgio hatte sich nie so weit erholt, um diesen Schritt juristisch bindend festlegen zu können. Alle von ihm unterzeichneten Verträge datierten vor seiner Krankheit. Danach hatte Agata für ihn unterschrieben, das war ein Geheimnis, das nur sie beide kannten. »Ich tue, was ich kann.« Sie beschloss, mit ihrer Mutter zu besprechen, weshalb sie das behauptet hatte.

»Ich wiederhole, was ich auch ihr gegenüber gesagt habe, Marina. Der Ofen muss in eine Produktionsstätte für Industrieglas umgewandelt werden.«

Was für eine verrückte Idee! Was war nur mit ihrem Bruder los? Es kam ihr vor, als sei er ein Stadtkind, als hätte er all die Geschichten vergessen, die ihre Eltern ihnen an den langen Abenden am Feuer erzählt hatten. Die Glasmachertradition ihrer Familie reichte weit zurück. Giorgio war stolz darauf, dass einige Erzeugnisse aus ihrer Werkstatt sogar auf den Tischen der Adligen zu finden gewesen waren. Einige Schalen standen in Museen und konnten von der Öffentlichkeit bewundert werden. Sie fuhr sich mit den Fingern durchs Haar. »Die Chiaramontes sind seit Generationen eine Familie von Künstlern, wir haben das Glas im Blut.« Sie dachte an Marietta Barovier und an die Aufzeichnungen der berühmten Glasmacherin, die ihr Vater ihr übergeben hatte. »Reichtum und Macht zählen da nicht, es geht um Schönheit und um das, was das Herz uns sagt.« Das Bewusstsein, dass sie den Menschen Schönheit schenken konnte, gab ihr Kraft.

Marina wusste, dass er sie nicht verstehen würde, aber das war ihre feste Überzeugung. Sie hatte alle ihre Ersparnisse in die Werkstatt gesteckt. Luigi wusste es noch nicht, aber bald würden neue Öfen geliefert werden, modernere Anlagen, die sie auf Messen in Rom, Mailand und sogar im Ausland gesehen hatte.

Ihr Bruder stand auf. »Soso, eine Künstlerfamilie ...«

Die Verachtung, die aus seinen Worten sprach, tat ihr weh. »Und was ist daran schlecht? Immerhin hat sie dein Studium finanziert, jetzt hast du einen Abschluss und bist ein erfolgreicher Geschäftsmann.«

»Soll das ein Vorwurf sein?«

»Du weißt, dass ich das niemals machen würde!« Warum verteidigte er sich so vehement? »Du bist mein Bruder und ich liebe dich.« Sie sah ihm tief in die Augen, und als Luigis Gesichtsausdruck sich entspannte, seufzte sie erleichtert auf.

»Entschuldige, aber bei diesen alten Geschichten bin ich empfindlich. Schließlich bin ich der erstgeborene Sohn und habe ein Anrecht auf die Werkstatt.«

Ob er das ernst meinte? Unmöglich. Vielleicht redete er sich das nur ein, dachte sie und lächelte zurück.

»Ich liebe dich auch, Marinetta. Deshalb hoffe ich, dass Mama und du mir am Ende recht geben werdet. Und jetzt gehen wir nach Hause. Ich reise morgen früh wieder ab und möchte den Abend im Kreise der Familie verbringen.« Er ging auf sie zu. »Diese Ginetta, wo zum Teufel hast du die denn aufgegabelt?«

Marina hakte sich bei ihm unter. »Das ist eine lange Geschichte.« Auf ihrem Weg zur Tür wechselte sie einen Blick mit Rosanna, die ihr aufmunternd zunickte. Zu ihrem Erstaunen spürte Marina, dass sie den Abend lieber in der Werkstatt mit ihren Mitarbeiterinnen verbracht hätte.

Die folgenden Monate flossen ruhig dahin. Der Ofen arbeitete auf Hochtouren und Marina hatte entschieden, die Produktion auszubauen. Rosanna unterstützte sie dabei. Die Frauen arbeiteten in Drei-Tage-Schichten in der Werkstatt, den Rest der Zeit fädelten sie in Heimarbeit Perlen. Obwohl dieses Handwerk seit Jahren in der Krise steckte, verschaffte der Export der *Conterie* und Perlen der Venezianerinnen ein bescheidenes Einkommen. Vor allem die Nachfrage aus Afrika, Asien und Indien war groß. Durch den Schichtbetrieb war der Personalbedarf höher, aber durch die flexible Arbeitszeitregelung war gewährleistet, dass die Öfen rund um die Uhr in Betrieb sein konnten. Nando beschränkte sich darauf, »seine Glasmacherinnen«, wie er sie nannte, zu beobachten. Seine Arbeit hatte er nach und nach an Ada weitergegeben, die er sehr schätzte, genau wie Marina es vorausgesehen hatte. Wie ein Schatten folgte sie ihm überall hin und saugte seine Worte auf. In den Augen des alten Meisters funkelte neue Lebensfreude. Marina war mit den neuen Öfen zufrieden: Sie gaben ihr die Möglichkeit, die Tradition zu wahren, ohne auf neue Technologie verzichten zu müssen. Sie hatte genaue Vorstellungen von dem, was auf diese Weise entstehen sollte. Ihre Perlen waren einzigartig, jede einzelne ein Unikat. Sie schuf Schmuckstücke, Ketten und Geschmeide, die die Wünsche und Träume derer widerspiegelten, die sie trugen. In ihnen setzte sie ihre Vision um. Zu Zeiten von Marietta Barovier glaubten die Frauen an die magische Kraft der Perlen und legten sie immer dann an, wenn sie Trost und Hoffnung brauchten. Sie glaubten fest an ihre positive Energie.

Marina war zwar nicht abergläubig, aber auch sie war von dem positiven Einfluss der Perlen überzeugt. Sie war gerade dabei, ein Päckchen für einen wichtigen Kunden zu packen, als Rosanna auf der Türschwelle erschien und sie schweigend beobachtete.

Was war mit ihr los?

Es war bereits das dritte Mal, dass sie kam und wieder ging, ohne etwas zu sagen. Marina verklebte das Päckchen, befestigte den Adressaufkleber und wischte sich mit einem Tuch über die Stirn. Trotz der Kälte schwitzte sie und sehnte sich nach einem langen Bad. Während sie auf Rosanna zuging, zog sie die Handschuhe aus und steckte sie in die Schürzentasche. »Also, was ist los?«

Rosanna zuckte zusammen, sie war offensichtlich verlegen. Marina wusste nicht, was sie davon halten sollte.

»Bitte sei nicht böse auf mich, ich habe nichts damit zu tun. Ich habe ihnen gesagt, dass du nicht einverstanden wärst, aber sie haben so sehr darauf bestanden.«

So außer sich kannte sie Rosanna gar nicht, stellte Marina amüsiert fest. »Warum sagst du nicht endlich, was los ist? Im schlimmsten Fall ist meine Antwort Nein.«

»Gut. Es geht um morgen.«

Der nächste Tag war ein Donnerstag, sie hatte den Kalender nicht dabei, aber sie war ziemlich sicher, dass es keine wichtigen Lieferungen gab. Voraussichtlich würde es ein ruhiger Tag werden.

»Auf dem Markusplatz findet der große Karnevalsball statt.«

Sie hätte nicht gedacht, dass Rosanna sich überhaupt mit Dingen wie Altweiberfastnacht, Bällen und Tanzvergnügen beschäftigte. »Stimmt ja, ich habe etwas darüber gelesen.«

Das war vor einigen Tagen gewesen, sie hatte es auch ihrem Vater erzählt. Die Organisatoren wollten einen

Sprung in die Vergangenheit wagen. Die Serenissima, die traditionellen Masken und die alten Geschichten, standen dieses Jahr im Mittelpunkt. Als prunkvolles Ereignis war es mit Umzügen, Gauklern und Akrobaten geplant, außerdem sollten die elegantesten Masken und das beeindruckendste Kostüm prämiert werden.

»Kommst du mit?«

Einen Moment lang war Marina sprachlos, damit hatte sie nicht gerechnet. Obwohl sie bis spät in die Nacht arbeiteten, Seite an Seite, mit Ruß und Schweiß bedeckt, spürte sie zum ersten Mal, dass die Frauen ihre Gefühle offenbarten, sie als eine der ihren ansahen.

Sie nickte nur, tief gerührt und voller Angst, dass ihre Stimme sie verraten würde. Als sie Rosannas erleichterten Seufzer hörte, brach sie in Lachen aus. »Danke.« Sie wusste selbst nicht, warum sie das so froh machte. Seit der Krankheit ihres Vaters hatte sie sich von gesellschaftlichen Ereignissen zurückgezogen, sie hatte kein Bedürfnis danach gehabt, aber jetzt spürte sie, wie sehr ihr das gefehlt hatte.

»Der Ball ist schon morgen, suche dir ein Kostüm, Marina, wenn ich schon eines anziehe, kannst du das erst recht!«

Rosanna in einer traditionellen Robe? Nach außen wirkte es, als würde sie ein Opfer bringen, aber auf den zweiten Blick schimmerte auch Zufriedenheit durch.

»Kannst du den anderen sagen, dass wir morgen nur den halben Tag arbeiten?«

»Wirklich?«

Marina nickte, dann kontrollierte sie die Aufträge und füllte eine Liste für Ada aus. Sie war müde, fuhr sich über die Augen und gähnte.

»Warum gehst du nicht nach Hause? Ich schließe ab, mach dir keine Sorgen.«

»Danke, du bist ein Engel.«

Rosanna schüttelte den Kopf. »Ich und ein Engel? Mach dich nicht lächerlich! Wenn ich eines Tages eine Kirche betreten sollte, wird sie in Flammen aufgehen.«

Es war nicht das erste Mal, dass sie so etwas sagte, wer weiß, was dahintersteckte. Manchmal war Marina kurz davor gewesen, Rosanna nach ihrer Vergangenheit zu fragen, aber dann hatte sie darauf verzichtet. Sie hatte Vertrauen in Rosanna, das musste von ihr selbst kommen, und sie wäre bereit, ihr zuzuhören. Gemma kam ihr in den Sinn, ihre beste Freundin und Vertraute aus Jugendzeiten. Nach dem Studium hatten sie sich aus den Augen verloren, das Letzte, was sie von ihr gehört hatte, war, dass sie sich mit Ruben verlobt hatte. Wenngleich sie sich für die beiden freute, spürte sie gelinde Enttäuschung, sie fehlte ihr. Aber das war nicht mehr ihre Welt, für sie waren andere Dinge wichtiger, als einem Mann nachzutrauern, der sie längst vergessen hatte. Das Studium hätte sie ohnehin nur wegen ihrer Eltern abgeschlossen.

Während sie nach Hause ging, sinnierte sie über die Bedeutung der Zeit. Die Zeit dämpfte den Schmerz, auch den größten. Und das Bedürfnis, zu leben, gewann die Oberhand. Die Vergangenheit war nicht mehr wichtig und wie die Zukunft aussehen würde, hatte sie selbst in der Hand. Ihr Vater würde nicht mehr gesund werden, das war inzwischen traurige Gewissheit. Vielleicht musste sie jetzt endlich loslassen.

»Das Leben geht weiter«, flüsterte sie.

In der Abenddämmerung des nächsten Tages waren Marina, Rosanna, Ada und die anderen Frauen auf dem Weg nach Venedig. Auf der Fahrt von Murano in die Lagunenstadt mussten sie ständig aufpassen, dass ihre ausladenden Röcke nicht nass werden würden. Sie hatten ein schnelles Boot gemietet, das eine Spur weißer Gischt hinter sich herzog und sie bequem zu ihrem Ziel brachte. Als der Fahrer ihnen beim Aussteigen half, waren alle bester Laune. Sie fühlten sich frei und unbeschwert. Auf dem Weg zum Markusplatz blieben sie hin und wieder an den kleinen Bühnen stehen, auf denen Schauspieler berühmte historische Persönlichkeiten darstellten. Ein Casanova mit weißer Perücke versuchte, einen Kuss von Rosanna zu erhaschen, jedoch ohne Erfolg. Unter dem Gelächter der Umstehenden wehrte sie ihn mit einem Schlag mit ihrer Tasche ab. Aber er gab nicht auf und folgte ihr in gebührendem Abstand. Marina amüsierte sich köstlich. Morgen würde der Alltag sie wieder einholen, aber in diesem Augenblick wirkte die Welt magisch, sie war die Königin, ihre Begleiterinnen waren Engel, Adlige und Elfen, jede war das, was sie sein wollte. Besonders Mutige wagten es hinter ihrer Maske verborgen um einen Kuss oder einen Tanz zu bitten.

»Weder das eine noch das andere, mein Herr. Ich kenne Euch nicht einmal!«, gaben sie ihnen lachend einen Korb und drehten in ihrem Kostüm aus vergangener Zeit eine Pirouette. Marina fühlte sich jung und schön, alle düsteren Gedanken schob sie beiseite. Agata hatte ihr am Nachmittag die Haare hochgebunden, in Zöpfe geflochten und sie zu einem Chignon zusammengefasst. Danach hatte sie den Knoten mit großen Perlen geschmückt, in denen sich das Licht brach, wenn sie den Kopf bewegte.

Sie ließ sich von der Musik und dem magischen Farbenspiel der Lichter gefangen nehmen, doch ihre Gedanken schweiften immer wieder zu ihrer Mutter. An diesem Nachmittag war Agata anders als sonst gewesen, ihre liebevolle und zugleich strenge Art hatte sie abgelegt. Es kam ihr vor, als wäre die Distanz, die sonst immer zwischen ihnen geherrscht hatte, geschrumpft. Lag es an ihrem hochherrschaftlichen Kleid? Oder daran, dass ihr Verhältnis nicht nur von Mutter zu Tochter, sondern auch von Frau zu Frau ging?

»Du siehst wunderschön aus, mein Kind.«

»Und deshalb weinst du?«

»Nein, das sind die Erinnerungen.«

Sie hatte schweigend abgewartet, ihre Blicke hatten sich im Spiegel getroffen, während Agata ihre Frisur vollendet hatte.

»Er hat mich um einen Tanz gebeten«, begann sie, »und ich habe ihn ihm gewährt. Dein Vater war ein charmanter junger Mann und ist mir nicht ein einziges Mal auf die Füße getreten. Nachdem er die Maske abgenommen hatte, dachte ich, er sei der schönste Mann der Welt. Er war mutig und zielgerichtet, nicht wie die Männer von heute, die nicht wissen, was sie wollen.«

»Aber woher hast du gewusst, dass er der Richtige war?«

»Ich habe es in meinem Herzen gefühlt.« Ihre Mutter hatte beim Erzählen feuchte Augen gehabt, aber glücklich gewirkt. Und als Marina zweifelnd das offenherzige Dekolleté ihres Kleides betrachtete, hatte ihre Mutter ihr zugezwinkert. »Es ist Karneval. Tu nicht so, mein Kind.«

Der Markusplatz glich einem Lichtermeer, das die Nacht zum Tag machte. Die Fahnen flatterten im Wind. Die gut vertäute Festbeleuchtung zeigte den Platz, auf dem um Mitternacht das Feuerwerk gezündet werden würde. Umrankt von Blumengirlanden und Standarten. Jede Flagge erzählte die Geschichte einer der adligen Familien, die sich an der Spitze der Serenissima abgelöst hatten. Jeder Doge wurde repräsentiert. Ein Orchester spielte, auf einer Tanzfläche drehten sich elegant gekleidete Paare, die weiten Röcke der Damen rivalisierten mit den bizarren Perücken, die so seltsam aussahen, dass die Betrachter herzhaft lachen mussten.

»Sahen die wirklich so aus?«, Rosanna neigte zweifelnd den Kopf und Marina erwiderte lachend. »Stell dir vor, du hättest damals gelebt.«

Die Antwort hörte sie nicht mehr. Ein Kavalier bat sie um einen Tanz und Marina willigte ein. Als er sie zurückbrachte, war sie erhitzt, ihre *Colombina*-Maske war verrutscht. Sie hielt sie noch eine Weile fest, dann gab sie es auf. Bei diesem Trubel spielte es keine Rolle, ob sie eine Maske trug oder nicht. Falls sie jemand erkennen sollte, war das auch nicht schlimm.

»Gewährt Ihr mir diesen Tanz, edle Dame?«

Diesen Mann hatte sie schon einmal gesehen. Jedes Mal, wenn sie sich umsah, war er in ihrer Nähe. Er trug eine *Bauta*, eine Maske, die sein ganzes Gesicht bedeckte. Wer versteckte sich wohl dahinter? Marina hatte keine Ahnung und hob den Blick zu dem Unbekannten, dessen breite Schultern in einen weiten Mantel gehüllt waren. Er trug keine Perücke, seine langen Haare waren im Nacken zusammengefasst.

Er schien sich nicht um ihr Zögern zu kümmern. »Soll ich mich vor Euch niederknien?« Seine Stimme klang allerdings nicht so heiter, wie man es bei dieser Frage hätte erwarten können. Es lag sogar eine gewisse Feierlichkeit darin, die sie erstaunte. Wer war dieser Mann? Und was wollte er von ihr?

»Ich frage mich, was passiert, wenn ich Ja sagen würde.« Als er sich anschickte, vor ihr niederzuknien, ruderte sie zurück: »Macht Euch nicht lächerlich! Das war ein Scherz.«

»Für Euch würde ich es tun und noch viel mehr.«

»Aber Ihr kennt mich doch gar nicht.«

»Meint Ihr? Wer weiß, vielleicht irrt Ihr Euch.«

Seine Stimme hatte eine gewisse Färbung, dachte Marina, aber bevor sie sie richtig einordnen konnte, hatte der Mann nach ihrer Hand gegriffen und sie auf die Tanzfläche gezogen.

»Du bist so schön«, flüsterte er.

»Kleidung kann Wunder bewirken«, erwiderte sie lachend. Der Schal war ihr von der Schulter gerutscht und hatte das Dekolleté enthüllt. Aber er schaute gar nicht hin, sondern unverwandt in ihr Gesicht. Wieder fragte sich Marina, wer der Mann sein könnte. Der Unbekannte führte sicher, die warme Hand auf ihrem Rücken ließ sie wohlig schaudern. Was passierte da mit ihr? Instinktiv wich sie zurück, aber er zog sie sofort wieder an sich. »Dieses Mal entkommst du mir nicht.« Wieder diese Stimme, die ihr bekannt vorkam. Sie drehten sich im Kreis, ihr Kleid umspielte ihre Knöchel, aber plötzlich geriet sie aus dem Gleichgewicht. Der Unbekannte fing sie auf, um einen Sturz zu verhindern. Als er sie an den Schultern packte, spürte sie den ungestümen Drang, von ihm umarmt und geküsst zu werden. Gott im Himmel, was ging nur in ihr vor? Er ließ sie los, dabei streifte sie seinen Körper. Sie schauderte, sie kannte dieses Gefühl. Sie kannte diesen Mann. Jeden

Muskel, jede Faser seines Körpers. Sie standen da, unbeweglich, und starrten sich an. Marina hielt es nicht mehr aus und riss ihm die Maske vom Gesicht. Er zuckte nicht mit der Wimper und schaute sie an wie beim letzten Mal, als sie sich gesehen hatten. Marina war vor Entsetzen wie versteinert und stöhnte auf.

»Ciao, Nina.«

Sie wusste nicht, was sie sagen, was sie tun sollte. Dabei hätte sie es doch wissen müssen, denn sie hatte sich diesen Moment tausend Mal in ihren Gedanken ausgemalt. »Zeno.« Er strich ihr sanft und zärtlich übers Gesicht.

»Nein.« Marina schüttelte den Kopf und wich erneut zurück. »Nein.« Sie drehte sich um und lief davon. Tränen der Wut und der Verzweiflung machten sie blind, während sie sich einen Weg durch die Menge bahnte. Sie wusste nicht, ob er ihr folgte, sie hoffte, dass er es nicht tat. Denn in dem Moment, als sie begriffen hatte, wer er wirklich war, war ihr klar geworden, dass in diesem Fall die Zeit nicht geholfen hatte.

Denn sie liebte diesen Mann wie am ersten Tag. Nur dass sie jetzt kein Mädchen mehr war. Sie war eine Frau, die eigenverantwortlich über ihr Leben entschied. In dem Zeno Venier keine Rolle mehr spielte.

Auf der Rialto-Brücke wimmelte es von Menschen, Marina war klar, dass sie hier nicht durchkommen würde, deshalb nahm sie einen Umweg über enge Gässchen in Kauf. Die Rückfahrt war für Mitternacht vereinbart. Es war erst elf, sie hoffte, dass der Bootseigner sie jetzt gleich und die anderen zum festgelegten Termin nach Murano zurückbringen könnte. Sie hastete weiter, bekam kaum noch Luft, Tränen strömten ihr über das Gesicht, die kunstvolle

Frisur hatte sich gelöst. Doch das Fest ging weiter, ungeachtet ihres persönlichen Dramas. Sie war allein, wie sie es immer gewesen war. Ihre große Liebe, die sie Jahre zuvor verlassen hatte, war wieder in ihrem Leben aufgetaucht, als ob nichts passiert wäre, er hatte mit ihr getanzt, ihr über das Gesicht gestrichen. »Verdammt!«, schrie sie. Er hatte kein Recht, sie auf diese Weise anzuschauen. So ging das einfach nicht! Aber sie hatte es zugelassen, deshalb musste sie weg von hier. Bei sich zu Hause, in ihrer vertrauten Umgebung, würde er ihr nichts anhaben können. Vor ihr lösten sich ein paar Jungs von der Mauer und gingen provokativ auf sie zu, wichen jedoch kurz darauf zur Seite aus und ließen sie durch. Marina achtete gar nicht auf sie. Endlich war sie am Kanal angekommen und blieb keuchend am Bootsanleger stehen. Sie hatte ihren Schal verloren und zitterte vor Kälte, ihre Haare hingen ihr übers Gesicht. Als sie den warmen Stoff auf ihrer Schulter spürte, brach sie endgültig in Tränen aus.

»Nina ... tu das nicht.«

Sie drehte sich nicht um, aber als er sie von hinten umfasste und seine Lippen auf ihre Haare drückte, gab sie auf. Zeno zog sie an sich, küsste sie auf die Schläfe, dann auf die Wangen, murmelte Liebesworte, genau wie früher. Marina versuchte, ihrem inneren Drang zu widerstehen, aber die Sehnsucht war übermächtig, das so lange unterdrückte Feuer war wieder angefacht. Plötzlich war ihr alles andere egal, sie wollte ihn, mit all ihrer Kraft.

»Ich habe dich so sehr vermisst, Nina!«

Zenos Stimme war tiefer, als sie sie in Erinnerung hatte. Es waren fünf Jahre vergangen, seitdem er weggegangen war, um sein Glück zu suchen. Sie fragte sich, ob er es gefunden hatte. Ob es das wert gewesen war, ihr das Herz zu brechen.

»Was willst du von mir?«

»Alles. Jeden Atemzug, jedes Lächeln. Deine Zeit, deine Liebe.«

Er wischte ihr mit den Fingerspitzen die Tränen aus dem Gesicht. Dann küsste er ihre Lippen und sie erwiderte seinen Kuss.

Während sie sich in seiner wärmenden Umarmung verlor, in den Armen des Jungen, der einst ihr bester Freund und danach ihr einzige große Liebe gewesen war, dachte sie an die Worte ihrer Mutter.

Dein Herz sagt dir, ob es der Richtige ist.

Die Nacht in Murano endete früh, die Arbeiter in den Glashütten fingen gerne zeitig an, wenn es noch kalt und der Aufenthalt vor dem Ofen angenehm war. Zeno hielt ihre Hand, Seite an Seite gingen sie den Kanal entlang, wie sie es als Kinder getan hatten. »Es tut mir sehr leid wegen deiner Mutter.« Sie hatte nie Gelegenheit gehabt, ihm das zu sagen, jetzt war es ihr einfach so rausgerutscht. Er warf ihr einen finsteren Blick zu und blieb vor einem Tor stehen, das früher in ein verlassenes Anwesen geführt hatte. Er steckte eine Hand in die Tasche und holte einen Schlüssel heraus, steckte ihn ins Schloss und drehte ihn um. »Ich mache uns Kaffee, dann bring ich dich nach Hause.«

Sie sah sich erstaunt um. Sicher, der Palazzo war renovierungsbedürftig, aber er strahlte schon jetzt wohlige Behaglichkeit aus. Der Garten war mit Unkraut zugewuchert, aber an einer Mauer standen Eimer und Schaufel, ein Zeichen, dass sich jemand darum kümmern wollte. Hoffnung stieg in ihr auf. »Bist du gekommen, um zu bleiben?«

Er führte sie zu einem Salon, öffnete und entzündete im offenen Kamin ein Feuer. Marina fragte sich, warum er plötzlich so schweigsam war. Er wirkte ... wütend.

»Hast du eine Vorstellung davon, was ich wegen dir durchgemacht habe?«

Sie hatte das Gefühl, sich verhört zu haben. »Du bist doch ohne ein Wort verschwunden, du hast gewusst, was ich für dich empfinde und bist trotzdem gegangen.«

Er schüttelte den Kopf. »Ich habe dir 156 Briefe geschrieben, drei Jahre lang jede Woche einen. Ich habe dir geschildert, warum ich Venedig verlassen habe, dir die fremde Welt beschrieben, die mir eine Chance gegeben hat, dir von dem seltsamen Essen und davon erzählt, wie die Erinnerung an unsere gemeinsame Zeit mir die Kraft gegeben hat, alle Hindernisse zu überwinden. Wie ich schon deinem Vater erklärt hatte, wollte ich dir ein Leben bieten können, dass deiner würdig ist.«

»Du hast ... wann hast du mit meinem Vater gesprochen?«

Zeno riss überrascht die Augen auf. »Hat er dir nichts gesagt?«

»Was, was hätte er mir sagen sollen?« Ihre Stimme überschlug sich fast. Er spürte ihre Verzweiflung, kam auf sie zu und drückte sie an sich.

»Ich habe dir geschrieben, als ich mein erstes Geschäft eröffnet habe. Ich habe dir geschrieben, als ich ein Haus entdeckte, das dir gefallen hätte. Auch wenn du nicht in meiner Nähe warst, in meinen Gedanken warst du immer an meiner Seite und hast mir zugelächelt.«

Sie verbrachten den Rest der Nacht mit intensiven Gesprächen. Aufholen konnten sie die verlorene Zeit natürlich nicht, aber sie versuchten es trotzdem. Als Zeno sie am nächsten Morgen nach Hause brachte, war sie fest entschlossen, das Motiv für das Verhalten ihrer Eltern zu ergründen. Dazu musste sie mit ihrer Mutter sprechen, offen und ehrlich, aber mit der gebotenen Feinfühligkeit.

Im Hause war es merkwürdig still. Normalerweise stand ihre Mutter um diese Zeit schon am Herd und kochte. Sie ging auf ihr Zimmer, machte sich frisch und zog sich um. Sie fieberte der Aussprache entgegen, wollte die Wahrheit über Zeno erfahren. Schließlich wollte sie nicht länger warten und klopfte an die Schlafzimmertür ihrer Eltern.

»Komm rein, Marina, wir sind hier.«

Agatas Stimme war kaum mehr als ein Flüstern. Ob sie krank war? »Mama, geht es dir gut?« Warum war es dunkel im Zimmer? Sie ging zum Fenster und zog die Vorhänge auf. Als sie sich umdrehte, verstand sie.

Und ihre Beine gaben nach.

Ihre größte Angst, ihr nächtlicher Albtraum waren Realität geworden. Ihre Mutter saß am Bett und wiegte sanft den Körper ihres Mannes.

Giorgio Chiaramonte war tot.

17.

Glas ist ein außergewöhnliches Material mit einer über Jahrtausende zurückreichenden Tradition. Vielseitig einsetzbar, dient es zum Beispiel zur Aufbewahrung von Flüssigkeiten, Nahrungsmitteln, Kosmetik und Medikamenten. Wahre Glaskunstwerke sind die im Museum im französischen Grasse ausgestellten Parfümflakons.

Marina

Luigi hatte genug von all dieser Gefühlsduselei. Begräbnisse waren schlimmer als Hochzeiten. Das Kondolieren dauerte Tage, ständig kamen und gingen die Trauergäste. Bestimmt handelte es sich bei den meisten um Neugierige, denn so viele Freunde hatte sein Vater sicher nicht gehabt. Zum Glück wollten alle mit seiner Mutter reden, er kannte nicht mal die Hälfte von ihnen. Er war empört. Sein Vater war gestorben, und niemand hatte es für nötig gehalten, ihn rechtzeitig von der Verschlechterung seines Zustands zu informieren. Er hatte nicht noch mal mit ihm sprechen können. Natürlich wusste er, dass Giorgio gar nicht mehr dazu in der Lage gewesen war, aber immerhin hatte er zugehört. Im Nachhinein schämte er sich, sich so wenig um ihn gekümmert zu haben. Er konnte mit Krankheit und Leid einfach nicht umgehen.

Er trank den Wein aus, verzog das Gesicht und stellte das Glas auf den Tisch, dann griff er nach der Flasche und las das Etikett. »Was für ein Fusel.« Da musste sein armer Vater ja sterben, dieses Zeug hätte jeden umgebracht. Er knabberte an einem Stück Brot, hin und wieder fiel sein Blick auf die vielen Briefe, die auf der Kredenz lagen.

Warum seine Schwester darauf bestanden hatte, die Sache selbst in die Hand zu nehmen, war ihm ein Rätsel. Und fragen konnte er sie auch nicht, denn sie war wie vom Erdboden verschluckt. Zeno hatte sie irgendwo hingebracht. Er erinnerte sich nicht, dass dieser Mann früher so selbstbewusst gewesen war. Und auch nicht, dass er so groß gewachsen und kräftig war. Er hatte ihn kaum wiedererkannt, schon lange war er nicht mehr der Hempfling, der nur Haut und Knochen gewesen war. Nur die Augen waren noch dieselben, hungrig und ungebändigt. Anständige Menschen wurden nahbarer, wenn sie zu Reichtum kamen, aber in ihm war etwas Düsteres und Unergründliches geblieben. Er hatte Marina davor gewarnt, mit einem Mann wegzugehen, mit dem sie nicht verheiratet war, doch sie hatte nicht auf ihn gehört. Was für eine Schande! Zu allem Überfluss hatte sich noch diese Rosanna eingemischt, die ihren Namen zu Recht trug, dornig und stachelig wie sie war.

Sie stand der Werkstatt mit der gleichen Wachsamkeit vor wie ein Wachhund. Als würde sie ihr gehören! Am schlimmsten aber war, dass Agata zu ihr hielt, anstatt ihren eigenen Sohn zu unterstützen.

Sicher, die Frau hätte auf all seine Fragen geantwortet, denn noch hatte es keine Frau gewagt, nicht mit ihm zu sprechen, aber als er gefordert hatte, dass die Arbeiterinnen zukünftig für die Betreuung ihrer Bälger bezahlen müssten, hatte sie sich ihm widersetzt. Sie würde nur Marinas Anweisungen akzeptieren. Und sie hatte gedroht, andernfalls die Werkstatt zu schließen. Am liebsten hätte sie ihn nach Mailand zurückgeschickt. Er hatte versucht, sie zu überzeugen, ihr zu schmeicheln. Als das nichts genutzt hatte, hatte er ihr gedroht. Ebenfalls ohne Erfolg.

Und auch der Bankdirektor hatte ihn abblitzen lassen. Als er darum gebeten hatte, die Konten einzusehen, hatte er sich mit einer Ausrede entschuldigen lassen ... er sei beschäftigt. Beschäftigt! Er solle einen Termin vereinbaren. Eine bodenlose Unverschämtheit! Er war Giorgios Erbe und hatte die gleichen Rechte wie seine Schwester. Wenn sein Vater bei Marina nur härter durchgegriffen hätte ... aber er war immer zu nachgiebig gewesen, hatte sie stets gelobt. Er war so wütend, dass er mit den Zähnen knirschte, eine schlechte Angewohnheit. Er versuchte, sich zu beruhigen, aber die Tatsache, dass seine Schwester all die Jahre wie eine Prinzessin verwöhnt worden war, während er um alles hatte kämpfen müssen, war nur schwer zu ertragen.

Er wischte die Briefe vom Tisch und stand auf. Der Rücken tat ihm weh, er war müde und konnte es kaum erwarten, endlich nach Mailand zurückzukehren. Er zog den Vorhang zurück und schaute auf den Kanal. Wie er dieses stinkende Rinnsal hasste! Diese dahindümpelnden Kähne, die Alten, die an den Uferseiten saßen, die verwahrlosten Kinder. Er dachte an Ginetta. Wo das Mädchen plötzlich hergekommen war, hatte ihm seine Mutter nicht verraten. Er lächelte. Zugegeben, ein hübsches Ding, mit dem man sich gut unterhalten konnte. Nach ihrem Gespräch war Luigi klar geworden, dass die Firma eine starke

Hand brauchte, um die richtigen Entscheidungen zu fällen. Wenn seine Mutter und seine Schwester es nur zulassen würden ... Er seufzte.

»Hast du Hunger?«

Er fuhr herum. »Was soll das? Du hast mich erschreckt, Mama.«

Sie musterte ihn, ihr verhärmtes Gesicht war ausdruckslos, genau wie ihre Stimme. Ihr prüfender Blick war ihm unangenehm. Sie war immer glücklich gewesen, ihn zu sehen, aber seit der Beerdigung war sie eine andere geworden. Zugegeben, in ihrer Situation war das normal. Aber wäre es ihr wirklich lieber gewesen, Giorgio weiter dahinsiechen zu sehen? Absurd. Zum Glück stand sie weiter am Herd. Dass er im Restaurant zu Mittag oder zu Abend essen müsste, hätte ihm gerade noch gefehlt, zumal er finanziell gerade etwas klamm war. Aber gegenüber den Eltern von Denise musste er einen guten Eindruck machen, das war eine Frage der Ehre. Sie war seine Traumfrau, wunderschön, charakterstark. Kennengelernt hatte er Denise auf einem Fest. Sie war genau die Partnerin, die ein Mann wie er verdient hatte. Wenn nur ihr Vater nicht so misstrauisch wäre. Aber er war guter Dinge, sie hatten miteinander getanzt, und er hatte ihr sogar einen Kuss entlockt. Er musste sie nur überzeugen, sich ihm ein wenig mehr hinzugeben, und der Rest würde sich finden, da hatte er keinen Zweifel. Auch wenn sie Amerikaner waren, Väter waren auf der ganzen Welt gleich. Wenn seine Tochter sich für ihn entschieden hätte, würde er ihn akzeptieren müssen, er konnte gar nicht anders.

»Weißt du, wo Marina ist?«

»Sicher.«

»Gut, gib mir ihre Adresse.«

Agata presste die Lippen aufeinander und starrte ihn finster an. Was war nur los mit ihr?

»Lass sie in Ruhe, deine Schwester muss sich erholen.«

Wie konnte sich ein Mensch in kurzer Zeit nur so verändern?

»Auch mein Vater ist gestorben! Ich trauere auch um ihn, aber das Leben muss nun mal weitergehen, man darf sich nicht gehen lassen. Ich bin hier, um die Dinge in Ordnung zu bringen, was eigentlich ihre Pflicht wäre, immerhin hat sie Prokura.«

Agatas Blick verdüsterte sich weiter, ein missbilligender Ausdruck lag auf ihren Lippen.

Luigi musste sich zwingen, sie nicht einfach stehen zu lassen, dieser Gesichtsausdruck ließ ihm das Blut in den Adern gefrieren.

Sie ging auf ihn zu, die Hände hatte sie zu Fäusten geballt. »Was weißt du denn schon? Du warst nicht da. Du bist nie da. Marina hat sich um alles gekümmert. Sie hat sogar ihr Studium aufgegeben, um die Werkstatt weiterzuführen. Die beste Studentin ihres Studiengangs, verstehst du? Sie hat keine Minute nachgedacht, sie hat die Probleme angepackt. Sie, Luigi, du nicht. Du warst anderweitig beschäftigt.« Sie betonte jedes Wort und bebte vor Wut. Er erkannte diese Frau mit dem anklagenden Blick nicht wieder, das war nicht seine geliebte Mutter. Und der Ton gefiel ihm auch nicht, und das wollte er ihr auch gerade sagen, als sie ihm zuvorkam und ging.

Er begann im Zimmer auf und ab zu gehen. Das war doch alles Bluff. Frauen verstanden es meisterhaft, das schlechte Gewissen eines Mannes zu wecken. Seine Schwester hatte in Wahrheit einfach keine Lust mehr auf ihr Studium gehabt. Von wegen »aufgegeben«! Seine Mutter hatte sich an der Nase herumführen lassen, aber er … er wusste genau wie das lief. Er würde den beiden schon zeigen, was Verantwortung bedeutet.

Er beantwortete die Kondolenzbriefe und legte die Rechnungen beiseite, das war Marinas Sache. Dann kam er zum letzten Brief. »Was ist das denn?« Er las den Absender, ein Notar aus Venedig. Der Brief in dem cremefarbenen Umschlag war an die Erben Chiaramonte gerichtet. Einen Moment hielt Luigi inne, er hätte seine Mutter rufen und auf Marinas Rückkehr warten müssen. Aber das wäre nur Zeitverschwendung. Vorsichtig machte er den Umschlag mit dem Brieföffner auf.

»Sehr geehrte Damen und Herren Agata, Luigi und Marina …« Er kannte die Kanzlei, die den Brief geschrieben hatte, sie vertrat die Interessen seines Vaters. »Das ist sein Testament«, murmelte er. Er starrte einen Moment ins Leere. Noch vor weniger als einer Stunde hatte er darüber nachgedacht, Murano auf Nimmerwiedersehen zu verlassen. Ein leichtes Lächeln trat auf sein Gesicht. Er wusste nicht, was der Notar ihnen mitzuteilen hatte, aber er war neugierig zu erfahren, ob sein Vater sich am Ende doch noch daran erinnert hatte, dass er zwei Kinder hatte.

Marina liebte das Wasser, deshalb war Zeno mit ihr nach Stresa gefahren. Es hieß, der Lago Maggiore sei im Spätherbst am schönsten. Ganz still, die meisten Touristen waren schon in den Skigebieten unterwegs. Dazu der Nebel, der über der Wasseroberfläche lag und die weiß überzuckerten Gipfel. Marina liebte die zarten Farben, das sanfte

Plätschern des Wassers, all das dämpfte ihren Schmerz, hier konnten ihre quälenden Gedanken Ruhe finden.

Wenn sie doch nur nicht zu diesem Ball gegangen wäre ... Zeno war nicht aus Zufall in der Stadt gewesen. Er hatte nach ihr gesucht. Wie er schon die ganze Zeit nach ihr gesucht hatte. Von Nando hatte er erfahren, was passiert war. Ob sie noch an ihm interessiert war, wusste er nicht, immerhin hatte sie kein einziges Mal auf seine Briefe geantwortet. Deshalb war er ihr heute Nacht gefolgt. Er wollte endlich Klarheit.

Marina war ziemlich sicher, dass ihre Eltern die Briefe zurückgehalten hatten, in der Annahme, dass sie Zeno im Laufe der Zeit vergessen würde. Nicht zu fassen, sie hatten doch gesehen, wie sehr sie gelitten hatte! Aber sie hatte nicht die Kraft, um wütend zu sein. Sie spürte nichts als Leere.

»Hör auf.«

Sie hob den Blick. Zeno ging neben ihr, mit finsterem Blick, die Hände in den Taschen vergraben. »Aber ich mache doch gar nichts.«

»Eben. Und damit ist jetzt Schluss. Du hast mit deinem Vater auch all deinen Lebensmut verloren.«

Er war wie ein Schatten an ihrer Seite, immer wenn sie ihn brauchte, war er da. Ohne Druck, ohne Ansprüche. Er war einfach da, an ihrer Seite. Marina wusste, dass er recht hatte, sie ließ sich gehen und versank in Selbstmitleid. »Es geht nicht nur um Papa.«

»Ich weiß. Aber wenn du nicht mit mir redest, wie soll ich dir dann helfen?«

Er griff nach ihrer Hand, und sie ließ es zu. »Ich weiß nicht, was ich ohne dich machen würde.«

Zeno lachte: »Das würde ich gerne glauben, Nina, aber wir wissen beide, dass das nicht stimmt. Du bist wie dieser mythische Vogel, Phönix, der immer wieder entsteht und zu neuem Glanz erstrahlt. Denn du bist eine Kämpferin, aufgeben kommt für dich nicht infrage. Und dafür liebe ich dich.«

Es tat ihr gut, wenn er so über sie sprach. Sie mochte den Kosenamen, den er ihr gegeben hatte. Nur Zeno nannte sie Nina, obwohl er kein Romantiker, sondern eher ein Pragmatiker war. Und er machte keine Komplimente. Worte waren nie seine starke Seite gewesen, und ihr war das egal. Jede Nacht klammerte sie sich an ihn, saugte seine Kraft auf und erneuerte ihre Liebe. Durch das, was sie verband, fühlte Marina sich lebendig. Der Verlust ihres Vaters hatte ihre Welt zerstört und alles infrage gestellt. Ein bleischweres Gefühl der Ohnmacht hatte sie fast erdrückt und jede Zukunftsperspektive unmöglich gemacht. »Ich werde ihn nie wiedersehen.«

Er ließ sie ihren Schmerz ausleben, und als sie in Tränen ausbrach, führte er sie zu einer Kirche. Sie blieben draußen sitzen, trotz der Kälte.

»Als meine Mutter gestorben ist, war ich fast erleichtert. Versteh mich bitte nicht falsch, ich habe geweint, sie war eine gute Frau, aber das Leben hatte sie ausgesaugt. Bei ihren letzten Atemzügen war sie ruhig, sie wirkte fast glücklich. Sie lächelte, als sei auf der anderen Seite alles schön.« Er hielt inne. »Ich dachte, sie würde leiden oder delirieren, aber in ihren Augen leuchtete ein Licht, und ich glaube, sie war wirklich glücklich, dem unendlichen Schmerz zu entkommen und den vorbestimmten Weg zu gehen.«

Sie schwieg. Den vorbestimmten Weg zu gehen. Merkwürdige Worte. Dann schaute sie ihn an. »Glaubst du das wirklich?«

Zeno zuckte mit den Schultern. »Ich weiß es nicht, vielleicht ist der Tod tatsächlich das Ende von allem, wie manche sagen. Definitiv. Absolut. Aber es könnte auch anders sein. Ehrlich gesagt hoffe ich darauf, denn auch nach zehn Leben würde ich von dir nicht genug haben.«

Er drückte sie an sich und seufzte. »Begleite mich, Nina. Luigi wird sich um deine Mutter kümmern, wenn sie Hilfe braucht. Nein, lass mich ausreden. Ich liebe dich, die einzige Frau, die ich will, bist du. Du bist meine Zukunft, Marina. Heirate mich.«

Sie lächelte und nickte. »Ich habe dich immer geliebt, Zeno, ich brauche keinen Ring am Finger. Mir reicht deine Anwesenheit, neben dir aufzuwachen, mit dir zu sprechen, dich zu küssen.«

Er zog sie auf seinen Schoß. »Pass auf, was du sagst, Nina, wir sind an einem öffentlichen Ort, und ich hätte große Lust, das zu tun, an was du denkst.« Sie lachte und wischte sich die Tränen ab, dann gingen sie Hand in Hand ins Hotel.

»Signora, Sie haben ein Telegramm bekommen.«

Zeno griff danach, und hielt es Marina hin, die es sofort öffnete. Nachdem sie es gelesen hatte, schüttelte sie den Kopf. »Wir müssen sofort zurück.«

»Probleme?«

Sie reichte ihm das Telegramm. »Ich weiß nicht, meine Mutter macht sich große Sorgen.«

Das Büro des Notars war elegant eingerichtet. Marina und Agata hatten sich auf die von der Sekretärin angebotenen Stühle gesetzt, Luigi war stehen geblieben. Er war immer noch wütend auf seine Schwester. Nach ihrer Rückkehr hatte Rosanna ihr von seinen Plänen erzählt, und auch von ihrem Widerstand dagegen. Sie waren den Arbeiterinnen etwas schuldig, ohne sie hätten sie die Aufträge nicht erfüllen können. Aber Luigi hatte auf seiner Idee beharrt. Seit einigen Tagen herrschte zwischen ihnen Funkstille.

»Da bin ich«, begrüßte sie der Notar, »entschuldigen Sie die Verspätung, mein Terminkalender für heute ist proppenvoll.«

Agata nickte, aber Marina hatte gar nicht zugehört. Sie musste über Zenos Worte nachdenken. Wie gerne würde sie sein Angebot annehmen, einfach fortgehen und mit ihm unbekannte Orte kennenlernen. Endlich frei und glücklich leben. Aber sie konnte nicht, auch wenn es unendlich wehtat. Sie konnte die Werkstatt nicht aufgeben, nicht um diesen Preis. Bei Rosanna wäre sie in den besten Händen, sie hätte mehr Zeit für sich und Zeno würde ihr eine andere Welt zeigen, in der sie nichts beweisen müsste. Er liebte sie, wie sie war. Und sie liebte ihn, genau wie am ersten Tag.

»Signor Chiaramonte kam vor etwa fünf Jahren zu mir«, begann der Notar und riss sie aus ihren Gedanken, »weil es ihm plötzlich gesundheitlich nicht gut ging, hatte er beschlossen, seinen letzten Willen in einem Testament niederzulegen.«

Agata rutschte nervös auf ihrem Stuhl herum. »Das heißt, das Testament stammt aus dieser Zeit? Ich wusste davon nichts, das möchte ich klarstellen.«

Der Notar setzte die Brille ab und musterte sie. »Genau. Natürlich muss das Erbrecht berücksichtigt werden. Durch die Gütergemeinschaft haben Sie als Ehefrau genau festgelegte Rechte. Der Nachlass des Verblichenen umfasst jedoch einige Güter, die vor Ihrer Eheschließung erworben worden sind, darüber konnte Signor Chiaramonte allein verfügen.«

Marina verstand nicht, warum ihre Mutter so besorgt war, und suchte nach ihrer Hand. Was hatten ihre Eltern noch vor ihr geheim gehalten?

»Lassen Sie uns fortfahren, Dottor Contarini«, drängte Luigi, der sich ebenfalls gesetzt und beide Hände auf die Oberschenkel gelegt hatte.

»Natürlich. Wie gesagt, es handelt sich um wenige, aber wichtige Festlegungen.«

Er begann vorzulesen, anfangs ging es um gesetzliche Bestimmungen, dann kam er zum Wesentlichen.

»Meiner geliebten Frau hinterlasse ich das Wohnrecht in unserem gemeinsamen Haus und eine lebenslange Rente aus den Einnahmen der Vetreria Chiaramonte. Meiner Tochter Marina hinterlasse ich die Kette von Marietta Barovier, ein wertvolles antikes Schmuckstück, das ihr Glück bringen möge, außerdem soll sie ein Viertel der Erträge aus der Fabrik erhalten. Meinen Sohn Luigi setze ich zum Erben meiner weiteren Güter ein. Die Gebäude, die Werkstatt und alle Werkzeuge und Materialien zur Fortführung unserer von Generation zu Generation weitergegebenen handwerklichen Familientradition. Er wird dafür Sorge tragen, dass seine Mutter und seine Schwester, wie vorne erwähnt, an den Erträgen der Firma beteiligt werden. Das ist mein letzter Wille.«

Marina war wie vor den Kopf geschlagen, nicht fähig,

einen klaren Gedanken zu fassen. Während Luigi die Hand des Notars drückte, fragte sie sich, warum er und nicht sie die Fabrik geerbt hatte. Dottor Contarini reichte ihr eine Samtschachtel. Marina griff danach, atmete tief durch und öffnete sie. Prächtige, in Gold gefasste Perlen. Sie erkannte den Wert mit einem Blick. »Wunderschön.« Der Druck auf ihrer Brust nahm ihr die Luft, in ihrem Kopf drehte sich alles. »Da ist noch das hier.« Der Notar hielt ihr einen Brief hin. »Ihr Vater legte großen Wert darauf, dass Sie ihn bekommen.«

Marina schaute kurz darauf, dann steckte sie ihn in die Tasche.

»Die Kette muss ein Vermögen wert sein«, sagte Luigi und drückte seine Schwester an sich. »Du musst dir keine Sorgen machen, Marinetta. Von jetzt an werde ich mich um Mama und dich kümmern. Ihr werdet leben wie feine Damen und müsst nicht mehr arbeiten, das verspreche ich euch.«

Sie ließ ihn reden, sie fühlte sich weit entfernt von allem, gedemütigt, unnütz und dumm. Ihr Vater hatte seine Entscheidung getroffen, und die musste sie hinnehmen. Giorgio Chiaramonte war das Familienoberhaupt, er hatte die Glashütte zum Erfolg geführt, und jetzt hatte er sie an seinen Sohn weitervererbt. Sie hatte sich falsche Hoffnungen gemacht, das war alles. Ihr Vater hatte nie ein Hehl daraus gemacht, dass die Glasbläserkunst Männerarbeit war. Sie wusste, wie wichtig ihm die Nachfolge war, wie stolz er auf sein Handwerk und die Tradition war. Luigi strahlte, er war überglücklich. Agata allerdings ... sie konnte den Gesichtsausdruck ihrer Mutter nicht deuten. Ihr wurde übel. Für sie hatte sich plötzlich alles verändert, sie hatte ihren Lebensinhalt verloren, mehr noch, ein Teil ihrer selbst. Sie hatte immer gedacht, ihr Vater sei stolz auf sie und auf das, was sie geschaffen hatte. In den Jahren seiner Krankheit hatte sie die Fabrik erfolgreich geführt und die Einrichtung modernisiert. Sie hatte an sich und ihre berufliche Zukunft geglaubt und ihr gesamtes Vermögen in die Werkstatt investiert.

Sie hatte sich geirrt.

Sie unterschrieb dort, wo der Finger des Notars hindeutete, aber Luigis Einladung schlug sie aus. Es gab nichts zu feiern. Während ihr Bruder seinen Triumph auskostete, ging sie in die Werkstatt. Sie setzte sich auf den Platz ihres Vaters vor dem Ofen und fragte sich nach dem Grund für seine Entscheidung. Warum hatte er ihr nicht vertraut? In Gedanken versunken, bemerkte sie Zeno gar nicht, der im Haus nach ihr gesucht hatte. Agata hatte ihm gesagt, wo er sie finden konnte.

»Was machst du hier im Dunkeln?«

Marina zuckte zusammen, dann strahlte sie ihn an. Sie wusste nicht, wo, aber irgendwo in ihr steckte noch ein Lächeln. Für ihn, ihre große Liebe, immer. »Es ist alles vorbei, Luigi hat die Glashütte geerbt.«

Zeno setzte sich neben sie und nahm sie in den Arm. »Das Ende, Nina, kann auch ein Anfang sein. Schau mich an, genauso ist es bei mir gewesen. In Venedig hatte ich keine Zukunftsperspektive, aber ich bin gegangen und habe woanders mein Glück gefunden. Da draußen liegt eine ganze Welt, und wir haben die Wahl: resignieren oder die Herausforderung suchen.«

Er legte seine Stirn gegen ihre und spürte ihren Atem.

»Lass uns zusammen weggehen. Wenn du deine Mutter mitnehmen möchtest, ich habe nichts dagegen.«

Er lachte, die Idee, zu dritt unter einem Dach zu leben, erschien ihm irgendwie lustig. Marina strich ihm über das Gesicht. »Das wird nicht nötig sein.«

Zeno verstand. »Du kommst nicht mit.«

Sie schüttelte den Kopf. »Nein, mein Platz ist hier.«

Marina spürte seine Enttäuschung und wartete einen Moment. Dann küsste sie ihn sanft auf die Lippen. »Wenn du zurückkommst, werde ich auf dich warten.«

Zeno schüttelte den Kopf. »Wir sprechen hier von mindestens einem Jahr, mein Geschäft läuft gut, Marina, ich habe Verträge zu erfüllen. Ich werde viel unterwegs sein und häufig in Gegenden reisen, wo ich schwer erreichbar sein werde. Wir werden seltener voneinander hören.«

»Du weißt, wie sehr ich dich liebe, ich werde hier sein, was auch immer passiert.«

Er schüttelte den Kopf. »Warum musst du nur so verdammt dickköpfig sein? In Asien gibt es einen riesigen Markt, du könntest eine Glashütte eröffnen, eine Import-Export-Firma. Ich bitte dich nicht, bei mir einzusteigen, Nina, ich weiß, wie wichtig es für dich ist, auf eigenen Füßen zu stehen. Was willst du noch hier in Murano? Was hält dich noch?«

Sie küsste ihn erneut. »Ich werde auf dich warten. Und dieses Mal werde ich auf deine Briefe antworten.«

»Ich rufe lieber an.«

Sie lachten beide und gingen zu seinem Palazzo, dem Zufluchtsort, an den er zurückkehren würde, wenn sein Hunger auf die weite Welt gestillt wäre. Dann würde er ihr gemeinsames Zuhause werden.

In dieser Nacht liebten sich Marina und Zeno hemmungslos, als gäbe es kein Morgen, von diesen Stunden

würden sie lange zehren. Nichts würde sie je wieder trennen können, denn sie wussten jetzt, wie tief ihre Gefühle
füreinander waren. In den Jahren ihrer Trennung waren
ihre Gefühle füreinander nur noch tiefer geworden, egal,
was passiert war. Und alles andere war unwichtig.

18.

Der Legende nach soll sich eine adlige Familie auf der Flucht vor den Hunnen auf Murano niedergelassen und ihr Wappen mitgebracht haben. Zu dem darauf abgebildeten Hahn gesellte sich auf der Rückseite ein Fuchs, als Symbol des Stolzes, der Wachsamkeit und der Schläue einer Bevölkerung, die mannigfaltigen Feindseligkeiten ausgesetzt war.

Marina

Es gab Momente, in denen das persönliche Interesse dem Wohlergehen aller untergeordnet werden musste. Marina wusste das, genau wie sie wusste, dass Bitterkeit eine Krankheit war, die jede Freude auslöschen konnte. Obwohl das Testament ihres Vaters in ihr ein Gefühl der Ausweglosigkeit hervorgerufen hatte, waren ihre Lebensfreude, ihre Fähigkeit, in allem das Schöne zu finden und Probleme zu lösen, zurückgekehrt. Vergessen konnte sie jedoch nicht. Sie hatte sich und ihren Führungsstil infrage gestellt. Vielleicht hatte ihr Vater nicht unrecht gehabt, ihr die Werkstatt nicht zu vererben. Handwerkliches Geschick, Meisterschaft in der Glasherstellung und Kreativität genügten einfach nicht, eine Firma zu leiten. Sie hatte alles auf eine Karte gesetzt und war gescheitert. Es war naiv gewesen, das Studium abzubrechen und ihre Ersparnisse auf das Firmenkonto zu übertragen, anstatt sich selbst finanziell abzusichern. Geld war ihr nie wichtig gewesen. Wie sehr sie von anderen abhängig war, hatte sie sich nicht bewusst gemacht. Und jetzt musste sie mit den Konsequenzen leben. Sie allein war verantwortlich für ihre Situation. Luigi ... er war, wer er war. Er hatte sein eigenes Weltbild, eine andere Sicht der Dinge, den Kopf voller Flausen, ohne jedes Verantwortungsgefühl gegenüber der Familie und der Firma. Aber letztendlich war sie es, die gescheitert war. Sie hatte ihrem Bruder vertraut, der klammheimlich das Firmenkonto leergeräumt hatte.

Der Bankdirektor hatte angerufen und sie informiert, dass Luigi eine Firma mit Sitz in Seattle finanzierte. Mehr konnte er ihr auch nicht sagen. Marina war schockiert und hatte versucht, ihren Bruder telefonisch zu erreichen. Nach einer zermürbend langen Wartezeit war es ihr endlich gelungen, mit ihm zu sprechen. »Warum hast du mir nicht gesagt, dass du das ganze Geld abheben willst?«

»Weil ich das nicht muss ... Ich kann über das Konto nach eigenem Ermessen verfügen. Dass du während meiner Abwesenheit diese Rolle übernommen hast, Marina, gibt dir nicht das Recht, meine Entscheidungen zu hinterfragen. Was ich tue oder lasse, geht dich überhaupt nichts an.«

Das stimmte so nicht, unter bestimmten Umständen zumindest. Denn das Testament war nur gültig, wenn alle Bedingungen erfüllt waren. Und das war zumindest zweifelhaft, denn Luigi hatte Murano umgehend verlassen und ihr die Leitung der Werkstatt übertragen. Von sporadischen Zahlungen in den ersten Monaten abgesehen, hatte er kein Geld mehr auf das Firmenkonto überwiesen. Es hätte also gute Gründe gegeben, das Testament anzufechten. Aber sie hatte es nicht getan, weniger aus Rücksicht auf Luigi, sondern aus Erschöpfung. Ihr Bruder hatte jeden Sinn für die Realität verloren, und sie hatte keine Ahnung, was sie noch tun sollte, um ihm deutlich zu machen, dass sie die Werkstatt schließen müssten, wenn er sein Verhalten nicht änderte.

»Ist dir klar, dass wir ohne Geld keine Rohstoffe für die Glasherstellung kaufen können? Wir müssen Löhne zahlen, Steuern und Abgaben. Ich brauche dieses Geld, Luigi!«

Er hatte nur gelacht. »Mach es doch wie alle anderen und beantrage einen Kredit. Und der läuft dann auf deinen Namen, meine Liebe, denn ich habe nicht vor, diese marode Truppe zu finanzieren, die du eingestellt hast!«

»Was ist nur los mit dir?«

»Nichts. Ich brauche nur Zeit, um nachzudenken und eine Lösung zu finden.«

Dieser Satz reichte aus, um alle Alarmglocken läuten zu lassen, den hatte sie schon einmal gehört. Unmittelbar nach der Verlesung des Testaments war Luigi nach Mailand gereist, weil er sich einen Fachmann für Unternehmensfragen an die Seite holen wollte. Von Dilettanten wie ihr und Rosanna hatte er nichts wissen wollen. Zwei Monate später war er mit dem Experten zurückgekommen, und Marina hatte fast Mitleid mit dem Mann gehabt, denn Murano hatte eine eigene Glasmacher-Philosophie, Vergleiche mit anderen Firmen ergaben keinen Sinn. Seine Diagnose lautete, dass die Vetreria Chiaramonte in der jetzigen Form nicht zu retten war. Er schlug vor, alles abzureißen und neu zu bauen. Eine Horrorvorstellung. Selbst Agata war entsetzt, sie würde sich mit allen Mitteln gegen die Zerstörung von Giorgios Lebenswerk wehren. Als Luigi den geballten Widerstand spürte, entließ er den Experten und reiste wütend wieder ab.

Marina versuchte, seine Innovationsbestrebungen zu verstehen, und hörte sich seine Pläne zumindest an. In der Theorie klang das gut, das musste sie zugeben, aber in Murano? Glasmacherei war nicht gleich Glasmacherei. Auf diese Insel konnte man die Regeln, die sonst auf der Welt galten, nicht anwenden. Es gab keine Straßen, um schweres Gerät oder Kräne herbeizuschaffen. Alles musste übers Wasser transportiert werden, was nicht nur zeitaufwendiger, sondern auch teurer war. Aber gerade diese Exklusivität machte Murano aus. Marina würde alles tun, was in ihrer Macht stand, diese Tradition zu erhalten.

»Vergiss nicht, dass ich hier die Entscheidungen treffe. Papa hat aus gutem Grund so entschieden, weil er wusste, dass ich die bessere Wahl bin. Und du weißt es auch.«

Dies zu hören, tat weh, es war wie Salz in eine offene Wunde zu streuen. Aber Marina blieb standhaft. »Wahrscheinlich hast du recht. Du hast die Wahl: Entweder du zahlst die Löhne und die offenen Rechnungen oder du kommst nach Murano zurück und stellst dich selbst an den Ofen. Murano ist klein, wenn man erfährt, dass du deine Arbeiterinnen nicht rechtzeitig bezahlst, wirst du bald keine Mitarbeiter mehr finden.«

Das war zwar gelogen, Rosanna hatte ihr versichert, dass sie und ihre Frauen sie niemals im Stich lassen würden, aber Marina wollte, dass Luigi Verantwortung übernahm.

»Immer deine Lamentiererei!« Er hielt inne. »Gut, schick mir die Unterlagen, ich regele das.«

»Kommst du nicht zurück?«

»Nein, das geht nicht, ich werde hier gebraucht. Warum nimmst du die Sache nicht selbst in die Hand? Mach, was du kannst, um den Rest wird sich Nando kümmern.«

Sie hätte ihn an sein Versprechen erinnern können, sich um sie und ihre Mutter zu kümmern, aber sie ließ es sein. Nichts als leere Worte. Wahrscheinlich glaubte er wirklich daran, aber das machte das Ergebnis nicht besser.

Agata hatte sich alles angehört. Ihr einziger Kommentar war: »Gut.«

»Nur die Ruhe«, beschwichtigte er, »nur ein vorübergehender Liquiditätsengpass.« Wie immer. Sie verstand es einfach nicht. Warum lebten Menschen über ihre Verhältnisse? Woher kam dieser Wunsch, mehr zu scheinen, als man war?

»Ich werde tun, was ich kann.«

»Eine letzte Sache noch. Ich möchte über jeden Auftrag informiert werden, ich werde die Preise verhandeln, die Kunden müssen mit mir sprechen.«

»Wie du meinst.«

Wie erwartet, war Luigis Eifer bereits nach zwei Wochen erloschen. Danach wollte er nur noch über das Wichtigste informiert werden, er interessierte sich ausschließlich für die Finanzen, den Rest legte er in Marinas Hände. Allerdings räumte er jeden Monat das Firmenkonto leer. Marina konnte nichts dagegen tun.

Aber sie kämpfte und machte das Beste aus der misslichen Situation. Irgendwie kam sie über die Runden.

Nach Feierabend, an Wochenenden und Feiertagen arbeitete sie gemeinsam mit den anderen Frauen auf eigene Rechnung. Sie verkauften ihre eigenen Werke auf dem Markt. Der Verdienst reichte, um ihre Mutter zu versorgen und die Firma am Laufen zu halten.

Die Produkte aus der Hand der *Siòre* wurden besonders von Touristen hochgeschätzt. Kleine, aber feine Objekte, vor allem Tassen, Teller und Schalen für den täglichen Gebrauch, farbenfroh, unempfindlich, von ausgefeilter Form und guter Qualität. Marina tat alles, um ihre Marke bekannter zu machen, und sie hatte auch mit Zeno darüber gesprochen. Sie telefonierten einmal pro Woche miteinander, wo auch immer er war. Das waren kostbare Momente, die Marina ungeduldig herbeisehnte. Sie bat ihn nie, zurückzukommen, auch wenn es sie viel Überwindung kostete. Sie verstand sein Streben nach Selbstverwirklichung nur zu gut, ihr ging es nicht anders. Auch sie wollte die Hauptperson in ihrem Leben sein, einen Ort, einen Bereich für sich haben, in dem sie sich kompetent fühlte. Hatte ihr Vater sie unterschätzt, weil sie eine Frau war? Und sie deshalb aus der Leitung der Firma ausgeschlossen? Der Schmerz darüber war allgegenwärtig, sie versuchte, ihn auszublenden, aber manchmal war der Leidensdruck so groß, dass ihr Perfektionismus ins Grenzenlose wuchs. Ihr Vater war ihr Vorbild gewesen, aber ihre Bemühungen hatten offensichtlich nicht ausgereicht. Wenn sie ihn nur fragen könnte, ihn bitten, sich zu erklären. Sie hatte nicht mal den Brief lesen wollen, den der Notar ihr ausgehändigt hatte, aus Angst vor dem Inhalt, den Erklärungen, die sie wahrscheinlich nur noch mehr verletzen würden. Die Kette von Marietta Barovier war der Beweis: Frauen sollten Schmuck tragen, aber nicht herstellen. Nach der Enttäuschung bei der Testamentseröffnung hatte Marina die Kette nicht mehr angerührt, aber schon bald wurde dieses Schmuckstück zu einer ermutigenden Botschaft. Eine Frau hatte sich vor vielen Jahren in einer von Männern dominierten Welt durchgesetzt und gezeigt, wozu sie fähig war. Dieses Signal war für sie wichtiger als der materielle Wert des Schmuckstücks. Es zeigte ihr, dass auch sie es schaffen konnte. Sie würde die Kette für Zeno tragen. Nur für ihn. Er hatte ihr von der Liebe der Künstlerin zu Zorzi Ballarin und ihrer Zuflucht in seinem neu erworbenen Palazzo auf Murano erzählt.

Die Kette hatte den Lauf der Dinge beeinflusst, für die Glashütte, aber besonders für Marina. Die Idee war Marina gekommen, als sie den Anhänger betrachtet hatte. Die große Perle mit dem stolzen Tier, dem Hahn, der niemals aufgab.

Und sie würde auch nicht aufgeben. Sie hatte die Kette in das Kästchen gelegt und war zur Bank gegangen. Die *Siòre* verdienten eine Chance, ihre Produkte waren kleine Kunstwerke und sie würde alles daransetzen, sie entsprechend zu vermarkten.

Als sie nach dem Direktor fragte, wurde sie in sein Büro gebracht, doch er bat sie, ihm in den Salon zu folgen. Seit Luigi offiziell die Geschäfte führte, war sie nicht mehr hier gewesen.

»Bitte, Marina, setz dich.«

Sie wusste nicht mehr, seit wann aus einer geschäftlichen Beziehung eine freundschaftliche geworden war, es war einfach passiert, und sie fühlte sich gut damit. »Marcello, ich brauche Geld.« Sie gab ihm das Kästchen und er klappte es auf, untersuchte die Kette und fragte dann: »Ist es das, was ich glaube?«

Sie nickte lächelnd. Nach der Testamentseröffnung hatte sich die Nachricht von der Existenz der Kette wie ein Lauffeuer ausgebreitet. Sie war ein Mythos, eine Legende. Aber für sie war sie nur das Zeichen der Liebe ihres Vaters. »Es ist ein Pfand.«

»Ein Liebespfand?«, fragte er amüsiert.

Marina rollte mit den Augen. »Ich glaube, in gewissem Sinne ja.«

»Wie viel brauchst du?«

»Fünf Millionen Lire.«

Das war keine große Summe, die Kette war mindestens zehn Mal so viel wert. Aber sie brauchte das Geld.

»Darf ich dich fragen, für was?«

»Ich möchte mir einen Platz in einer renommierten Kunstgalerie sichern.«

»Ich nehme an, es geht um deine Initiative …«

Der Direktor dachte nach, dann schrieb er etwas auf einen Zettel. »Gib das dem Kassierer, er wird dir den Kreditrahmen eröffnen.«

»Danke, Marcello.«

Der distinguierte, ältere Herr drehte sich um, nahm zwei Gläser und füllte sie daumenbreit mit Sambuca. »Ich hoffe, dass du nach deinem Erfolg die Zeit finden wirst, mir alles zu erzählen. Und du wirst erfolgreich sein, da bin ich sicher.«

Sie griff nach ihrem Glas. Sie mochte diesen würzig-süßen, hochprozentigen Likör. »Das mache ich gerne.«

An der Tür rief er sie zurück. »Du hast etwas vergessen.« Er gab ihr das Kästchen. Marina sah ihn überrascht an.

»Ich bürge persönlich für deinen Kredit, du brauchst kein Pfand zu hinterlegen. Ich bin sicher, dass du mir jede Lira zurückzahlen wirst. Du bist eine großartige Frau, Marina.« Er küsste ihr die Hand und deutete eine Verbeugung an.

Sie war gerührt, reckte sich und küsste ihn auf die Wange. »Deine Freundschaft bedeutet mir sehr viel, Marcello.«

Marina arbeitete ohne Unterlass an ihrem Projekt. Rosanna wich nicht von ihrer Seite. Ihre zielgerichtete und pragmatische Sicht der Dinge war eine große Hilfe, besonders wenn unvorhergesehene Probleme auftauchten, wie zum Beispiel an dem Abend, als Luigi urplötzlich auf der Türschwelle stand. Er wirkte deprimiert und wollte mit niemandem sprechen. Marina hatte über Umwege erfahren, dass sein Geschäftspartner plötzlich verstorben war und die Firma Konkurs angemeldet hatte. Ihr Bruder wurde von Tag zu Tag lethargischer und ließ sich gehen, rasierte sich nicht, vernachlässigte seine sonst so gepflegte Kleidung und schlief schlecht. Marina machte sich Sorgen und selbst Agata wusste nicht weiter.

Eines Morgens fand Marina ihn schlafend in der Küche, sein Kopf lag auf der Tischplatte. Erst wollte sie ihn in Ruhe lassen, doch dann kam ihr der Gedanke, dass es vielleicht ein Fehler war, ihn immer noch wie einen kleinen Jungen zu behandeln. Sie nahm all ihren Mut zusammen und schüttelte ihn. »Luigi, wach auf!«

Er schreckte hoch, seine Augen waren gerötet, sein Blick war leer. Er roch nach Alkohol. Marina schüttelte den Kopf. »Ich mache dir einen Kaffee und du gehst unter die Dusche, bitte. Heute kommst du mit in die Werkstatt und wenn ich dich dorthin zerren muss. Und ich werde nicht zögern, Rosanna um Unterstützung zu bitten.«

Erst starrte er sie verständnislos an, dann schüttelte er den Kopf, verzog das Gesicht und brach in Tränen aus. »Du weißt gar nichts, du kannst es nicht verstehen. Es war alles perfekt, so wie ich es mir immer erträumt hatte. Und jetzt habe ich nichts mehr.«

Marina nahm sein Gesicht in die Hände und versuchte, ihn zu trösten: »Doch, du bist hier, du bist am Leben, du hast uns. Was auch immer passiert ist, gemeinsam können wir das Problem lösen.« Die Vergangenheit, die grausamen Worte, ihre Ansprüche, all das war vergessen. Er war ihr Bruder und brauchte Hilfe, alles andere war unwichtig. Sie liebte ihn, ohne Wenn und Aber.

»Ich habe alles verloren, Marina, verstehst du? Meine Aktien sind keine Lira mehr wert. Alles hat so gut begonnen, wir haben Gewinne gemacht und jetzt ist alles vorbei. Das war mein Lebenswerk. Ich habe Papas Erbe in das Projekt investiert, mein ganzes Geld und jetzt habe ich alles verloren.«

»Das stimmt doch gar nicht, du lebst und bist gesund, das ist die Hauptsache. Der Rest lässt sich regeln. Denk doch mal nach, Luigi. Es gibt immer einen Weg für einen Neuanfang, du musst ihn nur gehen. Mama und ich sind an deiner Seite, wir werden dich unterstützen, egal, was passiert.«

Luigi schwieg, dann hob er den Kopf und schaute sie an. Sie fuhr ihm zärtlich übers Haar. »Alles wird gut, du musst nur Vertrauen haben. Und jetzt geh duschen und ich mache dir Frühstück.« Er stand auf und ging zur Tür, drehte sich um und sagte: »Es tut mir leid, was passiert ist. Ich hätte gerne mehr für dich und Mama getan. Ich weiß nicht, warum, aber alles, was ich anpacke, geht schief. Ich liebe dich, Schwesterchen.«

Sie nickte gerührt. »Früher oder später ändern sich die Dinge wieder. Die Sonne scheint für alle, auch für dich, Luigi. Und jetzt beeil dich. Wir haben viel zu tun.«

Die folgenden Tage verliefen wie erhofft. Marina sah ihrem Bruder zu, wie er mit der Glasmacherpfeife umging. Er war geschickt und arbeitete unermüdlich. Am Wochenende kümmerten sie sich um die Verpackung der Waren und den Transport. Abends saßen sie zusammen, tauschten sich aus und schmiedeten Pläne, erschöpft, aber glücklich. Endlich hatte Luigi verstanden, dass sein Platz in der Werkstatt der Familie war.

Luigi hätte niemals gedacht, dass Sandschippen und die Kontrolle des Feuers im Brennofen ihm so guttun könnten. Er fühlte sich ... anders. Stärker und selbstsicherer. Verantwortung übernehmen, das hätte er schon längst tun müssen. Er hatte aus seinen Fehlern gelernt und würde niemandem mehr vertrauen. Er beobachtete die über den blauen Himmel über Murano ziehenden weißen Wolken, während er sich nach einem anstrengenden Arbeitstag im Wohnzimmer ausruhte. Er dachte an das, was ihm noch geblieben war, eine Handvoll Aktien, die gerade noch das Papier wert waren, auf dem sie gedruckt waren.

Er würde sein gesamtes Hab und Gut verkaufen müssen, ohne finanzielle Mittel war er ein Nichts, am Ende. Er stand auf und holte sich den Tee, den seine Mutter zubereitet hatte. Er hörte seine Schwester singen. Sie machte sich zum Ausgehen fertig, sicher mit einem Mann. Was war eigentlich aus Zeno geworden? Marina betrat den Raum und Luigi lächelte sie an. Sie war eine der schönsten Frauen, die er je gesehen hatte, an Verehrern mangelte es ihr bestimmt nicht. Und sie war eine außergewöhnliche Persönlichkeit. Schade, dass sie ihr Potenzial nicht erkannte und nicht groß genug dachte. Wenn sie nur seinen Ratschlägen gefolgt wäre ...

»Was meinst du?«

Marina drehte sich. Das grüne Kleid stand ihr gut, die langen roten Haare fielen wie lodernde Flammen auf ihre Schultern. »Du siehst fantastisch aus, Schwesterchen.«

Sie lachte und griff nach der Tasche. »Es wird spät.«

»Wer ist der Glückliche?«

»Der Verantwortliche für Kultur und Stadtentwicklung«, antwortete sie strahlend.

»Ach ja.« Luigi trank einen Schluck Tee. Er erinnerte sich an ihre diesbezüglichen Gespräche. Er war skeptisch. Es gab nichts ohne Gegenleistung. »Glaubst du wirklich an deinen Plan?«

»Bei der Biennale ausstellen zu dürfen, ist ein Privileg. Und ja, ich glaube daran. Und bevor du weiter Pessimismus verbreitest, solltest du wissen, dass sie uns dort wollen, weil wir gut und einzigartig sind. Wünsch mir lieber Glück.«

»Warum trägst du Papas wunderbare Kette eigentlich nie?«, wechselte er abrupt das Thema, seine Augen funkelten. Sie musste eine Menge Geld wert sein.

Marina richtete sich die Frisur. »Die trage ich nur zu besonderen Gelegenheiten. Ich habe Angst, sie zu verlieren, sie bedeutet mir viel.« Ein Klingeln ließ sie zusammenzucken. »Das ist Rosanna, ich muss gehen.« Sie ging zur Tür, begleitet von einem dezenten Hauch Parfüm.

Luigi grinste kopfschüttelnd. Auch er hatte vor, auszugehen. Er würde einen Freund anrufen ... oder eine Freundin. Er dachte an Denise und sein Gesicht verfinsterte sich. Ihre Liebesgeschichte war an einem toten Punkt angelangt, ihr Vater hatte klar gesagt, was er sich für seine Tochter erwartete. Und in diesem Moment war er meilenweit davon entfernt, diesen Erwartungen gerecht zu werden. Er stand auf, um in sein Zimmer zu gehen, auf dem Weg dorthin kam er am Zimmer seiner Schwester vorbei. Die Tür war nur angelehnt. Neugierig spähte er hinein.

Es war alles so, wie er es in Erinnerung hatte, Marina war schon immer sehr ordentlich gewesen. Er dachte an früher, als Kind hatte sie ihn vergöttert. Eine glückliche Zeit. Er dachte an die Vergangenheit. Sanfte Wehmut überkam ihn. Und Neid: Marina fiel immer wieder auf die Füße, alle liebten sie.

Für sie war das Leben leicht.

Die Vorhänge bewegten sich in der sanften Brise, die vom Meer her wehte, während sein Blick über Marinas Sachen glitt. Ein Bild, ein Parfümflakon, eine Vase. Und dann kam ihm eine Idee. Wo hatte sie die Kette? Er öffnete die Schubladen und in der letzten fand er das Schmuckkästchen, versteckt unter einem Haufen Halstücher. Er öffnete es und hielt den Atem an. »Wunderbar«, flüsterte er. Sie musste ein Vermögen wert sein. Geld, das er dringend brauchte.

»Luigi? Was hast du im Zimmer deiner Schwester zu suchen?«

Seine Mutter stand mit fragendem Blick auf der Schwelle. Er lächelte sie an. »Marina ist gerade ausgegangen. Und ich überlege, die Kette zur Reparatur zu einem Juwelier zu bringen, sie hat mir gesagt, der Verschluss habe sich gelockert.«

Sie sah ihn einen Moment lang an. »Gut, aber sag ihr das.«

»Ganz bestimmt nicht. Und du wirst es auch nicht tun. Es soll eine Überraschung werden, sie wird es gar nicht bemerken, so selten wie sie die Kette trägt.«

Er steckte sie in die Tasche und hatte schon eine Idee, wohin er sie bringen konnte, nur vorübergehend natürlich, bis er seinen finanziellen Engpass überwunden hatte. Marina hätte bestimmt nichts dagegen. Er sog tief die frische Meeresbrise ein und spürte, dass der Wandel zum Guten nicht mehr fern war. Bald wäre alles anders.

Luigi blieb noch einige Wochen in Murano, denn verabschiedete er sich, packte die Koffer und verschwand, wie er gekommen war.

Marina war bitter enttäuscht. Sie hatte gehofft, dass er dieses Mal für immer bleiben würde. Sie hatte ihn am Ofen arbeiten gesehen, das war sein Platz, schade, dass er das nicht verstand. Sein Geltungsbedürfnis, sein Drang, immer der Erste zu sein, führten zu unüberlegten Handlungen mit schmerzhaften Folgen. Wenn er sich doch nur selbst akzeptieren würde! Wie glücklich er sein könnte!

Venedig war zu einem beliebten Reiseziel geworden, die Touristen kamen aus allen Teilen der Welt und die bevorstehende Eröffnung des Flughafens Marco Polo würde dafür sorgen, dass es auch so bliebe. Die Stadt tat alles, um sich im besten Licht zu präsentieren. Jeder talentierte Künstler war aufgerufen, seine besten Exponate zu zeigen. Die Werke der *Siòre* wurden an einem besonders exponierten Ort gezeigt, schließlich stammten sie aus der einzigen Werkstatt, die ausschließlich von Frauen betrieben wurde. Die Biennale hatte ihnen tatsächlich eine Ausstellungsfläche zur Verfügung gestellt. Marina hatte es kaum glauben können und sich gemeinsam mit ihren Mitarbeiterinnen an die Arbeit gemacht, um etwas wahrhaft Außergewöhnliches zu schaffen.

Die *Siòre*-Kollektion war nicht zu übersehen. Vasen,

Gläser, Tier- und Blumendarstellungen standen auf durchsichtigen Ständern und wurden von Scheinwerfern ins rechte Licht gerückt.

An diesem Abend wollten sie den Abschluss ihrer Arbeit feiern, doch nur Rosanna wollte Marina begleiten. Die anderen hatten nach Ausflüchten gesucht, um nicht mitgehen zu müssen. Aber warum? Warum standen sie nicht zu ihrer Leistung? Hatten sie Angst vor dem Erfolg, die Grenze zu überschreiten, die sie sich selbst gesetzt hatten? Sie hatte die Angelegenheit mit Rosanna besprochen. Nach kurzem Nachdenken hatte sie ihr zu verstehen gegeben, dass sie das nicht verstehen könne, immerhin sei sie in einem anderen Umfeld groß geworden. Hoffentlich müsse sie dieses Gefühl auch nie kennenlernen.

»Warum muss ausgerechnet ich dich begleiten?«

Marina ging gar nicht darauf ein, winkte einem Kellner, nahm zwei Sektkelche von einem Tablett und reichte Rosanna einen davon. »Siehst du den Mann hinter mir?«

Sie schaute ihr kurz über die Schulter. »Ein gut aussehender Mann, da muss ich dir recht geben.«

»Darum geht es nicht.« Marina leerte das Glas, ihr drittes an diesem Abend und nieste. »Entschuldige, aber Sekt kitzelt immer so in der Nase. Er hat die Ausstellung organisiert.«

»Ja, und?«

Sie nahm Rosanna das Glas aus der Hand und stellte es ab. Ihre Präsentation war ein Erfolg gewesen, viele Besucher hatten sie beglückwünscht, ihnen Fragen gestellt und Visitenkarten in die Hand gedrückt. »Wir müssen ihn begrüßen.«

»Das kann ich nicht.«

Marina gab ihr einen Schubs. »Du musst lächeln und ab und zu nicken, ich kümmere mich um den Rest, einverstanden?«

Sie mussten nicht lange warten, Giovanni Ponti bemerkte sie, entschuldigte sich bei seinem Gesprächspartner und kam auf sie zu.

»Wie schön, dass Sie kommen konnten, Ihre Werke sind von einer außergewöhnlichen Ausdrucksstärke und Strahlkraft, raffiniert und schlicht zugleich.«

»Vielen Dank, Signor Ponti.«

»Nennen Sie mich doch bitte Giovanni.«

Sie sprachen über die Kunst und ihre Bedeutung für die Zukunft, und darüber, wie wichtig die Glasproduktion auf diesem Niveau für Venedig war. Dann widmete sich der Direktor der Biennale wieder anderen Gästen. Marina und Rosanna waren glücklich, er hatte ihnen neue Möglichkeiten aufgezeigt und ihnen eine Beteiligung angeboten. »Das ist eine große Chance.« Rosanna hörte nicht zu. Marina folgte ihrem Blick und erstarrte.

»Warum lächelt der die ganze Zeit zu uns rüber?«

»Lass ihn doch.« Gerolamo Furlan, ein Erzrivale der Chiaramontes, war ihr auch nicht gerade sympathisch, aber ihre Freundin sah aus, als würde sie ihm gleich an die Gurgel gehen. Seit der Wiedereröffnung der Werkstatt hatte er gegen sie gewettert und versucht, Rosanna lächerlich zu machen. Ob das mit ihrer Vergangenheit zu tun hatte? Die Spannung zwischen den beiden war mit Händen zu greifen.

»Da sind ja die Glasdamen!«

»Sie lassen hier wirklich jeden rein …«, Rosanna drehte ihm den Rücken zu.

Sein Blick verfinsterte sich, aber dann lächelte er wieder. »Ich verstehe, dass dich das nervös macht. Allein der Gedanke, plötzlich auf der Straße zu stehen.«

Marina wollte eingreifen, was sollte diese Anspielung? Die Werkstatt lief gut.

»Warum sagst du nicht, was du zu sagen hast, und verschwindest dann?« Rosannas Augen funkelten vor Wut. Gerolamo fixierte sie einen Moment, dann lachte er. Rosanna packte ihn an der Jacke. »Was ist los?«

Er löste ihre Hände. Das Lachen war aus seinem Gesicht verschwunden. »Chiaramonte hat es dir nicht gesagt, oder?«

»Was hätte er mir denn sagen sollen?«

»Er hat die Glashütte verkauft. Das Haus, alles.«

»Was redest du denn da? Treib es nicht auf die Spitze!«

»Frag sie«, er deutete auf Marina. »Sie haben alles verkauft und gehen weg aus Venedig. Sie wandern nach Amerika aus.«

19.

Der Abt Vincenzo Zanetti war einer der treibenden Kräfte in der Glasmacherkunst Muranos. Er wurde in den 20er-Jahren des 19. Jahrhunderts geboren und arbeitete schon als Jugendlicher am Schmelzofen. Später wurde er Priester und begann Glaskunst zu sammeln und zu katalogisieren. Er gründete das Museo del Vetro und eine Glasmacherschule, damit die alte Handwerkskunst weitergegeben werden konnte.

Die Nacht ist die Zeit, um zur Ruhe zu kommen und Frieden zu finden. Doch bei ihr trat das Gegenteil ein. Die Stille weckte ihre größten Ängste und schlimmsten Gedanken.

Deshalb ließ Juliet die Fensterläden immer offen.

Das Mondlicht reichte aus, ihren Atem zu beruhigen und sie in die Realität zurückzubringen, aber in diesem Moment wurde die Panik übermächtig. Sie lag unter der Decke und hatte das Gefühl, zu ersticken.

»Pssst, es ist alles gut, hier bist du in Sicherheit. Wach auf, Juliet.«

Die warme Stimme klang vertraut. Sie nahm sie in sich auf, ein Sonnenstrahl in ihrem Labyrinth aus Angst und Verzweiflung. Als sie begriff, wo sie war, durchflutete sie eine Welle der Erleichterung. »Marcus.« Sie griff nach seinen Händen. Er war es wirklich, er lag neben ihr.

»Es ist alles gut«, flüsterte er und strich ihr zärtlich über das Gesicht.

Seine Hände wanderten über ihren Rücken, er hielt sie fest und drückte sie an sich. Dabei flüsterte er kurze Sätze, die Schatten waren gebannt. »Du hast nichts zu befürchten, es war nur ein böser Traum.« Er lag neben ihr, aber er machte ihr keine Angst. Und doch hätte sich Juliet am liebsten abgewandt.

Niemand konnte ihr helfen. Sie musste es alleine schaffen.

Sie hätte nicht nachgeben und mit ihm schlafen sollen, ihn bitten sollen, zu gehen. Aber es hatte sich einfach so ergeben, ihre Umarmungen, ihre Gespräche bis tief in die Nacht, bis sie schließlich nebeneinander eingeschlafen waren. Sie hatte ihn begehrt, seine Küsse und seine Berührungen erwidert, sich seiner Präsenz hingegeben. Aber jetzt hatte sie Angst, fürchtete, er würde ihr Fragen stellen. Wissen wollen, was mit ihr los war. Aber sie hatte keine Antworten für ihn. Sie zitterte. Marcus stand auf, goss Wasser aus der Karaffe auf dem Tisch in ein Glas und reichte es ihr. »Beruhige dich, du musst nicht darüber reden. Manchmal tut es aber auch gut, das rauszulassen, was uns nicht gefällt.«

Sie starrte ihn an, der Hals vom Weinen wie zugeschnürt, ihr Atem ging stoßweise. Was sollte sie tun? »Ich kann nicht«, presste sie heraus, sie spürte, wie sich die nächste Panikattacke ankündigte. Sie würde sie packen und sie war ihr hilflos ausgeliefert.

»Nimm dir Zeit und vor allem, tu nichts, was du nicht willst. Du entscheidest ganz allein, ob, wie und wann du handelst, Juliet.« Er lächelte sanft und strich ihr übers Haar.

Er hielt sie für eine starke Frau, aber das war sie nicht, im Gegenteil, sie war unfähig und schwach. Sie hatte alles versucht, sich zu ändern. Aber sie war gescheitert. Und er würde es bald merken.

Erneut überlief sie ein Schauer und sie schloss die Augen. Eine Erinnerung, ein Bild stieg vor ihrem inneren Auge auf.

Marcus, der sie angesprochen hatte, als sie alles verloren glaubte. Er hatte sie in die Wirklichkeit zurückgeholt und dafür gesorgt, dass sie wieder festen Boden unter den Füßen gespürt hatte.

»Du hast nichts zu befürchten, Juliet. Es wird sich alles lösen, mein Schatz. Atme.«

Sie klammerte sich an seine Worte und dachte daran, wie er ihr geholfen hatte, ihre Angst zu überwinden und wieder zu lachen.

Hatte sie sich in diesem Augenblick in ihn verliebt?

Ein Gefühl von Wärme und Geborgenheit durchflutete sie und ihr Herzschlag beruhigte sich. Sie irrte sich, was Marcus betraf. Wenn es jemanden gab, der sie wirklich kannte, dann er. Sie musste nicht so tun, als sei sie stark, mutig und perfekt. Er wusste, dass das nicht stimmte.

»Es ist nicht leicht.«

»Was ist schon leicht, wenn wir es in seiner ganzen Tragweite betrachten? Mir ist es noch nie gelungen, Probleme in kurzer Zeit zu lösen. Je mehr man die Lösung erzwingen will, desto schwieriger wird es. Aber sich von dem zu befreien, was uns schmerzt, ist wichtig. Los, raus damit. Ich bin da und halte dich.«

Ich halte dich, was für seltsame Worte. Zwei Hände, ein Herz, ein Lächeln. Und sie glaubte ihm.

Er strich ihr eine Haarlocke aus dem Gesicht und fuhr

immer noch lächelnd fort: »Es gibt eine Sache, die du wissen solltest. Gestern war ich nicht schnell genug, um es dir zu sagen.« Er lachte verlegen.

Juliet spürte einen wohligen Schauer. »Und was?«

»Es geht um dich und mich. Und warum ich verschwunden bin.«

Sie ließ ihm Zeit, die richtigen Worte zu finden. Sie spürte seine Verletzlichkeit, seine Sensibilität. Auch diese Seite liebte sie an ihm, machte ihn ihr noch wertvoller.

»Ich war nicht sicher ... ich habe mich zurückgezogen, bevor etwas passiert wäre, dessen ich mich mein Leben lang geschämt hätte. Ich bin direkt, manchmal auch brüsk, aber ich spiele nicht mit den Gefühlen von Frauen, Juliet. Aber jetzt bin ich hier und bleibe hier. Mir war wichtig, dass du das weißt.«

Sie war überwältigt von seiner Offenheit und beschloss, sich ebenfalls zu öffnen. »Morgen ... oder besser gesagt, heute, findet eine wichtige Prüfung statt, die letzte vor dem Abschluss.«

»Angst zu versagen? Klar bist du aufgeregt, das ist doch ganz normal. Auch wenn es in deinem Fall völlig unnötig ist, so gut, wie du bist. Nein, lass mich ausreden ... hör mal, Juliet, ich habe im Laufe der Jahre viele talentierte junge Leute gesehen, aber du bist herausragend, dein Gespür für Glas ist außergewöhnlich. So etwas wie dich habe ich selten erlebt. Und ich weiß, wovon ich rede.« Er zwinkerte ihr zu. »Du hast mir doch nicht verschwiegen, dass dir das Talent in die Wiege gelegt wurde, oder?«

Sie schüttelte lächelnd den Kopf. »Nein.« Sie kam aus einer erfolgreichen Arztfamilie. Sie wollte ihn umarmen, sein Herz an ihrem spüren, am liebsten wäre sie in ihn hineingekrochen. Aber stattdessen blieb sie stocksteif sitzen.

Sie hatte ein … Geheimnis.

Das Notizbuch.

Wer weiß, wie Marcus reagieren würde, wenn er wüsste, dass das, was er Kompetenz nannte, seinen Ursprung in einem kleinen Büchlein hatte, das nicht einmal ihr gehörte.

Sie schloss die Augen und atmete tief durch. Marcus küsste sie auf den Mund, ganz zart, kaum mehr als ein kurzes Hauchen, ganz anders als die Küsse, die sie zuvor ausgetauscht hatten. Aber dieser sanfte Kontakt hatte die Kraft, sie bis ins Innere zu treffen. Dieser Kuss war wie er selbst, rücksichtsvoll und aufrichtig. Sie wusste das und war froh darüber. In diesem Moment war ihr klar, dass sie keine Geheimnisse, keine Mauern zwischen ihnen wollte. Ansonsten würde ihre Geschichte ihre Wichtigkeit und ihre Schönheit verlieren.

»Ich hatte Hilfe, eine große Hilfe.«

Er setzte sich auf. »Wie meinst du das? Ich habe dich die ganze Zeit beobachtet, da war niemand an deiner Seite. Du hast alles allein gemacht, jedes einzelne Stück.«

Sie musste es ihm zeigen. Sie stand auf und wühlte in ihrer Tasche. Als sie das Notizbuch gefunden hatte, zog sie es seufzend heraus und reichte es ihm. Marcus schlug es auf und begann zu lesen, dann blätterte er es flüchtig durch, hin und wieder las er einen Satz. Dann schlug er es zu und gab es ihr zurück. »Interessant, wie fast alle Notizbücher von Glasmachern. Sehr schöne Betrachtungen, finde ich, besonders die älteren Aufzeichnungen. Aber ohne dich, Juliet, ohne dein Gespür, ohne deine Kunstfertigkeit, sie umzusetzen, wären es nur eine Reihe von Formeln geblieben. Reine Theorie, verstehst du?« Er hielt inne und lehnte seine Stirn an ihre. »Du hast kein Vertrauen in dich und deine Fähigkeiten, jedes Mal, wenn du etwas Besonderes geleistet hast und zufrieden sein könntest, redest du deine eigene Leistung klein und stellst dein Licht unter den Scheffel. Warum?«

Die unergründlichen Augen, in denen man sich so leicht verlieren konnte, diese Worte, die bis tief in ihre Seele drangen. Er sagte nichts als die Wahrheit ... aber er wusste nichts von ihrer Vergangenheit, ihren Fehlern, dem mangelnden Vertrauen ihrer Familie, die nicht an sie glaubte und der sie peinlich war. Juliet wusste, dass sie sie für lebensunfähig hielten. Und für seltsam.

»Gut, das ist jetzt nicht wichtig«, fuhr er fort, »du erzählst mir davon, wenn du bereit dazu bist.« Er küsste sie erneut, doch dieses Mal lagen keine Sanftheit, kein Trost darin. Dieses Mal spürte sie sein Verlangen und Marina vergaß alles andere, alle Sorgen und die Gedanken lösten sich auf wie Sternenstaub. Am Ende blieben nur ein Mann, eine Frau und ihr Bedürfnis, einander zu gehören.

Als Juliet erwachte, fand sie einen Zettel auf dem Kopfkissen.

Du bist so, wie ich mir das Glück vorstelle.

Beim Lesen wurde ihr Lächeln immer breiter. Nach einer raschen Dusche setzte sie sich im Schneidersitz aufs Bett und blätterte durch das Notizbuch. Einige Aufzeichnungen studierte sie genauer, inzwischen kannte sie fast alle Techniken auswendig. Aventuringlas, *Filigrana*, *Murrina*, Schichtglas, Spiegelglas.

»Nur Mut, es wird alles gut gehen.«

Sie zog eine leichte Bluse an und band sich die Haare zu einem Pferdeschwanz zusammen. Dann lief sie die Treppe hinunter, die Hand auf dem Geländer, konzentriert auf das, was vor ihr lag. Wer weiß, was die Meister fragen würden.

»Guten Morgen, Signorina.«

Sie zuckte zusammen und stolperte.

»Vorsicht!«

Jacopo fing sie auf und half ihr, das Gleichgewicht wiederzugewinnen. Juliet starrte ihn mit weit aufgerissenen Augen an. »Ich … danke«, sagte sie leise.

Er wich zurück und sie musterten sich. Jacopo musste wegen der Prüfungen nach Murano zurückgekommen sein. Seit ihrem Zusammenstoß hatten sie sich nicht mehr gesehen, kein Wort mehr miteinander gewechselt. Sie wollte ihn nach der Kette fragen, wollte wissen, wen er schützte und warum. Aber jetzt war nicht der richtige Augenblick, jetzt standen andere Dinge im Vordergrund.

»Sind Sie bereit für die Prüfung?«

Angst stieg in ihr auf. Wollte er sie verunsichern? Das würde sie nicht zulassen.

»Ja, ich bin bereit!«

»Gut, dann sehen wir uns später.«

Er nickte ihr zu und ging in Richtung Küche.

Juliet hatte keinen Hunger mehr, aber sie brauchte Energie. Sie ging zu den anderen, nahm sich einen Kaffee und ein paar Kekse, die Morgan ihr hinhielt. »Danke.«

»Alles klar? Du siehst aus, als hättest du ein Gespenst gesehen.«

»Ich bin nur nervös.« Den Blick, den ihr Marcus' Vater zugeworfen hatte, würde sie nicht vergessen.

Morgan zwinkerte ihr zu. »Du wirst Zweite, versprochen.«

Seine Arroganz erstaunte sie, aber dann lächelte sie. Einen Moment später plauderte sie mit den anderen. Alle waren aufgeregt und ängstlich, freuten sich aber auch. Sie hatten so viel gelernt, und das war die Chance, es zu zeigen.

Bei den vorangegangenen Prüfungen hatte Juliet einen Heißluftballon im Sturm und die Statue einer Frau geschaffen, die trotz aller Verletzungen stolz in die Zukunft blickt. Aber für die heutige Prüfung hatte sie sich für ein spezielles Motiv entschieden. Ein Baum, dessen Wurzeln sich in der Wasseroberfläche eines Teiches spiegelten, mit Ästen, die sich in den Himmel reckten. Ein komplexes Projekt, das gründlich vorbereitet werden musste, jedes einzelne Blatt, die raue Baumrinde ... und am Ende sollte alles ein harmonisches Ganzes ergeben.

»Bist du sicher?« Carlos betrachtete sie mit skeptischem Blick. Auch die anderen waren verwundert, aber sie hatte eine klare Strategie: der blauschimmernde Teich war die Basis, die Wurzeln und der Stamm des Baums symbolisierten die Realität, durch die filigranen Zweige glaubte man den Himmel sehen zu können. Auf den Zweigen fanden Vogelnester, Bienen und Schmetterlinge Platz. Der einzige, der ganz ruhig blieb, war Marcus. Er vertraute ihr. Und das machte ihr Mut, gleichzeitig aber auch Angst. Doch am Ofen zählte nur sie selbst. Die Angst verschwand und wurde von schwärmerischer Begeisterung ersetzt, sie war im kreativen Fluss und hatte ihr Ziel klar vor Augen.

Jacopo erklärte ihnen den Ablauf der Prüfung.

»Heute zeigt ihr, was ihr bis jetzt gelernt habt. Das Thema könnt ihr frei wählen, lasst eurer Vorstellungskraft freien Lauf, überrascht uns, gebt alles. Ihr habt alle Möglichkeiten, etwas Außergewöhnliches zu schaffen. Denkt daran, dass ihr in Murano seid, dort wo die Glaskunst imstande ist, Gefühle zu wecken.«

Jeder Prüfling war hoch konzentriert. Die Öfen schienen vor Leben zu vibrieren, in den Schmelztiegeln wartete das flüssige Glas, die Spannung war mit Händen zu greifen. Keiner sagte ein Wort. Alle dachten an die Techniken, mit denen sie ihr Werk bestmöglich umsetzen konnten und berechneten die nötige Zeit. Zunächst wurden die Strukturen grob skizziert, manche zeichneten im Sitzen, andere auf Knien, alle waren tief über ihre Blätter gebeugt.

Juliet begann mit den größten Teilen, danach widmete sie sich den Details. Der braune Stamm, die rissige Rinde, die filigranen Blätter und die anmutigen Blüten. Sie war ganz in ihrem Element, kramte in ihrem Erinnerungsvermögen und griff auf das Erlernte und das Wissen aus dem Notizbuch zurück. Das Wissen wurde zu Handlungen, ihre Hände zu Werkzeugen. Erschöpft, aber zufrieden legte sie die letzten Stücke in den Temperofen.

Sie hatten es geschafft. Sie drehte sich um und sah in begeisterte Gesichter. Plötzlich stand sie im Mittelpunkt, alle umarmten sich. Sogar Morgan wirkte beeindruckt. Lorenzo lächelte und beglückwünschte sie. »Sehr gut, das war hervorragende Arbeit, von allen!«

Juliet suchte nach Marcus. Als sie sah, dass er neben dem Ausgang stand und sich mit seinem Vater unterhielt, biss sie sich auf die Lippe. Sie wirkten nicht gerade zufrieden.

Jacopo kam erst spät am Abend zum Palazzo Zenobio zurück. Er setzte sich in den Garten unter den Baum.

Die Blätter zitterten im Nachtwind. Er legte sich die Hände vor die Augen. Was konnte er tun? Er hatte das Gefühl, alles falsch gemacht zu haben. Als er das Anwesen geschenkt bekommen hatte, war er vor Freude überwältigt gewesen. Er besaß einen Palazzo und hatte eine Aufgabe! Aber die anfängliche Begeisterung war nach und nach durch Probleme getrübt worden. Anfangs hatte er sie gar nicht ernst genommen, es gab so viele positive Aspekte, dass er das wahre Ausmaß nicht erkannt hatte. Dann hatte er seine Frau kennengelernt. Clara war ganz anders gewesen als die anderen Frauen, die er kannte, ohne Scham, ohne Tabus. Er hatte sich noch nicht mal im Traum vorstellen können, dass eine solche Freiheit überhaupt möglich war. Sie hatten Spaß miteinander gehabt, eine flüchtige Beziehung. Dass sie schwanger werden würde, damit hatte er nicht gerechnet. Früher oder später hatte er sich schon Kinder gewünscht, mit einer Frau aus Murano, höchstens noch aus Venedig. Keine wie sie.

Doch in der gegebenen Situation hatte er sie unbedingt heiraten wollen, was nicht so einfach gewesen war.

»Ich brauche keinen Trauschein und auch keinen Ring.«

»Mein Sohn wird als eheliches Kind auf die Welt kommen.«

Sie hatte ihm ins Gesicht gelacht, ihn altmodisch und spießig genannt, aber schlussendlich hatte er sie überzeugen können. Und eine Weile waren sie glücklich gewesen. So sehr, dass es ihm im Herzen wehtat, wenn er daran zurückdachte. Jacopo hatte sich an ihre ungenierte Art gewöhnt. Nicht, dass sie schlecht erzogen oder respektlos gewesen wäre, sie sagte einfach immer sofort, was sie dachte.

Mit der Zeit war der Alltag eingekehrt, die leidenschaftlichen Nächte, die ausgiebigen Badeausflüge in der Lagune, wo das Wasser noch klar war, waren der Pflicht gewichen. Die schwere Arbeit am Ofen hatte ihr Übriges getan. Als sie mit Marcus fortgegangen war, hatte er gedacht, es sei besser so. Immerhin hatte er erreicht, dass sein Sohn ihn jeden Sommer besuchen kam. Seitdem waren mehr als zwanzig Jahre vergangen, jetzt war er fast sechzig und fühlte sich müde und ausgelaugt. Als er Clara in Venedig besucht hatte, um ihr von der jungen Frau zu erzählen, die Ninas Kette um den Hals trug, hatte sie ihm deutlich gemacht, dass er sich einen Psychologen suchen sollte. Wieder ein Seufzer, dieses Mal aus Scham. Er war nicht verrückt, vielleicht ein wenig erschöpft. Aber wer wäre das an seiner Stelle nicht? Er dachte an Juliet. An den Tag, als sie das erste Mal miteinander gesprochen hatten. Sie war von einem Moment auf den anderen vom Englischen ins Italienische gefallen. Er wusste nicht genau, warum, aber er war davon überzeugt, dass sie eine Spionin dieser verdammten Chiaramontes war. Sicher, sie hieß jetzt anders, aber das wollte nichts heißen. Er fuhr sich mit den Fingern durchs Haar. Er war unsicher, und das machte ihn nervös. Das letzte Gespräch mit seinem Sohn kam ihm in den Sinn. Er hatte versucht, Marcus alles zu erklären, war ruhig geblieben, hatte die Fakten auf den Tisch gelegt. Und sein Sohn hatte jedes einzelne Argument entkräftet.

Und wenn er doch recht hatte?

Es war viel Zeit vergangen. Zu viel.

»Papa, was machst du hier draußen im Dunkeln?«

Er hob den Blick und sagte: »Ich könnte dir die gleiche Frage stellen.«

»Ich gehe zu Juliet.«

Jacopo zuckte mit den Schultern. Wer war er, um seinem Sohn Ratschläge zu geben? Er dachte an seine Frau Clara. Sie hatte ihm schonungslos seine Lage vor Augen geführt. Aber noch tiefer getroffen hatte ihn der Kuss, den sie ihm danach gegeben hatte. Jacopo bekam ihn nicht mehr aus dem Kopf. Dieser Kuss hatte ihn getroffen wie ein Schlag, aber nicht aus Leidenschaft, sondern … aus Wehmut. Und dieses Gefühl hatte ihm fast den Atem genommen. Er dachte voller Bedauern an das, was hätte sein können. An das, was er aus Pflichterfüllung der Firma gegenüber und wegen der Verantwortung für das Erbe, das ihm so unerwartet zuteilgeworden war, aufgegeben hatte. Ein Versprechen, das er sich selbst gegeben hatte.

»Verstehe.« Er war ungerecht gegenüber der jungen Frau gewesen, ungerecht und verblendet. Sie hatte für seine Rachegefühle Clara gegenüber büßen müssen. Und da war noch mehr. Die Kette, die sie trug, hatte ihn daran erinnert, was seiner geliebten Nina geschehen war und an sein Bestreben, diese Frau, die ihn wie einen Sohn geliebt und die ihm alles gegeben hatte, zu schützen.

Er hatte sich diesem Ziel mit aller Kraft gewidmet, weil er glaubte, damit das ausgleichen zu können, was er im Begriff zu tun war: sie zu verraten. Ihren Traum zu verkaufen, sein Versprechen zu brechen, das er gegeben hatte, ihre Arbeit fortzuführen.

»Ich dachte, Mama kommt mit dir nach Hause.«

Er lachte. »Sie hat andere Pläne.« *Ohne mich.* Das sagte er nicht, er tat sich selbst schon genug leid, da brauchte er nicht auch noch das Mitleid seines Sohnes.

»Geht es dir wirklich gut? Du bist leichenblass.«

Er antwortete nicht gleich, nach einer Weile hob er den Kopf und sah seinem Sohn in die Augen.

»Nächste Woche werde ich den Kaufvertrag unterschreiben. Die Hälfte des Erlöses werde ich an dich und deine Mutter übertragen, mit dem Rest werde ich ein neues Leben beginnen. Ich tue dir damit einen Gefallen, glaub mir. Dieser Ort saugt deine Seele aus.«

»Du wirst was?« Marcus Gesichtsausdruck erstarrte zur Grimasse. »Das ist typisch für dich, die Verantwortung auf andere abzuwälzen, oder? Aber ich will deine Pläne nicht stören. Und ich pfeife auf dein Geld, mach damit, was du willst, es interessiert mich nicht.«

Jacopo stand auf. »Was zum Teufel erwartest du von mir?«

»Dass du mein Vater bist, sonst nichts. Nur das habe ich immer gewollt. Geld interessiert mich nicht, aber das hier ist mein Zuhause. Denk daran, bevor du es verschleuderst.«

»Warte, geh nicht.« Aber Marcus war schon verschwunden.

Marcus kam erst spät in der Nacht in den Palazzo zurück. Er hatte Zeit gebraucht, bis seine Wut verraucht war. Er eilte die Treppe hoch, er hatte Juliets Zimmerschlüssel. Sie schlief so tief, dass sie nicht einmal merkte, dass er da war. Er zog ihr die Schuhe aus und deckte sie zu. Dann legte er sich neben sie, die Hände hinter dem Kopf verschränkt, und starrte an die Decke. Jacopo machte einen großen Fehler. Das schmerzte so sehr, dass er kaum atmen konnte. Weil er zum ersten Mal erkannt hatte, wo seine Grenzen lagen. Und vielleicht weil er ihn zum ersten Mal von Mann zu Mann behandelt hatte. Wie ein Vater seinen Sohn. Während der Zeit, die er allein auf seinem Boot verbracht hatte, war ihm klar geworden, dass es seinem Vater weder um die Schule noch um die Glashütte ging. Das Problem war viel komplexer. Es hatte mit der Zeit zu tun. Je länger ein begangener Fehler zurückliegt, desto größer werden die Schmerzen und das Bedauern darüber, eine falsche Entscheidung getroffen zu haben. Das Scheitern, mit dem sein Vater sein Leben lang gekämpft hatte. Aber wie sollte er ihm helfen? Damit musste Jacopo alleine klarkommen. Er wollte das weder mit ihm diskutieren noch mit ihm streiten. Marcus atmete tief durch. Juliet bewegte sich neben ihm, er strich ihr vorsichtig eine Locke aus dem Gesicht. Sie war eine einzigartige Frau, er liebte sie über alles und doch war etwas Dunkles und Verborgenes in ihr. Etwas, das ihn beunruhigte. Er dachte wieder an seine Eltern. Liebe allein reichte nicht, das wusste er genau. Als Juliet sich erneut bewegte, griff er nach ihrer Hand. Sie umfasste ihn instinktiv und sofort wurde ihr Atem ruhiger. Marcus lächelte und ließ sich langsam in den Schlaf gleiten.

20.

Conterie sind besondere Glasperlen aus Murano. Sie werden
aus einer Glasmasse gewonnen, die erst in eine zylindrische
Form gebracht und dann mehrere Meter lang zu einem
schmalen Röhrchen gezogen wird, das in der Folge in
Scheibchen geschnitten wird. Diese werden anschließend
erneut erhitzt, bevor sie an die Impiraresse, meist junge
Frauen, übergeben werden, die sie schließlich auffädeln.

Juliet stand vor Ninas Haustür und strich über den Hahn,
der in den Querbalken eingeschnitzt war.

Es war der gleiche Hahn wie in der Schule. Und der auf
ihrer Halskette. Das musste noch nichts heißen, das Hahnsymbol war weit verbreitet. Aber in verschiedenen Varian-
ten, mit dem Fuchs auf dem Rücken oder der Schlange im
Schnabel, wie Silvia ihr erklärt hatte.

Der Hahn stand sinnbildlich für Murano.

Es hieß, eine adlige Familie aus Altinum hätte ihn auf
der Flucht vor den Hunnen hierher gebracht. Wie so viele
zu dieser Zeit zog es sie an die Lagune und sie fanden dort
Schutz. Sie trugen den Namen Muranexi und nachdem sie
beschlossen hatten zu bleiben, gaben sie der Insel ihr Wappen und den Namen.

Juliet schaute in den Garten, wo eine Katze im Schatten
des Gebüschs schlief, von der alten Dame keine Spur. Sie

wollte gerade wieder gehen, als sie sich erinnerte, dass sie auch gerne auf der Vorderseite des Hauses saß. Sie drückte die Pforte auf und ging durch den Garten zum vorderen Hausteil.

»Guten Tag, Nina, wie geht es Ihnen?«

Die alte Dame las gerade ein Buch, hob den Kopf und lächelte sie an. Dieses Mal trug sie eine Brille mit grünem Gestell, auch ihr Kleid war grün. Die Ohrringe und der Kragen des Kleides waren leuchtend rot. Sie strahlte Heiterkeit aus.

»Wie schön, dich zu sehen, meine Liebe. Komm doch näher, lass dich anschauen.«

Das ließ sie sich nicht zweimal sagen, der Ort war traumhaft schön. Während sie neben der alten Dame Platz nahm, bemerkte Juliet ihren prüfenden Blick.

»Ich habe das Gefühl, die Dinge haben sich seit unserer letzten Begegnung entscheidend verbessert. Du strahlst ja richtig.«

Sie dachte an die vergangenen Tage. Und die Nächte.

Dann nickte sie. »Ja.«

Nina hob scherzhaft mahnend den Zeigefinger und sagte mit glänzenden Augen: »Ah, dieses Erröten, daran erinnere ich mich noch gut, weißt du? Die Liebe zwischen zwei Menschen ist wie ein Wunder, es gibt nichts Schöneres. Erzähl mir alles, wir haben uns schließlich lange nicht gesehen.«

Juliet hielt ihr lachend ein Schächtelchen mit Konfekt hin, das sie extra mitgebracht hatte.

»Es läuft gut.«

Als Nina nach ihren Händen griff und sie drückte, wurde sie von einer Welle des Glücks durchflutet. Sie hatte ihre

Großmütter nie kennengelernt. Die eine war gestorben, als ihr Vater noch ein Kind gewesen war, an die andere konnte sie sich nur vage erinnern. Sie hoffte, sie wären so gewesen wie Nina.

»Ich will alles wissen.«

Wo sollte sie anfangen? »Ich habe eine wichtige Prüfung bestanden, meine Arbeit ist gut angekommen.«

Nina schaute sie prüfend an. »Und warum wundert dich das?«

Einen Moment lang wusste Juliet nicht, was sie antworten sollte. »Nicht immer gelingt mir das, was ich mir vorstelle.«

Die alte Dame lachte. »Das wäre ja auch noch schöner, wie langweilig! Wichtig ist, dass man weiß, es das nächste Mal besser machen zu können.«

Eine interessante Sichtweise. »Ich scheitere nicht gerne.«

»Das verstehe ich. Das ist normal. Aber weißt du, was man sagt? Entscheidend ist, dass man sein Bestes gibt.«

Juliet erinnerte sich, das sagte Gina auch immer. Sie machte es sich in ihrem Sessel bequem, während Nina weitersprach: »In meinem Alter bekommen die Dinge eine andere Dimension.« Nina schaute zum Himmel, ein Schwarm Möwen flog Richtung Meer. Dann wandte sie sich wieder zu Juliet. »Da sieht man alles mit Distanz. Nicht weil dich das, was du siehst, nichts mehr angeht, das nicht. Eher weil man die richtige Perspektive hat: Es sind unsere Ängste, die die Dinge dramatisch oder lächerlich sein lassen. Unsere Ängste sind immer stärker als unsere Vernunft, denn gegen die Gefühle können die Gedanken nichts ausrichten. Die Gefühle sind es, die uns leiten. Unsere Wünsche und vor allem unsere Hoffnungen. Los, erzähl!«

»Ich habe einen Mann geküsst.« In Wahrheit war noch viel mehr passiert, aber sie war stolz darauf, selbst die Initiative ergriffen zu haben. Das war eines der wagemutigsten Dinge gewesen, das sie in ihrem Leben getan hatte. Und das, was sie am meisten gewollt hatte.

Nina riss die Augen auf und lachte. »Sehr gut, mein Kind! So macht man das. Du musst das Leben annehmen. Nur zuzusehen, was um einen herum geschieht, und hoffen, dass dir eine Chance auf dem Silbertablett serviert wird, ergibt keinen Sinn. Damit will ich nicht sagen, dass das nicht vorkommen kann. Aber weißt du, warten und hoffen bringt dich nicht weiter. Wenn du einen Traum hast, versuch ihn zu leben, baue eine Brücke zwischen dir und deinem Ziel, was auch immer es sein mag.«

Juliet wusste, dass Nina recht hatte. Seitdem sie mehr auf ihr Herz hörte, hatte sich vieles zum Guten entwickelt. Aber den Unterschied hatten die zwanzig Tage gemacht, in denen sie sich gezwungen hatte, sich durchzubeißen und nicht aufzugeben.

Ihre neue Herangehensweise auf dem Weg zum Glück.

»Was ist mit dem Ball? Hast du dich entschieden? Was wirst du tragen?«

Die Frage überraschte sie. Bei ihrem letzten Besuch hatte sie das Thema nur kurz angedeutet und erwähnt, dass man sie eingeladen hatte. Dieses Mal würde sie den Spieß umdrehen und ihn einladen! Die Vorstellung machte sie glücklich. »Ich muss noch ein passendes Kleid kaufen.« Die Zeit wurde allmählich knapp.

Nina schaute sie prüfend an. »Würdest du bitte aufstehen?«

Eine merkwürdige Frage, aber bei dieser exzentrischen

Frau wunderte sie gar nichts. Als sie aufstand und sich zum Licht drehte, glänzten ihre Haare noch mehr und ließen sie noch anmutiger aussehen.

Nina lächelte. »Ich habe mich nicht getäuscht. Hilf mir bitte hoch, heute wollen meine alten Knochen nicht mitmachen.«

Die alte Dame wollte nach dem Stock greifen, aber Juliet blieb dicht an ihrer Seite und stützte sie. »Komm, ich möchte dir etwas zeigen.«

Sie gingen ins Haus, wo sie von frischem Zitrusduft empfangen wurden. Drinnen war es hell, es gab nur wenige Möbel, einen großen Teppich aus Sisal, neben einem kleinen Bücherregal döste eine Katze.

»Früher hatte ich ein großes Haus, einen Palazzo, um genau zu sein, aber nachdem er ... seit ich Witwe bin, habe ich mich für die Dinge entschieden, die für mich wirklich wichtig sind. Deshalb lebe ich hier. In meiner Kindheit war dieses Häuschen noch ein Schuppen, aber ich habe ihn umbauen lassen.« Sie lachte und ihr Blick schweifte in die Ferne. »Eine Zeitlang war dieses Haus mein einziger Besitz, weißt du? Hier hat mein Leben neu begonnen. Aber das ist eine andere Geschichte.«

»Die ich gerne hören würde.«

Auf Ninas Gesicht lag ein geheimnisvolles Lächeln. Juliet stellte sie sich als junge Frau vor. Sie musste eine beeindruckende Erscheinung gewesen sein, nicht nur wegen ihrer Schönheit, die sie sich bis heute bewahrt hatte, sondern auch wegen der großen Wärme, die sie ausstrahlte. Man fühlte sich wohl in ihrer Gesellschaft.

»Ich werde später auf sie zurückkommen. Aber jetzt öffne diesen Schrank. Ja, genau den. Schau dir das Kleid an und nimm es heraus, natürlich nur, wenn es dir gefällt. Mir hat es Glück gebracht.«

Das Kleid war ein Traum in Blau und Silber. Juliet hatte fast Angst, es zu berühren, so zart wirkte es. Klassischer Schnitt, raffiniert und elegant zugleich.

»Meinst du, das könnte etwas für dich sein?«

Hatte sie das richtig verstanden? »Sie wollen es mir leihen?«

»Aber sicher.«

»Aber Sie kennen mich doch gar nicht.«

Nina lachte. »In meinem Leben habe ich viele Menschen kennengelernt. Meinst du, ich hätte dich in mein Haus gelassen, wenn ich nicht gewusst hätte, wer du bist?«

Juliet drückte das herrliche Kleid an sich, ihr Herz pochte. »Sie kennen mich?«, fragte sie flüsternd.

»Ja, obwohl ich nicht einmal deinen Namen oder einen Wohnort kenne. Trotzdem habe ich das Gefühl, dich schon ewig zu kennen.«

»Meriwether, ich heiße Juliet Meriwether und ich wohne im Palazzo Zenobio.«

Nina schloss die Augen. »Du bist auf der Glasmacherschule?« Ihre Stimme war nur noch ein Hauch.

»Ja.«

Die alte Dame wurde blass und wandte den Blick ab, plötzlich war sie ganz woanders.

»Soll ich Ihnen ein Glas Wasser bringen?«, fragte Juliet besorgt.

»Oh nein, danke. Es ist nur eine ferne Erinnerung, ein Anflug von Wehmut, achte gar nicht darauf.« Wieder verfinsterte sich ihr Blick.

Sie gingen ins Wohnzimmer zurück, Juliet ging zum

Kühlschrank, nahm eine Karaffe mit kunstvollem Blumenmuster heraus und goss der alten Dame ein Glas Limonade ein.

»Du hast eine Leidenschaft für Glas.«

Das war eine Feststellung und keine Frage, aber Juliet antwortete trotzdem. »Eine große, Glas gehört für mich zum Leben.« Sie lächelte verlegen.

Nina schien ganz weit weg. »Früher ging es mir genauso.« Sie zuckte mit den Schultern. »In Murano hat jeder irgendwie mit Glas zu tun. Besonders Frauen haben wunderbare Perlen hergestellt. Ach, übrigens, du brauchst noch etwas zu diesem Kleid. Sei doch bitte so nett und öffne das Schmuckkästchen.«

Juliet verschlug es fast die Sprache. Auf einem Samtbett ruhten mehrere Perlenketten, eine prachtvoller als die andere. Wahre Schätze.

»Sie sind wunderschön. Aber ich habe schon die passende Kette.« Sie drehte sich um.

»Wirklich?«

»Ja, ein Familienerbstück. Zu diesem Kleid passt sie perfekt.«

Zärtlich streichelte sie über den weichen Stoff. Ein so herrliches Kleid hatte sie noch nie gesehen.

»Die würde ich gerne sehen.«

»Beim nächsten Mal bringe ich sie mit«, versprach sie. Die alte Dame war immer noch blass, ein bisschen Ruhe würde ihr guttun. Sie war schon zu lange geblieben. »Ich bin gerade dabei, herauszufinden, wer sie geschaffen hat. Vielleicht können Sie mir ja helfen.«

Der Abschlussabend kam schneller als gedacht. Dabei hatten alle die Tage gezählt, aber dass er dann wirklich da war, war doch überraschend. Juliet hatte ihr Spitzenkleid und die Kette angezogen.

»Warte, ich richte dir eine Haarnadel«, sagte Silvia, die ihr beim Zurechtmachen geholfen hatte.

Ihre Freundin trug ein elegantes weißes Seidenkleid. Die Farbe passte hervorragend zu ihrer leicht gebräunten Haut und den schwarzen Haaren. Sie sah aus wie eine der Frauen auf den in Gold gerahmten Porträts, die im Palazzo hingen. Aus ihren tiefen, unergründlichen Augen strahlte die gleiche Kraft und Vitalität, die auch die Porträtierten hatten.

Silvia ließ sie sich drehen. »Du bist bezaubernd, schau dich an.«

Juliet betrachtete sich im Spiegel. »Wie hast du das gemacht?«

»Gemacht? Dieses Kleid ist dir wie auf den Leib geschneidert. Ich musste gar nichts verändern.« Sie richtete die Kette so, dass sie das Dekolleté betonte. »Perfekt.«

Die Farbe war ein tiefes Dunkelblau, auf den ersten Blick konnte man es fast für Schwarz halten. Und dann der raffinierte Schnitt.

»Dreh dich, *Cocca mia.*«

Juliet drehte sich erneut, endlich fühlte sie sich schön.

»Los geht's.«

Sie gingen Hand in Hand die Treppe hinunter. In der Halle gingen die anderen Studenten nervös auf und ab, hin und wieder schauten sie auf die Uhr oder murmelten vor sich hin.

Silvia räusperte sich. »Wir sind fertig.«

»Es wurde auch Zeit«, meinte Morgan, dem es einen

Moment später die Sprache verschlug. Alle starrten die beiden ungläubig, aber voller Bewunderung, an.

»Warum tragen Frauen heute so etwas nicht mehr?«, fragte Carlos leise.

»Was meinst du damit?«, fragte Silvia und hielt ihm den Arm hin.

Er griff nach ihrer Hand und führte sie an seine Lippen. »Ihr seht aus wie Göttinnen.«

Juliet blickte verstohlen zu Marcus, der sie anstrahlte. Ob sich so Glück anfühlte?

»Meine Göttin«, flüsterte er ihr ins Ohr und sie lachte. »Lass uns gehen, bevor ich auf eine Idee komme, die wesentlich verlockender ist, als in einem vollen Ballsaal im Kreis herumzutanzen.«

Sie fuhren mit dem Vaporetto nach Venedig, die untergehende Sonne tauchte den Himmel in Purpurrot und Gold, die Gondeln waren mit Touristen besetzt, die kleinen Motorboote pflügten durchs Wasser und zogen schäumende Gischt hinter sich her. Für das gesellschaftliche Ereignis waren Hunderte von Lichtern entzündet worden. Früher waren es bestimmt Fackeln, dachte Juliet mit leiser Wehmut. Marcus zeigte ihr den einen oder anderen Palazzo und erzählte Geschichten, aber sie hörte seine Worte kaum. Sie konnte sich nicht an ihm sattsehen, und nahm seine Berührung und seine Präsenz wahr. Die nächtliche Stadt war eine Augenweide. Die Lichter der hell erleuchteten Palazzi reflektierten auf der Wasseroberfläche der Kanäle. Bei ihrer Ankunft wurden sie von Kellnern in Kostümen des 17. Jahrhunderts empfangen, die sie durch lange Korridore in die großen Säle führten, aus denen heitere Musik erklang.

»Ein Ausflug in die Vergangenheit«, flüsterte sie mit glänzenden Augen.

»Lass dich nicht täuschen ... das ist nur am Anfang so. Du wirst schon sehen.«

Und so war es auch. Am Anfang dominierten klassische Tänze, Walzer und Polkas, aber dann wurden aktuelle Hits gespielt. Alle waren gekommen, außer Jacopo. Marcus hatte ihr gesagt, er ließe sich entschuldigen, weil er nachdenken müsse. Sie fragte nicht weiter nach, sie hatte verstanden.

Sie kamen spät nach Hause, glücklich und voller Energie. Während sie die Stufen nach oben stiegen, versuchten sie, ihr Lachen zu unterdrücken. Marcus gelang es leise die Tür zu ihrem Zimmer zu öffnen, sie schlüpften hinein und ließen sich aufs Bett fallen.

»Wie viele Schichten hat dieses Kleid eigentlich?«

Sie lag bäuchlings auf dem Bett und spürte, wie er sich an den Knöpfen auf dem Rücken zu schaffen machte. Sie hatte nicht vor, ihm zu helfen, und sagte amüsiert: »Ruiniere es nicht, es ist nur geliehen, und du hast selbst gesagt, wie schön es ist.«

»Und noch schöner, wenn ich es dir ausgezogen habe.«

Sie drehte sich um und zog ihn an sich. »Danke.«

»Ich danke dir, meine süße Juliet. Das war ein sehr ... lehrreicher Abend.«

Sie lachten, ohne Grund, einfach nur, weil sie glücklich und voller Lebensfreude waren. Und danach schenkte ihr Marcus das, was er ihr bei jedem Tanz, bei jeder Berührung und bei jedem Blick versprochen hatte.

21.

Zanfirico-Glas ist ein außergewöhnliches Erzeugnis der Glasbläserkunst in Murano. Es wird in Filigrantechnik hergestellt, die Technik wurde von Generation zu Generation weitergegeben. Die Besonderheit besteht darin, dass verschiedenfarbige Glasstäbe eingeschmolzen und nach und nach zu einem vielschichtigen, gedrehten Muster modelliert werden. Einer der wichtigsten Künstler, der mit dieser Technik gearbeitet hat, war Paolo Venini.

Marina

Das durfte nicht wahr sein! Während sie nach Murano zurückfuhr, dachte Marina genau das. Das hatte sie auch Rosanna gesagt, die es aber nicht kommentiert, sondern nur geschwiegen hatte. Sie hielt ihre Handtasche wie ein Schutzschild vor sich und starrte aufs Meer. Warum hatte Gerolamo diesen …. Nein, sie durfte sich nicht beeinflussen lassen. Das waren alles Lügen. Auch wenn Luigi in der Vergangenheit überstürzt und unbedarft gehandelt hatte, konnte sie es nicht glauben, sie hatten doch einen guten Kompromiss gefunden!

»Also?«

Marina zuckte zusammen, dann hob sie den Kopf. Immerhin hatte Rosanna ihre Sprache wiedergefunden. »Das ist eine Lüge«, antwortete sie.

Rosanna seufzte. »Wenn du nicht so besorgt wirken würdest, könnte ich das sogar glauben.«

Marina schüttelte den Kopf. »So ist mein Bruder nicht, das ist alles Quatsch, glaub mir. Sobald wir zu Hause sind, werde ich ihn anrufen. Komm doch einfach mit, dann wirst du selbst hören, dass dieser Mann sich nur über dich lustig gemacht hat.«

»Was weißt du denn schon?« Rosanna schüttelte den Kopf. »Es gibt Dinge, die du nie verstehen wirst, Marina, selbst wenn du dich noch so sehr bemühst.«

In Rosannas Blick lag bittere Verachtung, ein tiefer Groll, der ihr den Atem verschlug. »Es ist nicht deine Schuld«, sagte sie und legte ihr eine Hand auf die Schulter.

Marina erstarrte, sie hatte genug. »Du irrst dich.« Als sie an der Anlegestelle waren, verließ sie das Vaporetto und ging wütend nach Hause. Wie konnte sie nur so etwas sagen, bei allem, was sie miteinander erlebt hatten? Hatte sie nicht immer wieder bewiesen, wie sehr ihr das Schicksal dieser Frauen am Herzen lag? Warum betonte Rosanna immer wieder den Unterschied zwischen ihnen?

Wie eine Furie stürzte sie ins Haus, zog sich die Handschuhe aus und warf sie auf den Sessel. Danach trank sie ein Glas eiskaltes Wasser aus dem Kühlschrank, den Luigi ihnen in einem seiner Anflüge von Großzügigkeit geschenkt hatte. Dann spülte sie das Glas aus und stellte es in die Spüle. Aber statt ins Wohnzimmer zurückzugehen, starrte sie weiter ins Leere.

»Was zum Teufel ist passiert?«

Sie drehte sich um. Agata stand in der Tür und musterte sie fragend. Sie hielt ein Nadelspiel und ein Wollknäuel in der Hand. War das ein Söckchen?, fragte sich Marina.

»Was machst du?«

Agata hob das Strickzeug. »Babyschuhe. Aber ich habe zuerst gefragt. Ich dachte, heute sei dein großer Tag. Die Ausstellung war doch erfolgreich, was ist passiert, dass du dich so aufregst?«

Marina fuhr sich mit den Fingern durchs Haar und schaute sich dann um. »Wo ist Ginetta?«

»Ada hat sie abgeholt, sie will ihr ein Kleid kaufen, du kannst ihr beim Wachsen zusehen. Wahrscheinlich wegen dem Dreckszeug, das sie ins Essen mischen. Das ist nicht mehr so wie früher. Du hättest heute Morgen die Fische auf dem Markt sehen sollen, die Menschheit hat den Verstand verloren, sage ich dir.«

Marina musterte sie. Irgendetwas stimmte nicht. Sie beobachtete, wie ihre Mutter sich setzte und weiterstrickte. Sie schimpfte über Gott und die Welt, besonders über die Politiker, die sich auf Kosten der braven Bürger bereicherten. »Mama, was ist los?«, fragte sie besorgt.

Agata hielt abrupt inne, ohne ihren Blick zu erwidern. Marina wurde schwindlig, sie griff nach einem Stuhl. »Heute, bei der Abschlussfeier, hat Gerolamo Furlan behauptet, Luigi hätte die Werkstatt verkauft.« Schweigen, keine Reaktion.

Noch immer war Agata nicht imstande, ihr in die Augen zu schauen. Marina kniete sich vor ihr auf den Boden und fragte flehentlich: »Das ist eine Lüge, nicht wahr?« Sie wartete, hoffte auf eine bestätigende Antwort, aber Agata blieb stumm. »Mama …«, bat sie inständig, aber ihre Mutter starrte auf das Strickzeug. Marina hörte ihren keuchenden Atem und griff nach ihren Händen. »Mama, ich bitte dich, sag, dass das nur Gerede ist.«

Jetzt hob Agata den Kopf. »Furlan also? Dieses Klatschmaul soll mir nur unter die Augen kommen.«

Was redete ihre Mutter denn da? Panik ergriff sie. »Dann stimmt es also! Luigi hat die Werkstatt verkauft, und du hast davon gewusst ...«, sie musste sich zusammenreißen, um nicht zu schreien, »Aber warum überrascht mich das eigentlich noch? Es ist ja nicht das erste Mal, dass ich belogen werde. Wo sind die Briefe, die Zeno mir geschickt hat?«

»Es tut mir leid, all das tut mir so leid!«

Marina zuckte zusammen, als hätte man ihr ins Gesicht geschlagen. Sie bekam keine Luft mehr, musste hier weg. Sie schwankte, fing sich aber wieder und schleppte sich mit letzter Kraft auf die Terrasse, umklammerte die Balustrade und starrte über den Kanal. Alles war ruhig, alles war wie immer. Und gleichzeitig doch anders. Als sie ihre Mutter hinter sich hörte, senkte sie den Kopf und flüsterte: »Wie hat er dich überzeugen können?«

Agata stellte sich neben sie und drückte ihr Strickzeug an die Brust. »Es ist nicht, wie du denkst. Er hatte keine Wahl. Seine Verlobte ist ... nun, er muss so schnell wie möglich heiraten. Sein Schwiegervater ist ein mächtiger Mann, mit ihm ist nicht zu spaßen.«

Ein Kind also, so hatte er sie überzeugen können. Ein Kind, das den Nachnamen der Familie tragen würde.

»Warum habt ihr mir nichts gesagt?«

»Du wärst bestimmt nicht einverstanden gewesen, und Luigi hatte Angst, dass das Geschäft platzt.«

Was sie getan hätte, wenn sie es gewusst hätte? Sie konnte diese Frage nicht beantworten. Aber sie fühlte sich verraten. Intensive Gefühle kochten in ihr hoch, Wut, Empörung, Schmerz. »Er hatte kein Recht dazu, Papa hätte das nicht gewollt ... Er wollte ...«

»Schluss damit!« Agata packte sie an den Schultern und zwang sie, ihr in die Augen zu sehen. »Dein Vater ist tot, aber das Leben geht weiter. Ein Kind kommt auf die Welt, Marina, und du wirst eine gute Tante sein. Es ist Blut von deinem Blut, verstehst du? Wir Frauen halten die Familie am Leben. Erst erdulden wir die Last der Ehe und der Mutterschaft, mit all der Erniedrigung, der Erschöpfung und den Widerständen. Und weißt du, warum? Weil wir die Kraft dazu haben, weil wir alles ertragen können.« Sie hielt inne. »Erinnerst du dich, wie du mich getröstet hast, als ich so verzweifelt war? *Wir werden das aushalten,* hast du gesagt. Und genau das, mein Kind, ist das, was uns Frauen ausmacht. Schau mich nicht so an, Marina, auch ich war wütend, als dein Bruder es mir gesagt hat, aber was hätte ich tun sollen? Jetzt ist es zu spät, den Kaufvertrag anzufechten, das Geld ist schon gezahlt. Das Haus ist verkauft, dafür hat Luigi ein anderes erworben, in dem wir gemeinsam leben werden, größer als das jetzige, mit vielen Annehmlichkeiten, es gibt sogar einen Staubsauger ...«

Ihre Worte trafen sie bis ins Mark. »Von was redest du denn da?«

»Wir reisen ab, Marina. Nächste Woche. Wir nehmen nur das Nötigste mit, der Rest wird eingelagert, es war kein Platz mehr auf dem Schiff. Außerdem werden die Häuser in Amerika möbliert verkauft. Ginetta kommt auch mit, kannst du dir das vorstellen? Es brauchte eine besondere Erlaubnis des Präfekten, weil sie noch minderjährig ist, aber ich möchte sie nicht hierlassen. Dein Bruder hat alles arrangiert. Und er hat versprochen, dir alles zurückzugeben, auch die Kette.«

Die Kette? »Mama, was bedeutet das?«

Agata wandte den Blick ab. »Es ist nur vorübergehend, er brauchte das, um seine Firma zurückzubekommen.«

Schockiert dachte Marina an das Gespräch mit ihrem Bruder zurück. Sie konnte einfach nicht glauben, dass er ihre Kette gestohlen hatte. »Wie konnte er nur? Und du hast das zugelassen, Mama?«

»So war es nicht. Er hat sie zur Reparatur gebracht, wollte dich überraschen. Der Juwelier hat ihm gesagt, sie sei ein Vermögen wert.«

Die Kette war nicht beschädigt, das war nur eine Ausrede gewesen. Eine schamlose Lüge. Aber sie schwieg, welchen Sinn hatte es, ihre Mutter noch mehr leiden zu lassen. Sie senkte den Kopf und wusste nicht mehr, was sie denken oder sagen sollte.

Agata strich ihr übers Haar. »Erinnerst du dich, als du mir gesagt hast, dass wir Luigi unterstützen müssen, Marina? Jetzt ist der Moment, es zu beweisen.«

In ihrer Stimme lag ein Stolz, der sie an die alten Zeiten erinnerte, als ihr Bruder noch der Mittelpunkt der Familie war. »Und wann wolltet ihr mir das alles sagen?«

Agata schwieg und hob das Strickzeug auf, das ihr aus den Händen geglitten war. Dann antwortete sie: »Ich habe schon seit Tagen darüber nachgedacht, aber du warst so glücklich, dass ich es nicht übers Herz gebracht habe.«

Aber Marina hörte schon gar nicht mehr zu, ihre Gedanken suchten nach einer Zuflucht, sie schweiften zu den Verpflichtungen, die sie eingegangen war. »Ich habe bei der Bank einen Kredit beantragt, um an der Ausstellung teilnehmen zu können. Ich dachte, ich hätte noch mehr Zeit.«

»Mach dir keine Sorgen, Luigi hat uns Geld geschickt, jetzt kann er sich das leisten.«

Marina lächelte bitter. Natürlich konnte er sich das leisten. »Mit dem Erlös aus dem Verkauf meiner Kette, Mama?«

»Er hat sie nicht verkauft, nur beliehen. Er wird sie dir zurückgeben.«

»Dann mit dem Erlös für die Firma.«

Agata packte sie am Arm. »Das geht dich nichts an, Marina. Hast du nicht gehört, was ich gesagt habe? Wir werden das tun, was wir tun müssen. Die Arbeiterinnen, um die du dir solche Sorgen machst, werden wieder eingestellt, für sie ändert sich nichts, nur ihr Arbeitgeber wechselt, und der Rest ist nicht mehr unsere Sache. Wir wandern nach Amerika aus, ein neues Land, ein neues Leben. Zeno ist ein kluger Mann, er wird das verstehen. Murano oder Seattle, was macht das für einen Unterschied?«

»Von was sprichst du?«

»Das ist die Stadt, in der wir zukünftig wohnen werden, groß und modern. Vertrau mir, mein Kind, uns wird es gut gehen.«

Agata zog sie ins Haus und schob ihr einen Stuhl hin. Von einem Augenblick auf den anderen hatte Marina alles verloren. Ihre Arbeit, ihre Träume, ihr Haus, sogar die Kette. Was hatte ihre Mutter mit »vorübergehend« gemeint? Sie schloss die Augen, ein intensives Gefühl der Verzweiflung ließ sie innerlich zittern. Sie wollte ihre Kette zurück. Wenigstens sie sollte ihr bleiben, sonst hatte sie nichts mehr.

Nein, das stimmte nicht.

Sie hatte sogar etwas gewonnen: Verantwortung.

Die Verantwortung, zu schweigen und alles gutzuheißen, was ihr Bruder beschlossen hatte. Sie musste es tun, die Familie stand über allem. Und es wuchs ein neues Leben heran. Ein Chiaramonte würde auf die Welt kommen, ein Junge oder ein Mädchen. Es war zwar nicht ihr Kind, aber es fühlte sich an, als sei sie die Mutter. Gegenüber diesem Kind fühlte sie sich verpflichtet. Aber trotzdem wallte die Wut wieder auf, sie musste sie nur zulassen, ihr erlauben, sie ganz zu durchdringen. War ihrer Mutter eigentlich klar, welches Opfer sie von ihr verlangte? Dass sie zu Gunsten ihres Bruders auf das Erbstück ihres Vaters verzichten musste? Aber sie machte Agata Chiaramonte keinen Vorwurf, denn sie wusste es. Und sie wusste es auch. Das war das Schicksal der Frauen. Sich beugen, sich unterwerfen, akzeptieren, erdulden. Und wenn die Natur den Frauen die Fähigkeit gegeben hatte, in allem das Gute zu sehen, dann weil sie Mitleid mit ihnen hatte. Marina überkam Übelkeit und bevor es ihrer Mutter auffiel, ergriff sie die Flucht.

Als sich die Situation etwas entspannt hatte, waren Rosanna und Ada von der winzigen Wohnung neben der Glasmacherei in ein Haus an der Fondamenta Manin gezogen. Marina war mit Ginetta schon öfter dort gewesen und jetzt stand sie vor der Tür. Es regnete in Strömen, aber das merkte sie gar nicht. Ihr Kleid, das sie sich für die Ausstellung auf der Biennale gekauft hatte, hing wie ein Fetzen an ihr herunter, das Wasser lief ihr über das Gesicht und mischte sich mit den Tränen. Sie hatte nicht den Mut, zu klopfen, nicht die Kraft, Rosanna in die Augen zu sehen und ihr zu sagen, dass sie sich geirrt hatte. Dass es immer noch schlimmer kommen konnte.

Ginetta entdeckte sie als Erste, sie öffnete die Tür und zog sie ins Haus.

»Es tut mir leid«, sagte sie zu ihr, und als Rosanna und Ada kamen, wiederholte sie ihre Entschuldigung. Völlig durchnässt stand sie mitten im Zimmer, vor den Frauen, die sie in einem anderen Leben von der Straße geholt hatte. Und begann zu erzählen.

Sie hörten ihr zu, brachten ihr trockene Kleidung, boten ihr eine warme Suppe an. Als sie zu weinen aufhörte, drückten sie sie an sich und trockneten ihre Tränen. »Was soll ich nur tun?«

Rosanna lachte. »Ich habe es dir schon einmal gesagt, Marina. Du bist eine Signora und wirst es immer sein, auch in Lumpen, voller Dreck. Du hast etwas, dass dich besonders macht. Nicht viele haben dieses Glück. Und was den Rest angeht, bist du wie wir alle. Eine Frau. Du wirst das tun, was nötig ist, um das Dasein zu ertragen. So ist das Leben. Eine Aneinanderreihung von endlosen Konsequenzen, meine Liebe.«

Marina kam erst spät nach Hause, ihre Mutter wartete in der Halle auf sie. Sie breitete die Arme aus und umarmte sie. Marina ließ es zu, die Fürsorge und Wärme taten ihr gut. »Das ist nicht gerecht, Mama.«

»Mein Schatz, du bist eine erwachsene Frau und hättest schon lange verstehen müssen, dass nichts so kommt, wie es kommen sollte. Das will aber nichts heißen, denn oft kann uns das, was wir nicht erwarten, große Freude schenken. Wir müssen Vertrauen haben und unser Bestes geben. Der Rest wird sich finden, es gibt immer eine Lösung. Aber eines kann ich dir versprechen, ich werde alles tun, dass du deine Kette wiederbekommst.«

In den folgenden Tagen regelte Marina die geschäftlichen Angelegenheiten, bezahlte die offenen Rechnungen und verabschiedete sich von ihren Freunden. Die Werkstatt war von einer Firma aus den Marken gekauft worden, der Eigentümer hatte sie angerufen und versichert, dass er alle Mitarbeiterinnen übernehmen wollte.

»Meiner Meinung nach hat dein Bruder dem neuen Besitzer mit Absicht verschwiegen, dass die Belegschaft nur aus Frauen besteht«, sagte Rosanna.

Das war durchaus möglich, deshalb schwieg Marina dazu. Sie holte einen prall gefüllten Umschlag aus ihrer Tasche. »Mehr bekam ich nicht zusammen.«

Rosanna zog die Augenbrauen hoch. »Und was sollte ich deiner Meinung nach mit dem Geld machen?«

»Für den Fall, dass .... die Dinge nicht so laufen, wie Luigi gesagt hat. Es wird eine Weile reichen.«

Ihre Freundin warf ihr einen finsteren Blick zu. »Du bist manchmal wirklich dumm, weißt du das?«

Sie saßen in einem Café am Canal Grande. Marina schob ihr den Umschlag hin. »Nimm das Geld, bitte.«

Rosanna stand auf und musterte sie mit einem Gesichtsausdruck, den sie nie vergessen würde. »Hör auf, nach Absolution zu suchen, Marina. Es gibt nichts, was du tun kannst, um den Scherbenhaufen zu kitten, den dein Bruder hinterlassen hat. Und weißt du, warum? Weil du nicht schuld daran bist. Du hast nichts damit zu tun, du trägst keine Verantwortung.« Sie hielt inne. »Du bist nicht Jesus. Hör auf, die Welt retten zu wollen, und kümmere dich um dich selbst!«

Als sie ging, schaute Marina der Freundin mit Tränen in den Augen hinterher. Ihre Worte hallten in ihrem Kopf nach. Zu ihrer Verwunderung spürte sie keine Schuld, und diese Entdeckung enthüllte einen Aspekt ihrer Persönlichkeit, den sie immer ignoriert hatte, eine unangenehme Erkenntnis.

An diesem Abend saß sie neben dem Telefon und wartete auf den Anruf von Zeno. Als das Telefon klingelte, durchfuhr sie ein Gefühl der Erleichterung. Sie nahm ab.

»Hallo?«

»Signorina Chiaramonte?«

Wer konnte das sein?, fragte sie sich enttäuscht. »Ja, das bin ich.«

»Ich rufe im Auftrag von Signor Venier an. Er musste einige Wochen verreisen und hat mich angewiesen, Sie über seine Abwesenheit zu informieren und zu fragen, ob Sie etwas brauchen. Er meldet sich nach seiner Rückkehr.«

Auch das noch. Eine Katastrophe! »Ich reise in Kürze ab, das wird nicht möglich sein.«

»Dann notieren Sie sich diese Nummer, und wenn Sie angekommen sind, rufen Sie mich bitte an. Kann ich Ihnen sonst irgendwie helfen?«

Marina schüttelte den Kopf. »Nein, danke, bis bald.« Sie legte auf, ging aus dem Haus und streifte ziellos umher, was sie gerne tat, um nachzudenken. Irgendwann stand sie vor dem Palazzo, in dem sie so glücklich gewesen war und dem sie in einem Anflug von Übermut den Namen Zenobio gegeben hatte. Sie schaute an der beeindruckenden Fassade hoch, mit leicht schiefen Fensterläden und abgeblättertem Putz, und fragte sich, ob sie den Palazzo jemals wiedersehen würde. Sie legte die Finger gegen die Wand. Was hatten diese Mauern schon alles ausgehalten? Sie dachte an die Vergangenheit, an Marietta Barovier, an ihr Erbe. Alles war verloren, und das erfüllte sie mit tiefer Trauer.

Das Schiff nach New York fuhr von Genua ab. Von New York würden sie mit dem Flugzeug weiterreisen. Seattle war eine große Stadt, und in den USA, so hatte es ihr Agata erklärt, liefen die Dinge anders.

Sie hatten fertig gepackt und sich auf das Nötigste beschränkt, den Rest würden sie vor Ort anschaffen. Luigi würde nicht mit ihnen reisen, er hatte seine Assistentin Daniela geschickt, eine Mailänderin, mit der sich Agata sofort angefreundet hatte. Seit sie Venedig verlassen hatten, wirkte Marina in sich gekehrt, sie lächelte, nickte und antwortete auf die Fragen, die man ihr stellte, sie aß und trank.

Als der Zug nach Genua abgefahren war, hatte sie zugesehen, wie sich das Meer immer weiter entfernte und schließlich ganz am Horizont verschwand. Die Landschaft wandelte sich, weite Ebenen mit Feldern, Wiesen und Wäldern wechselten sich mit Städten und Seen ab. Es war nicht das erste Mal, dass sie die Lagune verließ, und sie erinnerte sich an die Reise, die sie im Vorjahr mit Zeno gemacht hatte. Sie lehnte die Stirn an die Scheibe, aber die Vibration erfüllte sie mit Unruhe, deshalb löste sie sich wieder und schloss die Augen.

»Hast du vor, die ganze Zeit weiter zu schmollen?«

Tat sie das? »Ich will nicht weg, ich will in Venedig bleiben.«

»Ich weiß, aber wir haben keine Wahl. Sich zu quälen, hat keinen Sinn und macht alles nur noch schwerer. Denk daran, dass bald ein Kind das Licht der Welt erblicken wird.«

Ihre Augen glänzten und Marina begriff, wie ihre Mutter all die Schwierigkeiten durchgestanden hatte: Sie konzentrierte sich auf das Positive, denn selbst in den schlimmsten Momenten gibt es immer etwas Erfreuliches. »Das ist nicht leicht.«

Agata strich Gina, die mit dem Kopf in ihrem Schoß eingeschlafen war, übers Haar. »Natürlich nicht. Aber nimm es als Abenteuer, gib dir eine Chance. Wenn du die neue Welt von vornherein ablehnst, warum sollte sie dich vom Gegenteil überzeugen wollen?«

Sie blieben über Nacht in Mailand, die Reise war anstrengend gewesen. Am nächsten Tag fuhren sie weiter nach Genua. Eine schöne Stadt, aber ganz anders als Venedig, die Gebäude waren von nüchterner Eleganz, als hätten die Architekten einen Mittelweg zwischen Zweckmäßigkeit und Raffinesse gesucht. Gina klebte an ihr wie eine Katze, die spürt, dass ihr Frauchen traurig ist. Ohne ihr munteres Geplapper wäre Marina noch tiefer in ihren dunklen Gedanken versunken. Sie war erschöpft und besorgt über die Probleme, auf die sie keine Antwort fand. Sie konnte Zeno nicht erreichen und zermarterte sich den Kopf, wie sie Rosanna verletzt hatte. Aber sie fand keine Antwort. Jedes Mal, wenn sie über die Worte ihrer Freundin nachdachte, falls sie sie noch so nennen konnte, fühlte sie sich schlecht. Ein finsteres Gefühl, das mit einer Seite von ihr zu tun hatte, auf die sie sich immer verlassen und die sich plötzlich als falsch herausgestellt hatte. Und da waren noch ihre Träume. Ihr Vater, der mit ihr sprach, ohne dass sie ihn hören konnte. Sie wusste, was er ihr sagen wollte, sie konnte es von seinem geliebten Gesicht ablesen. Aber sie konnte nichts ändern, denn sie war eine Frau.

Die *Leonardo da Vinci* lag schon am Kai. Der mehr als 200 Meter lange Ozeanriese präsentierte sich strahlend weiß und mit modernen Linien im Morgenlicht. Marina und Agata waren fasziniert von seiner Eleganz. Als Venezianerinnen hatten sie schon viele große Schiffe gesehen, aber einen solchen Giganten noch nie. Nachdem man ihnen ihre Kabine gezeigt hatte, die luxuriöser war als das Hotelzimmer in Mailand, das Luigis Assistentin ihnen besorgt hatte, wurde ihnen klar, wie sehr sich ihr Leben ändern würde.

»Schau mal, Marina, sind das nicht die Sessel aus der Zeitschrift, die ich dir letzte Woche gezeigt habe?«

»Ja, Mama.«

Daniela lächelte wohlwollend. »Wie gesagt, Signor Chiaramonte möchte, dass Sie bequem reisen. Sie sollen sich wie im Urlaub fühlen.«

Marina war skeptisch gegenüber dieser Frau, die ihr eine Spur zu enthusiastisch war. Sie nahm Gina an die Hand und schaute sich um. Während das Kind eingeschüchtert wirkte, war sie eher erstaunt. Luxus war ihr nicht fremd, auch auf sie wirkte er durchaus faszinierend, aber das hier war etwas anderes. Es ging vor allem um den schönen Schein, und sie war nicht sicher, ob ihr das gefiel.

»Ich kläre die Formalitäten, wir sehen uns später«, sagte Daniela.

Agata nickte, dann rief sie ihr nach: »Wann legen wir ab?«

»Machen Sie sich keine Gedanken, Signora. Es ist noch Zeit. Wie gesagt, es ist an alles gedacht, damit die Reise für Sie angenehm ist.«

Als Daniela die Tür hinter sich geschlossen hatte, sagte Agata zu Marina. »Sie beginnt, mir auf die Nerven zu gehen.«

»Sie tut nur ihre Pflicht, Mama, nur Geduld.«

»Geduld ist mein zweiter Vorname, wusstest du das nicht?«

Eine solche Bitterkeit sah ihrer Mutter gar nicht ähnlich. Marina warf ihr einen prüfenden Blick zu. »Bedauerst du deine Entscheidung?«

Agata zögerte mit der Antwort, löste Ginas Zöpfe und begann ihre Haare zu bürsten. Dann sagte sie: »Es hat keinen Zweck, Fragen zu stellen, die wir schon beantwortet haben. Wir müssen nach vorne schauen. Warum ruhst du dich nicht aus?«

»Ich gehe unter die Dusche.«

Das Bad war bis unter die Decke mit grün-weißen Majolika-Kacheln mit geometrischem Muster gefliest. Alles in dieser Kabine war hochmodern. Während Marina sich auszog, dachte sie darüber nach, wie ihre Zukunft ohne Glas aussehen würde. Panik wallte in ihr auf. Sie drehte das Wasser voll auf, weil sie nicht wollte, dass ihre Mutter sie hörte. Sie hatte das Gefühl, dass die eingeatmete Luft ihre Lunge nicht mehr erreichte, je mehr sie sich bemühte, desto kürzer wurde ihr Atem. Voller Angst stellte sie sich unter die Dusche, das warme Wasser tat ihr gut und brachte sie langsam in die Realität zurück. Sie weinte lange. Danach fühlte sie sich wie befreit, stieg aus der Dusche, trocknete sich ab und verließ das Bad. Die Kabine war leer, vielleicht hatte Daniela Agata und Ginetta davon überzeugt, sich auf der Brücke die Beine zu vertreten. Besser so, sie brauchte einen Moment für sich. Sie öffnete ihren Koffer und nahm ein Kleid heraus, als sie den Briefumschlag bemerkte. Beim Anziehen konnte sie ihren Blick nicht davon lösen. Sie träumte jede Nacht von ihrem Vater, dass er mit ihr sprach, sie ihn aber nicht hören konnte. Die Kette als letzte Erinnerung an Giorgio Chiaramonte hatte ihr Luigi gestohlen. Jetzt blieb ihr nur dieser Umschlag, den sie nie hatte öffnen wollen, aus Angst, dass die geschriebenen Worte sie noch mehr verletzen könnten. Doch plötzlich wurde ihr klar, wie dumm dieser Gedanke war.

»Gut, Papa, ich lese ja schon.« Sie öffnete den Umschlag, setzte sich aufs Bett und begann zu lesen.

Allerliebste Tochter,

wenn du diesen Brief liest, werde ich tot sein, und du wirst dich fragen, warum ich die Werkstatt demjenigen vermacht habe, der sie am wenigsten liebt, der mich mehr als einmal davon überzeugen wollte, sie zu verkaufen. Ich habe lange darüber nachgedacht und mich trotzdem so entschieden.

Du bist stark, Marina, du hast einen Charakter, der es dir erlaubt, ein gestecktes Ziel zu erreichen und umzusetzen. Aber dein Bruder muss seinen Weg erst noch finden. Ich wollte ihm eine Chance geben, deshalb habe ich, der Tradition folgend, das an ihn weitergegeben, was auch mir dereinst vererbt wurde. Ich hoffe, dass ihn diese Verantwortung zum Nachdenken bringt und er an der neuen Rolle wachsen wird. Dir hinterlasse ich das Wertvollste, das ich habe, Marietta Baroviers Kette. Die Perlen sind, genau wie das Notizbuch, von unschätzbarem Wert, in beiden liegt die ganze Weisheit der Glasmacherei, sie werden dir Kraft geben, Glück schenken und dich inspirieren. Ich hinterlasse sie dir, weil ich sicher bin, dass du Großartiges schaffen und Spuren in der Welt hinterlassen wirst. Du wirst

Zeichen setzen für diejenigen, die nach uns kommen. Ich habe dich von Anfang an geliebt, als ich gesehen habe, wie du deine Händchen bewegt und nach allem gegriffen hast, was in deiner Nähe war. Aber erst als du am Ofen gestanden hast und alles über Glas wissen wolltest, habe ich dich im Herzen gespürt. An diesem Abend habe ich verstanden, dass du bist wie ich, du bist eine Chiaramonte, eine Frau, die ihr Leben dem Glas verschrieben hat. Wir haben die Kraft, die Realität zu verändern, einer Idee eine Bedeutung, ein Gesicht und eine Form zu geben. Du bist wie Marietta Barovier. Ich hoffe, du kannst meine Entscheidung verstehen. Eines Tages werden wir uns wiedersehen. Ich wünsche dir das Allerbeste und segne dich. Ich hatte das Glück, dich als Tochter haben zu dürfen, eine bessere hätte ich mir nicht vorstellen können.

Papa.

Ihr Vater hatte dabei geweint, Marina spürte ihn mit jeder Faser ihres Herzens, auch wenn er nicht mehr da war. Aber das, was er geschrieben hatte, war mehr als nur die Antwort auf ihre Fragen. In seinen Worten lag die Liebe, die die Zeit überdauerte, der Frieden, nach dem sie gesucht, die Wertschätzung, nach der sie sich gesehnt hatte. Der Brief hatte die Kraft, den Schmerz zu lindern, die Erschütterung zu dämpfen, die Ungläubigkeit zu überdecken, die sie bei der Verlesung des Testaments empfunden hatte. Als sie gedacht hatte, nicht gut genug zu sein.

Sie hatte sich geirrt, das fiel ihr jetzt wie Schuppen von den Augen. Sie hätte es gleich verstehen, es wissen müssen. Sie saß in einer Luxuskabine eines Transatlantikdampfers und drückte den Brief an ihr Gesicht. Sie lachte und weinte gleichzeitig. Sie meinte einen hauchfeinen Geruch wahrzunehmen, nach Feuer, nach Glas. Sie schaute sich um, zog die Schuhe an und ging aus der Kabine. Den Brief hatte sie in der Hand, sie musste ihre Mutter finden. Sie musste mit ihr sprechen. Ihr alles erzählen.

Sie stieg die Treppe nach oben auf die Brücke. Passagiere waren zu ihren Kabinen unterwegs, einige unterhielten sich miteinander, glücklich, nachdenklich, damit beschäftigt, was sie bei ihrer Ankunft erwarten würde. Marina ging an einem Pärchen vorbei und fand endlich ihre Mutter, die mit Ginetta an der Hand den Hafen betrachtete. Daneben stand Daniela, die auf etwas zeigte. Die untergehende Sonne färbte den Himmel leuchtend rot, bald würde es Nacht werden.

»Mama!«

Agata hörte sie nicht, sie lächelte versonnen. Sie wirkte verändert, war wie die anderen Passagiere. Und auch Ginetta zeigte eine unstillbare Neugier für die neue Umgebung. Marina ließ ihren Blick über die Mole zum Horizont schweifen, wo ein Kran stand, der Güter aus den Lagerhäusern hin und her transportierte. Hinter ihr lag das Meer, eine glänzende blaue Fläche. Würde das Schiff in diese Richtung fahren?

»Marina?«

Sie wartete einen Moment, dann drehte sie sich um und hielt ihrer Mutter den Brief hin. Agata ließ Gina los, nahm ihre Tochter am Arm und sagte erstaunt: »Was ist das?«

Sie begann zu lesen. Marina spürte ein bittersüßes Gefühl, wie wenn man etwas Schönes entdeckt, das aber nichts mehr ändert. Ihre Mutter gab ihr den Brief zurück und umarmte sie. »Du warst sein größtes Glück.«

Sie nickte und legte ihr Gesicht auf ihre Schulter. Nur

einen Moment, einen letzten Moment. Sie sog ihren Duft
ein, der Duft nach Vergangenheit, Sicherheit und Frieden.
Sie würde diesen Duft nie vergessen. Dann machte sie sich
los und lächelte ihre Mutter an. »Ich liebe dich und werde
dich immer lieben. Aber ich komme nicht mit. Ich kehre
nach Venedig zurück.«

Agata wurde bleich. »Sei nicht dumm, dir ist nichts geblieben, unser Leben liegt jenseits des Horizonts«, sagte sie
und deutete aufs Meer.

Marina schüttelte den Kopf. »Deines und das von Luigi.
Aber ich weiß, wo ich hingehöre.« Sie trat einen Schritt
zurück und schaute ihrer Mutter tief in die Augen, Ob sie
sie jemals wiedersehen würde? Noch einen Schritt, dann
noch einen. Bitte, Mama, bitte. Und plötzlich erschien ein
Lächeln auf Agatas Gesicht. Und da verstand Marina, dass
sie es schaffen würde. Die Schiffsmotoren sprangen an, eine
leichte, aber andauernde Vibration. Ihr war klar, dass sie
bald ablegen würden. Sie rannte hinunter in die Kabine,
griff nach Tasche und Jacke, sonst würde sie es nicht mehr
schaffen. Alles andere ließ sie zurück, sie brauchte es nicht.
Sie lief in Richtung Gangway und sah nicht einmal zurück.

»Signorina, was machen Sie denn da? Wir legen gleich
ab.«

Sie antwortete nicht und rannte einfach weiter. Als sie
festen Boden unter den Füßen hatte, mischte sie sich unter
die Freunde und Verwandte derer, die Italien endgültig verließen.

»Marina, Marina!«

Sie hörte die Stimme ihrer Mutter, die mit Gina an der
Hand winkend auf der Brücke stand. Trotz der Entfernung konnte sie sehen, dass das Mädchen weinte. »Alles

wird gut«, rief sie, auch wenn sie wusste, dass sie sie nicht hören konnte, »es wird dir gut gehen, sie wird sich um dich kümmern.«

Die Taue wurden gelöst, der Anker gelichtet, aus der Ferne sah Marina, wie er hochgezogen wurde. Noch bewegte das Schiff sich langsam, ein Gigant, der bald aufs offene Meer hinausfahren und sich in der Ferne verlieren würde. Es war alles eine Frage der Perspektive. Marina griff sich an den Hals, aber dort war nichts. Ohne ihre Kette fühlte sie sich verloren. Sie musste Vertrauen in ihre Mutter, in ihr Versprechen haben. Eines Tages würde sie Marietta Baroviers Erbe wiederbekommen. Die Sirene des Dampfers war das Signal, dass das Schiff den Hafen verließ. Marina lächelte. »Es ist nicht wichtig«, sagte sie leise, in der Gewissheit, dass die Kette ihren Weg nach Venedig zurückfinden würde, dort, wo sie hingehörte. Obwohl sie ihre Mutter und Gina nicht mehr sehen konnte, winkte sie ihnen zum Abschied zu. Sie wusste, dass sie da waren. Und auch als nur noch eine Gischtspur zu sehen war, winkte sie weiter. Als es schließlich dunkel wurde, hüllte sich Marina in ihre Jacke. Der Weg zurück war lang.

Der Weg zur Hölle ist mit guten Vorsätzen gepflastert, lautet ein Sprichwort, das sagen will, dass gute Vorsätze nicht zum Ziel führen. So hatte sie das Leben nie gesehen, was einiges über ihr bisheriges Leben aussagte, dachte Marina. Sich auf das Notwendige zu beschränken und auf den Rest zu verzichten, war eine bewusste Entscheidung gewesen und nicht aus einer Bedürftigkeit geboren worden. Echte Armut war etwas anderes, und sie schämte sich für ihr Verhalten in der Vergangenheit.

Als sie zurückkam, erwachte Venedig gerade. Sie konnte es kaum glauben, dass sie fast drei Tage weg gewesen war.

Sie schaute sich um, die Gefühle drohten, sie zu erdrücken. Es war alles wie immer und doch ganz anders. Vielleicht war aber auch sie nach den angsterfüllten Tagen eine andere geworden. Das wenige Geld, das sie bei sich gehabt hatte, war irgendwann zu Ende gewesen, und sie hatte begriffen, was es hieß, ganz allein und verzweifelt zu sein. Auf dem Bahnhofsvorplatz wimmelte es von Touristen mit Fotoapparaten um den Hals. Sofort tauchten Stadtführer und Souvenirverkäufer auf, die gute Geschäfte witterten. Marina ließen sie unbehelligt, sie spürten, dass sie eine Einheimische und bei ihr nichts zu holen war.

Sie ging zum Anleger und wartete auf das Vaporetto nach Murano.

Venedig zu verlassen, war eine Angelegenheit von wenigen Zugstunden gewesen, aber zurückzukommen, hatte große Überwindung gekostet. In dem Moment jedoch, als sie tief den Salzgeruch ihrer Stadt in sich einsog, ging es ihr schlagartig besser. Die Zeit würde kommen, um sich mit dem auseinanderzusetzen, was sie erlitten hatte, doch das musste warten, sonst würde sie zusammenbrechen.

Ein Matrose deutete auf einen Platz, auf dem sie sich ausruhen konnte. Marina bedankte sich, blieb aber stehen und schaute auf den Kanal. Ihr Herz war voller Glück, Tränen stiegen ihr in die Augen. Sie ließ sie vom Wind trocknen. Er war abgeflaut und schien sie fast zu streicheln. Während der Fahrt hörte sie um sich herum den wohlvertrauten Dialekt, was ihr das Herz erwärmte. Als sie ausstieg, fühlte sie sich wesentlich besser. Instinktiv ging sie auf ihr Elternhaus zu. Als sie dort ankam, stand die Tür weit offen, Arbeiter kamen und gingen. Der neue Besitzer ließ das Gebäude umbauen. Sie spähte hinein, wich aber zurück und ging in Richtung Werkstatt. Die Tür war geschlossen. Auf einem Schild wurde auf Renovierungsarbeiten hingewiesen. Sie schaute auf die Kamine. Kein Rauch. Dabei hatte man ihr versichert, das alles weitergehen würde wie vorher ... Natürlich war sie anfangs misstrauisch gewesen, aber sie hatte auf die Zusage vertraut, dass die Verträge der Arbeiterinnen verlängert würden, oder besser gesagt, sie hatte daran glauben wollen. Sie senkte den Blick, ihr Herz brach.

»Marina? Was machst du denn hier?«

»Ich bin zurück!« Sie begrüßte die Nachbarin, die sie erkannt hatte, wechselte einige Worte mit ihr, blieb aber vage. Tatsächlich wusste sie nicht, was sie machen sollte. »Wo sind die Arbeiterinnen?«

Die Nachbarin zuckte mit den Schultern. »Nicht wieder aufgetaucht, vielleicht kommen sie zurück, wenn die Werkstatt wieder aufmacht.«

Sie nickte. »Sicher.« Sie verabschiedete sich und ging die Fondamenta dei Vetrai entlang. Der Palazzo Zenobio sah genau aus, wie sie ihn verlassen hatte. Marina stand zögernd vor dem massiven Tor. Wenn nur Zeno hier wäre! Aber so war es nicht, sie war allein. Während sie weiterging, dachte sie daran, dass sie Nando um Hilfe bitten könnte. Aber sie schämte sich. Und als ihr Rosanna in den Sinn kam, schüttelte sie den Kopf. Nein, das ging auch nicht. Aber sie könnte wenigstens ihre Sachen aus dem Lagerhaus holen, das ursprünglich der Großmutter ihres Vaters gehört hatte und dann auf ihn übergangen war.

Luigi hatte es verkaufen wollen, aber niemand hatte es haben wollen. Sie drückte die Klinke, die Tür ging nicht auf. »Natürlich«, sagte sie leise und schaute sich um. Sie hatte keinen Schlüssel für das verrostete Vorhängeschloss, so kam sie nicht hinein.

»Brauchst du Hilfe, Marina?«

Sie drehte sich um. »Gerolamo?« Sie hätte eigentlich wütend auf ihn sein müssen, aber im Grunde hatte dieser Mann nur die Wahrheit gesagt. Ihr Bruder hatte alles verkauft, ohne sie zu informieren. Sie fühlte sich betrogen und war immer noch tief erschüttert.

Gerolamo Furlan machte einen verlegenen Eindruck. »Es tut mir leid, was passiert ist. Ich weiß nicht, was mich dazu getrieben hat, dich so anzugreifen. Im Grunde warst du immer eine von uns.«

Eine von uns ... sie war gerührt, aber auch traurig. Sie deutete auf das Schloss. »Ich habe den Schlüssel verloren.«

Er griff nach dem Vorhängeschloss und rüttelte daran. »Warte hier.«

Sie wusste nicht, wo sie sonst hingehen sollte, und als er mit einer Zange wiederkam, war sie so froh, dass sie ihm am liebsten um den Hals gefallen wäre. »So, geschafft.« Gerolamo warf sich gegen die Tür, die nun aufsprang.

Im Inneren war es so, wie sie es in Erinnerung hatte, dunkel und geräumig. Seit Jahren hatte hier niemand mehr die Fenster geputzt. »Danke, vielen Dank.«

Gerolamo bewegte sich unruhig von einem Fuß auf den anderen. »Sicher, dass ich sonst nichts für dich tun kann?«

Sie schüttelte den Kopf, aber als er gerade gehen wollte, rief sie ihm nach: »Was ist mit Rosanna und den anderen?«

Er nahm den Hut ab und knetete die Krempe zwischen

den Händen. »Du weißt doch, wie sie ist, sie wird schon zurechtkommen.«

»Natürlich.«

In den folgenden Tagen hatte Marina viel zu tun. Sie öffnete und durchforstete Kisten und nahm sich das, was sie brauchte. Sie putzte den Hauptraum und die kleine Küche und richtete sich einen Schlafplatz ein. Die Nachbarinnen halfen ihr und in kürzester Zeit war das Haus bewohnbar. Eine schenkte ihr ein altes Bett, eine andere, der sie das Geschirrservice ihrer Mutter vermacht hatte, weil sie so viel gar nicht brauchte, einen Spiegel. Eine dritte kochte für sie, weil sie wusste, dass sie kein Geld hatte und abends völlig erschöpft war. Ein Band aufrichtiger Solidarität wand sich um sie, Menschen, die von Agata und Giorgio unterstützt worden waren, halfen nun ihr und ließen sie nicht allein.

Nachts dachte sie an Zeno. Wer weiß, wo er gerade war, was er gerade machte. Der Gedanke an ihn erfüllte sie mit sanfter, zärtlicher Freude, die Schatten verschwanden, und ihre Energie kehrte zurück. Als Erstes brauchte sie Arbeit. Am nächsten Morgen würde sie in den Glasmachereien nachfragen, sie verstand ihr Handwerk und würde bestimmt etwas finden. Sicher, das war etwas anderes, als im eigenen Betrieb zu arbeiten und ihre Werke sogar ausstellen zu können. Aber sie würde überleben und wer weiß ... vielleicht würde sie eines Tages wieder eigenes Glas herstellen können. Sie musste ihr Bestes geben, dann würde sich alles regeln. Sie stand früh auf, es gab viel zu tun. Im Moment hatte sie nicht mal elektrisches Licht und musste sich mit Kerzen helfen. Aber das war nicht so wichtig, immerhin hatte sie ein Dach über dem Kopf, einen Ort, an dem sie bleiben konnte. Und eine Aufgabe. Die Idee war ihr gekommen, nachdem sie den Brief ihres Vaters gelesen hatte.

Hinterlasse eine Spur, an der sich andere orientieren können.

An diesem Morgen begann Marina zu schreiben, ein eigenes Tagebuch. Marietta Baroviers Notizbuch war ihr dabei eine große Hilfe. Sie hatte mit niemandem darüber gesprochen, das war ein Geheimnis zwischen ihr und ihrem Vater. Anfangs brachte sie nur allgemeine Beobachtungen zu Papier, doch nach und nach wagte sie sich an speziellere Themen: persönliche Rezepturen, besondere Handgriffe und Erfahrungen. Das, was sie gelernt und umgesetzt hatte, dazu alle Anpassungen, die sie vorgenommen hatte. Das Erbe der Chiaramonte durfte nicht verloren gehen.

Nachdem sie etwas angezogen hatte, das sie in einer der Kisten gefunden hatte, beschloss sie ein Stück spazieren zu gehen. Kaum war sie draußen, verließ sie der Mut. Sie schämte sich und wusste nicht, wie sie sich verhalten sollte. Der Stolz verbot es ihr, andere um Hilfe zu bitten. Sie setzte sich auf einen Stein, um nachzudenken und sich Mut zu machen.

»Dann stimmt es also!«

Sie sprang auf und seufzte erleichtert auf, als sie Rosanna erkannte. »Du hast mich zu Tode erschreckt.« Es dauerte einen Moment, bis sie sich erholt hatte, sie wollte ihre Freundin gerade hereinbitten, als diese ihr zuvorkam, ins Haus ging und eine Kiste auspackte, die sie mitgebracht hatte. Einen Laib frisches Brot und gefüllte Schüsseln, die sie in den Schrank stellte. »Hier musst du noch besser putzen, sonst kommen die Mäuse.«

Marina wusste nicht, was sie sagen sollte, und schwieg. Rosanna bat sie, sich wieder zu setzen. Marina spürte ihren prüfenden Blick, der ihr bis tief ins Herz drang. »War es schlimm?« Sie nickte. »Sehr.«

Auch Rosanna setzte sich. »Das tut mir leid. Ich hätte mir gewünscht, du wärst so geblieben, wie du gewesen bist.«

Sie schluckte den Kloß im Hals herunter. »Und wie bin ich gewesen?«

»Unschuldig. Jetzt hast du so viel Schlimmes erlebt, den Schmerz und das Leid wirst du nie wieder los. Du wirst dich verändern, Marina. Nichts wird sein wie zuvor, aber ich bin optimistisch, du wirst es trotzdem schaffen.«

Marina lachte bitter, ein ganz anderes Lachen als das der Vergangenheit. »Du und optimistisch? Ich bitte dich, ich weiß genau, wie du denkst, und weißt du was? Du hattest recht. Ich war dumm und gutgläubig, eine Träumerin. Schau mich an, Rosanna, das ist aus meinen Träumen geworden. Ein Haufen Asche. Du hattest recht, die Werkstatt ist geschlossen, ich weiß nicht mal, wie es dir und Ada geht und was aus den anderen Frauen geworden ist. Ich habe mich geirrt, ich war blind und taub.« Sie sprach weiter, wütend auf sich selbst, sie hatte so viel zu sagen, sich viele Ängste von der Seele zu reden. Schließlich fühlte sie sich leer. Und müde. Sie streckte die Hände aus, nach einem Halt, nach Trost.

»Was redest du da für dummes Zeug«, sagte Rosanna und deutete auf die Tür.

»Komm mit mir.«

»Warte, ich muss erst abschließen.«

»Ich bitte dich! In dieser Hütte gibt es nichts, was man

stehlen könnte, und wenn hier ein Dieb reinkäme, würde er dir noch eine Spende dalassen.«

Marina warf ihr einen empörten Blick zu. »Ganz so schlimm ist es auch wieder nicht. Natürlich ist noch einiges zu tun, das will ich nicht bestreiten, aber ich fühle mich hier wohl. Wohin gehen wir?«

»Das wirst du schon sehen.« Sie gingen um ein paar Ecken auf die gegenüberliegende Seite des Canal Grande. Die Wohnhäuser wichen größeren Gebäuden, hier war früher das Glasmacherviertel gewesen, bevor es sich nach und nach in besser erreichbare Viertel verlagert hatte, wo die Touristen direkt ihre Souvenirs kaufen konnten.

»Wir sind da.«

Marina war wie vor den Kopf geschlagen. Sie standen vor einer Glashütte. Sie hörte das Klirren der Werkzeuge, sah den Rauch aus den Schornsteinen. Sie wollte gerade fragen, als Rosanna die Tür öffnete und sie nach drinnen führte.

Sie waren alle da, all ihre Frauen. Jede saß an einem Ofen, und sie wirkten zufrieden und winkten ihr zu. Was ging hier vor? Außer Rosanna, Ada und den anderen war niemand da.

»Die Werkstatt gehört uns«, erklärte Rosanna, »wir haben sie gemietet, sauber gemacht und wieder in Betrieb genommen. Wenn du aufhörst, dich selbst zu bemitleiden, werde ich dir in Erinnerung rufen, dass du die Erste gewesen bist, du an uns geglaubt hat.« Sie machte eine ausladende Handbewegung. »Das ist dein Werk.«

Marinas Blick wanderte zu dem Ofen, die Flammen knisterten, als wollten sie sie begrüßen. Alles wirkte vertraut, obwohl es nicht ihre Werkstatt war, alles war, wie es sein sollte. Es war, als würde ein Traum Wirklichkeit werden.

»Wir haben die Produktion wieder aufgenommen.« Rosanna deutete auf die aufgehäuften Rohstoffe. »Wir brauchen nur noch seriöse Kunden, und dann wird alles gut.«

Marina nickte nachdenklich und überlegte. Plötzlich kam ihr eine Idee.

»Erinnerst du dich an den Organisator der Biennale, Giovanni Ponti?«

»Ja, ein attraktiver Mann«, erwiderte Rosanna und zwinkerte ihr zu. Auch sie hatte sich verändert. In ihr lag eine sanfte Gelassenheit, die sie zuvor nie bemerkt hatte. »Ich habe seine Visitenkarte aufgehoben. Er war von der damaligen Präsentation begeistert, und ich könnte mir vorstellen, dass er sich auch für eure Produkte interessiert.«

Rosanna hielt ihr eine Glasmacherpfeife hin. »Und jetzt machst du dich an die Arbeit, oder?«

»Ich verstehe nicht.«

Rosanna lachte. »Manchmal frage ich mich, wie man in manchen Dingen so schlau, in anderen aber so dumm sein kann. Das Ganze war deine Idee, jetzt bist du wieder da, und wir bringen das Projekt gemeinsam zu einem guten Ende, oder?«

Marina wusste nicht, was sie sagen sollte. Die anderen Frauen hatten inzwischen ihre Werkstücke in den Glühofen gelegt und kamen auf sie zu und umarmten sie. Sie war dankbar, endlich hatte sie verstanden, dass erst die Gemeinschaft den Einzelnen stark für Veränderungen macht. Wieder dachte sie an Marietta, die Ende des 15. Jahrhunderts gemeinsam mit anderen Frauen eine Glashütte betrieben hatte. Die Legende dieser Frau hatte die Zeit überdauert, allerdings nicht wegen ihrer skandalösen Liebesgeschichte, wie die Leute glaubten, sondern wegen ihres begnadeten Talents, unvergleichliche Kunstwerke zu schaffen.

Marina arbeitete bis spätabends, und als die Dämmerung hereinbrach, sah sie einen Mann auf der Treppe sitzen, den Kopf nach vorne geneigt, die Jacke lag zu seinen Füßen. Aus der Ferne hielt sie ihn für Gerolamo. Rosanna hatte ihr erzählt, dass sie sich trafen, vielleicht hatte sie ihn davon überzeugt, ihre Wasserpumpe zu reparieren. Aber dazu war es zu spät. Als der Mann sie bemerkte, sprang er auf und eilte ihr entgegen. »Nina!«

Sie schrie auf und warf sich in seine Arme.

Zeno fing sie auf, hob sie hoch und drückte sie an sich, endlich war das eingetreten, was er sich Tag für Tag ausgemalt hatte. »Ich wäre vor Sorge fast gestorben, ich habe dich überall gesucht, ich wusste nicht, wo du warst. Euer Haus wird umgebaut, deine ehemaligen Nachbarinnen haben mich hierher geschickt.«

Sie wollte ihn nicht mehr loslassen. »Luigi hat alles verkauft, er hat komplett den Verstand verloren.«

Zeno löste sich mit sanfter Gewalt von ihr. »Ich weiß, aber das ist nicht mehr wichtig. Es wird alles wieder wie früher werden.«

Erneut umarmten sie sich überglücklich sich wiederzuhaben, sich zu spüren. Danach begann Marina zu erzählen. Davon, wie schwer das letzte Jahr ohne ihn gewesen war, aber auch von den schönen Dingen, von der Ausstellung auf der Biennale, von den Frauen, die sie in ihre Gemeinschaft aufgenommen hatten.

»Sie wollten mich an ihrer Seite!«

Sie erzählte von Rosanna und den neuesten Entwicklungen. Zeno zog sie mit sich, aber nicht zum Palazzo, sondern zu einem wartenden Boot. Als sie vor dem Hotel Danieli hielten, riss Marina überrascht die Augen auf. »Aber ich bin gar nicht passend angezogen ...«

»Bald wirst du sowieso nichts mehr anhaben.«

Sie errötete und lächelte dabei. Zeno wechselte einige Worte mit dem Concierge, der sie begrüßte, als würde sie ein elegantes Seidenkleid und eine Perlenkette und keinen Arbeitskittel über verschlissenen Hosen tragen. Dann rief er einen Pagen, der sie in ihre Suite brachte. »Ich wusste nicht, dass du so reich bist.«

Zeno küsste sie auf die Schläfe. »Du wirst dich daran gewöhnen, da bin ich sicher.«

Sie lachte glücklich. Sie fühlte sich leicht, als sei ihr Herz ein Blütenblatt im Wind. Hand in Hand stiegen sie in den Aufzug.

22.

Murano ist in der ganzen Welt ein Synonym für Glaskunst.
Seit fast einem Jahrtausend werden auf der kleinen
Laguneninsel Produkte von höchster Qualität hergestellt.
Auch wenn es dunkle Phasen gab, in denen die
Schmelzöfen fast ein halbes Jahrhundert kalt blieben, wie
unter der napoleonischen Besetzung, haben die Glasmacher
nie aufgegeben. Die Flammen warteten geduldig unter
der Asche darauf, einen Schmelztiegel voller Glasmasse
zum Leben zu erwecken, damit der Glasmacher mit der
Glasmacherpfeife das Abbild eines Traumes schaffen kann.

Juliet ging auf Zehenspitzen zum Schreibtisch. Der Tag war
gerade angebrochen. Schreiben half ihr, mit dem Druck
umzugehen, den sie in der Brust spürte. Es war ein seltsa-
mes Gefühl, wie eine Blockade, als würde sich ihr etwas
entgegenstellen. Marcus lag im Bett und schlief, sein Atem
ging ruhig. Sie knipste die kleine Lampe an und griff nach
dem Heft, in das sie jeden Tag schrieb, las erst die letzten Passagen vom Vortag, die sie noch nicht korrigiert
hatte. Plötzlich kamen ihr Zweifel, ein kalter Schauer lief
ihr über den Rücken. Wo war das Notizbuch? Sie ging zu
ihrer Tasche, wühlte darin herum, aber außer dem üblichen
Krimskrams war sie leer. Sie schüttete den Inhalt auf den
Boden. »Wo ist es? Wo bist du?«

»Juliet?« Marcus stützte sich auf den Ellbogen. »Warum kniest du da auf dem Teppich?«

Sie schaute ihn mit Panik im Blick an. »Hast du das Notizbuch gesehen?«

»Was bitte? Du willst um diese Uhrzeit schon lesen?«, fragte er, räkelte sich und legte sich die Hand über die Augen. »Ich habe gestern Abend zu viel getrunken, ich habe Kopfschmerzen.«

Sie hörte ihm gar nicht zu, zu sehr damit beschäftigt, darüber nachzudenken, wo sie das Notizbuch hingelegt hatte. Sie stand auf, schaute überall nach, wühlte in Schubladen und im Schrank, öffnete die Hängeschränke und sah sogar in Marcus' Tasche nach. Der betrachtete sie schweigend.

»Oh Gott, ich finde es nicht, es ist nirgends.«

»Juliet, was redest du denn da?«

Er war aufgestanden und auf sie zugegangen, als er die Arme nach ihr ausstreckte, wich sie zur Seite. »Ich finde es nicht, verstehst du? Ich habe es verloren und in zwei Tagen ist Abschlussprüfung. Wie soll ich das schaffen, Marcus?« Sie schlug die Hände vors Gesicht und ließ sich auf die Knie sinken. Ohne es zu bemerken, schwankte sie vor und zurück.

»Jetzt übertreibst du aber. Es ist doch gar nichts passiert. Du wirst es irgendwo hingelegt haben, du musst dich nur daran erinnern, wo.«

Aber sie ignorierte seinen Einwand. Auf ein einfaches Tagebuch zu achten, nicht mal das hatte sie geschafft. So etwas konnte jedes Kind.

»Komm wieder ins Bett, wir denken morgen darüber nach. Und auch wenn du es nicht findest, was soll's? Du hast alles verinnerlicht, du brauchst es nicht mehr.«

»Du verstehst das nicht«, fauchte sie ihn an.

»Was verstehe ich nicht?« Marcus fuhr sich mit den Fingern durchs Haar, sein Gesichtsausdruck hatte sich verändert. »Dass du nicht wahrhaben willst, dass du wirklich gut bist? Dass du auch ohne fremde Hilfe erfolgreich sein wirst? Schluss damit! Hörst du mir überhaupt zu, Juliet? Du sagst, deine Familie nimmt dich nicht ernst, die Leute behandeln dich wie ein kleines Mädchen. Dann hör auf damit! Hör auf damit, dich so zu verhalten!«

Wütend blitzte sie ihn an. »Was weißt du denn schon? Alle lieben dich, alle bewundern dich, dir fliegen alle Herzen zu. Hast du überhaupt eine Ahnung, wie es ist, unsichtbar zu sein? Wenn du nur wahrgenommen wirst, wenn du einen Fehler machst?« Sie presste sich die Finger auf die Augen, bekam kaum noch Luft. »Ich brauche dieses Notizbuch, Marcus. Ich brauche es.«

Er starrte sie erstaunt an, dann schüttelte er den Kopf. »Du irrst dich, Juliet. Das Einzige, was du brauchst, ist das Wissen, wer du bist.« Er sammelte seine am Boden verstreute Kleidung auf, zog sich Hose und Hemd über, die Schuhe behielt er in der Hand. Er ging zur Tür und öffnete sie.

Sie schaute zu Boden und schloss die Augen.

Marcus verharrte auf der Schwelle, dann fluchte er, ging zurück, umarmte sie und zog sie an sich. »Beruhig dich, atme tief durch, nur einen Moment, es geht gleich vorbei.«

Sie schüttelte den Kopf. »Ich habe Angst. Was soll ich jetzt machen?«, presste sie heraus. Ihre Augen waren vom Weinen geschwollen.

»Alles, was du für richtig hältst.«

»Das schaffe ich nicht.«

Marcus seufzte. »Die Einzige, die das, was dir an deinem Leben nicht gefällt, ändern kann, bist du selbst, Juliet.« Er küsste sie auf die Schläfe. »Die Pflicht ruft, wir sehen uns später. Leg dich noch mal hin.« Dann ging er, diesmal wirklich.

Sie war allein, wischte sich die Tränen aus dem Gesicht, nahm Ninas Kleid und legte es in die Schachtel zurück. Dann räumte sie das Zimmer auf, machte das Bett und nahm eine ausgiebige Dusche. Die Angst jedoch blieb, sie war wie gelähmt. Sie sah sich noch mal prüfend um, alles war ordentlich, mehr konnte sie nicht tun.

Etwas später verließ sie den Palazzo, es war ein heiterer Tag, die Sonne schien warm. Aber sie schaffte es trotzdem nicht, ihre dunklen Gedanken beiseitezuschieben. Sie hatte das Gefühl, das Leben aus einer falschen Perspektive betrachtet zu haben.

Du hast Angst, Verantwortung für deinen Erfolg zu übernehmen.

Marcus' Kritik hatte sie getroffen. Hatte er recht? Ergab sie sich dem Selbstmitleid? Sie ging weiter, die Prüfungen kamen ihr in den Sinn.

Ihre bisherige Strategie, auf der Grundlage der Aufzeichnungen aus dem Notizbuch eigene Konzepte zu entwickeln, ging heute nicht auf. Sie musste sich auf sich und das Gelernte verlassen, das Rohstoffgemisch und die passenden Werkzeuge selbst bestimmten.

Sie setzte sich auf die Mole, legte die Sandalen neben sich, die nackten Füße spiegelten sich auf der Wasseroberfläche. Sie musste nachdenken, über sich selbst, über ihr Leben, ihre Vergangenheit und ihre Zukunft. Sie glaubte in einen Strudel aus Emotionen zu blicken, und was sie sah, gefiel ihr nicht. Sie schämte sich. Marcus' Worte ließen ihr keine Ruhe. Sie wusste, dass er recht hatte. Sie hatte es schon gewusst, bevor er sie ausgesprochen hatte, und doch hatten sie alles verändert. Es war ihr wie Schuppen von den Augen gefallen, dass die Angst ihr Leben bestimmt hatte. Sie hatte sich verselbstständigt und ihr Handeln bestimmt. Jedes Mal, wenn sie versucht hatte, ihre Fesseln zu lösen, kam die Angst wieder an die Oberfläche und machte sie klein.

»Es stimmt, ich habe Angst.« Aber nicht vor dem, was Marcus dachte. Sie hatte keine Angst davor, gut zu sein, denn Anerkennung und Wertschätzung taten ihr gut. Aber ihr fehlte der Mut zum Risiko und sich dem Wettkampf zu stellen. Was, wenn man herausfinden würde, dass sie nicht perfekt war? Deshalb verzichtete sie lieber gleich, ertrug und vermied.

Sie war damit aufgewachsen, anders als die anderen zu sein, mit allen Konsequenzen. Im Lauf der Zeit hatte sie alle davon überzeugt, auch sich selbst. Aber das war Vergangenheit, es hatte sich einfach so entwickelt, das war ihr jetzt klar. Sie konnte nichts dafür. Aber was die Gegenwart und die Zukunft anging, lagen die Dinge anders.

Dafür war sie selbst verantwortlich.

»Jeder trägt Verantwortung für sein eigenes Leben. Es geht nicht darum, Erfolg oder Misserfolg zu haben, sondern respektvoll mit sich selbst und den eigenen Wünschen umzugehen, das zu akzeptieren, was einen glücklich macht.«

Aber genau das war ihr Problem, genau davor hatte sie Angst. Sie traute sich nicht, ihre Wünsche zu äußern und sich ihren Raum zu nehmen und auch zu verteidigen.

Ihr fiel auf, dass sie mit sich selbst sprach, aber statt sich zu schämen, lächelte sie. Sie war eben so. Sie sprach mit sich selbst, fuchtelte mit den Händen wie ein Kind, konnte beim Anblick der blutrot untergehenden Sonne, bei einem Buch oder einem Film vor Rührung weinen. Oder wenn eine alte Frau von ihrem Leben erzählte. So war sie eben. Sie stand auf. Die Sonne stand schon hoch, und sie hatte einen Bärenhunger. Sie kaufte zwei Croissants, die sie auf dem Weg zum Palazzo aß. Dort angekommen, ging sie auf ihr Zimmer und holte das Kleid. Auf dem Weg zur Tür merkte sie, dass sie die Kette auf dem Tisch vergessen hatte. Sie legte sie um den Hals, schaute sich im Spiegel an und überlegte, ob das gelbe Sommerkleid nicht etwas zu auffällig war.

Aber sie liebte es.

In diesem Moment klingelte ihr Handy. Es war Daniel, Freude durchfuhr sie. Es tat gut, seine Stimme zu hören.

»Wie geht es dir, mein Schatz?«

Sie zwang sich zu einem Lächeln. »Jetzt, wo ich deine Stimme höre, fühle ich mich sehr viel besser. Und euch?«

»Alles gut. Hör mal, ich habe nur wenig Zeit und möchte dir etwas erzählen. Ich habe Großvaters Dokumente gefunden. Der Nachname wurde gar nicht geändert, unser Vater wurde vom zweiten Mann unserer Großmutter adoptiert, und wir tragen dessen Namen. Unser Großvater hieß übrigens Luigi Chiaramonte.«

Ihr Herz pochte ungestüm, endlich hatte sie einen Anhaltspunkt. »Danke, Daniel.«

»Ich habe auch mit Gina darüber gesprochen.«

»Und? Hat sie wenigstens dir etwas gesagt?«, fragte Juliet ungeduldig.

Daniel lachte. »Sie hat ziemlich viel geredet, das meiste auf Italienisch, das ich nicht verstehe, wie du weißt, oder jedenfalls nicht genug, um zu verstehen, was sie gesagt hat. Aber sie war sehr aufgeregt, deshalb habe ich sie beschwichtigt, sie solle sich keine Sorgen machen.«

Juliet biss sich auf die Lippe. »Gutgemacht, Daniel.«

»Ich muss los, ruf mich an, wenn du etwas herausgefunden hast. Ich bin so was von gespannt. Vielleicht sind wir die Nachfahren einer adligen Familie und besitzen einen Palazzo. Das würde mir gut gefallen, weißt du?«

»Das werde ich, versprochen.«

Chiaramonte ... Wo hatte sie diesen Namen schon einmal gehört? Sie musste mit Silvia darüber sprechen. Sie ging die Treppe hinunter in ihr Büro.

»Silvia!«

»Mamma mia, du hast mich vielleicht erschreckt, was schreist du denn so?«

»Ich habe etwas entdeckt!«

»Setz dich und erzähl mir alles, ich kann Ablenkung gut gebrauchen. Der Prüfer der Stiftung sitzt mir im Nacken. Ich habe die ganze Woche an der Abrechnung gearbeitet, etwas Ablenkung tut mir gut.«

»Sagt dir der Name Chiaramonte etwas?«, begann Juliet.

Silvia starrte sie überrascht an. »Warum fragst du?«

»Dann kennst du sie also?«

Silvia hielt kurz inne und antwortete dann: »Sie waren berühmte Glasmacher aus Murano.«

Richtig! »Ja, jetzt erinnere ich mich auch«, erwiderte Juliet. Sie hatte von den Chiaramontes gelesen oder Lorenzo hatte von ihnen erzählt.

»Warum interessiert dich das?«

Juliet registrierte den misstrauischen Blick ihrer Freundin. Sie dachte kurz darüber nach, ihr von ihrem Großvater zu erzählen, aber erst musste sie mehr wissen. »Ist dir zufällig bekannt, ob noch jemand von der Familie am Leben ist?«

Jetzt wirkte Silvia noch verblüffter. »Meine Tante ist eine Chiaramonte.«

Juliet sprang auf. »Was? Deine Tante?«

Silvia musste husten, sie hatte sich an ihrem Kaffee verschluckt. »Was ist denn heute Morgen los mit dir? Erklär mir das bitte.«

Juliet stand auf und griff nach ihren Händen. »Ich muss diese Frau treffen.«

»Warum?«

»Mein Großvater hieß Luigi Chiaramonte, er stammte aus Murano. Vielleicht leben dort noch Verwandte von mir, ich suche nach ihnen.«

»Dein Großvater ... Was hast du gesagt?« Sie deutete auf einen Stuhl. »Bitte, Juliet, fang ganz am Anfang an und erzähle mir alles ganz genau.«

Und das tat sie. Sie erzählte von ihrer Kinderfrau Gina, die ihr die Kette gegeben hatte, von ihrer Leidenschaft für das Glas, von dem Namen, den ihre Großmutter Denise nach ihrer Heirat angenommen hatte. »Ich muss mit ihr reden, es ist wirklich sehr wichtig. Kannst du mich zu ihr bringen?«

Es dauerte einen Moment, bis Silvia die Sprache wiedergefunden hatte. »Sicher, lass uns gehen.«

Sie schloss das Büro ab, dann gingen sie die Fondamenta dei Vetrai entlang. Auf dem Weg stellte Silvia viele Fragen, die Juliet beantwortete.

Marina Chiaramontes Haus lag am Ende der Straße.

Als sie vor dem Gartentor standen, rief Juliet erstaunt. »Aber das ist das Haus von Nina.«

Silvia runzelte die Stirn. »Ihr kennt euch?«

»Ja, ich bin eines Abends zufällig auf dieses Haus gestoßen. Danach habe ich Nina ein paarmal besucht, das Ballkleid ist … von ihr. Sie hat es mir geliehen.«

»Unglaublich.« Silvia hielt kurz inne, dann sprach sie weiter. »Weißt du, Juliet, mein Onkel Zeno nannte sie immer so. Und auch Onkel Jacopo, eigentlich alle. Aber in Wirklichkeit heißt sie Marina. Komm, lass uns reingehen. Ich möchte zu gern ihr Gesicht sehen, wenn du ihr die Geschichte erzählst.«

Juliet musste an Jacopo, seine Verdächtigungen und an seine Feindseligkeit denken. Marcus' Vater hatte die Kette wiedererkannt. Welches Geheimnis versteckte sich hinter diesen Perlen? Was war in der Vergangenheit passiert, von dem er wusste, sie aber nicht? Fast andächtig strich sie mit den Fingerspitzen über das wertvolle Schmuckstück.

Juliet wollte gerade das Tor öffnen, als sie einen Mann und eine Frau vor dem Haus sitzen sah. Das war … Marcus. Verwirrt wich sie zurück. Ihr Herzschlag beschleunigte sich, aber sie wollte nicht an das denken, was zwischen ihnen vorgefallen war. Aber jetzt konnte sie nicht mehr zurück.

»Oh, sie hat Besuch …«

»Nein, das ist nur Marcus, der ihr Gesellschaft leistet. Wir wechseln uns ab, damit sie immer jemanden zum Reden hat, sonst langweilt sie sich.«

Plötzlich kamen ihr Zweifel. Was hatte sie sich dabei gedacht, einfach so bei Nina hereinzuplatzen? Sie schaute auf die beiden, die ganz entspannt schienen.

»Wenn du es dir anders überlegt hast und lieber ein andermal wiederkommen willst, auch gut.« Silvia lächelte sie an, sie hatte immer ein liebevolles Wort für sie.

Ich bin unter Freunden, dachte Juliet. Silvia, Nina und Marcus. Die drei bedeuteten ihr viel. Sie schloss die Augen und nahm all ihren Mut zusammen. Als sie sie wieder öffnete, fühlte sie sich besser, Entschlossenheit blitzte aus ihrem Blick. »Gehen wir.«

Als sie näher kamen, bemerkte Juliet, dass die beiden sie gesehen hatten.

»Was für eine schöne Überraschung, kommt her«, Nina deutete auf den Platz neben ihr und Marcus.

»Hallo.«

Juliet erwiderte Ninas Lächeln und schaute dann zu Marcus, der sie neugierig musterte.

»Kommt, setzt euch doch«, forderte er sie auf, »was macht ihr denn hier?«

»Du wirst es nicht glauben«, erwiderte Silvia, »aber Juliet muss euch eine Geschichte erzählen.«

Markus runzelte die Stirn, während Ninas Augen erwartungsvoll funkelten. »Wirklich? Spann mich nicht auf die Folter, ich liebe Geschichten, vor allem wenn sie wahr … und ein bisschen verrückt sind.«

»Ich …« Juliet war wie vor den Kopf gestoßen, »ich habe etwas herausgefunden.« Sie wusste nicht, wie sie anfangen sollte, alle Augen ruhten nun auf ihr. »Mein Großvater stammt von hier. Er hat Murano verlassen, um in die USA zu gehen.«

»Was für ein Zufall«, murmelte Nina, sie wurde bleich und begann zu zittern.

»Tante, was ist los?«, fragte Marcus besorgt. Sie schwieg

und starrte Juliet an. Sie streckte die Hand nach ihrem Neffen aus. »Hilf mir, bitte.« Er reichte ihr den Arm, und sie stand auf. »Komm bitte näher, Juliet, damit ich dich besser sehen kann.«

Juliet ging auf sie zu und blieb dicht vor ihr stehen. Die alte Dame starrte auf ihr gelbes Kleid, dann wanderten ihre Augen zur Kette.

»Die Perlen ...«

Sie hatte die Kette erkannt! Es stimmte also. Juliet nahm sie ab und reichte sie ihr. In diesem Augenblick verstand sie alles. Die *sie,* von der Gina gesprochen hatte, war Marina Chiaramonte. Es war ihre Kette.

»Ich denke, Sie wissen, wem sie gehört.«

Die alte Dame hielt die Kette in den Händen und dicke Tränen rollten ihr die Wangen herab. Sie war mit den Kräften am Ende, Marcus stützte sie.

»Was weißt du von der Kette?«, fragte Nina mit kaum hörbarer Stimme.

»Dass sie nach Murano zurückkehren muss, jedenfalls hat mein früheres Kindermädchen mir das bei meiner Abreise gesagt. Es handelt sich um ein Familienerbstück. Ich denke, es ist Ihre ...«

»Was meinst du damit?«

Juliet nahm all ihren Mut zusammen. »Mein Großvater hieß Luigi Chiaramonte.«

Nina zuckte zusammen. »Luigi? Du bist die Enkelin meines Bruders? Meine Nichte? Oh Gott, darauf habe ich nicht mehr zu hoffen gewagt.«

Juliet brach in Tränen aus. Die Emotionen dieses langen Tages übermannten sie.

Silvia fing Marcus' Blick auf und löste ihn an der Seite

der alten Dame ab. Er ging zu Juliet und flüsterte ihr ins Ohr: »Alles wird gut, mein Schatz, atme, es geht vorbei.« Und noch etwas, das nur sie beide anging. Sie nickte, wischte sich die Tränen aus dem Gesicht und flüchtete in seine Arme.

»Komm, Juliet, setz dich neben mich.« Nina lächelte jetzt wieder.

»Die Kette ist schon lange im Besitz unserer Familie, mein Kind.« Auch sie wischte sich die Tränen aus den Augen und seufzte tief. »Marietta Barovier hat sie geschaffen, vor mehreren Jahrhunderten. Es sind Rosetta-Perlen, vielleicht die allerersten. Und das hier«, sie deutete auf den Anhänger, »trägt das Symbol Muranos in sich. Ich habe die Kette von meinem Vater geerbt und dann ... dein Großvater und ich haben uns an einem bestimmten Punkt voneinander entfernt. Es ist etwas sehr ... Unschönes vorgefallen, etwas, über das wir beide nie hinweggekommen sind.« In ihrem Blick lag eine große Traurigkeit.

Juliet hätte sie gerne umarmt, aber sie blieb, wo sie war. Marcus' Arme gaben ihr Sicherheit und Wohlgefühl. »Es tut mir sehr leid. Ich habe ihn nie kennengelernt. Er ist gestorben, als mein Vater noch ein Kind war. Dann hat meine Großmutter wieder geheiratet und den Namen des zweiten Mannes angenommen.«

Nina schüttelte den Kopf. »Deshalb also hat Zeno euch nicht gefunden.«

»Hat er nach uns gesucht?«

»Ja, mein Herz. Ich wollte noch einen letzten Versuch machen, mich mit Luigi zu versöhnen. Wir haben uns im Streit getrennt, ich wollte ihn nicht wiedersehen. Er flehte mich an, ihn anzuhören, aber ich ... entschuldige, das liegt schon so weit zurück, aber die Erinnerung ist immer noch so schmerzlich. An diesem Tag habe ich das Kind, das ich erwartete, und die Liebe meines Bruders verloren.«

Juliet war verwirrt, begann aber die Gründe für Jacopos Feindseligkeit und seine Wut zu erahnen. Hatte er gedacht, sie sei gekommen, um die Vergangenheit wieder heraufzubeschwören? Eine Vergangenheit, die sie in Wahrheit gar nicht kannte.

Die alte Dame senkte den Blick, eine Träne rollte ihr über die Wange. Dann trat ein Lächeln auf ihr Gesicht und sie strich Juliet übers Haar. »Ein bunter Schmetterling hat mir meine Kette zurückgebracht. Ein größeres Geschenk hätte mir Luigi nicht machen können.«

Marina Chiaramonte Venier war in Murano geboren und hatte immer dort gelebt, nach dem Tod ihres geliebten Mannes Zeno, mit dem sie mehr als fünfzig gemeinsame Jahre verbracht hatte, war es still um sie geworden. Sie hatte sich zurückgezogen und die Glashütte auf Jacopo übertragen, Zenos Neffen, dem er die Kunst der Glasbläserei beigebracht hatte. Und Jacopo hatte zu Ehren des Lebenswerks seiner Tante und seines Onkels beschlossen, die Glasbläserschule weiterzuführen.

Juliet, die immer noch nicht wusste, wie ihr geschah, lächelte. Wie wäre ihr Leben wohl verlaufen, wenn sie neben einer so warmherzigen Frau aufgewachsen wäre? Der Bruch in der Familie war nicht nur ein Konflikt zwischen Bruder und Schwester gewesen, er hatte ihr auch die Liebe und die Wertschätzung einer außergewöhnlichen Persönlichkeit vorenthalten. Marina hätte ihr helfen können zu verstehen, und die Möglichkeit eröffnet, sich mit jemandem auszutauschen, der die gleiche Leidenschaft teilte.

Die Leidenschaft, die alle Chiaramontes seit Generationen miteinander verband.

»Der Hahn ist das Wappen der Werkstatt?«, fragte sie.

Sie saßen neben der Tür, Marcus machte einige Telefonate und gesellte sich dann wieder zu ihnen, er wollte nichts von dieser unglaublichen Geschichte verpassen. Auch Silvia war gespannt, wie es weiterging, und gab hin und wieder einen Kommentar ab.

»Ja, der Hahn steht für Marietta Barovier«, antwortete Marina. »Mein Vater sagte immer, wir stammen von ihr ab, deshalb haben auch wir den Hahn als Symbol gewählt, als wir Frauen die Glashütte übernommen haben. Dieses Tier ist stolz, stark und furchtlos, wenn es umfällt, steht es wieder auf.«

Marietta Barovier. Allein die Vorstellung, von dieser Frau abzustammen, war ... überwältigend. Juliet konnte es kaum glauben. »Frauen?«

Marina schaute lächelnd in die Ferne. »Ja, mein Kind. Du hättest die Kunstwerke sehen sollen, die wir gemeinsam geschaffen haben. Einige sind heute noch im Museum ausgestellt.« Sie erzählte weiter, über die Schwierigkeiten nach Giorgios Krankheit, wie sie es geschafft hatte, dass Luigi ihr die Glashütte anvertraut hatte. »Er hatte große Träume, doch sein Ehrgeiz ...« Sie hielt mit tränenfeuchten Augen inne. »Aber jetzt wird alles gut, ich habe die Kette wieder und dich kennengelernt.«

»Mein Kindermädchen hat mir gesagt, dass sie einer Frau gehören würde, der ich sehr ähnlich wäre.«

Marina goss sich ein Glas Limonade ein, sie wirkte nachdenklich. »Der Gedanke, dass dich mein Bruder indirekt mit der Kette hierher geschickt hat, gefällt mir. Der

Bruch mit ihm gehört zu den traurigsten Kapiteln meines Lebens.« Sie seufzte, man sah ihr die Trauer deutlich an. »Aber das werden wir nie erfahren, und deshalb danken wir dem Zufall, der uns zusammengeführt hat.« Sie strich Juliet über die Hand. »Ich bin so glücklich, dass wir uns getroffen haben.« Juliet fühlte sich in ihrer Nähe geborgen, aber auch stolz, Teil eines großen Ganzen zu sein. Sie blieb noch eine Weile bei Marina. Marcus hatte gekocht, Silvia den Tisch gedeckt. Später kam auch Jacopo, und sie erzählten ihm alles. Juliet erwartete, dass Marcus' Vater etwas dazu sagen würde, doch er schwieg und schaute wie versteinert auf die Kette, die nun um Ninas Hals hing.

»Sie ist aus Seattle gekommen, um mir die Kette zurückzubringen, ist das zu glauben, mein Sohn?«

»Ja, Mama, eine wirklich unglaubliche Geschichte.«

Mama. So hatte Jacopo Nina schon immer genannt. Allmählich begann Juliet zu begreifen. Jacopo, Marcus, Silvia, alle gehörten zu einer Familie. Sie kümmerten sich umeinander, einer war für den anderen da. Als Jacopo die Kette gesehen hatte, hatte er befürchtet, Juliet sei gekommen, um der Familie zu schaden, seine Feindseligkeit war Ausdruck seiner Sorge um Nina.

Es wurde spät, als Juliet und Marcus merkten, dass Nina müde wurde, verabschiedeten sie sich. Jacopo eilte ihnen nach, am Tor hatte er die beiden eingeholt.

»Ich … ich glaube, ich schulde Ihnen eine Entschuldigung, Signorina.«

Marcus nickte. »Ja, Papa. Das denke ich auch.«

Jacopo warf ihm einen wütenden Blick zu. Dann schaute er wieder zu Juliet, und seine Züge wurden weicher. »Es tut mir wirklich leid. Ich hoffe, Sie können mir vergeben.«

Juliet nickte. Sie hatte verstanden, dass er Nina beschützen wollte, und zwang sich zu einem Lächeln. »Ich werde es versuchen.«

»Siehst du, Papa? Du hast dich in Juliet getäuscht, wie bei vielen anderen Dingen auch.«

Er schluckte eine Antwort hinunter und ging wieder ins Haus.

Eine Weile gingen sie schweigend nebeneinander her, beide in ihre eigenen Gedanken versunken.

»Was für eine Geschichte …«, sagte Marcus.

Juliet hatte es die ganze Zeit zurückgehalten, aber ihm konnte sie sich anvertrauen. »Ich glaube nicht, dass das ein Zufall war, wie Tante Nina denkt.« Es war merkwürdig, diese Frau so zu nennen. Ihre Tante, eine Glasmacherin, die Verbindung zur Vergangenheit, eine Frau wie sie. Wie die legendäre Marietta Barovier.

»Was meinst du damit?« Marcus schlug einen anderen Weg ein. Juliet wusste sofort, wohin er wollte. Er war die ganze Zeit still gewesen, außer ein paar Bemerkungen hatte er nur zugehört.

»Mein Kindermädchen hat mich immer bestärkt, meiner Leidenschaft für das Glas zu folgen.«

Sie waren am Ende der Mole angekommen, bis zum Sonnenuntergang dauerte es noch eine Weile, der Glockenturm vor ihnen lag noch in hellem Licht. Sie setzten sich auf ihren Lieblingsplatz, der sie an einen unvergesslichen Abend erinnerte.

»Sie hat mir von Murano erzählt, von der Glasmacherschule, die ich unbedingt besuchen sollte.« Sie erinnerte sich nicht mehr genau, woher sie den Prospekt der Schule hatte ... »Warum hat sie mich nicht von Anfang an eingeweiht? Wie ist ihr Verhalten zu erklären? Wäre es nicht besser gewesen, mir alles über Marina und meinen Großvater zu erzählen?«

Marcus schaute aufs Meer. »Menschen benehmen sich manchmal ... unverständlich.«

Sein Gesicht hatte sich verfinstert, und in seiner Stimme lag Trauer. Es war nicht das erste Mal, dass sie ihn so erlebte. Marcus litt, etwas quälte ihn.

Er seufzte, sie griff nach seiner Hand und sagte: »Es tut mir leid, was passiert ist. Ich ...« Sie zuckte mit den Schultern. »Ich bin ein bisschen unsicher.«

Das erste Mal an diesem Tag lächelte er. »Ein bisschen?«

Sie erwiderte sein Lächeln. »Schon gut, du hast recht. Sehr unsicher. Aber ich arbeite daran.«

»Ich weiß.«

»Ich habe versucht, dich anzurufen.« Sie senkte den Blick und schwieg verlegen.

»Ich habe mein Handy im Palazzo gelassen, ich weiß nicht mehr, wo.«

In ihrem Zimmer unter dem Bett. Juliet zog es aus der Tasche und reichte es ihm.

»Danke.«

»Gern geschehen.«

War das ein Wettstreit der Banalitäten? Juliet war verlegen und biss sich auf die Unterlippe.

»Hast du dich entschieden, was du machen willst?«

Sie nickte und hob den Kopf. »Ich glaube, ich habe alles unter einem Blickwinkel gesehen, der nicht mein eigener war. Wer weiß, vielleicht wird es interessant sein, mich treiben zu lassen und zu sehen, wie sich die Dinge entwickeln.«

»Eine gute Entscheidung.«

Sie hatte es satt, sich zu verstecken, aus Angst, auf das zu verzichten, was ihr am Herzen lag. Sie hatte so vieles satt.

Ein lauer Wind wehte vom Meer herüber. »Du hast mit meinen Problemen nichts zu tun.« Marcus hielt inne und lachte bitter. »Mein Vater will alles verkaufen, er hat aufgegeben und glaubt nicht mehr an das Projekt. Ich kann den Gedanken nicht ertragen, und gleichzeitig weiß ich, dass ich nicht das Recht habe, mich einzumischen.«

Juliet hielt den Atem an, seine Verzweiflung tat ihr weh. Sie schwieg und wartete, bis er sich gefangen hatte, um weiterzusprechen.

»Es ist ein Fehler. Diese Schule, der Palazzo und die Glashütte, all das ist sein Leben. Danach wird er nichts mehr haben, für das es sich zu kämpfen lohnt. Nichts wird seinem Tun, seinen Wünschen und Träumen mehr Sinn geben. Und was ist ein Mensch ohne Träume?«

Juliet meinte seinen Schmerz als düsteren Schatten sehen zu können. »Und für dich? Was ist die Schule für dich, Marcus?«

Sein Blick verfinsterte sich. »Das ist unwichtig. Es ist zu spät, es hat keinen Sinn, darüber zu reden.«

»Wirklich? Ich denke doch.« Sie streichelte sein Gesicht. »Du liebst, was du tust. Ich habe das Strahlen in deinen Augen gesehen, erlebt, wie du den Tag strukturierst, mit den Studenten sprichst und scherzt. Du hast Projekte umgesetzt, die Logistik verbessert, das Ganze neu organisiert, um es funktionaler zu machen. Auch für dich ist der Palazzo Zenobio wichtig. Du liebst diesen Ort.«

Überraschend schnell war der Abend hereingebrochen.

Der Sonnenuntergang beleuchtete wie flüssiges Feuer den Himmel. Er wischte sich über die Augen und sah sie dann an. »Ich weiß nicht, wie ich ihn von seinem Vorhaben abbringen kann, Juliet.«

»Hast du ihm gesagt, wie wichtig dieser Ort für dich ist?«

Er schüttelte den Kopf. »Er hatte so viele Pflichten in seinem Leben, ich wollte keine weitere davon sein.«

Das erste Mal öffnete er sich, zeigte sich in seiner ganzen Verletzlichkeit. Er vertraute ihr, genau wie sie ihm. »Du irrst dich, Marcus. Dein Vater ist stark und entschlossen.« Sie wusste nicht, woher sie diese Sicherheit nahm, aber sie hatte keine Zweifel. »Sag ihm, wie sehr du die Schule liebst, dass der Palazzo dein Zuhause ist und du dir vorstellen kannst, sein Lebenswerk weiterzuführen.«

Er griff nach ihrer Hand. »Und du, Juliet? Wie stellst du dir das Leben vor?«

Er war jetzt wie immer, lächelnd, den Kopf wieder oben. Wieder aufgestanden, nachdem er gefallen war. Sie schaute zum Himmel und gab sich ihren Träumen hin. »Ich möchte von dem leben, was ich liebe.«

»Das sollten wir alle tun, denke ich.«

Sie schwiegen eine Weile, jeder hing seinen eigenen Gedanken nach. Dann küsste er ihre Hand. »Könntest du dir das hier in Murano vorstellen ... oder willst du nach Seattle zurück?«

Die Frage überraschte sie, darauf hatte sie keine Antwort. Auf der einen Seite war da ihre Familie ... aber die gab es auf beiden Seiten des Ozeans. Ihre Heimat war auch hier. Nina war ihre Großtante, Marina Chiaramonte. Sie hatte noch so viele Fragen, es gab so viel nachzuholen.

Nein, zurückdrehen konnte man die Zeit nicht. Aber sie konnte in die Zukunft blicken. Sie musste ihr Kindermädchen anrufen und mit ihren Eltern sprechen. Und sich auf die Prüfung vorbereiten, auch ohne das Notizbuch. Allein, ohne fremde Hilfe. Dann blickte sie ihm tief in die Augen. »Bleib heute Nacht bei mir.«

Er riss überrascht die Augen auf, ein Lächeln erhellte sein Gesicht. Dann beugte er sich zu ihr: »Wir machen Fortschritte, mein Mädchen.«

23.

Der Perlengarten ist ein ganz besonderer Ort in Venedig,
genauer gesagt, in Cannaregio, wo man eine Vielzahl von
Arten gefunden hat: Millefiori, Mosaico, Oliva und Murrine.
Diese Entdeckung warf ein neues Licht auf die Besonderheit
der venezianischen Perlen und die Kunstfertigkeit der
einheimischen Glasbläser.

Das Feuer loderte und das Glas im Schmelzofen warf dicke
Blasen. Juliet betrachtete unschlüssig die flüssige Masse. Sie
hätte schon bei der Arbeit sein sollen, aber sie ging ziellos
um den Ofen herum, noch ohne konkretes Projekt. Ihr
Herz pochte, die Gedanken fuhren Karussell, was sie noch
mehr verwirrte. Um sie herum tauchten die Studenten die
Glasmacherpfeifen in den Schmelztiegel, rollten das Glas
auf und begannen es zu formen.

Sie streckte die Hand aus, griff nach der Kreide und
betrachtete sie. Ihre Hände zitterten. Sie musste sich beruhigen, das war die Abschlussprüfung, und die musste sie
ohne Hilfe durchstehen. »Ich kann es schaffen«, machte
sie sich Mut.

Sie verzichtete auf Papier und Bleistift, sie brauchte
Platz. Sie kniete sich auf den Boden, presste die Kreide auf
den Stein, schloss die Augen und atmete tief durch, dann
ein zweites Mal. Ihre Hand begann sich zu bewegen und

folgte dem Bild, das sie vor ihrem inneren Auge sah. Als sie die Augen wieder öffnete, wusste sie, was sie wollte. Sie vollendete die Pyramide, von der in alle Richtungen Linien abgingen. Einige wischte sie wieder weg, andere veränderte sie. Wie aus dem Nichts tauchte etwas in ihrem Bewusstsein auf, wie eine Erinnerung, die sich mit etwas Neuem verband, und eine Idee nahm Gestalt an.

Einen Moment später tauchte sie das Rohr ins Glas und begann es zu drehen. Ihre Idee war verrückt, das wusste sie. Wichtig waren die Dimensionen, und ihre Hand war perfekt. Sie betrachtete den Handrücken, dann die Handfläche, drehte sie dann wieder zurück, und ein Lächeln trat auf ihr Gesicht. Sie begann vor sich hin zu summen. Die anderen stimmten ein. Der Ofen war der Akkord im Hintergrund, zu dem alle eine eigene Melodie hinzufügten.

Die Spannung hatte sich gelöst, die gerade noch angespannten Gesichter zierte nun ein Lächeln, die Szenerie veränderte sich, alles schien heller und heiterer. Sie waren am Ziel, hatten es gemeinsam geschafft, alles andere war nicht wichtig.

Marcus schaute Juliet bewundernd zu.

Sie bewegte sich im Rhythmus des Liedes, das sie in sich hörte, anders als der Rhythmus der anderen, gleichwohl aber ansteckend. Er spürte eine Welle der Liebe für diese zarte und doch starke Frau. Ihr war gar nicht klar, wie sehr ihre Anwesenheit die Dynamik innerhalb des Kurses verändert hatte. Sie hatte mit ihrem Lächeln und ihrer Warmherzigkeit die Mauern eingerissen, sie hatte gezeigt, dass Verletzlichkeit kein Makel, sondern eine Chance war, die Kraft zur Veränderung in sich selbst zu finden.

Ging es im Grunde nicht genau darum? Immer sein Bestes zu geben, in seine eigenen Fähigkeiten vertrauen, um die Welt zu verändern und die Verantwortung dafür zu übernehmen. Wer diese Chance annahm, verstand, was wirklich wichtig im Leben war.

»Noch eine halbe Stunde. Bringt eure Werkstücke langsam zum Siedeofen.«

Jacopo begutachtete und lächelte, er lobte, und als er vor Juliet stehen blieb, war sie so sehr in ihre Arbeit versunken, dass sie ihn gar nicht bemerkte.

»Beeindruckend«, sagte er leise.

Erst jetzt hob sie den Blick, und ihre Augen trafen sich. Überrascht erwiderte sie sein Lächeln, und ihr wurde klar, von wem Marcus sein Lächeln geerbt hatte.

Der Gong hallte durch die Werkstatt Die Prüflinge waren erschöpft, ihre Gesichter glänzten vor Schweiß. Man konnte die Anstrengung, aber auch die Freude sehen. Eine tiefe Zufriedenheit, die sie alle einte, als ob jeder Einzelne Teil eines großen Ganzen wäre.

Jacopo freute sich, für sie, aber auch für sich selbst. Dann brach Jubel los, sie hatten es geschafft.

Es war vorbei, nun musste er noch eine Sache erledigen. Er sah sich nach Juliet um, rief ihr nach. Dann ging er auf sie zu. Ihr misstrauischer Blick tat ihm weh. »Ich muss Ihnen etwas zurückgeben. Sie haben es vor einigen Tagen im Vorlesungsraum vergessen.« Er hielt ihr das Notizbuch entgegen. Juliet war wie vor den Kopf geschlagen.

Sie hatte befürchtet, ohne das Notizbuch ein Nichts zu sein, war aber eines Besseren belehrt worden. Ihr Gesicht hellte sich auf, sie wusste jetzt, dass gerade sein Verlust ihr die Augen geöffnet und ihre verborgenen Talente als Glasmacherin enthüllt hatte.

»Nein, Sie irren sich. Das gehört nicht mir, sondern der Schule.« Sie drehte sich um und lief auf Marcus zu, der sie in die Arme nahm und an sich drückte. Und dann küsste er sie vor allen, ohne Scheu oder Verlegenheit. Jacopo war erstaunt über die spontane Geste und das Leuchten in den Augen seines Sohnes, den die Meinung der anderen nicht zu interessieren schien. Fast beneidete er ihn. So wäre er selbst gerne gewesen.

Lorenzo sprach ihn an, aber er hörte ihm gar nicht zu. Er umklammerte das Notizbuch, dabei dachte er an Clara. Sie hatte ihn vor die Tür gesetzt und ihm gesagt, er könne zurückkommen, wenn er sich von seinen selbst auferlegten Verpflichtungen befreit hätte. Aber auf sein Lebenswerk verzichten? Auf alles, an das er so lange geglaubt hatte? Er hob den Kopf, hatte keine Ahnung, was Lorenzo ihn gefragt hatte. »Mach, was du für richtig hältst.«

»Geht es dir gut?«, fragte Lorenzo und legte ihm eine Hand auf die Schulter.

Er schaute ins Feuer, sein Blick war leer. Nur sie beide waren geblieben. Dann fasste er einen Entschluss. Verkaufen war die beste Lösung. Er drehte sich um und ging zum Ausgang. Er hörte Lorenzo rufen, aber das war ihm egal, wie alles andere auch. Er ging weiter bis zur Anlegestelle, stieg in sein Boot und fuhr über den Kanal aufs Meer.

Am Horizont tauchte Venedig auf, schöner denn je. Vielleicht wäre es besser, die Lagune zu verlassen, festen Boden unter den Füßen zu haben, ohne an das Hochwasser denken zu müssen, den Wind, der sogar den Stein erodieren ließ, die Sonne und die Feuchtigkeit, die sich wie eine zweite Haut auf den Körper legte. Er fuhr bis in die Nähe von Claras Haus. Von hier waren es nur fünf Minuten. Er blieb vor dem Tor stehen, noch konnte er seine Meinung ändern, und sie würde nie davon erfahren, dass er vor ihrem Haus gewesen war. Dass er ein verzweifeltes Bedürfnis nach ihrer Nähe, ihrer Umarmung hatte. Zu wissen, dass er nicht allein war. Dann öffnete sich die Tür und sie stand vor ihm.

»Ciao.«

Sie sah ihn lange an. »Warum bist du gekommen?«

Tja, warum eigentlich? »Ich ... es tut mir leid. Darf ich reinkommen?«

Sie musterte ihn, dann trat sie zur Seite. »Du hast ganz schön lange gebraucht!«

Ihre starke, zupackende Hand, diese schmalen Finger. Er konnte ihre Präsenz bis in seine Seele spüren. Und dann wurde ihm klar, dass sie immer so war, er sie aber nie so sehen wollte.

Als sie das Tor hinter sich geschlossen hatte, schmiegte er sich an sie. Clara küsste ihn auf das raue Kinn.

»Ich habe alles falsch gemacht«, sagte er.

»Das du immer so dramatisch sein musst! Gut, manches schon, aber alles andere kann man sicher in Ordnung bringen.« Sie lächelte auf diese Weise, die ihn schon immer fasziniert hatte. »Ich weiß nicht, was ich tun soll.«

Sie küsste ihn erneut. »Warum machst du nicht einmal das, was du willst, ohne dich um die Konsequenzen zu kümmern?«

Die Übergabe der Abschlusszeugnisse war ein großes Ereignis in Murano. Die *Academia del Vetro* war eine Institution, an der Zeremonie nahm alles teil, was Rang und Namen hatte, renommierte Künstler, Vertreter der Stiftung,

Vertreter der Lagunenstadt, Museen und Schulen und viele weitere, die in den vergangenen drei Monaten eine Rolle für die Absolventen gespielt hatten.

Das Ereignis fand auf einem der größten Plätze statt, unter jahrhundertealten Bäumen, durch deren Zweige die Abendsonne schimmerte, standen Dutzende Stühle, die auf die geladenen Gäste warteten. Juliet stand neben ihren Mitstreitern und betrachtete die ausgestellten Arbeiten, Produkte ihres Fortschritts auf dem Weg zu Glaskünstlern. »Wunderschön.«

»Einige schöner als die anderen.« Morgans Stimme zauberte ihr ein Lächeln auf die Lippen. Carlos seufzte und verdrehte die Augen. Robert war sichtlich nervös. Und Juliet? ... Sie drehte sich um und winkte Nina zu, die neben Marcus stand. Was für eine Persönlichkeit! Die alte Dame war ganz in Türkis und Bronze gekleidet, eine lila Kette, die zum gleichfarbigen Brillengestell passte, zierte ihre Brust. Sie plauderte mit Silvia, die entspannt wirkte. Als sie Marcus ansah, machte ihr Herz einen Sprung, er erwiderte ihren Blick und lächelte.

»Ich liebe dich«, konnte sie von seinen Lippen ablesen. Und sie spürte, dass er es ernst meinte. Sie zitterte, aber nicht aus Angst, sondern vor Glück, am liebsten hätte sie getanzt. Es war das erste Mal, dass er ihr dieses Geständnis machte. Sie lächelte vielsagend zurück, und später würde sie ihm auch ihre Gefühle anvertrauen. Dann traf Lorenzo ein, und die Zeremonie begann. Ein Redner nach dem anderen bekräftigte, wie wichtig die Kunst der Glasbläserei für Venedig und die ganze Welt war. Jacopo Quintavalle betonte: »Um die Gegenwart verstehen und die Zukunft planen zu können, braucht es die Vergangenheit.«

Flankiert von seinem Sohn hielt er die Laudatio und hob das Engagement der Teilnehmenden hervor und versprach, dass das Diplom ihnen in beruflicher Hinsicht alle Türen öffnen würde.

Der Meister kam ihr verändert vor. Er hatte sich rasiert, trug Jackett und Krawatte und sah Marcus ausgesprochen ähnlich. Immer mit einem Lächeln im Gesicht, manchmal begeistert, manchmal zurückhaltend, kommentierte er die einzelnen Arbeiten, unterstrich die Vorzüge, ohne die Mängel näher auszuführen.

»Ihr alle seid überdurchschnittlich gewesen, ihr habt ausdrucksstarke Werke geschaffen. Wie es die Tradition will, wird eines davon das Symbol dieses Jahres sein.«

Er setzte die Brille auf, Lorenzo reichte ihm einen Umschlag. Er zog einen Zettel heraus, warf einen Blick auf die Absolventen und begann vorzulesen: »Morgan Tomsche, bitte kommen Sie nach vorne.« Juliet und die anderen applaudierten begeistert, sie lachten und weinten gleichzeitig. Einmal, weil sie so gerührt waren, auf der anderen Seite, weil sie schon immer gewusst hatten, dass dieser manchmal schwer erträgliche junge Mann der Beste war. Aber auch, weil sie einen Moment gehofft hatten, an seiner Stelle zu stehen.

Alle machten Morgan Komplimente. Lorenzo zählte die Gründe für die Auswahl auf. Hervorragende Technik, meisterhafte Ausführung in Form und Farbe, Auswahl der Grundstoffe, perfekte Dimensionen.

Dem Sieger wurde eine Glasplatte auf einem steinernen Sockel überreicht, auf der sein Name eingraviert war, mehr nicht, schlicht und raffiniert zugleich. Juliet war tief beeindruckt.

»Es ist von Jacopo.«

Sie drehte sich überrascht zu Carlos. »Wirklich?«

»Beeindruckend, oder?«

»Ja, großartig.«

Morgan ging strahlend zu seinem Platz zurück. Juliet gratulierte ihm, und er zwinkerte ihr zu. »Jetzt bist du dran.«

Wie? In der Tat, Jacopo sah sie kopfschüttelnd an.

»Signorina Meriwether? Genau Sie meine ich.«

Raunen, Gelächter, dann brandete Applaus auf. Juliet errötete und fragte sich, warum dieser Mann sie schon wieder bloßstellte.

»Kommen Sie bitte nach vorne.«

»Warum?«

Jacopo hob die Augenbrauen. »Wollen Sie Ihren Preis oder nicht?«

Welchen Preis? Was meinte er? Sie verstand nicht, sah zu Morgan, der mit den Schultern zuckte. Das musste ein Scherz sein. Egal, da musste sie durch. »Ich komme.«

Lorenzo applaudierte, und Jacopos finsteres Gesicht hellte sich auf. »Signorina Meriwether, Sie haben etwas geschaffen, das man in dieser Plastizität lange nicht mehr in Venedig gesehen hat.« Er deutete auf ein Podest, auf dem ihr Werk stand. Zwei gläserne Frauenhände, perfekt modelliert, die eine Kugel hielten, und in deren Inneren sich eine zweite und darin eine dritte Kugel befand. Alle drei in unterschiedlichen Farben und jede enthielt ein Symbol. Das Symbol im Herzen der Skulptur war ein Hahn. »Glückwunsch. Sie waren unsere erste weibliche Absolventin, und wir hoffen, dass Ihnen weitere folgen werden.«

Ungläubig nahm Juliet die Auszeichnung entgegen. Entgegen aller Konventionen bahnte sich Marcus seinen Weg zu ihr und umarmte sie. Juliet hatte Tränen der Rührung in den Augen. Sie dachte an ihre Familie, an ihre Eltern. Sie fehlten ihr, nicht weil sie ihnen zeigen wollte, was sie geleistet hatte, sondern weil sie sich nach ihrer Nähe sehnte. In diesem Moment verstand sie, dass vieles in der Vergangenheit ein Missverständnis gewesen war.

»Entschuldigen Sie, bitte lassen Sie uns durch. Das ist meine Tochter!«

Diese Stimme ... verblüfft sah sie ihren Vater auf sich zukommen, neben ihm ihre Mutter, dahinter Paul und Rebecca. Juliet glaubte zu träumen.

Marcus strich ihr über die Schulter. »Geh zu ihnen, sie sind wegen dir hier.«

Hatte er davon gewusst? Sie hatte keine Zeit, zu fragen.

»Juliet!«

»Papa.«

Er nahm sie in den Arm, drückte sie an sich und küsste sie. Ihre Mutter war tief bewegt. »*Honey*, Daniel hatte recht, du siehst großartig aus!«

»Mama.« Eine Wolke aus Parfüm und Mutterliebe hüllte sie ein, wie sehr hatte ihr das gefehlt.

»Glückwunsch, Juls, ich bin stolz auf dich.« Paul schluckte gerührt. Rebecca sah strahlend aus und hielt sich eine Hand auf den sanft gerundeten Bauch. »Du wirst Tante, meine Liebe.«

Ein Kind. Die Familie wurde größer. Ein merkwürdiges, unbekanntes Gefühl überkam sie, erfüllte sie mit einer Freude, die ihr fast die Luft nahm. »Ich bekomme einen Neffen oder eine Nichte ...«

Deshalb hatte ihr Bruder so rasch heiraten wollen. Daniel hielt sich zurück, er war der Letzte, der sie umarmte. »Du warst schon immer etwas Besonderes, Juliet.« Er tupfte sich die Tränen aus dem Gesicht.

»Ich bin froh, dich zu sehen, danke, dass du da bist.«

Sie war so glücklich, dass sie nicht stillhalten konnte. In diesem Moment wurde ihr klar, dass noch jemand fehlte. Sie suchte nach Marcus, ging zu ihm, packte ihn am Arm und zog ihn mit sich, um ihn ihrer Familie vorzustellen, die um einen Brunnen herumstand.

»Das ist der Mann, den ich liebe.«

»Bitte? Du hast dich verliebt, ohne mir etwas zu sagen?«, fragte ihre Mutter.

»Genau!«

Marcus umfasste Juliets Taille, flüsterte ihr etwas ins Ohr und küsste sie auf die Haare.

»Ähm, schön, Sie kennenzulernen.«

Das Ganze war so komisch, dass alle lachen mussten. Der erste, der ihm die Hand drückte, war Daniel. »Wie schön, dass es doch geklappt hat.«

Marcus nickte. »Sieht so aus.« Paul folgte dem Beispiel seines Bruders, aber statt zu gratulieren, fragte er ihn nach seinem Beruf. Der Nächste war ihr Vater, der sich nach der Familie erkundigte.

Marcus blieb vage und suchte Juliets Blick, doch deren Aufmerksamkeit galt Nina. Jetzt würde ihre Familie mehr über ihre Vergangenheit erfahren.

»Lass Marcus in Frieden, Papa. Kommt mit, ich muss euch eine ganz besondere Frau vorstellen.« Sie ging an einer Gruppe Gäste vorbei und merkte, dass ihr ehemaliges Kindermädchen neben Nina stand. Die beiden hielten sich in den Armen und weinten. Juliet lächelte: »Ich habe mich also nicht geirrt.«

Sie fuhr mit den Fingerspitzen über die Kette, unendlich dankbar für ihr großes Glück. Sie trug Marietta Baroviers Kette mit Stolz, Nina hatte sie ihr am Vorabend überreicht. Sie griff nach Ninas Hand und drückte sie. Dann wandte sie sich an ihre Familie. »Das ist Marina Chiaramonte, Großvater Luigis Schwester.«

Die alte Dame schwankte, Lucas kam ihr zu Hilfe, dann sagte er: »Ich habe nur wenige Erinnerungen an meine Großmutter Agata, aber Sie sind ihr wie aus dem Gesicht geschnitten. Ich bin Lucas, und das ist meine Familie.«

Marina streichelte ihm gerührt über die Wange. »Unsere, mein lieber Junge, unsere Familie.«

Als die anderen näher kamen, um sich vorzustellen, zog Juliet sich zurück. Sie zitterte. So viele, zu viele Emotionen und gleich alle auf einmal. Marcus musterte sie und verstand. Er ging auf sie zu. »Alles gut, mein Schatz.«

Sie legte ihren Kopf an seine Schulter, atmete tief durch und lächelte ihn an. »Ich bleibe in Murano.«

Er grinste: »Ich weiß.«

»Aber das habe ich gerade erst entschieden!«

Er schüttelte den Kopf. »Nein, das hast du schon vorher gemacht, du wusstest es nur nicht. Übrigens, mein Vater sucht noch eine Fachkraft, er möchte die Lampwork-Technik ins Programm aufnehmen. Wäre das was für dich?«

Sie griff nach seinem Arm. »Aber er will doch verkaufen?«

Sie suchten sich einen ruhigen Platz, dann erwiderte Marcus: »Er hat lange mit Nina gesprochen, die Tatsache der wiedervereinten Familie lässt alles in einem anderen Licht erscheinen. Sie wollen nicht mehr verkaufen.«

»Das ist eine wunderbare Nachricht!«

»Ich habe ihm meine volle Unterstützung angeboten, vorausgesetzt er lässt mir meine Freiheiten, versteht sich.« Er schaute zu seinem Vater. »Er hat sich eine vorübergehende Auszeit genommen. Meine Mutter kann sehr überzeugend sein, wenn sie will, die beiden haben sich offensichtlich noch etwas zu sagen.«

Juliet erinnerte sich an ihr Gespräch, wie es ist, die Welle zu reiten, über das Auf und Ab des Lebens, zu schwanken und trotzdem das Gleichgewicht zu halten.

Jetzt wusste sie es.

Hand in Hand verließen sie die Feier. Die Sonne ging gerade unter, und das wollten sie an einem ganz besonderen Ort genießen. Ihrem Lieblingsplatz.

Marina hatte die Frau nicht gleich erkannt. Aber als sie sich in die Augen geschaut hatten, kam die Erinnerung an das Mädchen auf dem Deck eines Schiffes, das weinte und sie flehentlich bat, sie nicht alleinzulassen.

»Gina …«, flüsterte sie, dann geriet sie ins Schwanken, zum Glück stand in der Nähe ein Stuhl.

»Ich hätte niemals gedacht, dass uns das Schicksal noch einmal zusammenführt, meine kleine Gina. Aber jetzt wisch dir die Tränen ab, es überrascht mich, dass du so emotional bist. Ich will alles wissen, von meiner Mutter, von Luigi. Erzähl mir alles, meine Liebe.«

Gina presste ihr Taschentuch aufs Gesicht und schluchzte. Marina spürte, dass sie noch einen Moment brauchte, um sich wieder zu beruhigen und bereit zu sein, sich zu öffnen. Diese jetzt ebenfalls alte Frau quälte die schmerzhafte Vergangenheit noch immer. Wenn sie mit ihrem Bruder nicht so hart ins Gericht gegangen wäre, als er wieder nach

Venedig kam, wäre ihr Leben anders verlaufen. Aber man konnte die Vergangenheit nicht mehr ändern. Dieses Bedauern hatte sie ihr Leben lang begleitet.

»Er war verzweifelt über das, was er dir angetan hat, Marina. Er wollte zu dir zurück, wollte deine Vergebung.«

Marina war wie erstarrt und brachte kein Wort heraus. Gina sprach weiter: »Als Lucas geboren wurde, war deine Mutter überglücklich. Aber schon bald wurde deine Abwesenheit zu einer Last für beide. Sie haben dich geliebt, Marina. Deshalb ist dein Bruder nach Venedig gekommen. Er wollte, dass du mit ihm nach Seattle gehst, damit die Familie wieder vereint war. Durch das Kind war er ein anderer geworden, er sah die Dinge in einem anderen Licht. Er übernahm Verantwortung und stand zu seinen Fehlern.«

Marina nickte. »Aber er hat mich nicht gefragt, weißt du? Er hat es mir befohlen. Er warf mir vor, ich hätte nur Flausen im Kopf, würde seine Pläne blockieren und meine Mutter unglücklich machen.« Sie hielt inne, um durchzuatmen und ihren Herzschlag wieder zu beruhigen. Die Erinnerungen übermannten sie, die Empörung, die Bestürzung und die Wut. Kaum ausgesprochen, hatte sie ihre Worte damals bedauert, die von Angst, Leid und Wut diktiert waren. Am liebsten hätte sie sie wieder runtergeschluckt, aber sie konnte nicht, denn es war die Wahrheit. »Er hat in mir immer nur ein kleines Mädchen und nie eine gleichberechtigte, kompetente Frau gesehen.« Da war er nicht der Einzige, das Rollenbild in der Gesellschaft gab die Hierarchie vor, das wusste sie. Die Gesellschaft entschied, was richtig und was falsch war, angefangen von den Farben. Rosa für die Mädchen, Himmelblau für die Jungen, weiter ging es mit den Spielen und den Regeln. Sei geduldig, versuche zu verstehen, streng dich an, die Familie steht über allem. Schwere Lasten auf den schwachen Schultern der Mädchen, Opfer bringen für die Jungen. Es war herabwürdigend, das wusste Marina, aus banal erscheinenden Einzelfällen wurde ein System.

»Er kam ohne dich nach Seattle zurück«, fuhr Gina fort, »deine Mutter war wütend, sie hatte genug und wollte nach Venedig zurück, Luigi hatte ein schlechtes Gewissen wegen der Kette, das ließ ihn in all den Jahren nicht los. Seine letzten Worte richtete er an Lucas und indirekt an dich. Sein größter Schmerz sei es, dass sein Sohn dich nie kennenlernen würde. Ein Herzinfarkt beendete sein Leben.«

Marina hatte Tränen in den Augen. »Als er damals zu mir kam, ging es mir nicht gut.« Ihre Stimme brach. »Ich war schwanger.« Sie schlug die Augen zum Himmel. »Wir haben gestritten, er hat mich an den Schultern gepackt und geschüttelt. Ich war zu erschöpft, um mich wehren zu können, Gina, ich hatte genug von ihm. Er hatte sich alles genommen, sogar meine Kette. Ich bekäme sie zurück, wenn ich meinen Widerstand aufgeben würde, hat er gesagt. Wenn ich nicht alles nach meinem Kopf machen wollte.« Wieder hielt sie inne und atmete tief durch. »Ich riss mich los und stürzte zu Boden. Ich bin gegen ein Möbelstück geprallt, Luigi hat sofort versucht, mir zu helfen, Zeno gerufen, und sie haben mich ins Krankenhaus gebracht. In dieser Nacht habe ich mein Kind verloren.« Sie zwang sich zu einem Lächeln. »Ich war am Boden zerstört, ich wollte dieses Kind unbedingt. Als Luigi in mein Zimmer kam, habe ich ihm schreckliche Vorwürfe gemacht, dann hat Zeno ihn hinausgezerrt.« Erneut machte sie eine Pause. »Ich habe das Flehen in seinen Augen nie vergessen. Trotzdem habe ich lange gebraucht, um zu akzeptieren, dass es nicht seine Schuld war. Sehr viel Zeit und sehr viel Liebe.« Sie schaute zu Jacopo. »Ich habe keine eigenen Kinder bekommen, aber das Schicksal hat mir diesen Jungen anvertraut. Als Jacopo mich das erste Mal Mama genannt hat, habe ich lange geweint. Über das, was geschehen war, was ich verloren hatte. Und dann habe ich nach euch gesucht, aber ohne Erfolg.«

»Denise hat wieder geheiratet, Agata hat den Schmerz nicht ausgehalten und ist kurz nach Luigi gestorben. Der neue Mann deiner Schwägerin hat dem Kind seinen Nachnamen gegeben. Er hat ihn sehr geliebt und Venedig geriet in Vergessenheit.«

Gina füllte die Lücken in ihren Erinnerungen, jetzt wusste sie, dass nichts so wichtig gewesen war, um diese Folgen zu rechtfertigen. Jetzt konnte sie alles mit weiseren Augen sehen und verstand. Kopfschüttelnd sagte Marina: »Trotz allem habe ich meinen Bruder immer geliebt.« Er war ihr bester Freund, ihr Vertrauter gewesen. Und sie für ihn, das wusste sie. Die schönen Erinnerungen überwogen. Aber das Leben war weitergegangen und hatte eine Versöhnung unmöglich gemacht.

»Erzähl mir von Juliet.«

Ginas Gesicht begann zu strahlen. »Als ich sie das erste Mal sah, dachte ich, dich zu sehen, sie war dir wie aus dem Gesicht geschnitten, hatte die gleiche Lebenseinstellung, die gleiche Leidenschaft für das Glas.« Sie lachte. »Als mir das aufgefallen war, habe ich sie zu einer Glasmacherei mitgenommen, wir sind in Museen gegangen, und ich habe ihr Bücher über Venedig geschenkt und ihr erzählt, wie schön die Stadt ist. Die anderen haben nichts davon gewusst, es hätte sie auch nicht interessiert. Aber Juliet hatte eine besondere Gabe, konnte das erreichen, was wir alle nicht geschafft hatten. Im richtigen Moment habe ich ihr den Prospekt der Schule mit dem Hahnsymbol gegeben, mit der Hoffnung, sie würde eine Verbindung mit unserer Vergangenheit herstellen.«

Marina konnte ihre Großnichte förmlich vor sich sehen. Sie legte ihre Hand auf die Tasche, in der sich das Notizbuch und die Aufzeichnungen von Marietta Barovier befanden. Jacopo hatte ihr das Notizbuch zurückgegeben. Sie hatte lange danach gesucht, aber es war einfach nicht zu finden gewesen. Aus Zufall hatte Juliet es im Bücherregal ihres Zimmers im Palazzo Zenobio gefunden, das vor langer Zeit ihres gewesen war. Dieses Notizbuch schien ein Eigenleben zu führen. Es tauchte auf, wenn man es brauchte, und es verschwand, wenn es seine Aufgabe erledigt hatte. Eines Tages würde Juliet es wiederfinden und aufbewahren, bis ein anderer Chiaramonte seine Hilfe benötigen würde. Sie schaute ihr nach, wie sie mit Marcus Hand in Hand davonging. Sie dachte an Zeno, ein stechender Schmerz durchfuhr sie, aber nur einen kurzen Augenblick lang. Er hatte ihr versichert, dass sie sich wiedersehen würden, dass der Tod nur ein Übergang sei, und sie glaubte ihm, bald würden sie wieder vereint sein.

Ihre Gedanken wanderten weiter, zu Luigi, zu Giorgio, zu ihrer Mutter. Sie würde sie alle wiedersehen.

»Und die Kette?«, fragte sie.

Gina wandte den Blick ab. »Ich hatte geschworen, sie dir zurückzugeben. Erst vor deinem Bruder, dann vor deiner Mutter. Ich habe sie an mich genommen und versteckt. Denise hätte Anspruch darauf erhoben, aber sie hatte kein

Recht an der Kette, sie gehörte dir. Als der richtige Moment gekommen war, habe ich sie Juliet gegeben. Ich hoffte, sie würde ihr helfen und Mut machen.«

Marina schwieg, widersprüchliche Gedanken und Gefühle schwirrten ihr durch den Kopf. »Mein Vater sagte, die Kette würde mir Glück bringen, genau wie sie ihm und allen Chiaramontes Glück gebracht hatte. Er hatte recht, das weiß ich jetzt.« Ihr Gesicht strahlte vor Freude.

Ihre Familie war wieder vereint, ihre Neffen und Großneffen, Nichten und Großnichten. Sie sah von einem zum anderen, hörte zu. Rebecca und Paul, Daniel und George, Marcus und Juliet. Leben. So wie sie es sich gewünscht hatte. Das Schicksal hatte seine ureigene Art, dir das zurückzugeben, was es dir genommen hatte.

Diese jungen Leute waren die Zukunft, so wie Marietta Barovier die Vergangenheit gewesen war. Marina schaute zum Horizont, wo die Sonne langsam im Meer versank.

Bald würde die Nacht hereinbrechen, doch danach kam ein neuer Tag.

Mehr konnte man vom Schicksal nicht verlangen.

Epilog

Das Häuschen war klein, ein Zimmer und ein Bad, das dringend renoviert werden musste, ein kleiner Garten und ein größeres, höheres Gebäude, die Reste der alten Glashütte.

»Also, was meint ihr?«

Alle waren da, nur Nina fehlte, sie fühlte sich nicht gut. Aber von ihr stammte der Vorschlag, sich die Werkstatt am Rand von Murano anzusehen.

»Ihr werdet doch eine Idee haben?«, hakte Juliet nach.

Marcus zog die Augenbrauen hoch, und als sie ihm einen wütenden Blick zuwarf, setzte er rasch ein Lächeln auf. »Man kann alles machen, man muss es nur wollen.« Jacopo neben ihm schien weniger überzeugt. Aber er sagte nichts weiter, und sie war ihm dankbar dafür. Auch Silvia schwieg. Lorenzo untersuchte, ob Wasser vom nahen Kanal eingedrungen war, wie er sagte.

»Ich finde es wunderbar«, schwärmte Juliet mit glänzenden Augen.

»Man könnte das eine oder andere in Ordnung bringen, eine Mauer einreißen und ein Fenster einbauen«, sagte Marcus, und sie lächelte. Das war wahre Liebe. Er war nicht einverstanden, das wusste sie, aber er würde alles tun, um sie zu unterstützen. Sie fragte sich, ob sie ihn jemals mehr lieben würde als in diesem Augenblick, wo er über seinen Schatten sprang, nur um ihr bei der Umsetzung ihres Traums behilflich zu sein.

Für sie war es wichtig, etwas Eigenes zu haben, einen Ort, an dem sie sich als *Perlera* selbst verwirklichen konnte. Obwohl sie das Angebot hatte, in der Schule zu unterrichten, hatte sie sich anders entschieden.

Die Perlen waren eine Welt für sich, ein Betätigungsfeld, auf dem sie ihre Fantasie und ihre handwerklichen Fähigkeiten ausleben konnte. Auslöser war die Kette. Sie fuhr mit den Fingerspitzen darüber. Die Kette gehörte jetzt ihr. Nina hatte sie ihr angelegt, und eines Tages würde sie sie in der Familie weitergeben.

»Sie wird dir Glück bringen, mein Herz.«

So nannte sie ihre Großtante immer. Tiefe Dankbarkeit erfüllte sie. Seit einigen Tagen jedoch wirkte Marina immer erschöpfter. Alle machten sich Sorgen um sie, aber sie lachte nur. Sie hatte keine Angst vor dem Übergang, wie sie es nannte.

Gina war bei ihr eingezogen und machte ihr wegen ihrer Leichtfertigkeit Vorwürfe, doch dann kochte sie ihr etwas Gutes. Fritelle, Biscotti und eingelegter Stockfisch auf venezianische Art waren ihr Weg, Liebe zu zeigen.

»Nächste Woche kommen Paul und Rebecca mit der kleinen Agata. Du wirst doch nicht vorher noch krank werden wollen?«, fragte Gina, und Marina nickte. »Denkst du noch manchmal daran, wie es war, Gina, als wir uns das erste Mal gesehen haben? Da warst du noch ganz klein.«

Gina nickte, und sie lachten gemeinsam, in Erinnerungen versunken. Rosanna hatte Furlan geheiratet, aber weiter die Werkstatt der *Siòre* geleitet, im Kreise ihrer außergewöhnlichen und starken Frauen.

»Sie war meine beste Freundin, ich wüsste nicht, wie ich nach dem Verlust meines Kindes ohne sie klargekommen wäre.«

Gina setzte sich neben sie und streichelte ihr über die Hand. »Du hättest weitergemacht, wie du es immer getan hast, so gut es eben ging. Mit Anmut und Freundlichkeit.«

Sie kümmerte sich fürsorglich und respektvoll um die alte Dame, wie es Marina damals mit dem hungrigen und verängstigten Mädchen getan hatte. »Und jetzt iss etwas, du brauchst Kraft.«

Das war am Vortag gewesen. Juliet hatte ihre Großtante wie jeden Abend besucht und still bei ihr gesessen. Marina hatte ihr auf diese geheimnisvolle Weise zugelächelt, wie sie es in letzter Zeit immer öfter tat. Als würde sie etwas sehen, dass allen anderen verborgen blieb.

Sie hatte mit Silvia darüber gesprochen.

Nach ihrer Rückkehr aus Santa Monica, wo sie Carlos' Eltern kennengelernt hatte, wirkte ihre Freundin gelöst und glücklich. Sie hatte dieses Zusammentreffen gefürchtet, aber es war alles gut gegangen. Ihre Schwiegereltern hatten sie ins Herz geschlossen und ihr ging es umgekehrt genauso. Dass sie Großeltern werden würden, hatte die Sache natürlich erleichtert. Carlos und sie hatten beschlossen, erst nach der Geburt des Kindes wieder in die USA zu reisen. Sie wollte unbedingt, dass Nina noch ihren Ur-Urenkel kennenlernen würde.

Und Juliet verstand sie nur zu gut. Es war die Liebe, die ihre Familie wieder vereint, das Unrecht geheilt und die Bande zwischen ihnen noch enger geknüpft hatte. Sie telefonierte regelmäßig mit ihren Eltern, Daniel und George wollten ihren Urlaub bei ihr verbringen. Rebecca und Paul schickten ihr Bilder von ihrer Tochter und fragten sie um Rat. Sie ... sie konnte es kaum glauben.

Sie betraten das Haus, und Juliet ging weiter in den Garten. Das Gras war hoch, ein alter Baum schützte einen Rosenstrauch, der sich an seinem Stamm hochgerankt hatte.

Eine Erinnerung tauchte vor ihrem inneren Auge auf. Sie drehte sich um und sah durch einen verwitterten Fensterrahmen die Öffnung eines alten Ofens.

»Das kann doch nicht sein ...«

»Was meinst du, mein Schatz?«

Marcus war bei ihr, umfasste ihre Schulter und drückte sie an sich.

»Es ist genau wie im Buch ... die Geschichte von Marietta Barovier. Auch ihre Werkstatt lag inmitten eines Gartens. Sie ruhte sich unter einem hohen Baum aus, neben den Ballarin eine Rose gepflanzt hatte, die an ihre Liebe erinnern sollte.« Sie hielt inne. »Ich weiß, es ist unmöglich, seitdem ist zu viel Zeit vergangen, aber ihre Kette hat ihren Zauber entfaltet, mich hierher gebracht, nach Murano zu Tante Marina. Meinst du, sie hat auch hier ihre Finger im Spiel?«

Er umfasste ihr Gesicht mit beiden Händen. »Für mich ja, Juliet. Ich glaube, alles hat eine Bedeutung.«

Und während sie die Augen schloss, um Marcus zu küssen, meinte sie Marietta Barovier vor sich zu sehen. Sie saß mit Zorzi Ballarin unter einem Baum, die Köpfe zusammengesteckt, in ein Gespräch vertieft, das nur sie beide etwas anging.

Nur einen Augenblick, dann war das Bild verschwunden, aber ihr genügte es.

Anmerkung der Autorin

Der Zauber der Lagune ist die Geschichte einer Veränderung, des Anspruchs auf ein glückliches Leben, der Fülle des Augenblicks, der Liebe und der Freiheit. Sie erzählt von vielen Themen, die mir am Herzen liegen, von der Kreativität und der Heiterkeit, von Visionen und von Träumen mit offenen Augen. Der Himmel ist rosa, die Wiese blau, die Gedanken überwinden alle Grenzen und schaffen überraschende und unbekannte Welten, in denen jede und jeder von uns einen Platz finden kann. Hier kann Schönheit entstehen, Verborgenes enthüllt und Konventionen herausgefordert werden. Aber Kreativität bedeutet auch Chaos. Und die Angst davor führt häufig dazu, dass wir alles einschränken, was uns anders und besonders machen könnte. Wir folgen unseren Zielen nicht, weil sie in die Ungewissheit führen. Aber ein kontrolliertes Leben kann sich als fatal herausstellen, denn Kontrolle kann zu tiefer Unzufriedenheit führen, die uns dazu zwingt, zwischen Verstand und Herz zu wählen. Aber Glück ist ein Seelenzustand. Ein Gleichgewicht zwischen verschiedenen Anforderungen zu finden, sollte oberste Priorität sein.

Diese Gedanken finden sich beispielsweise in einem Sachbuch aus dem Jahr 2015 von Carla Sale Musio mit dem Titel *La personalità creativa: scoprire la creatività in se stessi per trasformare la vita.*

Ich war gerade sieben Jahre alt, als ich in Murano Zeugin eines magischen Prozesses wurde. Ich stand in der Dunkelheit vor einem Schmelzofen und beobachtete fasziniert, wie ein Glasmachermeister mit der Spitze der Glasmacherpfeife geschmolzenes Glas aufnahm, um daraus ein kleines Pferd zu zaubern. Ein Pferd mit ausgebreiteten Flügeln, als wolle es gleich losfliegen.

Diesen Moment habe ich nie vergessen, denn er hat mir die Kraft der Fantasie vor Augen geführt und gezeigt, wie aus Zauber Realität werden kann. Seitdem war ich oft in Venedig, und jedes Mal habe ich auch Murano besucht, um diese Magie zu erleben, die mich immer wieder aufs Neue in ihren Bann zieht, ungeachtet dessen, was sonst auf der Welt geschieht.

Die Familie Barovier hat eine lange Tradition als Glasmacher. Im Lauf der Jahrhunderte haben sie bedeutende Persönlichkeiten hervorgebracht. Im 15. Jahrhundert sticht der Name Angelo Barovier heraus, der Erfinder des Kristallglases, und der seiner Tochter Marietta, der gestattet worden war, den Beruf der Glasmacherin auszuüben, der sonst nur den Männern vorbehalten war. Es heißt, sie habe die *Rosetta*-Perlen erfunden, eine bahnbrechende Innovation, die sogar zum Zahlungsmittel wurde. Um sie ranken sich viele Legenden. Meine Geschichte ist von der Erzählung *Marietta: A Maid of Venice* (New York, 1901) von F. Marion Crawford (1854-1909) inspiriert, der Ende des 19. und Anfang des 20. Jahrhunderts lange Zeit in Italien gelebt hat. Der Roman, der auch ein wichtiges Zeitdokument ist, ist eine der schönsten Geschichten, die ich jemals gelesen habe.

Das Studio Glass Movement ist eine wichtige künstlerische Strömung, die Mitte des 20. Jahrhunderts in den USA entstand und die Wahrnehmung des Glases als künstlerische Ausdrucksform verändert hat. Das Studio Glas Movement hat sich mit dem vielfältig verwendbaren Material, seinen Facetten, seiner Geschichte und langen Tradition kritisch auseinandergesetzt und neue Wege der Verarbeitung gewagt.

Damit wurde das Interesse von Intellektuellen und Künstlern geweckt, die Werke von großer Ausdruckskraft geschaffen haben. Davor hatte das Glas den Ruf, ein fast elitäres und schwer fassbares Material zu sein.

Einer der wichtigsten Vertreter dieser Bewegung war der 1914 geborene großartige Künstler Dale Chihuly, dem das berühmte Chihuly Garden and Glass Museum in Seattle gewidmet ist, einer Stadt, die seit jeher für Kunst und Kreativität empfänglich war. Gönnen Sie sich einen Besuch in diesem Museum – Sie werden es nicht bereuen.

Nach den verheerenden Zerstörungen durch den Zweiten Weltkrieg kam es in ganz Italien zu tief greifenden Veränderungen. Wie andere Städte auch, litt Venedig unter einer schweren Wirtschaftskrise, viele Venezianer verließen die Lagunenstadt. In einer Welt, die sich ganz und gar der Moderne verschrieben hatte, schien Venedig mit seinen traditionellen Werten und den prachtvollen historischen Bauten keinen Platz mehr zu haben. Trotzdem wurde die Stadt ab den 1960er-Jahren zu einem der meistbesuchten Reiseziele der Welt.

Die Geschichte Venedigs ist lang und schillernd, das Buch von Alvise Zorzi, *La Repubblica del Leone* (Mailand, 1979) hat sie für mich greifbarer und transparent gemacht.

In *Il giardino delle perle* (Venedig, 2021) erzählen Serena Rabitti und Maria Clemente Zaghini die Geschichte eines einzigartigen Fundes, die aufzeigt, welch prosperierender Wirtschaftszweig die Perlenproduktion in Venedig und Murano gewesen sein muss, die Investoren angezogen und Tausenden Menschen, vor allem Frauen, Arbeit und Brot gegeben hat. Das Buch ist wirklich lesenswert und aufschlussreich.

Im Laufe der Zeit sind revolutionäre Veränderungen eingetreten. Heute sind venezianische Perlen Kunstwerke im Miniaturformat, die von Glasmachermeistern mit großer handwerklicher Meisterschaft hergestellt werden.

Dalla sabbia e dal fuoco. Murano e il suo vetro (Murano, 2011) von Alassendro Marzo Magno ist ein literarisches Kleinod, das die Geschichte der Glasmacherkunst über die Jahrhunderte hinweg beschreibt, die Hingabe und die Aufopferungen derer, die sich diesem Handwerk verschrieben haben.

Ich habe mich der Welt der Glasbläser mit höchstem Respekt und großer Wertschätzung genähert, ich habe viel darüber gelesen, mehrere Glashütten besichtigt und den Erklärungen von Glasmachermeister Daniele Mazzuccato gelauscht, der mir freundlicherweise seine Zeit geschenkt hat, Anekdoten erzählt und die Schönheit, den Zauber, aber auch die Schwierigkeiten eines außergewöhnlichen Handwerks nahegebracht hat. Sämtliche Fehler und Ungenauigkeiten, die es in diesem Roman geben könnte, habe allein ich zu verantworten.

Auch wenn die Handlung in einem real existierenden Kontext angesiedelt ist, bedient sich *Der Zauber der Lagune* der Fiktion. Alle historischen Figuren, Marina Chiaramonte und ihre Familie, aber auch Juliet und alle Meriwethers, die Glasmacherschule in Murano, der Palazzo Zenobio und sämtliche im Buch beschriebenen Ereignisse entspringen meiner Fantasie.

Ähnlichkeiten mit real existierenden Personen, Ereignissen und Orten sind rein zufällig.

Dank

»Dankbarkeit ist kein freundliches Wort, sondern die stille
Wertschätzung, um den anderen in der Tiefe zu erreichen.«
EMILY DICKINSON

Eigentlich sollte ich inzwischen an den Moment der Dank-
sagung gewöhnt sein, immerhin ist *Der Zauber der Lagune*
mein zehnter Roman. Trotzdem schreibe ich diese Worte
mit der gleichen Rührung wie beim allerersten Mal und
denke an alle, die mich unterstützt, die mir geholfen, gut
zugeredet, mich bestärkt oder konstruktive Kritik geübt
haben. An alle, die mir ein Lächeln oder eine Umarmung
geschenkt haben. Meine Dankbarkeit für euch ist grenzenlos.

Ich danke meinem Mann Roberto, mit dem ich immer
noch gemeinsam auf der Reise bin. Du baust mir weiter
Brücken in die Zukunft und lässt mich träumen. Ich danke
meinen Kindern Davide, Aurora und Margherita: Ihr seid
wunderbare Menschen geworden. Mein Dank gilt meiner Familie, meiner Mutter und meinen Geschwistern. Ich
danke Erika, Luca und Massimo, die mein Leben berei-
chern, meinen Tanten Paoletta und Angela, die mich vor
vielen Jahren, als kleines Mädchen, mit nach Murano und
Venedig genommen haben. Diese Reise habe ich nie ver-

gessen, und ich glaube, daher rührte auch der Wunsch, die Geschichte über Juliet und Marina zu schreiben. Ich danke Andreina, Lory, Eleonora für ihre Freundschaft, Susanna Zanda, die aus der Bibliothek in Decimomannu einen Ort der Begegnung, der Inspiration und des Austauschs gemacht hat. Mein Dank gilt Maria Tiziana Putzolu für die langen Gespräche über die Psychologie der Personen und über das Schreiben, meiner lieben Freundin Anna Ersilia Pavani für die freundlichen Ratschläge. Ich danke meiner Herzensschwester Linda Kent. Ich danke Matteo Porru und Ilenia Zedda, Emma Lee Bennet und Clizia Fornasier, Mariella Cortés und Alessia Gazzola. Und Valeria Usala für ihre großartige Sicht auf die Welt. Ich danke Silvia Zucca dafür, dass sie mich versteht und immer die richtigen Worte findet. Mein Dank gilt Giuditta Sireus, Andrea Fulgheri und Rosy, Francesca Spanu, Giovanni Follesa und Cristina Batteta: Du bist die Freundlichkeit in Person. Ich danke dem Glasmachermeister Daniele Mazzuccato, der mich hinter die Kulissen einer Glashütte hat blicken lassen und mir das Buch *Dalla sabbia e dal fuoco* empfohlen hat. Ich danke Federica Zanella und ihrem Mann Giovanni Bonato für ihre wunderbare Musik, ihrem Freund Alessio Benedettelli, der mich auf den Begriff der Glashütte »dele siòre« gebracht hat, und der Kreativität von Rosy Mercurio. Danke dir von Herzen, liebe Freundin. Ich danke Carmen Prestia für ihre beständige Unterstützung und Begleitung und ihre menschliche und ironische Art, die das Schreiben leichter gemacht haben. Ich danke Stefano Mauri und Cristina Foschini, Elisabetta Migliavada, Adriana Salvatori und Alessandro Mola: Eure Energie ist ansteckend und ihr findet immer einen Weg, meine Ideen zu wertschätzen und an meiner Seite zu sein. Außerdem geht mein Dank an Rosanna Paradiso, Giulia Marzetti, Alice Astrella und Cecilia Ceriani, Graziella Cerutti, Monica Tavazzani, Barbara Carafa, Elena Campominosi und Laura Alineri, die meine Manuskripte liest, und das ganze Team bei Garzanti für ihre unermüdliche Arbeit, durch die meine Ideen sich in Romane verwandeln dürfen.

Ich danke den Lesern und Leserinnen, die mir schreiben, mich unterstützen und mich ermutigen, mein Bestes zu geben und meinen Weg weiterzugehen.

Ihr findet mich auf Facebook, Instagram und sogar auf TikTok. Schreibt mir, ich antworte gerne.

Eine junge Frau auf den Spuren einer außergewöhnlichen Geschichte. Und eine Reise in die Vergangenheit, die sie zu neuem Glück führt …

384 Seiten. ISBN 978-3-7341-1153-2

Als Stella aus heiterem Himmel ihren Job verliert, beschließt sie, an den Gardasee zu ihrer Großtante Letizia zu fahren, die nach dem Tod ihres Mannes Gesellschaft brauchen kann. Kurz nach ihrer Ankunft entdeckt sie einen Stapel Kinderzeichnungen, von dem eine seltsame Energie auszugehen scheint. Stella, die selbst über ein außergewöhnliches Gespür für Farben verfügt, möchte wissen, was es mit dem mysteriösen Fund auf sich hat. Ihre Nachforschungen führen sie in die Vergangenheit, zurück ins Jahr 1942, in den kleinen Ort Nonantola, wo jüdische Kinder aus ganz Europa in einer Villa Zuflucht fanden. Was Stella nicht ahnt: Ihre Spurensuche bringt nicht nur ihr selbst, sondern auch Letizia das Glück zurück …

Lesen Sie mehr unter: **www.blanvalet.de**